落樱外传

此去经年

可儿 著

北方联合出版传媒（集团）股份有限公司
春风文艺出版社
·沈　阳·

图书在版编目（CIP）数据

落樱外传　此去经年 / 可儿著 . — 沈阳：春风文艺出版社，2021.7（2023.8 重印）
ISBN 978-7-5313-5981-4

Ⅰ . ①落… Ⅱ . ①可… Ⅲ . ①长篇小说 — 中国 — 当代
Ⅳ . ① I247.5

中国版本图书馆 CIP 数据核字（2021）第 065776 号

北方联合出版传媒（集团）股份有限公司
春风文艺出版社出版发行
http://www. chunfengwenyi. com
沈阳市和平区十一纬路 25 号　邮编：110003
永清县晔盛亚胶印有限公司

责任编辑：徐艺菲　刘　丹　　装帧设计：隋　治
责任校对：陈　杰　　幅面尺寸：160mm × 230mm
字　　数：335 千字　　印　　张：21
版　　次：2021 年 7 月第 1 版　　印　　次：2023 年 8 月第 2 次
书　　号：ISBN 978-7-5313-5981-4
定　　价：48.00 元

目录 | CONTENTS

楔子　追忆

“妈妈，今天我们讲什么故事？”女儿思雪躺在床上，睁着圆圆的杏儿眼问我，脸上满是期待。每一个夜晚，她总要听我讲一个故事才肯入睡。

我想有的东西当真是会遗传，我小的时候走在放学的路上，也总缠着父亲给我讲那些奇幻有趣的故事，那时爸爸一讲便是许多年，直至我长大。然而，我没有爸爸那样厉害，才讲了一会儿便已经有些招架不住，连成语的典故都拿来凑数。思雪却是越听越起劲。也难怪，孩子在六七岁的年纪总是充满了好奇，心中有一个属于自己的梦幻世界。

好友原梦遥总是嘲笑我，说我年少的时候也是蛮有想象力的一个人，不知怎的现在连给女儿讲一个故事的本事都没有了，难道岁月当真可以把心中的梦幻都给带走吗？

“你站着说话不腰疼啊，要不你去给思雪讲讲，看你能撑几天。”我当时对梦遥开玩笑说。

“算了，你那个女儿我也对付不了，她恨不能时时刻刻都听故事。”原梦遥笑着摆了摆手，佯装逃跑的姿态。转眼她又安静了下来：“再说，我的故事太过于哀愁，距离她所期待的童话世界不知有多远。”

那一刻，我看到了她眼中的悲伤，但那抹忧伤转瞬即逝，马上她又恢复了平日里的笑脸。她曾对我讲述她的过往，其实她的故事开头也真如童话中那样美好，有着明亮的天空，有一群彼此信任的伙伴，有充满奇幻的旅途，只是最后的最后，挚友的离去、天人永殇的苦痛反而成为整个故事的旋律。

她不常提起那些往事，甚至鲜少提及那个故去的令她永生难忘的朋友“张昕”，如若不是有一次她发着高烧，在昏昏沉沉的梦境中一次又一次地叫着那个名字，我想我一辈子也想不到，原来这个整日里挂着笑容的女孩竟有如此悲伤的过往。

其实，我和她是很相似的人，难以忘怀的前尘，即便是伤痛也只把它静静放在心底。只是有一点不同，她不提，是因为把那个人早已留在心中，永生不忘。我不提，只是希望自己可以真正忘了她。

思雪吵着要听故事，我有些头疼，实在不知可以再给她讲些什么。然而，我不经意间望向窗外，看到夜空中满天的繁星，在她离去之后，我再未看到过如此多的星星。这样的景象就好像回到了我年少时，心中带着对未来的无限憧憬，带着青涩与些许不畏天地的勇气，我遇见了她。

那个人，我其实已经许久没有忆起，她希望我忘了她，我便忘。可是，我知道，无论时光怎样流转，她的模样也永远定格在我的心间。

“妈妈，你讲一个故事嘛！”思雪撒娇地说。

我看着女儿，心中忽地一颤，好像在心底压抑了太久的情绪如开闸般一齐泄了出来。我对着女儿缓声说：“好，给你讲妈妈和一个好朋友所发生的故事，好吗？”

“好朋友？是和梦遥阿姨的故事吗？”她兴奋地问。

“不，她的名字叫离茉雪。”我轻声说道，只觉得那三个字如同在冬日里破冰而涌出的泉水，一旦流淌便再不可收拾。

记忆倒转，那些淹没在岁月中的往昔隔着时光的烟尘，一点点向我涌来，我终于在回忆里又见到了她。

茉雪，其实我很想你……

第一章　初遇

“爱琪，你看这里的樱花书签真好看，还有花瓣的香气呢。”若薇拿起小店桌子上的书签兴奋地说，但转眼间，她眼眸中的光又黯淡下去，“可是好贵呀，一个要十五块呢。”她有些不舍地放下书签。

“小姑娘，我们家的东西都是用樱花瓣为原料纯手工制作的，价格自然高些。”老板见若薇犹豫的样子急忙解释。

我走上前去看了看，那书签是一片花瓣的形状，但看得出是由无数小小的樱花瓣拼凑而成，粉粉嫩嫩的样子很是可爱，走近便能闻到一股淡淡的幽香。

“真的很不错。”我不由得赞赏，毕竟我也是一个不折不扣的“粉色控”，但凡与粉色沾边的东西我都会多加留意。我见若薇目不转睛地看着樱花书签，便明白她定是爱极了这个物品，我知道她家境并不宽裕，平时买个东西免不了精打细算，自然不可能花额外的开销买这种小东西。

“我一直好想有个好看的书签的……”她低声说，用手摩挲着放在柜台上的书签。

我看着她渴求的样子，不禁开口：“你如果这么想要的话，不如我送你一个吧。”

“真的？”她立刻抬起头注视我，眼里满是期待的光芒。

“我什么时候骗过你呀？”我笑着拍拍她的肩膀，然后从书包里拿出钱交给了老板。若薇从小就过着清苦的生活，记得她之前说过自己最艰难的时候连饭都吃不饱，我听后很心疼，相比之下我衣食无忧，为什么不能多帮她一些呢?

"爱琪，你真是我最好的朋友！"她从老板手里接过书签给了我一个大大的拥抱，美丽的脸庞上挂着明媚的笑容。

"少来啦，肉麻死了。"我笑着推开她，"难得到周五了，听我表妹爱佳说这片樱花林里不仅有这种特色小店还有小吃呢，前面就是了，我们一起去看看哪？"我提议。

"好。"她立刻点头，但好像又想起什么，有些迟疑。

"我请你吃。"我明白她的忧心便补充说。

"爱琪，你真好，谢谢你。"她感激地说。

"我们是朋友嘛，说这些做什么？"我道。我和她从小一起长大，既是邻居也是好友，现在更是考到了同一所高中。巧的是，我和她竟然同年同月同日生，我们时常开玩笑说也许我们一生下来就注定彼此有缘，要做好姐妹的。

正当我们说说笑笑往前面走时，若薇的手机忽然响了起来，她接起电话，听了十几秒，便惊喜地叫道："真的吗？好，我马上回去。"

随即，她放下了电话，兴奋地对我说："爱琪，我参加的学生会面试通过了，现在学校正组织我们这些过了面试的成员开会，我得先回去了。"

"恭喜你，终于美梦成真了。"我衷心祝贺她。若薇为了这次学生会迎新细心准备了一周，我知道她为了这个结果付出了多少努力。她一向喜欢参加学校的各种组织与活动，相比之下，我在学校像是一个"透明人"，什么活动都不爱参与，只想安安心心做好自己学业上的事情。

"那我先回去了，咱们改日再来这里品尝小吃。"她说着，挥手道别，急忙往学校的方向跑去，不大一会儿便没了踪影，如同一阵疾风。

本想和她一起在这片樱花园里玩玩，现在却只余我一个人。我有些无趣地漫步在园子里，适逢初春，正是樱花绽放的季节，放眼望去，是无尽连绵的淡粉色，鼻腔里那抹幽香始终挥散不去。

我现在终于明白为什么我的表妹张爱佳爱极了樱花，这满园的花海确实会让人情不自禁地深陷其中。

我慢慢往园林深处走着，余晖洒在园中，如同为这片土地涂上一层淡淡的金粉，显得这里的景色朦胧又美好。夕阳、花海，当真是最有诗情画意的景象。

越往深处走，游人愈加少起来，再加之天色渐晚，大家都忙于归家，这样美丽的景色便淹没在了匆匆的步伐中。

忽然，我的目光被躺在树下的一个女孩吸引，那少女十八九岁的样子，身上沾着血迹，一动不动。此时，周围再无其他的人，这是园林的深处，本就少有人至。我有些恐惧，犹豫着是否该上前一探究竟。

半晌，我到底还是一步步走过去，同时我捡起地上的一块大石头，如果那少女有异，我好歹有个防身的武器。然而直至我来到她身旁时，心中一惊，只见她的胸口是大片的鲜血，连她的脸上都沾满了血迹。她穿着一身白色的长裙，但早已被鲜血染红。我克制住恐惧，颤抖地伸出右手探了探她的鼻息而后微松了口气，她还活着。

“喂，你怎么样？听得见我说话吗？”我大着胆子推了推她。

虽然她伤得很重，但似乎还有几分意识，被我这么一叫，她有了些反应。

“我马上叫救护车，你再坚持一下！”我说着，急忙从书包里翻出手机，然而大概是由于太紧张了，手机在我手中几次才抓稳。正当我准备拨打急救电话时，她吃力地微微抬起手臂想要阻止我。

“不要打，不要……”她虚弱地说。

“不行，你伤得这么重，搞不好会出人命的。”我不顾她的阻拦要拨通号码。不料她不知哪里来的力气，用力抓住了我的胳膊，根本容不得我动一下。

“你这人怎么回事？”我皱着眉，有些气愤与不解。

“不能叫救护车，不能叫……”她一遍遍重复，仿佛有难言的苦衷。

或许，她真的有什么难言之隐才会如此，可是如果不处理她的伤口，她会有生命危险的。现在该怎么办？

要不……

把她带回家！

这个念头在我脑海中出现又立刻被我否决了。我疯了吗？带这么个身负重伤、身份不明的人回去要是发生了什么危险怎么办？可她伤得这么重，我要见死不救吗？不，这不是我张爱琪的性格，我要救她！

我小心扶起了她，将她的大半个身子都倚靠在我身上，她伤成这样若是被他人看了必定要引起不必要的麻烦，不能走大路回家。幸好爱佳告诉过我，这里有一条僻静的小路，沿途都是树丛，比较容易掩藏，那本是她和朋友玩捉迷藏时发现的，现在倒被我用来救人了。

她比我高出许多，即便她身体纤弱，扶着她也花费了我不少的力气。多亏这里离我家不到两公里的距离，一路跌跌撞撞，终于成功抵达目的地。

我气喘吁吁地打开家门，将她暂时扶到客厅的沙发上。正当我盘算着该如何向家里人解释这个来路不明的“客人”时，妈妈已经从房间里走出。

“女儿回来啦。”她的动作在看到那个浑身沾着鲜血的女孩时瞬间停滞了。我有些手足无措地站在原地，不知如何解释。

“这个人是怎么回事？”妈妈问。

我向妈妈道明了事情的前因后果，然后说：“我真的是没有办法才把她带回来的，总不能见死不救哇。”

“可你有没有想过她是什么人就随便带回来了？”妈妈隐隐在责怪我的草率之举。

“我相信她不是坏人。”我看着昏迷的女孩说。就算是碰瓷的，也不可能把自己伤得这样重，她定然经历了一番苦难。

这时，爸爸听见了我们的谈话从书房里走了出来，他在得知事情的经过之后，当下便决定要救她。妈妈虽然对她心存疑虑，但到底是个心软的人，见我们如此模样，也默许了为她处置伤口。

她的伤看着吓人，流了不少血，但好在并未伤及内脏筋骨，否则我们这些外行人还真不知怎么处理。她几乎全身都是伤口，尽管我们已经尽可能小心为她上药，但仍是弄疼了她，她在昏迷中时不时发出痛苦的呻吟。

为她擦去脸庞的血迹时，我才发觉她其实是个很漂亮的女孩，眉清目秀，皮肤白皙，只是神情中隐隐透着几分冷漠。

处理完全部伤口，已经是深夜了。为了让她好好休息，我们将她安置在客房，确保一切无碍后才关门离去。

“等明天木子来了，再给她好好看看。”妈妈提议说。

木子是我的表姐，和我相差十岁，是个外科医生。她为人幽默风趣，善解人意，我和她很聊得来。我一直都觉得木子是个很厉害的人，她凭着自己的努力，从最初一个小小的实习生到现在成为头牌医生，其中的苦只有她自己知道。但她从不抱怨，永远只是默默地努力。唯一有些遗憾的是，她迟迟没有碰到一个真正值得珍惜的人。

和父母互道晚安后，我们各自回到了自己的房间。我关上灯，躺在床上，想起那个女孩，心里总觉得她身上有种不同常人的气息。究竟是什么事情让她受了这么重的伤？仇家追杀？陷入了什么阴谋中？可是现在太平盛世，哪里来那么多的阴谋诡计。

就这样，在种种疑虑中，我迷迷糊糊睡了过去。

第二天睁开眼睛的时候，时间还早。大概是上学时早睡早起的生物钟，让我在周末都不自觉地早起。

“真是的，这么早就醒了。”我有些可惜难得的放假时光，我却依然没有享受到睡到中午的惬意。

“对了，不知道那个女孩怎么样了。”我低声自语，推开房门朝客房走去。

推开房门，却发现客房的床上空无一人，屋子里一片寂静，仿佛从未有人踏入。奇怪，她去哪里了？

我一步步向里走着，想找到那个陌生的女孩。当我站在床边时，一个身影飞快从我身边闪过，那速度快得令我看不清对方的面容。我只觉得胳膊一痛，两只手臂便被反剪在身后。

我第一时间想发出呼救声，可对方早已明白了我的意图，她用一只手按在我的咽喉处，但凡我发出什么声响，脖颈大概会被第一时间拧断。尽管我在电视上看到过绑架的案例，但真发生在自己的身上时，我仍不由得一身冷汗，脑子中一片混沌，不知该做些什么。

“家里的东西你尽管拿去，只要你别伤人。”我尝试与对方谈判。

“说，你是谁？是不是童以然的人？”身后一个冰冷的声音传来，她的声音本是清灵悦耳，但里面透露的冷漠又令人不敢接近。

我知道，那正是昨日里我救回的女孩的声音。

“你，你在说什么？谁是童以然？”

“还不承认你的目的？”那少女以为我欺瞒她，她按在我咽喉处的手紧了几分，我顿时呼吸急促，痛苦不堪。

“我，我没骗你，我昨日见到你躺在地上受了伤，这才把你带回家来的。至于其他的，我什么都不知道。你可不要错杀救命恩人哪！”我断断续续解释，生怕她一个不顺心便伤了我，若是如此，“农夫与蛇”真是重演在我的身上。

她听了我的话，思索片刻，随即放开了我。我急忙顺了几口气，这才觉得舒缓了许多。

“原来只是个人类。”她轻声自语了一句。

“真是的，差点被你杀死！”我不满地看着她说道，早知道昨天就不救她了。

经过一夜的休息，她好像已经恢复了不少，脸色红润了许多，绷带缠着的伤口也不再往外渗血，只是没有了昨日里的虚弱，她身上的冰冷之感仿佛加重了许多。

“抱歉，我认错人了。”她淡声说道，语气里分明听不出一丝悔意，“既然是你救了我，说吧，想得到什么？”

“啊？”我一时间没有理解她的意思。

“你们人类不是最看重回报了吗？你平白无故救了我，难道不是为了报酬？”她说着，看向我，“只要你说出来，我都能满足你。”

我明白了她的意思，原来她以为我是带有目的去救她，我不由得一阵愤怒。

“喂，你能不能不把人想得那么势利？我告诉你，昨天哪怕是一头猪受伤躺在地上我也会去救，才不是为了什么别的东西。”我生气地说。再说了，你认为我不怀好意，我还担心过你是碰瓷呢，我在心里暗暗想。

她愣了愣，似乎没有想过我会如此回答。半晌，她缓声道："你若现在想不出，等以后有想要的了，尽可以找我。我从不欠人情。"

我看着她，心里的怒火稍稍平息了一些，她好像是想要回报我。我妈妈曾说，看一个人值不值得相交，要看这个人是不是知恩图报，懂得在别人帮了他之后再回馈那个人。这样想来，这人倒还是个不错的人。

"好了，你也别想那么多了，毕竟你昨天受了那么重的伤，一般人都会去救的，谈不上非要什么回报。"我说，"不过，你为什么会受这么多伤？还不许我给你叫救护车？你家在哪里，要不要我帮你联系下你的家人？"

她并未多言，只是沉默地看着我，眼里有着我看不懂的落寞。

"抱歉，我只是想帮你，是不是问了什么不该问的？我没有窥探你隐私的意思。"我想也许她身上真的发生了什么难以言说的痛苦的事情，既然她不愿回答，我也没有资格打探。

"你叫什么？"她忽然问。

"张爱琪。"

"欠你的人情我记下了。"她说着，拉开房门准备离开。

"等等！"我上前一步拦在了门口，"你的伤还没好呢，一会儿我姐姐木子来了，让她给你好好看看吧，她是个很有名气的医生呢。"

"不用了，谢谢，你已经帮了我许多，不必麻烦。"她说的分明是最客气的话语，但其中透着疏离，就好像一个习惯了寂寞孤独的人，本就不需要依靠任何人。

"但你的伤……"我有些担心她的伤势，"我再去给你拿些药，你可以回家自己抹，那些药都很管用的。"

"不必，我……"她拒绝的话还未说完，我已经把床头的药整理好，递到她的面前。然而药实在是太多了，原本包装在外的白色袋子被撑破了一个洞，里面的东西都掉在了地上。我急忙弯下腰捡，她也微微弯下了身子，伸出修长的手指帮着我把药一盒盒拾起。

"你的手臂还缠着纱布呢，我来就好。"我接过她手中的药说道，然而在匆忙中不小心失手扯开了她胳膊上的绷带。她纤细白皙的手臂裸露在我的眼前，让我诧异的是，昨晚密布在她手臂上狰狞的伤口，一夜过后竟只余几道淡淡的疤痕。

“你怎么会……”我不敢置信，就算再好的药也不可能让人的伤口如此快速地愈合。

“我的体质本就如此，不必惊讶。”她淡声说道，拉下衣袖，脸上仍是一派淡漠平静之色。

怎么会有这样的人呢？世界真是无奇不有，我看着面前的少女，她拥有一张美丽的容颜，目光深邃，鼻梁高挺，身上有种不沾凡尘的灵气。其实从第一次看到她，我便觉得她有些与众不同。

可我仍然有些不敢置信会有这样的人存在。我抬起眼，用带着探究的目光看着她。但她只是淡淡瞥了我一眼，随即转过头，右手越过我挡在门前的身体，拧开了把手。我知道她一心想离开，便也不再阻拦，不过她如此快速地康复，这些药大概也用不上了。我放下手中的药，跟着她来到大厅门口。

此时父母都已经起床，爸爸坐在大厅里看电视新闻，妈妈在厨房里做早餐，空气中飘着淡淡的奶香味。

“近日以来，本地接连发生数起居民遇害案件，据悉，被害人皆为失血过多，死因是脖颈处动脉被利器割断。目前，警方正在大力调查案件，查找罪犯……”电视里传来新闻的声音。

“最近真是不安定啊，这样的案子上个月就有了，一个多月了，罪犯竟还没被找到……”爸爸坐在沙发上自言自语。

那个女孩在听到这条新闻时，也不禁停下了脚步，看向电视机里出现的事发场地与遇难人的照片，她眉头微皱，仿佛在思索着什么。

“你不是昨晚爱琪救回来的女孩吗？怎么下床了？快回去休息吧。”爸爸注意到她，急忙劝道。

“不必了，我已好了许多。昨晚谢谢你们一家收留了我，我不便多打扰了。”她客气又疏离地说道。

“没关系的，你伤得那么重，留下来多休养一会儿吧，至少等木子给你看看伤再走吧。”爸爸说。他永远如此，无论对什么人都肯拿出自己的关心和热情。

“不用了，谢谢叔叔。”她说着，打开了大门，准备离开。

“等等！”我叫住了她，她转过身看向我。

我急忙从餐桌上拿了一盒牛奶和一块蛋糕递给她，毕竟她昨天受了那么重的伤，怎么也得补充点能量吧，就算是神仙也得吃饭哪。

她轻轻一怔，随即看着我，眼里那无尽的淡漠之外好像微微泛起了涟漪，但那情绪只是一闪而过。她缓缓抬手，接过我手里的东西，说了句“谢谢”。而后，她走出屋子，砰的一声关上房门。

我站在原地，恍然间生出一种错觉，她来去匆匆，仿佛什么痕迹也未留下。又或者，她根本不属于人间。

“吃饭了。”妈妈端着丰盛的早餐走出了厨房，将它们一一摆在饭桌上。

“好香！”我赞叹一声，来到餐桌旁，暂时不去想刚刚发生的一切。大概也是我想得太多了吧，她不过是一个普通的人而已，我哪里来的那么多猜测呢？我忽然为自己刚刚有些无厘头的想法而暗暗发笑。

“咦，那女孩是走了吗？”妈妈问，“本想让她尝尝我的手艺呢。”

“她的身体恢复了许多，说不想再打扰我们就走了。”我轻描淡写地解释，并未提及自己刚刚看到她伤口愈合的事情，我只是隐隐觉得，有的事情还是不提为好。

好在父母到底与她素昧平生，也并未再追问，她大概也只是偶然相逢、匆匆而别的一个过客而已，那时的我这样认为。

不知不觉间，天气渐渐转暖，漫长的冬季终于在万物复苏中结束。头顶的天空不知何时告别了冬日里凛冽的蓝，在金黄色阳光的照耀下变得柔和美丽。而对于我们学生而言，最幸福的莫过于春游，暂时可以脱离繁重的学业。

春游那天，我和若薇坐在去盘山的大巴上，她穿着一身蓝色的大衣，背着黑书包，整个人很是开心。由于家境原因，除了学校组织的活动，她鲜少出去游玩。我把自己带来的零食分给她一部分，然后我们在车上一边吃一边聊。我把那日里自己救下一个女孩的事情告诉她，但还是略去了她快速复原的事情，不知何故，那件事我始终不愿让旁人知晓。

“什么？这是真的？”若薇瞪大眼睛，吃惊地看着我，“张爱琪，你也太好心了吧？万一她是坏人怎么办？”

“现在想来，我当初那么做确实有危险。可是，我不能见死不救。如果换作是你，你会不会救她？”我问。

若薇眨眨眼，转了转眼珠，忽然一笑：“会救，不是说‘救人一命胜造七级浮屠’吗？不过——我会收钱！”

“啊？”我拿着薯片的手一僵，不懂她在打什么算盘。

“你看哪，你救人，到底也消耗了不少精力，还得把自己家房间腾出来给她住，她不该交点钱回报你吗？”若薇咬了一大口手中的肉松面包说。

“喂，你在想什么呀？哪里有救人还算计这么多的？”我有些无奈地看着她。

没想到她还真摆弄着手指算起了价格，嘟囔着：“一晚住宿二百，外加上药、包扎算五十……”

半晌，她忽然笑着拍了拍我的双肩：“这样一个晚上就可以赚二百多呢！”她见我一脸鄙夷地看着她，不服气地补充说：“喂，我可没有黑她哟。快捷酒店一晚就差不多这个价，而且我家再怎么说住着也比快捷酒店舒服吧？医药费我也没多算，现在去医院看个病，怎么不也得上百，我已经是按照最低标准算自己的报酬了。”

我听着忍俊不禁，拍拍她的肩膀说：“是呀，你王若薇小姐的确已经损失了很多自己的报酬呢。”

“是呀。”她叹了口气说，不过她在看着我强忍笑意的脸庞时，明白了过来，“你在笑我是不是？”

“没有，我哪敢？”我回答，但笑容已经暴露了一切。

她注视着我，忽然安静了下来，轻声说：“爱琪，如果我拥有你这样的生活，也不必算计这些了。我没有你那么善良，可以分毫不取。”她的眼眸里带有深深的悲伤。那样的眼神，我在和她初相识的夜晚也曾见过。

那晚，正是我六岁的生日，我从家旁边的蛋糕店回来，拎了一大袋蛋糕点心准备回家和家人庆生。那时我走到楼下，看到一个小女孩正站在单元门口哭泣。

“你怎么了？”我走过去问她。

“我妈妈在和爸爸吵架，他们说不要住在一起，要分开。”她不停擦着滚落下来的泪珠。

“没关系，他们一定会和好的，我和朋友也总吵架呢。”年幼的我安慰着她，然后想了想从袋子里拿出一个小蛋糕给她，“这个送你，今天是我的生日哟，我请你吃蛋糕，不要难过啦。”

她看着我，愣了愣，冰冷的手指贴过我的皮肤，接下了蛋糕。

“我也是今天的生日。我原本也想和爸爸妈妈一起吃蛋糕的。”她轻声说着，紧紧握住手中的蛋糕，好像在希冀着一家人团圆的画面，“我不想总是一个人。”

“没关系，他们一定会和好的！”我上前一步，握住她的手，“而且我们可以成为朋友，你就不会再是一个人了。”

她一怔，然后冲我展开了一个笑容。她忽然用力抱紧了我，然后我感到肩头一阵温热，那是她的泪水。她明明在微笑，可眼里仍有化不开的忧愁。那时的我暗暗发誓，要给她带去温暖欢乐，抹去她内心的伤痛。只是后来，她的父母离了婚，她的妈妈为了更好的生活，竟然自私地选择放弃自己的女儿，她从此以后便跟着父亲，到底还是缺少了一部分温暖。那一刻起，我已经明白，终我一生也无法化解她的伤痛，能做的，只是给她更多友情的温暖。

回忆停止，我看着若薇，心中有深深的疼惜。

“若薇……”我轻声唤着她。

“你这是什么表情？”她嘻嘻一笑，好像悲伤从未浮现，“我可不需要你的同情怜悯。你知道的，我王若薇一个人也可以过得很好。”的确如此，她与我同岁，却比我更加独立，好像一个人就可以生活。她也很优秀，有许多才艺，而且在学业上，历史成绩尤为出色，几乎每次考试都是我们班第一名。相比之下，我除了会画几张不起眼的图画，什么都不如她。

“我知道，若薇，在我心里你一直是最优秀的。”我对她说，“你一个人也可以很好，但是你记住，我们是朋友，如果你有需要，我也是可以帮你的。”我曾见过她在大年夜一个人在家里煮饺子的画面，她的父亲为了补贴家用，在节假日里也出去打工。记忆中，每每去她家中做客，大多只是她一个人坐在沙发上。我从来没有因为她的家境而轻视或怜悯她，我知道她一个人也可以活得很好，只是心疼她。

“爱琪……”她唤着我的名字，眼里有泪光闪现。但她马上又恢复了平静，嬉皮笑脸地说，“哎呀，你总是对我这么好，不怕我有一天骗你呀？”

“怎么可能？”我笑着说，“你是我最好的朋友，怎么会欺骗我？”

她仿佛有片刻的失神，而后抬眼看着我：“是呀，正因为我们是最好的朋友，我想就算我欺骗你，你也看不出来吧？那我得好好筹划一下了。”她佯装思索计谋的样子。

“少来啦！”我轻轻捶了她一拳，知道她在同我开玩笑。她和我做了十年的朋友，怎么会彼此算计。其实我们也曾有其他的好友，可是到头来，最亲近的还是彼此。

一路上说说笑笑，并不觉得漫长的路程乏味，大约两小时后，我们终于抵达盘山。盘山，顾名思义，是由无数连绵起伏的山脉组成。大地回春，远远望去山石不再是突兀的棕褐色而是泛起点点翠绿。

我抬起头，头顶是一望无际碧蓝色的晴空，万里无云，深吸一大口山间微凉的空气，顿时觉得心旷神怡。我平素并不爱旅游，总是愿意宅在家里看书画画，但偶尔出来玩玩，这感觉倒也还不错，更何况，我的身旁还有好友相伴。

学校嘱咐了我们注意安全并且说明了集合时间，便让我们自由活动。我和若薇二人开始了登山之旅。

然而，我的体力一向不好，比不得若薇，爬了一半多便气喘吁吁。

“喂，爱琪，你也太弱了吧？”若薇倒是未见多疲惫，只是额角微微出汗，她把外衣的拉链拉下大半。

“拜托，我这已经是超常发挥了好吗？也爬了不少呢。”我用手扇着风，“你真的打算爬到山顶吗？还有不少路呢。”我抬眼望去，隐约可以看到顶峰。

“我要上去享受‘一览众山小’的感觉。”她冲我比画了一个胜利的手势，“怎么样？你也上去呗。”

“算了，我真的太累了。”我摆摆手。

这时，正巧有几个同班同学走来，她们似乎也意见出现了分歧，一部分人要上山，一部分要原路返回。

“我和她们一起往上爬了。”若薇和那些同学商量后决定和一部分人继续前行，而我则和同学双双原路下山。

“帮我拿下这件外套，热死我了。”若薇把她身上的大衣脱下交到我手中，而后迫不及待地跟着其他人上了山。

“咱们先休息吧。”双双提议。

我点了点头，于是便找了一块大石头坐了下来。

双双是个很健谈的人，她平日里待人温和，助人为乐，学习成绩也是名列前茅，为我解答过不少难题，我一直很感激也很喜欢她。这个班里除了若薇，我就是和她走得比较近了。

我们俩一边休息，一边聊着天，其实相比于若薇，我和双双倒是有更多共同的兴趣爱好。

聊得久了，我有些口干，拧开水壶盖一口气灌了不少茶水，由于喝得太急，一口水呛在了嗓子眼，顿时剧烈咳嗽起来，双双见此急忙拍拍我的后背，这才缓解了些许不适，只是衣服被刚刚呛出的茶水弄脏了不少。

“我去洗一下。”我对双双说。刚才来的路上，隐约看到山上的树林里有一条小溪。

我向一旁树林深处走着，不多时，一条清澈、涓涓流淌的小溪出现在我的眼前。这里大概少有人至，所以水质尤其清澈。我用溪水冲淡了衣袖上的茶渍，并且洗了几把脸，顿时清爽不少。

相比于游人喧哗的山路，我更喜欢这里的清幽。除了哗哗流淌的溪水，一切都是沉寂安静的。

然而，不知为何，我忽然生出一股寒意，隐约间，我觉得好像有什么人在暗中窥视着我，并且不怀好意。我向四周望了望，空无一人。

只是我的错觉吧，我心里暗暗想。

这时，忽然身后发出一阵沙沙声，好像是有人踩在叶子上发出的声音。我急忙回头望去，结果只是一大段树枝坠落，洒下了满地嫩绿的枝叶。我放下心来，责怪自己有些一惊一乍。平时也是，但凡看个什么鬼故事就会胡思乱想好久，连觉都不敢睡。

我一边为自己刚刚的举动暗暗发笑，一边向树林外走着。没走几步，我的步伐一顿，忽然觉得有些不对劲。刚刚并没有风刮过，那么长的树枝是怎么掉下来的？而且树叶是新生的嫩叶，怎么会平白无故掉落一地，又不是秋天枯黄的落叶。

我猛地再次回头向小溪望去，忽然间看到一个少女苗条的身影，她也在看着我。

是那个被我救下的女孩！她怎么会在这里？我不禁大惊失色。

只是当我再一眨眼时，她的身影顿时消失得无影无踪。

是我眼花了？可是刚刚那些不同寻常的景象又该如何解释？

等回过神来的时候，我已经走出了那片树林，双双正在原地等我，她看到我，急忙起身上前，问："爱琪，你怎么去了这么久，没事吧？"

"我会有什么事情啊。"我笑着说，并未提及刚才的事情，毕竟没有根据的猜测说了也只会被人笑话。

双双松了口气，把若薇的外套递给我，说："我们下山吧。"

我点点头。

下山的路尤为顺畅，大多数游人此时还都奔波在上山的途中，下山路径人烟稀少，我和双双一路说笑走得颇为轻松，不一会儿就来到山下休息的广场。

广场上已经聚集了一些学校的同学，大家三五成群地聚在一起聊天嬉戏。我和双双坐在广场的椅子上相谈甚欢，我常常想，如果我没有先碰到若薇，大概双双会是我最好的朋友。

“一到周五放学总能看到学校门口有几个女孩在等你，你们感情一定很好。”我笑着说。

“你是说兰妮和露西？”双双提到这两个名字，目光忽然变得柔和许多，“的确，她们是我最好的朋友，不管我们相隔多远，那份友情也不会改变。”她好像想到了什么，嘴角蕴含着动人的浅笑。

“真羡慕你们即便不在一处友情也不会变淡。”我道。我和若薇之所以一直感情深厚，大半原因也是我们住在一个小区，时常有机会见面。我总是觉得友情大约只能在彼此距离相近的情况下延续，若是没了共同生活的天地，早晚都会淡出对方的世界。然而，我虽是这么想，也渴望得到一份纵是相隔两地依然不会淡漠的情谊。

“爱琪，你知道吗，如果是真正经过考验的朋友，就是走到天边也不会遗忘。”她回头看着我，眼里忽然多了几分沧桑，好像她早已经历过世间的生死。

我注视着她，只觉得她似乎经历过许许多多的事，但那些只属于她，只属于她的朋友。

“有的事，若非亲身经历，就算我同你说了你也不会相信，也不会明白那种感觉。”她轻声说，目光清澈平静，如同一汪潭水。

“时间差不多了，该去集合了。”她看了下手表。

我知道她还有许多话没有完全道明，只是每个人都有秘密，别人若是不愿明说，任何人都没有资格强求。

“那我们走吧。”我背好包，忽然有些想上厕所，“双双，我去一下洗手间，要不你先去前面的路口等我。”

“好。”她微微点头。

我们二人分道而行，景点里的洗手间一般都是人满为患，好不容易从里面出来后，已经过了二十多分钟，我急忙到路口找双双会合，顺着已经陆陆续续从山上下来的同学的大部队来到客车旁。

然而正当学校老师盘点人数准备上车回学校时，我忽然发觉不知何时我手上拿着的若薇的外套不见了，怪不得刚刚一路走过来觉得无物一身轻，我竟不知道什么时候把若薇的外套弄丢了！

“糟糕，若薇的外套被我弄丢了！”我心里一震，心中是从未有过的焦躁。

“你先别急，刚刚我们在广场那里聊天时还看你拿着呢。”双双温声安抚，“先想想可能丢失在哪里了。”

“可能是我刚刚急着上卫生间把衣服忘在咱们聊天的椅子上了。”我猜测，可是那个地方离这里有一段距离，马上就要发车了，回去取的话来不及，而且也不好让全校等我一个人。我想我大抵是天底下最傻的大笨蛋，都已经是这么大的人了，连一件衣服也拿不好。

“爱琪，我刚刚在山顶看到了特别好看的风景……”若薇从人群里看见了我，满面笑容地走了过来。

“若薇，我，我和你说一件事……”我有些吞吞吐吐，难于开口。

她见我脸色不佳，也是一怔，随即察觉了什么，脸色一变：“爱琪，我的衣服呢？”

“若薇，对不起，我把你的衣服弄丢了，要不，我再赔你一件。”我感觉自己的声音越来越低。

“我那件衣服是限量版的，不是哪里都可以买得到的……你知道我爸爸为了这件衣服攒了多久的钱吗？”她看着我，目光里带着些许责备。

“对不起，我不是有意的。”我不知该说什么。若薇本就家境贫寒，这么一件限量版衣服不知道于她而言有多么重要，到头来却因我的一时大意而弄丢了。

“咱们先不要着急。”双双见此情形提议，“我们先联系一下这里的服务人员，让他们在这里帮忙找一下，等有了音信再通知我们。”

不少同学已经陆续上了车，我们为了不再耽搁时间，只好把这件事情告诉了校领导，让他们帮忙联系这里的工作人员寻找失物，想着赶快找回若薇的衣服。

老师并未指责我什么，只是在他们的目光里，我知道自己粗心大意的举动给他们添了好多麻烦。

在回去的路上，若薇闭着眼睛靠在椅背上，她的眉头微锁，同我一路无话。我知道是自己对不住她，眼下发生这样的事情，再多的道歉也是枉然，我也不敢再同她多说些什么。直到到达校门口，她一言不发地背好书包下了车，我默默跟在她身后。

“我一会儿约了别的班的同学，不和你一起走了，你先回去吧。”她语气淡淡的，始终没有看我一眼。

“若薇，我很抱歉。我会赔你衣服的，你那件衣服多少钱，哪里可以买到？”我终于还是鼓起勇气问道。

“算了，都是朋友。”她轻声说了一句，随即身影便埋没在了熙熙攘攘的人群里。

“我会赔偿你的，你明天告诉我价钱！”我对她远去的身影大声说。我不是一个不负责任的人，因为自己的过失而发生的错误，我一定会弥补。

回家的一路上，我都在盘算如何把这件事情告诉父母，我担心他们会责怪我的大意。同时，若薇说那件大衣是限量版的，想必价格不菲，因为我自己的粗心而造成家里本不必要的钱财损失实在不该。我知道在那游人来来往往的景区，如果想找回一件遗失的物品实在太难了。

到家之后，我来到妈妈房门口，在门外数度徘徊，手始终打不开那个门把手，第一次面临这样的事情，我只觉得心里满是惶恐。

终于，再三斟酌，我还是轻轻推开了房门。

“回来了？玩得怎么样？”妈妈正坐在床上看电视，一见到我回来，立刻笑着问。

“我……我不小心把若薇的大衣弄丢了……”我说着只觉得话语忽然便哽在了喉咙里，紧接着鼻头一酸，眼泪掉了下来。

妈妈一见到我哭泣，急忙安慰：“不就是丢了件衣服吗？没事，多少钱？咱们赔给她不就行了，我还以为多大事呢。”

“她说那件衣服是限量版的，现在很难买到了。我也不知道多少钱，她没告诉我。”我只觉得越说越难过，怨恨自己的粗心大意，忽然感觉我是天底下最没用的人，连件衣服也看不住。

“没关系，妈妈帮你去一家家找，一定能找到。等你明天打电话问问若薇是什么牌子，价格是多少，我去买。”妈妈温柔地说着，话语如同温暖的清泉，在我心头缓缓流淌。

听着她的话，我第一次希望此刻的自己已经踏上了工作岗位，有能力赚钱赔偿，而非把这笔债推到父母身上。

“下回再遇到这样的事情一定要细心，帮人看东西本就要万分小心。如果办不好，干脆就不要帮别人这样的忙，否则给自己和他人都会带来不必要的麻烦。”妈妈说道，“若薇和你关系这么好，也不会因为这一件事就介怀不已的，你要相信她。”她大抵是看出我心底的忧虑，柔声说。

我点点头。

一会儿爸爸回到了家里，听说这件事后也笑着同我说“没关系”，家里没有任何一个人责备我，但望着他们温暖的目光，我心里有说不出的愧疚。也是那一刻，我忽然发觉，原来这世间唯有亲人是寒夜里最温暖的光亮。

而这个道理，我竟到今天才真正懂得。

晚饭过后，天色已暗。初春刚至，黑夜依旧漫长，不过转眼之间，刚刚明亮的天空就已被淡淡的墨色遮盖。从窗户向下望去，天地间已是一片灰暗，可孩童追逐嬉戏的笑声依旧不绝。

我借着去楼下便利店买酸奶的由头出了房门想要散散心。毕竟今天发生的事情依旧像一块石头一样重重压在我的心上。

夜晚气温比白天低了许多，冰冷的空气迎面扑来，带着些许微冷的水珠，我深深吸了一口气，只觉整个人清醒振奋了许多。事情已经发生了，现在再懊悔有什么用呢？身边不断有嬉戏追逐的孩童从我身边跑过，家长焦急地跟在身后生怕他们跌倒。看着那些孩子，我不禁想起自己年幼的时候也是如此，常常在小区里和同龄人玩耍。有时候玩得疯了，夜里才会回家。那个时候，没有发觉初春天黑得这样早，没有察觉夜晚的空气是如此冰凉，心中除了那份简单的欢乐再无精力去思索其他事情。

可原来，时间过得这样快。

我在便利店里随手挑选了几罐酸奶，结账的时候，正巧店里的电视机正在播放新闻：“今天中午在盘山树林里发现几名旅客尸体，经过警方初步鉴定，受害者均因脖颈处被利器所伤失血过多而致……”

在看到电视画面的那一刻，我整个人一怔，随后身体不禁微微颤抖。那个画面显示的遇害地点分明就是我今天去过的小溪旁边。我想起那时自己的异样感觉，那里发生的不同寻常的事情以及一闪而过的那个被自己救下的少女的脸庞……我不敢想象，如果自己再晚些去那里会怎么样，会发生什么。

“一共二十元，请问需要袋子吗？”售货员问道。

她见到我愣在原地，又问了一遍，我这才胡乱点了点头，把手里的零钱交了出去。她把物品一件件装在袋中，递给了我，而后我恍恍惚惚走出了店门。

刚一出店门，夜风吹得我整个人一激灵，我这才回过神来。

然而就在这时，我又看到了那个神秘的少女。

这一次，我确信自己没有再眼花。她朝我一步步走来，脸上依旧是一派淡漠之色。

“你……”我刚想同她打个招呼。

“我来找你的，想告诉你一些事情。”她打断我，淡声说道。

尽管我心中对她此行来找我的目的满是疑惑，但见她脸上满是严肃，也先不好多问。我带她来到小区里的凉亭。此时天色已晚，这里少有人至，只是在离此不远处的游乐设施处聚集着一些还未回家的孩童，他们的笑声透过无边的夜色不时传入我的耳中。

“发生什么了？”不知为何，我隐隐有些不安，提着塑料袋的手用力了几分。

“你听好，我只说一次，不管你信不信。我想你应该了解最近不断有人伤亡的事情吧？”她问道，见我点头之后，继续说，“现在作案的凶手童以然盯上了你。今天在盘山，她要杀的人就是你。”

我一愣，只觉得头脑中一片混乱。她怎么知道凶手是谁？怎么会知道凶手袭击的对象？怎么会知道我去了盘山？难道，今天我在树林里的异样感觉并没有错？我看到的那个女孩就是她？但是……

我用怀疑的目光打量着她，这件事情来得太过突然，我凭什么要相信一个只是萍水相逢的陌生人？

她自然看出了我的疑虑，说道：“我知道你不相信我。如果不是你救过我，我也不想多管你的闲事。我告诉你，今天在树林里，你见到的人就是我。那个时候，童以然正要对你下杀手。”

“我，我凭什么相信你？谁知道你是不是精神不正常编出来的故事。再说，你要真是对凶手那么了解，怎么不去想办法抓住他，去向警方提供线索，来恐吓我有什么用？”拜托，她以为我是傻瓜吗？她说什么我就信什么了？要开人玩笑也不挑挑人。

“相不相信是你的事，与我无关。要说的我都已经说得很清楚了。”她说着站起身子，从衣服口袋里掏出一个小巧玲珑的口哨扔给我，“随身带着它，如果遇见危险吹响它，我便会来救你。”

我接住哨子，在手中把玩，心里越来越觉得眼前的女孩神志有些不正常。虽然我也很喜欢奇幻的故事，可是虚拟和现实我还是分得清的，吹一声哨就会有人来救我？她以为这是在拍奇幻电影吗？本来见她不像是个思维混乱的人，没想到却是这个样子。

“你最近小心些。”她说完便要离去。

夜色里，我望着她的背影，只觉得她孤傲，如同一个高处不胜寒的王者，又好像经历了许多数不尽的沧桑岁月。我的心一动，开口叫住了她：“等等，请问你叫什么名字？”

她的身形微微一顿，漠然开口：“你不必知晓，你我之间不会有多余的交往。名字又有什么意义？”而后，她的身影便消失在了浓浓的夜色里，就好像她从未出现。

我坐在亭中，凝视着手中的哨子，犹豫半晌到底还是把它留了下来。

那个时候的我还未曾知晓，从这一刻起，或者说从我和她初遇的那一刻起，我们的故事便已经缓缓展开。我和她，注定要一起谱写一卷悲欢离合的友情故事，在岁月的河流里久久不散……

第二章　戒备

第二天是周六，由于记挂着若薇衣服的事情，我早早便起了床。若薇家庭一向不宽裕，我担心她父亲会责怪她失去了那么贵重的一件大衣，于是便写了一封道歉信想要给她父亲，阐明一切都是我的过错，让他不要责怪若薇。

最终我还是决定登门道歉，毕竟这么大的一个过失，总要当面给人家一个交代才好。况且，我回想起昨日若薇的态度，我知道她是怨我的。只是碍于我们之间的友情，她不好多说什么。

当敲响若薇家房门的时候，我心里有些紧张，暗暗捏紧了放在衣服贴身口袋里的信。

“是爱琪呀，快进来坐！”开门的是若薇的爸爸，他见到我立刻热情地招待。

“叔叔，我……”我正要说明此行目的，厨房里忽然发出嗞嗞声响。

“是我煲的汤好了，你先去若薇房间坐会儿，她出去买东西了，马上回来。”他说完匆匆向厨房走去。

我见他正忙，不好此时多做叨扰，于是先到若薇的房中去等她。

她的房间我来过许多次。我们友情深厚，从小就常常到对方家里玩闹嬉戏。她的房间虽然狭小却干净整洁，各种东西都是分门别类地码放整齐，不像我的屋子时常是一片狼藉。

我坐在她的床上，床边是一个衣柜，衣柜大抵是由于里面衣服没塞好的缘故，柜门并未关紧。我起身走过去打开柜门，想要把里面的衣服帮忙整理一下。然而就在我打开门的那一刹那，一件蓝色的外套掉落在了地板上。那一瞬间，我愣在原地，只觉得那抹蓝色深深刺痛了我的双眼。

若薇为什么要欺骗我？那件大衣不是被我弄丢了吗？

“爱琪，我爸爸说你来了，我给你拿了点水果……”

我转身看着面前那个端着果盘的女孩，她笑得分明是那样灿烂，却令我心寒万分。

“为什么要骗我？你不是说衣服丢了吗？”我指着地上的衣服问道。

她顺着我的目光望去，脸上闪过几分慌乱，但转眼之间，她便平静了下来，神色如常。她笑了笑，将果盘放在书桌上，看向我：“是我骗你的，那又如何？你家里条件不知比我好上多少倍，赔一点钱又怎么样？”

“若薇，你……”我几乎不敢相信自己的耳朵，她怎么会说出这样的话？她不是这样一个尖酸刻薄的女孩。

若薇仿佛下定了什么决心一般，深吸一口气：“我累了，既然被你撞见，我也不想再同你虚与委蛇下去。张爱琪，我告诉你，我早就厌恶了你那副假意关心我的样子。你每每在我面前拿出稀奇古怪的东西，不就是想炫耀你的条件比我家要好上多少吗？赔我一件衣服又能怎么样？反正你一向愿意帮我结账埋单，给我花钱也不差这一次了是不是？”

我向后退了几步，只觉得脑海里一片混乱。我不敢相信，在我们相交这么多年里，我为何从未发现她是这样的女孩，把我对她的真心狠狠踩在脚底，认为我的付出是一种炫耀，认为是理所当然。我动了动嘴唇，不知该说些什么，任凭何种话语也描绘不出我此时的愤怒与失望。

“是我看错你了。王若薇，你把我对你的情谊置于何地？”我说完这句话后，不再看她，出了房间来到门口，准备离去。

“爱琪，这么快就要走了？我的汤刚做好，喝了再走吧。”若薇的爸爸见我要离去急忙说。

“谢谢叔叔，不必了。”我面无表情地答道，本是来道歉，却未曾想过自己怀揣的歉意竟是如此可笑。

若薇的爸爸似乎又对我说了什么，但我并未听清就已经来到门外关上了大门。

楼道里透着一股凉气，出了单元门，那股凉气似乎更甚。毕竟是初春，冬日的严寒依旧未散，头顶上的天空也是一片阴暗，灰蒙蒙的，如同一块巨大的石头沉重地压在我的心里。

我一个人坐在小区的秋千上，微微摇荡，周围寂静一片。其实，此刻我的心里也并未有什么大起大落，只觉得凉凉的。我不敢想象，这些年里，我在王若薇的眼里究竟是何种形象，大概只是一个可以让她白吃白喝的钱包吧，而且她还觉得这个钱包太刺眼，像是在炫耀自己的资产。可是，我从未这样想过，我真心把她当朋友，从未轻视过她，甚至羡慕她的才华、独立。

秋千的绳索令我的手指染上寒意，我把手插进兜里，触碰到一个硬硬的东西。

是那封我写了好久的道歉信。

我把它拿了出来，看着它忽然不可抑制地笑出了声。笑着笑着，脸上一片冰凉，如同被无尽的冷水浇灌。我的确是天底下最傻的人。

“你这又哭又笑的，着实有趣，你们人类都是如此吗？”忽然一个女声传来。

“谁？”我马上擦去脸上的泪水，警觉地问道。刚刚周围明明空无一人，怎会突然有人出现。

“不必紧张，放松些，要不血的味道可就不好了。”一个不知从何处来的少女正一步步向我走来。她的脸庞上带有红色的水纹印记，一身红衣，十分妖娆。

“你，你是谁？”我问。我平日里从未见过如此装束的人，莫非是在cosplay吗？

“你不认识我没关系，不过我之前可见过你呢。”她笑了笑，眼里是杀戮的狠绝，“大概这回应该不会再有人坏我好事了吧。”

她说着，张开手臂，忽然之间狂风大作，天地间一下子变得阴暗无比。紧接着，她冷冷一笑，瞬间来到我面前。抬手之时，指甲又细又长，如同锐利的刀刃，泛着幽暗的寒光。

“啊！”我惊慌地发出尖叫。我知道她要杀我，顿时间脑海里一片空白，在她尖锐的指甲向我划来之时，迅速弯下腰躲过了一击。然后，从她身侧逃了出去。

“区区人类，你以为自己逃得了吗？”她回过身并未急着追来，周身忽然发出无数红光，那些红光飞跃到我的面前围成一堵光墙，将我困在其中。

见此情形，我一愣，随即问：“你究竟是什么人？”我几乎不敢相信自己看到的一切，这些红光是法术吗？在现实世界怎么可能会出现？这个女子绝非人类，她的身份究竟是什么？为什么要对我痛下杀手？

女子微微一笑，残酷尽显：“告诉你这么一个人类也是无妨。我是童以然，来自神界，比你们这些俗世凡人不知要强大多少倍。”

神界？那难道不是只有奇幻故事里才会有的地方？怎么会有如此玄幻的事情？我虽然平日里也是酷爱幻想，看过不少传奇故事，但说到底也是一个唯物主义者，分得清现实与虚幻。但此时此刻，我望向这个女孩，望着眼前的一切，心里满是震惊与不可思议，竟是连恐惧都忘得一干二净。

“我来人间就是为了饮尽九十九个人的鲜血，重振我族的神力。算你运气不好，被我盯上了。”说着，她脸上满是杀意，“我劝你不要以卵击石，白费力气，听我的话我还能让你走得轻松些。”

说着，她的掌心出现红色的光团，然后她一步步向我走来。

我被围困在光墙之内无路可逃，况且纵使逃出以一个肉体凡胎也定然不是她的对手。我从未想过死亡会这样措手不及地降临，我努力让自己平静下来，将每一丝清醒的意识都用来求生，我感到自己的身体因为内心的恐惧在不住地发抖。

怎么办？怎么办？

忽然，我摸到一个坚硬无比的小东西，是昨晚那个神秘少女给我的哨子。来不及多想，我马上把它从口袋里掏出，吹响它。那个声音清脆却不乏悠长，童以然被这声音一震，原本掌中间快要触及我的红光一滞。

几乎就在这一瞬间，凭空出现一道白光拦在我身前。待光芒散去后，我才看清竟是那个神秘的少女。她双手横在身前形成一个白色光盾极力抵挡着童以然手中的红色光团。

“又是你？”童以然见到她立刻脸色一变，咬牙切齿地说，“你几次三番坏我好事。我动不了你，难道还没能力杀一个人类吗？”

“若不是上一次那个少年帮你，我早就降伏了你。”拦在我身前的少女冷声说。

“离茉雪，我知你非寻常人。既然我们都非凡尘中人，你又何苦帮着这些人类？你若帮我，我绝不会亏待你。说到底，你我才是一路人哪。”童以然诱惑道。

“在我眼里，世间只有善恶之分。我与你这魔女怎会是一路人？”那个名为离茉雪的神秘少女冷声说道，面上满是坚定。

二人在说话之间已经暗暗比试力量。童以然面前的红光渐渐不像初时那般耀眼，渐渐暗淡了下去，而离茉雪面前的白光反倒愈加兴盛。

就在这时，白光忽然大作，硬生生吞噬掉了红光。紧接着，白色光屏化为无数金丝向童以然袭去。童以然大概知道大势已去，自己不是离茉雪的对手，她狠狠瞪了我们二人一眼，留下一句“回头再找你们算账”便纵身一跃消失得无影无踪。

而后，那些金丝渐渐消失在空气里，围困我的红色光墙忽然不见了踪影。头顶上的天空渐渐散去阴沉与灰暗，变得明亮起来。

“暂时安全了。”离茉雪回头看着我，“你刚刚可有受伤？”

我冲她轻轻摇了摇头，然后忽然抑制不住地抱住她哭出了声。刚刚明明有一瞬间，我便要告别这个世界，走向死亡。我在短短时间内经历生死，目睹这些从未见过的不可思议的奇幻之景，心里的恐惧惊慌还未消散，竟是不管不顾地抱住一个尚且陌生的少女哭了起来。我感觉她似乎很不习惯与人亲近，几次想用手把我从她身边拉开，但她到底还是任由我如此。

良久，我的心情渐渐平复下来，这才松开了她，注视着她真诚地说：“谢谢，如果刚才要不是你及时出现，我可能、可能……”我终究还是没有勇气把那个结果说出来。

“不必道谢，你救过我，刚才算是还你了。”她淡淡说着，“童以然不是那么好对付的，她还会回来找你，你要小心。”

“嗯。”我用力点点头，回想起昨晚她嘱咐我小心，送我哨子时，我竟还误把她视为神志不清的病人，心里一时间有些过意不去，讪讪道，“对不起，昨晚我误会你了。”

“无妨。”她仍是那副平静的语调，面上一派淡然，即便是在刚才紧张的激斗中也依然平静，无悲无喜，好像这尘世间的一切都触不到她的心弦。

这一刻，我对她不禁生出好奇，于是忍不住问：“你到底是什么人？和刚刚那个自称从神界而来的童以然是一样的身份吗？”

她只是看着我，并未答话。

我忽然觉得自己有些失言，毕竟对一个陌生的人打探太多未免有些失礼，连忙解释：“你不要多心，我只是有些好奇而已，你不愿回答也没关系。”

她也确实并未再理睬我的问题，而是说：“你既然已无大碍，我便先告辞了。”说着，她就要离开。

我心里一急，也顾不得自己行为是否莽撞，急忙拦在她身前：“等等，你能不能留下来？万一，万一她下次再来，我来不及吹哨不就完蛋了？你就好人做到底，等我完全安全了再走好不好？”

她眉头微微一皱，像是在思考。我急忙趁热打铁：“你可以住在我家里，我们家有客房，平时不会打扰你。”我觉得自己实在是很厚脸皮，若放到平时，我无论如何也干不出这样的事情。只是现在事关性命，我顾不得许多，我不过一个凡人，哪能不怕死呢？

半晌，她点点头：“好，我可以留下来保护你。只怕你的父母会介意我一个陌生人住在你家，之前已是打扰你们了。”

“不会，我会想办法说服他们的，再说本就是麻烦你保护我，其实是打扰了你才是。”我笑着说，心里忽然放松了许多，之前的惧意惶恐渐渐消散。

她突然淡淡一笑，映得整张脸庞煞是好看：“我们不过才见过几面，况且你也知道我身份绝非常人，怎么这样轻易地便让我留宿在你家中？你不担心我和童以然是一伙的？也许我救下你不过是权宜之计呢？”

“怎么会？我知道你是好人。我不过是个人类，哪能跟你们的能力相比，你若要杀我，何须这些诡计？直接动手就得了。”我说道。更何况，我早就明白她不会伤害我。

我看着她，继续道：“你这人嘛，不过就是太冷漠了些，话说回来，你也应该比我大不了几岁呀，怎么看上去总觉得你好像历尽沧桑一般？”

她听完我的话，唇畔的笑容迅速隐去，又恢复往日里的冰冷：“快回你家吧，万一一会儿童以然卷土重来，我可没有精力再救你一次。”说着，她一个人先往我家的方向走去。

我撇了撇嘴，小声嘀咕：“不愿说就不回答嘛，整日里永远是一副冰冷的样子。怪不得叫‘离茉雪’，当真像是一座雪山！”虽然是求她帮忙，但好歹也是好言相求哇，她倒好，从头到尾都没露出个好脸色。

正在向前走的离茉雪脚步一顿，回身面向我：“你走不走？”

“走，现在就走。”我跟了上去，她一言不发地走着，不再多言。

“喂，你是不是听到我刚刚说的话了？我，我刚刚就是随口一说，你别生气呀。”见她一路无言，我不禁想到可能是我刚刚的抱怨让她生了气。毕竟是我拜托别人帮忙，其实她本可以拒绝蹚这趟浑水，但她到底还是应了我的请求。这样想来，我还在抱怨她什么呢？

“我没生气。在人间漂泊的这些年里，若不能练就一颗淡然、处变不惊的心，大概早就被你们这些红尘俗事、爱恨嗔痴吞没了。”她并未转头看向我，而是盯着前方的小路说道。她的声音无比平静，没有任何起伏，一瞬之间，她竟然让我联想到那些常伴青灯古佛、超脱世俗的人，站在红尘之外，看尽人世浮华。

我知道，她是一个有故事的人。周边无数景色从我身旁掠过，我一边走路，一边小心翼翼打量着她，我猜想她都经历过什么才会如此，长着一张如花的青春容颜却拥有一颗沉静的心。

“你猜不透我的，不必多想。”她忽然淡淡开口，声音打断了我的思绪。

“你，你知道我在想什么？”被她看穿心事的我有些尴尬，“哎，我这是职业习惯了。平时喜欢画漫画，构思画中的故事，刚刚是我一时忍不住灵感突现，才忍不住想了许多，你别介意呀。”她不愿提起自己的事情，我却一再忍不住想要窥探，这样确实有失礼节。

“我不是说了，我不会在意这些，你也不必道歉。我们二人不过是施恩与报恩的关系，我从不欠任何人人情，等解决掉童以然，我们再不会有联系，所以你不要在我身上多花时间，也不要想着了解我。”她用最平静的语气说着最为淡漠的话语。

“可是你说的那个童以然应该不是个好对付的角色吧？要不以你的能力大概早就制服她了，你上次身受重伤也与她有关吧？这样看来想要对付她要做好长期准备，那么我们可能会相处许久，彼此之间多些了解也是好的吧。”我解释道。

她本就是一副面无表情、生人勿进的样子，但不知为何我感觉在自己说完这些话后，她脸上的表情又凛冽了些许。她用那双寒意密布的眼眸看向我:“我再告诉你最后一遍，我不需要被了解，不需要朋友，不需要被关心。人与人之间本就不需要彼此知晓，被别人了解得越多，别人伤害你的机会越大。”

“你这是在暗示我什么吗？”听着她的话，我的怒火瞬间冒了出来，“你觉得我是在套你的话想要伤害你？你要这么不相信我干吗还保护我，直接离开这里不就行了？”

“如果不是不想欠你的人情，你以为我会来这里？”她冷声说。

我的气一下子泄了下来，算了，到底是我在求她。童以然并非常人，如果少了离茉雪，我是无论如何也打不过她的。到时候只怕有危险的不只我一个，连我的家人都会葬送虎口。真是求人办事就是会在那个人面前矮上一大截呀，罢了，面对这样一座终年积雪的大冰山，我也求之不得可以和她少言几句，省得再被她的寒气伤了。

“是是是，是我在求你行了吧。日后除了那个童以然出现，其他时间你这座雪山也别出现在我眼前！”我气呼呼地说道，本来应对她怀有谢意，硬是被她变成了满满的怒意，她倒是振振有词，真没见过这样一个冷言冷语的报恩人士。

于是我带着一肚子的不快同她回到了家里。回家的时候，妈妈正在客厅看电视，一见到离茉雪，瞬间愣了愣，然后说：“你不是上次受伤的那个姑娘吗？”

我见状急忙说：“哦，她其实是我们学校的留学生交换活动里的外国学生，上次我们还不认识，才不知她的身份。她要在中国待一段日子，你之前不是建议我参加一下这个活动吗？所以我就加入了，学校正巧把她分配到我们家了。”

妈妈的眼里出现几分探究的意味。我知道她在猜测许多事，尤其是离茉雪上回为什么重伤在身。可是此时此刻，我完全找不出合理的解释。

正当我烦恼之际，离茉雪忽然开口：“阿姨您好，我叫离茉雪，上回打扰你们了，上次我一个人在路上遇到劫匪，纠缠中受了伤，多亏爱琪相救。现在我还要在府上叨扰一段日子，但您放心，我不会给您添乱，而且无论是做饭还是打扫卫生，我都可以帮忙。”

我妈妈见她如此，疑虑退去些许，她摆摆手说：“既然是爱琪的同学，那就没什么打不打扰的，你能来我们也很开心。只是，听你说遇见抢劫这么大的事情，你没有去报警吗？”

“报了，只是这种案子还要调查一段时间，好在我也没什么大碍，多亏你们一家相救。”她说的明明半真半假，却在她的脸上完全看不出任何的不自然。果然演技高超，看来我是这辈子也赶不上她的。

妈妈点点头，而后像是又想到了什么，问：“你是哪里的人？怎么中文说得如此流利，而且样子也不太像是欧美那边的。”

“我是华裔，我妈妈是中国人，在我小的时候就教我中文，所以我的中文还不错。”她不紧不慢地解释。

妈妈这才完全放下心来，她的头微微一仰，冲我说：“爱琪，你把茉雪安排在你房间对面的客房吧，这样你们两个人也方便交流。”

我急忙点头，生怕妈妈再问什么问题露出马脚。直到我把离茉雪带到客房，关上房门后我才长舒了一大口气，对她竖起拇指，夸赞道：“你真是厉害，完全没有露出什么异样，看来我妈妈是相信了。”

她淡淡勾了勾唇，没有多言。

“那我也不打扰你了，你这么喜静我就不招你讨厌了。我一会儿把洗漱用品给你拿来，你要缺什么就和我说。”我说。

她点点头。

于是，我出了客房，轻轻关上房门，在我刚要进自己的房间时，正巧去洗手间的妈妈脚步一顿，问我:“对了，若薇丢失的那件大衣价格是多少钱？你问她了吗？”

我心下一颤，但仍是装作轻松愉快的样子，说:“哦，我忘记说了，那件大衣已经被盘山的管理人员找到送学校了，我刚刚就是去学校领了衣服，顺便参加了留学生交换，和离茉雪成了一组。我都把衣服给若薇了，你不用担心。”我到底还是不愿说出她欺骗我的事情，在经历刚刚那些不可思议的事情过后，也不想再去多费唇舌讲我和若薇的恩怨。

“那就好。”妈妈舒了一口气，去了洗手间。

我回到自己的房间，从衣服里掏出那封可笑的道歉信，将它撕成碎片扔进垃圾桶里。然后，我躺在床上，呆呆望着淡粉色的天花板。我想起我的总角之交到头来却在欺骗妒忌着我，想起那个异界的女孩要杀我，想起让人看不透难以接近的离茉雪……我的人生从未在一天之间发生过这样多的事情。我仿佛逐步坠入了无尽深渊，再难逃脱。

但我相信一切都会好的，对吧？

周日一早，我便被妈妈建议带着离茉雪去看看我们晗宁这里特色的景点。尽管我一向愿意宅在家里，但仍是抵不过我妈妈的威逼利诱。无奈之下，只好带着离茉雪出了家门。说真的，其实晗宁这个地方历史悠长，有很深厚的文化底蕴。在当今飞速发展的时代里，晗宁并未忘记自己本真。偶尔路过被岁月斑驳了的幽长小巷，依然可以听到巷中的老人讲过去那些被时光封存的传奇故事。每逢节假日，这个暗含古朴典雅的古都，都会被络绎不绝的游人挤满。

然而，对只想趁着放假好好在家休息的我而言，实在是辜负了这大好的光景。其实我也并非完全不喜游玩，只是往往好不容易从繁忙的学业里抽身，在偷得浮生半日闲的时候，我更愿意在家里一个人徜徉在笔下的图画故事里。再说，就算出去，同这样一个大冰块在一起，也能料想到这个旅途不会有太大的意思。

既然已经出来了，姑且好好享受一下吧，我宽慰自己这么想着。

晗宁最著名的便是离殇镇。对于一个地区而言，一般历史越久的地方越有名气，这镇子不过百年历史，却是这里最有特色的地方。若说起“离殇”这个字眼，本是充满感伤，可是于这个镇子而言，却是有着与其截然相反的意义。

名字虽取为离殇，本意却是不诉离殇，这在镇口牌匾上的那句诗“陪君醉笑三万场，不诉离殇”便可看出。

现在并非旅游旺季，再加之时间尚早，这里并没有什么游人。退去往来的人群，还可依稀从中寻回几分旧日光阴。

对于这个镇子，我只在幼时来过一回，现在已然记得不大清楚。只是，对于它背后承载的故事，自小听着外婆一遍遍地讲解早已熟记于心。离殇镇的故事，是每个土生土长的晗宁人都知晓的。

我看了一眼身后那个冷漠如冰的“冰雪人”，仿佛周遭的一切，世间所有的浮华皆入不了她的眼。我叹了口气，罢了，谁叫今天是奉了我妈妈的命，带她出来游玩，那么我就尽职尽责地做一回导游，为她讲述一二吧。

想至此处，我回头对她说：“你知道吗？这座古镇是我们这里最有特色的景观。它背后的故事也一直被人津津乐道。”

她眼眸微抬，看了我一眼，而后淡淡扫向镇口的一棵参天古树。那树上挂满了红色丝带，每一条带子都代表着一个人的心愿，因而这棵树又名“许愿树”。人们相信，但凡是历史悠久，经过时光洗礼的地方都有灵气，因而，若在此许下心愿定能实现。且不说真假，至少代表了许多人一种美好的憧憬。

离茉雪似乎被那棵树吸引，她缓缓走了过去，我跟在她的身后，继续说：“这座镇子是清朝末年，一位唤作浅殇的女将军所建。清末之时，中国已陷入战火之中。浅殇心怀天下，带领许多百姓寻得一处尚且可以生存的地方，也就是在晗宁，她与途中相识的一位知己合力建下这座镇子，命名为‘离殇镇’，虽然名字暗含离别之意，她却以一句‘不诉离殇’，令其有了新的含义。”

离茉雪伸出手轻抚着粗糙古老的大树，向树冠之处望去，虽然只是初春，但这棵树已经生出不少翠绿的枝叶，掩住半寸蓝天，阳光细碎地透过叶子缝隙之处洒落。春风偶尔拂过，树叶发出沙沙的声响，仿佛是最为悠久的自然之乐。她仿佛想到了什么，微微出神，静默而立。

一时之间，在寂静之中只能听到树叶的声响，我不禁感叹或许在百年以前，在旧日的王朝之中，也是如此光景，也是一样的幽静之感。只是而今，那些历史中的人早已不复，空余一座被时光斑驳了的小镇留在此处。

我见离茉雪久久立在树下，注视着大树，便想或许她对这个地方还有几分兴趣。于是，我继续说道：“其实这树也是有来头的呢。传说，离殇镇曾有妖女出没，那妖女为祸四方。浅殇将军四处打听，才在一位隐士高人口中得知对付妖女的方法。原来晗宁这个地方在上古之时曾是灵气鼎盛之地，因为那时候人类善用法力，可日行千里，长生不老，在这里世代繁衍生活，所以将这里染上无尽灵力。后来人类虽然因为不断地与外界相争而心生厌烦，自愿封印法力以示退出纷争的决心，但是这片土地的灵气始终未散，因而也易让妖孽借此得以修炼，为祸四方。那位高人说，只需镇住灵气最为繁盛的地方，那么妖魔再不敢捣乱。那个地方就是现在这棵树所在之处，据说只有上好的木器才能镇住灵气，因而这树苗也是当年浅殇费尽周折才找到的，据说在这期间，当初与她合力共建这个镇子的好友也为对抗妖女付出了生命的代价。”

“妖女？”她忽然一声轻笑，但笑声里只有不屑，她缓缓收回了触碰树干的手，看向我，“你也相信这等无稽之谈吗？”

我想了想，说：“关于这古树的由来也只是个传说而已，既然是传说当然半真半假。我想在当年，真的有什么奇幻之事发生也说不定吧，不过或许没有这个故事这么玄乎。”

她不再多言，只是淡声说了句“我们走吧”，便朝镇里走去。

我跟了上去，和她一同进入小镇。此时，时节尚早，这座镇中只有少量游客在此逗留，为这里平添几分冷清。里面的屋舍俨然，颇有古韵，褐色的砖墙经过无数风霜雨雪的侵蚀已是斑痕点点，但依然可从中窥见几分昔日的繁盛之景。

这里的屋舍是古代留存的建筑，自然不可让游人轻易入内，那些屋子周围被层层围栏包围。道路旁偶有几个破旧的木桌，依稀可辨认出是前人用来吆喝叫卖物品的摊位。

“现在这里已是人去楼空，不知在百年以前它究竟是什么样子。”我不禁说道，在脑海里努力勾勒出昔日的景象。

“离殇镇曾是清末最为繁盛的地方。那时这里贸易兴盛，人来人往，络绎不绝。即便后来中国发生一系列的战事，此处也是被列强侵入最晚、造成危害最小的地方。”她目视前方轻声说。透过她的眼眸，仿佛可以看到历史的烟尘。

“咦，你知道这里？”我问。本以为她对此处不甚了解，我还为此费了不少唇舌简述这里的故事。但如今看来，只怕她了解得比我还要多几分。

她没有回答，只是一路向前走去。

“又不说话。”我嘀咕一句，匆匆跟上她的步伐。

我们向镇子深处走去，周边的游人愈见稀少。离殇镇的面积并不小，全程走下来也要耗费不少体力。

“喂，你看我们这么走路实在太无趣了，不如你给我讲讲这里的历史吧。我见你对这里很是了解，不像我，只不过知晓这里的故事传说而已。”我对她说。

我的话音刚落，她忽地停住脚步，向我的右方看去：“你跟了我们有多久？”

我一愣，向右方看去，只见在旁边屋子投下的阴影处，站着一个青年。他一身蓝衣，面容俊朗，尤其是那一字眉，透出些许凌厉，他的腰间坠有一个白色的玉环，那玉环用水蓝色的带子穿着。远远看去，那青年颇有几分侠义之气。

他见自己被离茉雪发现，也不慌张，或者说他好像本就不想刻意隐藏自己。他一步步向我们走来，直至站在离茉雪面前：“你不是人类，你是谁？来人间有何企图？”

“那你跟着我的目的又是什么？”离茉雪冷声问。

“我就是为了追捕私自来人间的异界之人。关乎人界安危，绝不容许有丝毫纰漏。”他一字一句说着，看着离茉雪的目光渐渐变冷。

“可在我看来，人类未必比我这样的人心善。人间的大多纷争，难道不是人类自己引起的吗？”离茉雪冷哼一声回答。

“休要在此狡辩！其余五界之人随意来到人间本就触犯法则，事到如今，你还有什么好说的？不如束手就擒。”青年男子厉声说道，语气不容有丝毫质疑。

我见此情形，也顾不得许多，急忙上前挡在离茉雪身前：“等一下，我们是不是有什么误会？我发誓，这个冰块人绝对没有做任何危害人类的事情！”虽然离茉雪平日里与我不大对付，总是冷言冷语的，像个终年不化的冰块，但我知道，她是个好人。

青年男子只用手轻轻一摇，我感到自己的身子仿佛被什么巨大的力量掌控，不由自主地就从离茉雪身前移到了一边。

“我知道你是人类，不会为难你。这件事，还请你不要插手。”他对我说。

随即，他身形一晃，速度之快令我根本看不清，再次看清他时，他已一掌打向离茉雪。离茉雪微微一侧身，伸出右手接下了他的攻击。一时之间，二人僵持不下。

青年男子像是感知到了什么，有些惊讶地说：“想不到你的内力如此深厚，竟可以只凭借内力防御。但是，我在你体内感知不到一丝灵力……”

话语之间，二人已经转变了招式。青年男子飞速收回手，腾空跃起，周身出现无数寒冰，那些寒冰一齐向离茉雪飞去。离茉雪纵身一跃，同时一个空翻，数十寒冰擦身而过。然而，寒冰数量数不胜数，剩余的寒冰几乎布满她的周身。她暗暗发力，用掌风飞快地劈掉一波又一波寒冰。

“若是没有灵力支撑，纵是你有多么深厚的内力也难以大面积进攻防御！”那男子站在一旁说，同时掌中闪起幽蓝色的光芒，看起来是在控制这些寒冰。

我在一旁心里满是焦急，看得出这男子的法术不低，离茉雪只凭借双手根本难以抵挡那么多的攻击。我想去帮她，但又知晓自己的水平，一介凡人，估计刚进入这冰阵就得被劈成灰。怎么办？我绝不能眼睁睁看着离茉雪受伤。

“拜托，请你放过她吧，不是每个异界的人都是心怀不轨的。她还救过我的性命，我敢对你发誓她是好人。”我只好对那青年恳求。

“凡人本就不该与外界人接触，她私自来人间已是犯下大罪，任你再如何求情也是枉然。何况，维持人间的安稳，避免与其余五界接触是我的责任，你不必再多言！”那男子斜视我一眼说。

看着情形，我知道自己根本不可能说服他。罢了，既然说教无用，只好用武力解决了！思及此处，我心中已有了主意。我突然向他撞去，将他撞倒在地上，他没想到我会突然有此攻击，自然没有防备，狠狠摔了一大跤，正在运行的法术也中断了。

我趁他跌倒在地，急忙拉起刚刚从冰阵中脱离的离茉雪逃进一条弯曲的小胡同里。这离殇镇地形崎岖，除了主要大道还有许多狭窄的小路，倒是适合脱身。那青年男子马上便反应过来，起身追寻我们，只是奈何这里地形复杂，饶是他有通天本领也难以马上找到我们。我们躲在墙角，见他往相反的方向跑去，我这才松了一口气。再回过头看离茉雪，只见她的额头早已被细细的汗珠布满，发丝都被汗水沾湿贴在脸上。

“喂，你怎么样？”我扶着她，急忙问。

她摇了摇头，气息不稳地说：“我只是消耗了太多内力而已，休息一下就好。”

然而见她一副随时都要昏过去的样子，不比第一次见她时强上多少，我根本放心不下。可她体质特殊，又不敢带她去医院，现在只好先回家。

一路上，我觉得自己像是一个特工一般，为了躲避那个青年男子，哪条路窄，哪条路弯曲走哪里，偏偏还得扶着已经神志不清的离茉雪，不过好在终于平安搭上了出租车。在车上，我还时不时用手探探她的鼻息，生怕她一个不小心再没了气，那我可是摊上大事了，到时候还不得背个嫌疑的罪名。

我怕她在车上一路颠簸休息得不好，就将她的头靠在我肩上，她的呼吸很轻，一下一下打在我的脖颈处。她早已昏睡过去，睡梦中的她，退去了昔日的冷淡，好像也染上了几分凡尘之气。

回到家后，我将她扶到房间，妈妈没想到我们这么快就回来了，我借口说今天离殇镇有活动，人挺多的，根本没办法看景点，所以简单转了转就回来了。压根没敢提离茉雪受伤的事情。

我没有照料非人类的经验，根本不知道如何才能帮她减少痛苦，只好坐在床边守着她，随时观察她的状况。眼下的状况真是一波未平一波又起，童以然的问题还没有解决，又来了个陌生的男子，不管三七二十一就和我们交手。但我觉得我的心情倒是平稳了许多，从最初见到童以然恐惧不已，到现在可以平心静气地坐在此处，想着眼下的情况，心态好了许多。也许这万千世界，浩瀚宇宙，本就藏有太多我们人类不曾了解的东西。

我想起自己已有好久没有画画，最近接二连三发生了许多让我心烦意乱的事情，总是静不下心提起画笔，现在守着离茉雪也没有什么事情做，倒是有种重拾画笔的冲动。

于是，我找来画笔和白纸，在雪白的纸张上一笔笔勾勒我心中的奇幻世界。每当我不安之时，这笔下的世界总可以让我寻到一方净土。

正当我专注绘画之际，耳边一声微弱的话语打断了我的思绪。只见离茉雪缓缓睁开眼，坐了起来，用手扶着额头问："这是哪里？"

我急忙在她身后加了个枕头，让她可以倚着舒服些，然后说："这是我家，你在离殇镇不是受了伤？是我把你扶回来的。"

她揉了揉额角，像是想起了之前的一切："又是你救了我。"

我知道她是指带她逃离那男子追捕的事情，我大方地摆了摆手："举手之劳而已，何须挂齿？"然后，我又有些不好意思地说："再说要不是我拉你去的离殇镇，如果你不是为了保护我留在我们家也不会发生这种事。所以，你也不用道谢啦。”

她微微扯了扯嘴角，像是在笑，然后她的目光落在我手边的画纸上：“你在画画？”

“嗯，虽然没有什么大师的水平，但这是我很喜欢做的事情。”我收起画笔，微微一笑说道。

“对了，你现在觉得身体怎么样？”我关切地问。

她微微活动了下四肢，回答：“还好，已无大碍，只是失去了些内力，恐怕要过个几天才能恢复。”

“今天的那个人看起来还蛮厉害的，上次你对抗童以然之时也没见如此费力。”我说。

她点点头，开口：“童以然法术并不精湛，我用内力可与她抗衡。但是今天那个人修为不低，我只凭内力根本无法抵挡他的攻击。”她说着眉头微皱，像是为自己遇到了颇为棘手的敌人而烦恼。

“那怎么办，要是你再碰到他不就完了？”我焦急地说。这回只是简单过了几招就已经落了下风，只怕那个男子不是那么容易躲过的角色，他定然还会再找到我们，万一离茉雪再受伤怎么办？

她漠然一笑，冷淡地说：“放心，我不会牵连你就是了。”

我一愣，一时间并未理解她的意思。片刻过后，我才明白她以为我是在担心那男子再度袭来时会危及我的安全，她会保护不了我。

我只觉得自己脸颊发烫，脸大抵因气恼变得通红，我看着她一字一句道：“你以为我是在担心自己？我是在为你担忧好不好？你知不知道你今天回来的路上一直昏昏沉沉的，我有多么担心？如果我真怕你会连累我，我干什么还要救你？”

她微微一怔，目光由冷漠变得柔和了许多，但只是一瞬间，眼角处的寒意再度闪现：“救我也只是希望我为你击退童以然吧？你们人类一向不做亏本生意。自古以来，帝王之术，明争暗斗，到如今职场上风云变幻，那些钩心斗角的计谋你们人类什么时候没有用过？你救下我既可以让我再欠你一个恩情，也可以让我对付童以然，这不是一个一石二鸟之计吗？”

“你……”我用手指着她，嘴唇颤抖着，却始终说不出一句话。

片刻之后，我渐渐平静下来，缓声说：“好，只当是我救错了人。”说完，我朝房门走去，人家将我想象得如此不堪，我还待在这里做什么。

刚一开门，妈妈正好端着两杯豆浆走来，她把一杯递给我：“你把这个给茉雪尝尝，我现磨的豆子做的呢。另一杯我放你房间，你一会儿去喝。”

我点头接过杯子，妈妈笑了笑，向我房间走去。

“给你。你要不担心我在这里下了毒你就喝。”我咣的一下，重重把豆浆放在离茉雪的床头柜上，然后冷着脸走了出去。

而后，我带着一肚子的怒火回到自己的房间，拿起桌上妈妈刚刚送来的豆浆灌了一大口，只觉得自己白白做了回好人，一句“谢谢”没落着，还被质疑。

我忽然觉得自己身心俱疲，我仰面躺在床上，望着头顶淡粉的天花板，回想起这几天的事情。我想起若薇，那个和我从小到大的朋友，到头来还是误解了我对她的好意。罢了，人心本就猜不透，更何况只是和我刚刚相识的离茉雪呢？

我渐渐觉得自己的思绪一点点在变模糊，困意向我涌来，我闭上眼昏沉沉地睡了过去。

再次睁开眼的时候，窗外已是漆黑一片，我看了一眼手机已经是晚上七点了。没想到一觉睡了这么久，只怕今夜又要许久睡不着了。但或许人精神了，那些烦心的事情也淡化了许多。

父母和离茉雪早已吃过了晚饭，我没什么胃口，匆匆扒拉几口残羹，便想到外面透透气。

刚一出门，外面微冷的春风迎面扑来。由于明天就是周一，孩子们要上学，那些孩童这个点也大多回家休息了，小区里安静了许多。其实我们这个小区环境很是宜人，植被覆盖率高达百分之七十，放眼望去周围树木密布，再加之其中点缀的古朴典雅的亭子，小区旁坐落着的古宅，让这里颇有几分静雅。

今夜的天空是深邃的蓝色，没有繁星点缀。城市的夜空，已经好久没有看到过星星。但幸而有一抹弯月静静地缀在空中，发出淡黄色的光芒。

夜风拂过，周围的一切都显得无比静谧。隐约之间，我听到耳边传来琴声。由于我幼时一时兴起，学过几次古琴，所以几乎在一瞬间我便辨认出那是古琴的声音。只有古琴的声音才会如此清澈淡雅而又悠长深远，余音不绝。

我顺着琴音追寻，在一棵大树下看见一个着一身素色衣服的少女在抚琴。她面色清冷淡然，眼底有无尽的愁绪。清冷的月光洒在她的身上，她如同一个与世隔绝的出尘之人，红尘之间一切恩怨都同她无关。

我见过的她都是一种模样——冷漠淡然，却从未见过如此孤独忧伤的她。离茉雪，她到底是个怎样的人？我始终看不透她。

我不敢离她太近，生怕扰乱这优美的琴声。她修长的手指在琴弦上轻轻拨动，旋律一泻千里。我想起曾经在课本上读过的古文：如怨如慕，如泣如诉，余音袅袅，不绝如缕，舞幽壑之潜蛟，泣孤舟之嫠妇。原来，这人世间真的有这等绝美的音乐。

在寂静的夜里，这琴声如同潺潺溪水，缓缓在我心间流淌。

慢慢地，琴音渐低，夜色里，我听她在月光下轻声吟唱：“对酒当歌，人生几何？譬如朝露，去日苦多。慨当以慷，忧思难忘。何以解忧？唯有杜康……”她的声音清澈，在寂静的夜里，带着无限的哀愁与孤寂。

原本我对她的不快在这一刻全部散去。那一句“何以解忧，唯有杜康”紧紧萦绕在我的心间。我想她或许经历过许许多多的人世冷暖，才有了这样孤傲淡漠的性格。

我缓缓走近她，她看见了我，手指从琴弦移开，轻声说：“抱歉，我见你们家走廊里放着七弦琴，一时间忍不住就弹奏起来。”

“没关系的，这把琴我只在小时候弹过几回，然后就扔到一边了，以后也不会再去弹了。”我摆摆手，而后又急忙补充，“你的琴弹得真好，可以去参加比赛啦。”

她淡淡一笑，开口：“古籍记载伏羲作琴，又有神农作琴、黄帝造琴、唐尧造琴等传说。舜定琴为五弦，文王增一弦，武王伐纣又增一弦为七弦。古琴文化这样源远流长，博大精深，若以此比赛争名，岂不可惜？”

我撇撇嘴，坐在她身旁的草地上，说：“好了，就你不食人间烟火，不染功名，是我一身凡人俗气。我告诉你，我们人类都这个样子，没有你那样的风骨。”

她好像又是一笑，而后沉默半晌，似是下定了什么决心才道：“今天的事，是我误会了你，抱歉。”

我微微一愣，我从未想过她竟然会说出道歉的话语。毕竟她永远都是那副高高在上、对人间所有都不屑一顾的样子。

“算了，我大人有大量，才不计较这么多呢。”我笑着说，用手拨弄着地上长出的嫩草。

她看着我，忽地一叹，转头遥望天际：“这世间有太多的人心算计，我实在不愿接近或是轻信任何人。”

“虽然话是这么说，但是我相信好人占多数。而且家人朋友，是每个人都不可缺失的一部分。我相信我的每一个家人、每一位朋友，他们永远不会伤害我。”我说。

她注视着我，缓缓道：“即便你知道王若薇欺骗了你，你还是如此相信你的友情吗？”

我一怔，随即有些尴尬地问：“你怎么知道这些事情的？”

“那天在盘山，你去卫生间的时候把衣服放在了座椅上，我看到王若薇偷偷把她的衣服交给一个同学保管，说隔天再给她。”她没有隐瞒直接告诉我。

我只觉得自己心中一颤，虽然已经知晓若薇欺骗了我，但在了解一切后，我依旧有些难过，毕竟我和她做了那么多年的朋友。

“其实我不知道她为什么这么做。我是真心把她当成最好的朋友，我知道她生活拮据，愿意把我的东西同她分享，而且我从未轻视过她，我……”我的喉咙一哽，再说不出话。

离茉雪轻叹一声，说道：“这世上不是每个人都懂得感恩，不是每个人都懂得别人对自己的好。世间有形形色色的人，并非任何人都是善的。

纵然是朋友，也会因境遇不同而怀有不甘妒忌。”

“可是，我不明白，朋友难道不就应该以心相待，为什么还要理会那些虚无的身外之物？”我实在想不通这一点。说真的，但凡是我的朋友，我与他们只论真心。

“你太简单了，看不透许多东西。”离茉雪摇摇头看着我，“你只想过朋友之间的真诚，却未发觉凡事均有两面，有相交自然也有各取所需的利用。”

她知道我无法真正看透这些，又道：“有的事，大概也只有自己亲身经历方可体会，眼下我说得再多也只是枉然。”

我注视着她，忽然想到什么，急忙问：“不过你既然早就知道王若薇的计谋，为什么不在你给我哨子的晚上就告诉我？”

她淡然一笑：“那时你我未曾熟识，即便我告诉你，你便会信吗？恐怕只有自己亲眼所见才会明白一切。既是如此，又何必多此一举？”

我想起那时她告诉我关于童以然的事情，给我哨子的时候，我还对她百般猜忌，要是她当时告诉我王若薇在欺骗我，我定然只会当她满嘴假话，挑拨离间，确实不会信她。

我望着离茉雪，这个在我眼里本是淡漠如冰的少女，忽然给了我不一样的感触。月光之下，她依然美丽神秘，淡然出尘，但我第一次觉得，或许我已经在无形之间朝她走近了那么一点点的距离。

第三章 生死

转眼之间，新的一周来临。一周之中，周一是我最不喜欢的日子，告别周末又远离本周的周五学习结束之日。

由于对父母一直以离茉雪是交换生为名，所以她平日在我上学的时候不能留在家里，得和我一起去学校上学。在去学校的路上，我不断抱怨自己当初对离茉雪身份解释的谎言编得太糟糕了，她根本不是我们学校的学生，如何能进得了学校大门，她又不能去离我太远的地方。否则无论是童以然，还是上回遇到的陌生男子来袭，我都不是对手。

“喂，怎么就我一个人着急筹划一会儿到学校该怎么安排你逗留的地方，你怎么完全不着急呀？”我有些不满离茉雪依旧是一副事不关己高高挂起的样子。

“着急有用吗？谎话又不是我编的。”离茉雪冷声说。

“你……”我开口却又不知说些什么，总而言之确实是我求她来保护我的，否则也没现在的麻烦事情了。

算了，和这个人也没法沟通太多。

一路走到了校门口，而我始终没有想到任何办法。我踌躇地看着身旁的离茉雪，不知如何安置她。她依旧从容不迫地打探着周围的环境，然后对我说：“你进去吧，我有办法。”

“你有什么办法？”我用怀疑的眼光看着她。

她却摇头不语，只是让我去安心上课。我带着满肚子的担忧质疑走进了教室，坐在窗边的位置。此时尚早，教室里不过寥寥几个同学，还基本都是忙着补周末的作业。阳光透过窗户玻璃洒落，为教室蒙上橙黄色。

忽然间，我听到窗边的大树发出细微的声响，我朝那里望去，心里一惊，险些叫出声。原来离茉雪竟然坐在树上。只见她轻盈地坐在树梢上，对我微微一笑。

亏她想得出来，而且还有爬树的好本事。此时树木已经长出不少枝叶，若她隐在其间确实不易看出。我冲她竖起拇指，表示赞扬。她对我微微点头示意，随后就没入树叶后，隐去了踪影。

过了一会儿，同学们陆陆续续到来，上课的铃声响起，一天的学习生活就此开始。

第一节是英语课，老师让我们分角色小组朗读课文。以前每逢此时，我都和若薇一组，但现在，我知道我们二人再不会有什么瓜葛。即便若薇没了我这个搭档，她也很快找好了组。她平日在班里人缘很好，人好看又善于交际，在学校的不少活动中认识了许多朋友。我却与她不同，相较于她的交友遍天下，我则更愿意守住身边真正知心的朋友，所以其实我的朋友圈要小许多。就像现在，没了若薇，我竟然不知该和谁成为搭档。

看到身边的同学都已经两两一组开始朗读课文，唯有我形单影只，我一时之间感到有些尴尬。其实我最怕的就是孤独，尤其在周围人都是结伴而行的情况之下。

不大一会儿，老师就让我们开始上台诵读，她第一个点的就是我的名字。没办法，英语其实并非我的强项，成绩也不尽如人意，因而老师总是尽可能让我有在课堂上锻炼的机会。

“老师，我一个人读这篇课文中的两个角色好吗？”我站起来小声说。

“刚才不是已经说得很清楚了，要两个人一组吗？”老师皱了皱眉看着我说。

“我……”我只感觉自己脸颊发烫，有些难过。在这个班里，我和若薇总腻在一起，和其他的同学实在交往太少了，以至于现在我都找不到一个合作伙伴。

这时，忽然一个清脆的声音响起：“老师，我和爱琪一组！”

我惊喜地看去，发现是双双。她对我笑了一下，用眼神示意我先读。我点点头，对她投以感激的目光。

虽然我英语成绩并不好，但课本上基础的东西还是没什么大问题，这篇课文之前在底下我已经看过，所以读起来也还算流畅。整篇读下来，我和双双配合得默契十足，赢得老师的称赞。

结束朗读之后我坐回了自己的位置上，正巧看到离我不远的若薇正在和同桌低声笑语，我们二人之间的事情仿佛一点也未影响到她。即便她欺骗我，我心里的难过却是多过愤怒。或许我心里还自欺欺人地有过我和她可以重归于好的想法，毕竟那么多年的友情怎么可能说放下就放下呢？

一天的课就在我的恍惚中度过，中间我时不时望向窗外那棵大树，但是只有满树翠绿的叶子，根本不见什么人影，可我知道，她一定在那里。直到放学的时候，我才有机会对双双说一声“谢谢”，感谢她愿意在英语课上帮我。

她只是笑着摇头说没有关系。她应该也看出我和若薇之间发生了些什么，可她并未就此多问一句。我想，她的确是一个善解人意、值得交心的朋友。

我特意趁学校里的人都走得差不多，才敢来那棵树下。正当我想要叫离茉雪和我一起回家的时候，王若薇朝我走来。今天是她值日，所以她也并未急着回去。

我本想着她或许是想去树后面的仓库拿笤帚，没有想过她要来找我。我们之间发生那么多事，再见面，我也觉得有些不自然。所以我低下头看着脚下的树荫，避免同她目光交会。

“爱琪！”她走到我面前叫了我一声。

“若薇。”我看着她，不知该说些什么。

“周五那天的事情，我……对不起。”她弯下腰，对我道歉。

我没想过她会对我道歉。一时之间，我愣在原地，也不知自己是否该原谅她。那日她说的许多话，直到现在还深深刺伤着我的心。

“我不是故意的。那天是我一时冲动才会做出那样的事情，还事后对你说出那么严重的话。我知道，在我身边的所有朋友里，只有你是真心对我好，我却那样误解你、指责你，希望你可以原谅我……”她真诚地说着，眼里闪着泪光。

听着她的话语，我知道自己已经有所动摇，想要原谅她。可想到那天我去她家，她对我说的那些话语，我还是没办法把“没关系”那三个字说出口。

“若薇，我知道你在生我的气，也可能再不会原谅我了，可我还是要对你说这些话。因为，我不想失去你这个朋友。”她凝视着我说道。

这一刻，我知道自己已经完全动摇了。我上前一步拉住她的手，说：“我们还是好朋友，你并没有失去我。若薇，我明白你的心结，我理解你。”相比之下，若薇年纪轻轻就已经尝到那么多的苦涩，我知道她的脆弱与敏感，我想她的许多话也只是无心说出来的。

“爱琪，谢谢你！”她忽然拥住了我，哭得像个孩子。

“好了，你现在可是学生会的干部了，要管理校园的，当心被人看到你现在的样子，那你的威严可就全没了。”我拍了拍她的后背，用调侃的语气说。

她玩笑般地拍了下我的后背，啜泣说：“我这个样子只有你才能看见。”

她渐渐平复下来，放开我的肩膀，说：“告诉你个好消息哟，刚刚听学生会会长说明天下午市教委临时检查学校，所以明天下午要停课，放半天假。”

“真的？”我惊喜问道。说真的，我并不是一个爱上学的人，放假从来都是我最盼望的事情。

她点点头，建议：“要不我们明天中午放学后一起出去玩吧。”

“好哇。”我爽快地答应。

“那就这么说定了哟，那我们明天再见。”她对我挥手告别，转身离去。

望着她远去的身影，我感觉那一直压在我心头的乌云终于散去。我知道，我们的友情没有破碎。

直到若薇身影完全消失在我的视线中，周围也空无一人，我才敢小声对着树呼唤离茉雪。她利落地纵身一跳，就轻盈地落在了草地上。

"好厉害，你是不是还会轻功啊？"看她如此身法，我不禁惊叹。

她看了我一眼，没有答话。只是转身朝校门外走去。

我早就了解她这爱搭不理的性子，也无心计较，跟在她身后，又继续说："对了，我明天中午要和若薇出去玩，你……"我在想着怎么才能让她一路保护我还不被若薇发现。

"如果你想让自己安全一点，就不要给我出这种难题。"她知道我想让她一路神不知鬼不觉地跟着我，"经过上次和那男子的交手想必你也理解，我没有灵力，隐身之法我不会。"

"你再想想别的方法呗。这可是和我最好朋友的约会，你就帮帮忙嘛。"我求道。

"最好的朋友？张爱琪，你确定她是你最好的朋友吗？"她一路向家走去，目视着前方，面无表情。

"你什么意思？"我觉得她好像话里有话，而且从一开始就很冷淡。

"什么意思？"她脚步一停，转身看向我，"你相信她刚刚对你说的那些话吗？"

"为什么不信？"我停在她面前，"她做那些事情，也只是一时冲动而已。"

她仿佛是听到什么笑话一样，冷声一笑："张爱琪，她和你做了这么多年的朋友，如果她始终真心待你，你相信她会一时冲动做出欺骗你伤害你的事情？她所谓的一时冲动只恐怕是蓄谋已久的行动。"

"离茉雪，我不许你这么说她，你又不了解她。"我有些不快。

"那你又对她了解几分？你以为你们从小到大在一起，你就了解她了吗？上周五刚刚发生那样的事情，这周一就急着找你道歉，她要能这么快觉悟，大概也做不出欺骗人的事情。想必只是无事不登三宝殿而已。"离茉雪冷声说，眼里满是冷漠。

我听她这样妄自质疑他人，也不再收敛自己的怒气，我气愤道："离茉雪，你是孤独惯了觉得无所谓，但我不同，我没有办法过你那样独来独往的生活。我要朋友，我需要友情，我懂得朋友间应该相互信任。若薇如何，不需要你告诉我！”我真无法想象这样对任何人都满是戒备猜疑的她该如何交到朋友。

她见我如此，漠然而笑，仿佛是在嘲笑我对若薇坚定的信任。但她未再与我多言，只是淡声说：“是我逾越了，本就不该管你的闲事。”说着，她不再看我一眼朝家中走去。

我也不再开口，心里的怒气还未消散，与她一前一后走着。我知道自己虽然是麻烦她在身边保护我，但我好歹也算帮过她，她倒好，如同万年寒冰，始终发着逼人的寒气。既然做不成朋友，难道彼此之间相安无事也做不到吗？

回到家后，我俩也再未说话，各回各屋。我带着满腔的怒火勉强静下心复习功课，直至吃晚饭的时候，我们二人在饭桌上一声不吭。父母也意识到我和她之间微妙的气氛，他们大概也看出来我们发生了不快，努力找话题缓和我和她之间的冲突，但见我们仍是自顾自吃饭也只好作罢。

饭后，妈妈趁离茉雪回屋后悄悄拉住我，对我叮咛道：“茉雪好歹是我们的客人，一个人身处异国他乡，就不要太同人家计较什么了。我见她平日里也挺沉默内敛的，不像是什么坏孩子，交这样一个朋友多好哇，何必弄得大家都不愉快。”

离茉雪确实是沉默寡言，一般这样的人都不会让他人讨厌，但偏偏她在我面前的“寡言”，总是令我大动肝火。我想对妈妈说明缘由，但又不知从何说起，只好说：“我知道怎么做，放心吧。”

妈妈欣慰地点点头，去客厅看电视了。我一个人回到房间，坐在床上，我看着关闭的房门，心里有些犹豫到底要不要去找离茉雪好好谈谈。可想起她今天的冷言冷语，我还是难平怒火。

就这样过了一整夜。第二天早饭过后，离茉雪同我一起准备上学，妈妈以为我们已经和好，不禁一笑。我觉得离茉雪还算够意思，吵架归吵架，她答应保护我的事情还是在坚持做，没有赖账。

我们一路沉默，其实我几次想开口缓和气氛，但偷偷瞥见她依旧冰冷的脸庞却什么话也说不出。而且，我一向拉不下脸主动同人和好，尤其在小的时候，我更是有些无理取闹，哪怕是因为自己的错让朋友生气，意识到错误后我也固执得不肯主动向别人承认错误，反倒要那个受害者主动向我道歉才行。

直至到达学校的时候，趁着周围没人，她一个纵身直接隔着学校的围墙跃到了校内的大树上，随后就隐去了身影。我一个人进了校门，心里有些闷。

“爱琪，我昨天一直在想今天中午咱们到哪里玩呢。”我刚一进教室，若薇就热情地迎了上来。

“你要去哪里？”我勉强提起精神问。

“我们中午去梦天大厦里新开的西餐馆吧，我一直很想尝尝呢。饭后，我们还可以在里面购物，旁边还有 KTV，可以唱歌。”她兴奋地提议。

“好，听你的。”我对她一笑。其实对于这些，我都没有什么太大的兴趣，可是见若薇一脸期待，我还是不忍让她失望。她鲜有这样游玩的机会，我愿意陪伴她。

“爱琪，你太好啦！”她抱了我一下。

一上午过得很快，一转眼就到了放学时间，下午的课又临时取消了，同学们得知自己白落了半天假期开心不已，本来我也应是如此。可是，不知为何，我始终提不起精神。难道是因为离茉雪？可我和她相识不久，而且她又那样淡漠，有什么值得我放在心上的？我才不会为了昨日和她争吵的事而影响自己的大好情绪呢。

若薇飞快收拾好了书包，在旁边等我。我有意无意地放慢了收拾东西的速度，眼睛假装不在意地朝窗前那棵长满嫩绿枝叶的大树瞥去，但那里除了叶子什么也看不到。我想，她应该是不会跟着我和若薇了吧。算了，我们去的地方本来就是人群聚集的地方，料想童以然也不敢乱来，这样想来，我不用她的保护也是无妨。

“爱琪，你快点哪！”若薇催促道，用鞋子不断蹭着地板。

“好了，我们走。”我背上书包笑着对她说。

于是，她拉着我飞快离开了学校，向餐厅赶去。

由于今天是工作日，餐厅人并不多。这间西餐厅唤作“月光”，里面是淡紫色的灯光，确实令人有置身月下之感。每一个餐桌四面都用细细垂下的水晶帘阻断，桌上摆着三根长短不一的蜡烛，倒是很有氛围。

我和若薇选了一间靠近窗户的位置坐了下来，我拿起菜单问她要吃什么，她马上说出了几个菜名，我让服务员记了下来。

一顿饭下来，若薇吃得很是尽兴。准备结账的时候，她小声问：“我可不可以再点一杯饮料带走喝呀？”

“当然可以。”我说，我知道若薇难得吃一次西餐，当然希望她吃好。

她马上喜笑颜开，叫来服务员点了一杯抹茶拿铁打包，我顺便结了账。

饱饭过后，她又拉着我在大厦里闲逛，手里惬意地拿着用袋子包好的饮料。等到走到一个电梯口时，她忽然想起了什么，对我说：“爱琪，我想起这里有一个我学生会认识的朋友，她今天借着半天假的机会来前面不远处的店里勤工俭学，我去看看她，打个招呼，马上就回来。你在这里等我就好。”

我点了点头，看她端着那杯拿铁走进不远处的一家小店里。

正巧，在那家小店旁边，我注意到有个书店。我一向喜爱看书，想进那里转转，于是我向前方走去。然而正当我路过若薇进去的小店门口时，不经意间看到若薇把手中的拿铁交给了一个个子高挑的女孩，说道：“喏，给你买的。”

“谢谢你。”女孩接过来看了眼杯身上印着的图标，惊喜地说，“这不是月光那家的吗？最近超火的那家店。”

“是呀，我知道你喜欢那家店的东西，所以就给你带了一杯拿铁。”若薇笑了一下说。

而后她们又在寒暄些什么，我已经听不清。其实，若薇也并未做出什么不可理喻的事情，她只是把我原本买给她的东西，转头借花献佛送给了别人而已。只是我不懂得，她为什么不一开始就说明白，为什么要把我给她的人情卖给了别人。因为她是我的朋友，所以我才愿意为她做这些事情，我知道她条件不好，所以才不会和她计较钱财。可是这并不代表我愿意为她送给别人的人情买单。

不过算了，不过是一杯拿铁而已。

我回到电梯口，假装一切都不曾知晓。没过一会儿，她回来了，我看了眼她的双手，那里的确空空如也。

她注意到了我的眼神，急忙有些吞吐地解释："我，我刚刚和朋友聊天有些口渴，就一口气把拿铁都喝了……"

我默然注视着她，然后说："走吧。"如果有的事情不伤大雅，何必非要在台面上揭开呢？

她见我没有多问，恢复了原本的样子，兴奋地说："不如我们去唱歌吧。"

"我今天有点累了，不如我们改天再约吧。"我说。现在的我的确已疲惫，只想一个人回家静静。

"哎呀，难得的大好时光不要浪费呀，天天总宅在家里多没劲，多运动运动嘛。"她劝道，而后眼前一亮，指着左边一块牌子，"看，那里就有个 KTV，走吧。"

说着，她根本就容不得我拒绝，把我拉了进去。服务员立刻迎上来问我们要唱多久，我见不好再拒绝，只好硬着头皮买了两个小时。至此，这个月以及我前几个月攒下的零用钱几乎已经全部花光了。

我和若薇坐在包厢里开始唱歌，其实我虽然声音一般，但是特别喜欢唱歌，我有过一个人唱四个小时的惊人纪录。但是今天，我勉强唱了几首之后就再难以提起兴趣，把话筒让给了若薇。

"咦，你不唱啦？"她问。

我点点头："我先休息一下。"

她拿起麦克："那我就先霸占啦。对了，我看这包厢还挺大的，就咱们两个人玩太可惜了，我刚刚打电话把学生会的朋友也都叫来了，反正人多热闹。"

那一刻，我看着若薇，恍惚间有些陌生。我想我自己的确不了解她，我根本不知道她是怎么想的，用着我给她花的钱邀请她的朋友来玩。毕竟，单是我来买，她至少应该先问下我的意思，而不是自作主张地就叫自己的朋友来吧？再说，这难道不是我和她之间的聚会吗？

猛然间，我想起了离茉雪的那句话："那你又对她了解几分？你以为你们从小到大在一起，你就了解她了吗？上周五刚刚发生那样的事情，这周一就急着找你道歉，她要能这么快觉悟，大概也做不出欺骗人的事情。想必只是无事不登三宝殿而已。"

原来，离茉雪说的竟是真的。

"我先走了。"我从沙发上站了起来，对正在尽兴演唱的王若薇说。

"怎么这么突然就要走？"她大概见我脸色不好，关掉伴奏，"你不开心吗？"

我看着她，没有答话。

"是因为我叫了朋友来吗？我只是觉得就我们两个唱也没什么意思呀，人多才热闹。而且借这个机会我还能和学生会的同学多熟悉熟悉，将来大家也好合作。你就当帮我个小忙，举手之劳嘛。"她毫不在意地一笑，随后对我说，"爱琪，你不是个对朋友最慷慨大方的人吗？这点小事还要生气吗？好了，咱们继续唱歌。"她好言好语哄着我，仿佛一切是我小气自私。

"若薇，我想你弄错了一点，我是可以对朋友不计报酬地付出，但这只是对于我的朋友而已，并不包括我不熟识的人。"我平静地说。

她好像没有想到我会如此直白地说出口，脸色微微一僵，随后又恢复了笑容："哎呀，反正钱都已经交了，再加几个人也无妨。"

"并不是没有关系。你要请你的朋友我不拦着，但请用你自己的钱。你现在这样算什么，用着我的零花钱去卖别人人情，邀请别人唱歌，送别人饮料，你把我当成什么？一个冤大头吗？你是我的朋友没有错，但这并不代表我要为你做所有的事情。"我一口气说了这么多。我平日里很少与他人这样疾言厉色，更不用说是自己最好的朋友，但我想今天的我大概已经被逼到了极致。

她听我的话，脸瞬间拉了下来，冷声说："张爱琪，亏我把你当好朋友，你为我做这么一点事情都不肯。你家里那么富裕，帮我一把都不可以吗？如果这样都做不到，那你还算什么朋友！”

“你眼中的朋友是什么？是让你任意使用的工具吗？难道我是你的朋友，我比你富裕，我就理所当然该花这些钱吗？谁家的钱都不是大风刮来的，都是父母辛辛苦苦挣的。”我大声说，觉得眼前的她好不真实，那个我记忆里坚强善良的少女到哪里去了？她究竟是什么时候变成了我不认识的样子？

她忽然冷笑一声，说：“好，既然如此，我们以后就再不是朋友。”

我最后看了她一眼，离开了包间。开门走出去时，正巧几个女孩同我擦肩而过进了包间，隐约间还听到她们在与王若薇寒暄说笑。随着包间房门的关闭，我再也听不到那里的热闹，我和王若薇在这一刻已经置身于两个世界。

走出 KTV 的时候，天正下着蒙蒙细雨。今年的第一场春雨，在我情绪低落之时悄然来临。由于下雨的缘故，天是阴沉沉的灰褐色，头顶乌云密布，远方隐约有雷声传来。路上的行人裹紧外衣，打着雨伞行色匆匆。

我一个人走在街上，只觉得周围尽是冷气。冰冷的雨珠从我的脸上滚落，我却恍然未觉。

“一个人走吗？怎么如此孤单？”忽然一个令我心惊的声音传来。

我抬头一看竟是童以然，她不知何时出现在我的面前，她依旧妖娆，又令人畏惧。

“你，你怎么出现在这里，不怕引起其他人注意？”我问，但当我向四周望去，却已是空无一人。

“我已经布下结界，这周围不会有人类进来。况且纵然有，区区人类，又能奈我何？”她不屑地说道，“上次让你逃脱了，这回你可不会那么幸运了。”她说着，眼里闪过血腥杀戮的意味。

“你不要轻举妄动啊，否则有你好看！”我一边假装无所畏惧，一边将手悄悄插进衣服口袋想要寻找哨子。

“这句话应该我对你说吧？如果你不做那些无谓的反抗，我倒是可以给你一个痛快！”她说着，一点点向我逼近。

"哼，想得美！"我飞快掏出哨子放在嘴边打算吹响它。只要离茉雪来了，我就不用怕她。

然而，我还未来得及吹响，突然一股强有力的水柱打在我的手腕上，我的手腕顿时酸痛难忍，手中的哨子掉落在地上，滑到很远的地方。

童以然又向那哨子放出一道金光，哨子瞬间裂成两半。

"你以为我会上当两次？没了哨子，我看离茉雪怎么来救你！"她说着，指尖泛起红色的光芒。而后，她举起手，那光芒变得愈加强烈。我眼睁睁看着她把那红色光球瞄向我，却根本无力躲避。

我闭上双眼，等待剧痛。

离茉雪，是我误解了你，所以我才会有此一劫。

过了一会儿，痛感始终未曾出现。我睁开眼，惊喜地发现离茉雪竟然挡在我的身前，用双手挡下了攻击。

"你……你，我以为你不会来了。"我激动得几乎要说不出话。

"早知道你不会让我省心，幸好我一路跟着你。"她依旧是冷冷的话语，却令我倍感心安。

童以然收回攻势，咬牙切齿道："怎么又是你？"

"你危害人间一天，我就会出现一天。"离茉雪沉声说。

"好哇，那就让我看看你到底能不能阻我！"童以然说着，抬起右手，掌间出现一条由水花幻化的鞭子。

她用力一鞭向离茉雪挥去，离茉雪反手一挡，却不料那水鞭反而顺势缠住她的手腕。这鞭子由水制成，却并无水的柔，而是如同牛皮那样坚韧。离茉雪依然沉着冷静，她凝神半晌，而后一股气流从她手臂溢出，硬生生震开了水鞭。童以然也被震得后退一步。

"你的功力果然深厚。"童以然说道，然而她的话锋一转，"但你以为这样我便毫无办法了吗？"

她说着，将水鞭一甩，那水鞭立刻幻化成道道冲天水柱，将我和离茉雪围困其中。那些水柱渐渐向我们涌来，隔着一段距离我都可以感到它们强大的水压，我绝对无法承受。

离茉雪将我护在身后，凭着内力抵挡着几道已近在眼前的水柱。

“离茉雪，你先走，不要管我。”我知道即便她内力深厚也根本不可能一个人挡住如此多的进攻，若不是为了保护我，她完全可以脱身。

“我答应过要保护你。”她毫不理会我的劝告，继续抵挡着越来越多的水花。那些水花混合着不断滴落的雨水淋湿了她的衣襟与发丝，她却依然不为所动。

“离茉雪，你我本是一路人，何必为了守护这些渺小的人类而委屈自己，彼此之间如此仇视。如果你跟着我，我不会亏待你。”童以然站在一边双手交叉在身前，看着由她导演的“好戏”。

离茉雪再未多言，仍然尽力抵挡攻击，保护完全没有能力的我。

我虽然脱离不了人贪生怕死的本能，但在这一刻也终是再顾不得，只想让离茉雪先行脱身，我不能连累了她，否则我们二人一个也活不下去。

“离茉雪，我不要你保护了，你走！你走哇！”我对她大喊。

可她仍旧不为所动，只是一字一句说：“怎么报恩你说了算，但什么时候还清恩情，不再保护你，我说了算！”

无数激起的水花从我的脸颊汇成水流而下，但这一刻，我能感觉出除此之外眼眶里还有温热的液体流出。我一直只看得到她外表的清冷孤傲，却未曾发觉其实在冰雪之下，那里埋藏的是一颗最为赤诚的心。我忽然想起许多自我们认识以来我对她的抱怨、不满和误解，其实我才是欠她最多的人。

“茉雪……”我轻轻唤着她的名字，这是我第一次这样叫她。我看到她的身体微微一颤，然后，她转头看向我。

我们二人目光在这一刻交会，生死之间，危难之际，只有这一刻，我们才真正卸下了对彼此的戒备与猜忌。

就在千钧一发之际，一道水蓝色的光芒从天而降，那抹蓝光逐渐变大形成一圈光墙围在我和离茉雪周围保护我们。那蓝光中间隐约可以看出是一柄剑在源源不绝发出能量。

对面的童以然一个措手不及，被这股强大的能量震退几步，同时，那些水柱也不断缩小直至无影无踪。

“是谁？”童以然捂住胸口，气急败坏问道。

一个男子出现在我们面前，只见他一张手，挡在我们身前的剑就飞到了他的手中。他依旧是一身蓝衣，相貌俊朗带着威严，眉间透露的正气不言而喻。

“我们无冤无仇，你为何如此？”童以然厉声责问。

“你不仅擅入人间，而且残害人类，仙灵门如何可以坐视不管？”那男子沉声说道，语气毋庸置疑。

“仙灵门？你是仙界的人？”童以然忽然明白了什么，“自古以来，仙与神本不分家，都是天地灵气孕育而出，我们既是一脉相承，又何苦彼此为难？”

“我知道你是神界的人，那么我想仙灵门的职责与规矩你也应该明白，你我之间多说无益。”男子冷声说。

童以然一笑，用目光扫过离茉雪和男子，然后把玩着手中的水鞭：“我真是搞不懂你们这些人，成日里保护这些弱小的人类有何好处。尤其是仙界，我就更难理解你们的心思，明明昔年神与仙两界并立，最为强大。你们倒好，拥有强大力量不去号令万物，反倒是在极盛之时选择把宝座让出，从此不问纷争，只负责守护六界秩序，最后反而让魔界有了可乘之机，后来居上。”

她又瞥了一眼男子，缓声说：“我知道你们仙灵门负责掌管六界秩序，尤其追捕有越界之举，危害人间的人。但是，恕我直言，你们门派之中，哪个不是一等一的好手，放着一身的功夫不去在六界里争出个名声，成天做着这等类似于人间警察的事情，到头来辛苦一遭，又落得了什么好处呢？”

“名声不过是红尘俗物而已，自古以来纷争皆由它而起。我知你来人间一番杀戮也与此脱不了干系，我劝你迷途知返，以免造下更大杀业。”男子依旧不为童以然的蛊惑所动。

童以然大概也看出自己并不能说服他，握紧了手中的水鞭，说道：“既然如此，看来你是一定要阻我的路，那么我们只好兵戎相见。”

说着，她水鞭一甩，鞭子就如同灵活的水蛇向男子缠去。男子身形未动，只是将发着水蓝色光芒的长剑虚浮在身前，剑身一时之间光芒大作，将飞来的大半水鞭吞没。水鞭的另一端还握在童以然手中，她见此情形一惊，想要收回武器，却无法与对方的力量抗衡。

“你……”一向狂傲残忍的她第一次露出惊恐之色。

男子再一发力，童以然手中握着的水鞭不可控制地飞入蓝光之中。然后，男子轻挥手臂，蓝光消散，原本的水鞭也化为了滚落在地上的水珠，早已失去灵力，与凡间的水一般无二，混着雨水一同流入下水道中。剑光散去的长剑也化为了一个玉环，坠在男子腰间。

“我的武器！你……”童以然见自己惨败，狠狠注视着男子，“好，我记住你了。今日是我技不如人，但待我饮尽九十九个人类的鲜血，重唤起我的家族的力量，届时就是你们的死期！”

说完，她也不敢多加停留，纵身一跃化为红光，转眼消失得无影无踪。

看见童以然落败而逃，我才终于放下心，我又逃过了一劫。

不知何时雨停了，天空渐渐明亮起来。

“茉雪，我们安全了。”我笑着对面前的少女说。

她点点头，苍白的脸上露出浅浅的笑容，正当她张口想要说些什么的时候，忽地双眼一闭，昏倒在了地上。

“离茉雪！”我叫着她的名字，将她半扶起来，靠在我的身上。当我摸到她的双手时，才发觉她的掌心里全是虚汗。我想起她刚刚为我拼尽内力，不禁自责愧疚。

那男子见此情形，一步步向我们走来。

“你要乘人之危吗？”我急忙护在离茉雪身前，“她不是你眼中的恶人，她是为了保护我才受伤的。你要是执意杀她的话，就先杀我吧！”我一副视死如归的样子。

他没有在意我的举动，轻而易举就避开了我，来到离茉雪面前，将右手搭在离茉雪的脖颈上，而后又搭上了她的脉搏。

“你要干什么？”虽然看上去他好像并未打算对离茉雪动手，反而像是在救治她，可想起上次我们见面的情形，我仍不敢信他。

“她内力几乎尽失，再拖下去有性命之忧。”他眉头微皱，收回右手。

“那，那该怎么办？”我没了主意，只余满心焦灼，我想那个男子不会骗我，因为离茉雪此时的样子的确令人担忧。

“我虽不知她的身份，但知晓她绝非凡人。眼下只有找一处灵气充沛的地方救治，那样我可以引渡自身灵力一试，或许可以救治她。”男子沉声说。此时此刻，相比于急躁焦灼的我，他仍旧沉着冷静。

“灵力充沛的地方？这里是人间，上哪里找寻灵力充沛的地方？”我忽然转念一想，“对了，相传离殇镇曾是上古之时灵气鼎盛之地……”以前我是不信这种传说的，但在如今见识到这么多光怪陆离的事情后，我想或许这个传说是真的也说不定，总之救治茉雪要紧。

“那里的确曾是灵气鼎盛之地。只是如今随着漫长时光的流逝，灵力已经散了太多。寻常借助灵力之事还可去那里一试，如今要救人远远不足。”男子分析道。

“那，那怎么办？”我焦急询问，现在耽误越久，茉雪就越危险。

男子沉思片刻，说道：“眼下只有随我回仙界，仙灵门一向是灵气汇聚之地，再加上有我的两位师长协助，一定可以救治她。”

“好，那我们快走！”我顾不得许多，急忙说。

“等等，你留在这里等消息。你是人类，不得进入仙界，我带离茉雪回去救治已是破例。”他说。

“不行，我要去，她是为了救我才受伤的，我要跟着你去照顾她。她现在这个样子，我怎么能安心留在人间等消息？”

“凡人入仙界是越界之举，不被容许。”他斩钉截铁拒绝我。

“我去那里只是想要照顾她，并非心怀不轨，难道你就不能通融一下吗？即便是所谓的铁律也可以依时而变吧？”我努力说服他。

他知道我是无论如何都不会独留人间，最终只好答应：“仅此一次，下不为例。好在仙界气息醇厚不烈，不似其余几界会对人类产成伤害，你去那里对身体不仅无害，反而有益。”

他默念口诀，准备带我们离去。临走时，我见到地上已经破裂的口哨，将它捡起来装入上衣口袋。

我平日爱看仙侠剧，尤其羡慕那些主角来去之间御剑而行，在碧蓝的天空里迎风而去。当我真正体验却是另一番滋味了。

“你，你的剑安全吧？”我眼见他的剑一点点变大，直到可以承载我们三人。

“放心。”他只说了这么一句，而后那柄剑载着我们一飞冲天。在上升之中，无数气流从我周身划过，我满心紧张，幸好始终不忘双手扶住昏迷的离茉雪，生怕她一不小心掉下去。我做梦也没有想到过，有一天自己真的会御剑而飞。

渐渐地，剑上升至云层之上，四周白蓝相间，云朵嵌在蔚蓝色的晴空中。入眼之处只有无尽的白云蓝天，我伸出一只手，依稀可以感到云层凉凉的雾气。好奇妙的体验，即便我曾在飞机上近距离看到过蓝天白云，但亲身感知它们，是一种截然不同的体会。

慢慢习惯了御剑而行的感觉后，我也不再害怕，逐渐开始享受这种体验。

“我们现在身处这样高的高空，我怎么不觉得寒冷难耐呢？”我不禁好奇地问。我想现在的我们应该至少处于平流层的位置，因为我已经感觉不到周围蒸汽的存在，只觉得有水平方向的风，没有空气的上下对流。听说平流层的平均温度在零下五十多摄氏度，而今我只穿着长袖长裤，却没有感觉寒冷，而且呼吸也是无比顺畅，和地面相差无二。

男子一笑，回答：“我已在我们周围设下结界，起到保温和供氧的作用，否则以你的人类之躯与离茉雪此刻的状况，你们有可能撑到仙界吗？”

“原来如此。”我点点头，只觉得他思虑周全，早已做好万全的准备。这样看来，他确实是一个可信之人，与我们上次的交手，大抵也是误会而已，算了，不打不相识嘛。

“我们还有多久才能到？”我有些担心离茉雪的身体状况。

“我们需要跨越人界，再带上你们两个，不比我一个人可以直接使用移动之术，所以还需要些时间，大概还有半小时的路程。”他明白我的忧虑，“不必担心，我刚刚已经封住了她的穴道，短时间之内不会有危险。

等到达仙灵门，一切就好办了。”

“嗯，谢谢你的帮忙。”我真诚说道，然后又道，“对了，你帮了我们这么大忙，我还不知道你的身份呢。”之前听他和童以然的对话，我大概知晓他是仙界仙灵门的人，而仙灵门是什么，我仍是一头雾水。

“我是仙灵门的大弟子，莫临。”他对我说，“我们一派负责维持六界生灵秩序，上次我们初遇，我误以为离茉雪来人间图谋不轨，才与你们交了手，希望你们可以原谅。”

我急忙摆摆手，说：“没关系啦，你这次从童以然手下救了我们，又愿意救治茉雪，以前的恩怨不但一笔勾销，我们还欠了你人情。”

他听了我的话微微一笑：“是我职责所在，不必放在心上。”

我看着他，越发觉得他是一个可以信赖相交的朋友。怪不得初遇之时，我便觉得他身上颇有侠义之风，眉宇之间自有一股正气，想必出身名门，都是如此模样。更何况，他还是仙灵门的大弟子，必定是首屈一指了。

“刚刚见你与童以然对峙之时游刃有余，进退自如，实在厉害。在你们的门派里，你是不是也是无人能敌呀？”我忍不住问出心中所想。

他淡淡一笑：“我哪里能称得上难有敌手，你没有见过我的两位师长，我在他们面前实在是微不足道。而且……”他微微一顿，像是想到了什么人，眼里忽然多了几分愁绪。

“嗯？”我觉得他仿佛还要说什么。

剑身忽然逐渐下降，远方出现几座烟云包围着的山峰，当真是有几分钟灵毓秀之感。

“我们快到了。”他低声说着，伸出右手向下摇摆，这柄剑就顺着他指示的方位飞去。

不多时，我们降落在峰顶，周围尽是蓝天环绕，洁白的云朵似乎就在触手可及的位置。我们面前是一扇朱红色的大门，大门之上有一块牌匾，上面用楷书工整地写着三个字：仙灵门。

我扶着离茉雪下了剑，刚一触碰这片土地，顿时觉得心旷神怡，连呼吸都变得更加顺畅。

莫临伸出手，那柄剑渐渐变化，化为系着水蓝色绳带的玉环坠落在他的腰间。

“随我来。”他伸出手一边帮我扶着离茉雪，一边带我来到那扇大门前。他腰间的玉环似有感知一样发出淡淡的白光，而后，眼见大门徐徐而开。

他带我走了进去，朱红色的门在我们身后再度关闭。如果说在门外我为这里的清幽美景所触动，那么进来之后，我被眼前的景象所震撼。我的面前坐落着无数古香古色的楼阁，它们古朴典雅。在众多楼阁之中，有一座宏伟的殿堂立在最前面，通往殿堂之上有一段长长的楼梯。虽然有许多建筑，但地面仍是无比宽阔，有不少青年男女在练剑比试法力。他们都是一身素色，衣袖在微风中飘然，带着些古韵。

有许多弟子见到我们，急忙赶来围在莫临身边。

“大师兄，此次下山可一切顺利吗？你多日未归，大家都很记挂你。”一个一身白衣的青年在最前面说。

“劳烦师弟们惦念，我一切都好。此次归来，是想找师父和师叔帮忙。”莫临说着，对那白衣青年说，“曦云，他们二位是否已经出关？”

曦云点头一笑：“早在几日以前，师伯就已经嘱咐我，待师兄一回来，便带着师兄和随师兄而来的客人去见他。”

莫临一怔，随即低声说：“原来师父早已料到这一切。”

曦云对我点头示意，而后说：“我这就带你们去见他们。”

他带着我们穿过人群，来到大殿前，我们上了楼梯，进入殿堂。曦云把我们带到门口之后便向我们道别离去，我和莫临扶着离茉雪进了大殿。

殿堂里坐着两位老者，其中一位已是满头白发却看起来依旧容光焕发，满面慈祥。另一位看起来年纪稍轻，银灰的发色，一张威严的脸庞，眉头紧锁。

“师父、师叔，此次下山，莫临擅自带了人类回来，还请师父和师叔责罚。但我想恳求师父、师叔先行救治这位昏迷的女孩。”莫临说道。

“不必多言，我早已知晓，你既为救人，师父自然不会怪罪你。这少女受的是神界水族的秘术，她仅以内力抵挡，自然会元气大伤。你且把她留在此处，我和你师叔自会救治。”那位白发老者说，转而看向我，“还有这位人类少女，你是第一个敢越界而来的人，这份无畏的勇气倒是可嘉。”

“谢谢二位大师出手相助。”我有些不好意思地说道。一直担心他们会轻视我这种凡人，可现在看来是我目光短浅。

那位银灰头发的老人始终一言不发，反倒是白发老人和蔼可亲，还要莫临为我和茉雪安排住处。

把茉雪留在殿堂救治后，莫临便带着我来到一座清静的楼阁。这里远离那些门派弟子的练武之地，而且依着一潭山泉，四面群山环绕，烟雾缥缈，楼阁旁边有假山与亭子，确是一处居住胜地。我想自己在住过这样的地方后，怕是对人间的一切山林之景都失去了兴趣，曾经沧海难为水，想必是这个道理。

“这个楼阁之中有两间房，等一会儿离茉雪疗完伤，便会送到这里休养。她伤得不轻，大概要在这里休养一周才可离开，随你回人间。”莫临解释说。

我点点头，随后又想到什么：“什么？要一周？我还要上学呢，怎么办？”虽然我并不喜欢读书，但也明白学业耽误不得。

莫临一笑，伸出右手，掌心蓝光一闪，一块白色的晶石。他把它递给我，说：“这块晶石可以扭转你在异界的时间，换句话说，就是只要你随身带着它，那么等你回到人间的时候，时间仍旧会回到你从人间来仙界的那一刻。你在仙界的这段日子里，在人间不会留下时间的痕迹。”

“好神奇！”我惊喜地看着这块晶石，不敢置信。这些日子以来，我碰到的所有事情，总是一次又一次颠覆我关于科学、关于世界的认知。

“谢谢你，莫临。”我诚心说道。

“无妨，就当是对上次我对你们动手的补偿吧。”他笑着说，“我和曦云就住在前面不远的楼阁。如果你在这里有什么需要可以同我说，平日里我有许多门派事情处理，如果找不到我，找曦云师弟也一样，他定会帮你。”

“那你也好好休息一下。离茉雪一会儿就会被送到这里了。”他说完便向我道别。

莫临走后，我进到房间，发现里面的陈设一应俱全，甚至还有许多我不了解的东西。正对着床的位置有一个蓝色的透明光屏，我只碰了它一下，它便自动显示故事画面，就如同人间的电视一样。更神奇的是我发现只要我在脑子里想着自己要看的节目类型，这个光屏就会随着我的思维切换节目。这样看来，当仙人比当人类活得自在多了，既会法术又能用这么方便的娱乐工具。

我感到有些疲倦，毕竟已经折腾了一天，中间还与死亡擦肩而过，现在一旦松弛下来，感觉困意如同潮水向我涌来。我一头栽在柔软的床榻上，昏昏沉沉进入了梦乡。

等我再睁开眼睛的时候，窗外已是彩霞满天。山间的落日不似平日里看到的那样，这里距离天更为接近，连落日都变得大了许多，可以见到它一点点沉入山下，橙红的光芒染尽头顶这片天。

对了，不知茉雪被送回来了没有。我急忙出了房门，朝紧挨着的另一间房看去，只见茉雪已经躺在了床上。虽然她依旧陷入昏迷，但脸色已经好了许多。她的旁边有一位二十多岁的女子，面容端正秀丽，正在为她诊脉。

女子察觉到有人进屋，急忙转头，看见我，微微一笑，展开一个明媚的笑容：“你就是人间来的女子吧？我是鹤兰芷，也是仙灵门的弟子，善医术，平日里专门负责治疗病痛。你放心，你的朋友现在已无大碍。”

“嗯，谢谢你，兰芷姐。现在我照顾她就好了，不用再麻烦你了。”我对她说，心想这里的人实在友善热心，怪不得干的都是惩恶扬善的事情。

她点点头说：“对了，晚餐我放在那里了，你记得吃一些，千万别饿坏啦。”她指了指桌上摆好的菜肴。

我又对她道了谢，和她道别之后，我坐在桌旁打算用餐。

这一餐都是比较清淡的菜色，即便是荤菜也都少油少盐，味道却是鲜美可口。有机会的话，真应该到这里学学手艺。

我心里记挂着茉雪，匆匆扒拉几口饭就坐到她的床边。沉睡中的她，脱离了平日里的一切孤傲清冷，仿佛她只是一个普普通通的人类少女。好像自我们相识以来，她时常受伤，而且大多是因我而起。我想起她冰冷的容颜与淡漠的话语，我总是埋怨她的冷漠，但每当危机来临，她总是毫不犹豫地挡在我的身前。

“你跟着我，是为了偿还你我初遇时，我救下你的恩情。可是其实，你早就不欠我什么了。是我亏欠了你。”我轻声对昏迷中的她说。她提醒我小心王若薇，我却因此误会她，同她争吵。然而，她在我说出冷言冷语后，依然一路相随，保护我。危难之时，她本可一人逃脱，却固执地挡在我身前，不肯离去。

我不过是一介凡人，相比于这些拥有神秘力量的人，实在太过渺小。每当危机降临，我似乎只是一个累赘而已。我并非妄自菲薄，只是在见识过这么多拥有强大力量的敌人或朋友后，我没有办法忽视自身的弱小。

夜幕降临，光线渐渐暗了下来。透过窗子，屋外是深深的蓝，树木花草随风摇曳，发出轻微的声响。四周一片静谧，在喧闹的都市里，我已经好久没有感受过自然的静谧安宁了。

离茉雪依然沉沉睡着，但是呼吸平稳，脸色也恢复了往日的样子。我知道她不会有事，放下了心。轻轻走出房门，出了院子，想要透透气。

夜晚之中的山林，更为寂静。这里坐落着楼阁，在夜里发着淡淡的光芒，煞是好看。

只是，在光芒之中，我注意到有一处楼阁有些不同，它的光芒有些暗淡，如同破败的古建筑，被人遗忘了一般。

那个地方离我并不远，不过几百米的距离。我想了想，到底还是向那里走去。

那座楼阁一点点在我面前清晰显现。似乎里面已经好久未有人居住，楼阁四周长满青苔。楼门口堆积着一层厚厚的灰。门口处摆着一个放剑的架子，那个架子造型精致，可上面早已被灰尘积满。我用手轻轻在架子中央一擦，露出一段橙黄色的金属，仔细一看，上面还刻有两个字：宇煌。我一怔，随即想到，这应该是以前居住在这里的主人的名字吧，可是，现在这个人又到哪里去了呢？为什么这里荒无人烟，无人料理？

“你怎么会来此地？”忽然间一个声音在我耳畔响起。

我一惊，随即看去，发现是莫临，他什么时候来的？我根本毫无察觉。

“我，我只觉得这座楼阁荒废已久，有些好奇，所以……所以忍不住来看看。”我暗自责怪自己太过于冲动行事，我初来乍到就随意走动，未免有些不知礼数。

“这里是禁地，以后不要再来这个地方了，其他的地方你都可四处游走。”莫临淡声说。

“抱歉，是我唐突了。”我低声说。

他叹了口气，抬眼注视眼前破旧的楼阁，开口：“跟我走吧，夜深了，我送你回去。”他说着，带我往回走去。

一路上，我们沉默不语。月光静静洒落，透过月色，我看见他一路上轻抿的双唇、微锁的眉头，只觉得他似乎有什么心事。我又想起他刚刚注视着那座楼阁时的目光，分明是在缅怀什么人。可既然他不愿多言，我也不必多问。

然而，那时的我还不曾知晓，从这一刻起，我就已经一点点卷入那本不属于我的是非曲直之中。

第四章　往事

离茉雪昏迷了足足有三日，直至第四日中午才醒。她醒来的那一天，鹤兰芷和莫临正巧也来探望她。我看到她睁眼的那一刻，不禁猛地冲上前去抱住了她。

“你终于醒了，吓死我了。”我紧紧抱住她。

“我……我怎么了？”她似乎在努力回忆之前发生的事情，“这是哪里？”

我放开她，在她身后垫了软枕，方便她半坐起来，而后说：“你那天为救我，内力尽失，几乎性命不保，多亏莫临相救，把你带到了仙界救治。”

她揉了揉额角，意识渐渐清晰，但神情里仍有不解。我急忙把莫临拉到她的眼前：“是他救了你。”

“是你？”离茉雪看见他，微微有些惊讶。毕竟之前他们还曾兵戎相见。

“抱歉，之前是我误会了你，还请你不要见怪。”莫临颔首，以示歉意，“我是仙灵门的弟子莫临。”

离茉雪微微点头，回答：“无妨，这次你救了我，是我该向你道谢。”

这时，鹤兰芷走上前去将手搭在离茉雪的脉搏上，而后她长舒了一口气，笑着说：“你现在已经没有什么事了。只是这几日还要多加休养。只是你的内力消耗太多，估计需要一段时日才可完全复原。”

“嗯，我明白了，谢谢你。”离茉雪轻声回答。

莫临上前对离茉雪说：“仙界灵气充沛，有助于加速你的内力恢复。你大病初愈，我和师妹不便在此多做打扰，这几日你尽管在此安心休养。”

而后他就和鹤兰芷向我们告别离去。

直到屋子里只剩下我们两个人，我终于忍不住流下眼泪：“茉雪，对不起，我不该与你争吵，误解你的意思。你为我几乎性命不保，那么从今以后，你就是我的恩人了。我愿为你上刀山下火海，从此以后，唯你马首是瞻，说一不二！”我向她郑重承诺。

她的嘴角挂起一个清浅的笑容，冲淡了平日里的冷漠疏离。然而她只是看着我，默然不语。

“怎么？你不信我的话？我张爱琪向来是说一不二的！”我以为她不信我的话语，而后我又转念一想，有些不情愿地说，“好了，我知道你比我厉害，比我有见识，所以你觉得即便有我这么一个报恩人也是累赘而已。但我告诉你，我也是从不欠人情的，我一定说到做到。”

待我信誓旦旦说完后，她才悠悠地说：“张爱琪，我发现你别的本事没有，脑补的能力却是很强。我还什么都没说，你倒可以臆想出许多。”

“拜托，你平日里一天能说几句话？如果我不能开动点想象力，怎么知道你是什么意思？再说，依据我对你已有的认识，我觉得你就是这个意思。”我说道，而后我看着她，语气变得郑重而坚定，“茉雪，我刚刚说的都是真心的。即便你觉得我什么都不会，我也要对你好，跟着你。”我只知道，对于这样一个可以为我牺牲自己的人，我不可以忘记这份恩情。

她微微一怔，一向淡然平静的面容之上忽然有了些许情绪流露，但那仅仅是一瞬之间，在我还未来得及看清一切的时候，她就又恢复了那份漠然。

“我不需要你的真心。”她冷冷说道，眼里多了几分不屑。

“茉雪，我……”我不知道自己是不是刚刚有什么地方说得不对才会令她如此。

“我现在已无大碍，你也不必在这里守着我了。你欠我的，我欠你的，经此一事，也算都还清了。从此之后，你我再无瓜葛。”她说完不再看我，而是翻个身背对着我。

我看着她的背影，有些难过，我知道自己的诚心在她眼中不值一提。如果我能有她甚至是童以然一成的能力也好，可惜我只是一个普通的人类，危难来时，什么忙也帮不上。可是，我会尽自己最大的努力去为她做一些力所能及的事情，即便她不需要。

想到这里，我又振奋了许多。想起她刚刚醒来，还需要休息，于是我也不再打扰她，转身走出去，关上了房门。

我来到门外，此时日头渐西，远方依旧群山环绕，烟雾缭绕。我觉得这里是一个神奇的地方，任由你心头有再多的烦恼与琐事，可只要一览这里的美景都会忘了红尘中的一切。

我四处闲逛，心里想着有什么可以为茉雪做的事，眼下应该帮助她快些痊愈才是。

我走到楼阁旁边的山泉，这里有一个很大的潭面，一面被一座高大的山峰围住，那山峰的顶端直入云天，源源不断的清泉从山上流下。

我的目光被山上发着五彩光芒的花朵吸引，那些花朵分散长在山峰的各处，由于离我甚远，我看不清它们的全貌，但萦绕在它们其间的光芒很是迷人。

“爱琪？”忽然一个清朗的声音传来。

“曦云师兄？”我转头看到一个俊朗清秀的青年，认出了他。住在这里的几天，偶尔他会来送一些日用品，他受了莫临的指示，也是对我和茉雪照顾有加。

“我想问一下，那边长的都是什么花，怎么那样好看？”我用手指着长在峰间的花朵问道。

曦云顺着我手指的方向看去，而后对我一笑，解释：“那些花的名字叫风铃草，是由这里的灵气孕育而成，对人体百益而无一害。而且，但凡微风拂过之时，这些花会发出悦耳的声响，如同风铃，因此名为风铃草。混入它制造出的笛子，笛音悦耳而清灵。”

原来如此，我灵机一动，随即问道：“那我可以要一朵吗？”

“当然，你若想要，我帮你摘一朵便是。”说着，他默念口诀，想要运用仙术摘取。

"等等！"我拦住他，"我要自己爬上去摘！"我想亲手摘下一朵制成笛子送给茉雪，以表谢意，虽然她平日善于弹琴，我也并非有手工做出一支真正笛子的能力，不过做个小样而已。而且这花还对她的身体有益，她带在身上，也有助于恢复内力。

"什么？"曦云惊讶地看着我，随后他又望了一眼高耸入云陡峭的山峰，"不行，太危险了。你不懂法术，没有仙法护体，这山如此陡峭，便是我们这些修炼之人也很少徒手攀爬。"

"谁说我要'徒手攀爬'？我有保护装备的。"我故作神秘地一笑，而后向旁边的大树走去，曦云满心疑惑地跟在我身后，看我拾起地上的藤蔓，把它们一个个系上死结，做成一条长长的绳索。我拉了拉用藤蔓做成的绳子，感觉比一般的绳子还要结实许多。

"拜托曦云师兄帮我一个忙，我把绳子的一端系在腰上，另一端麻烦师兄一会儿先到半山腰抓好，万一我有危险，就在山上拉紧绳索。"我说着就已经飞快系好了绳子，把另一端放在他的手上。

他急忙拒绝："这还是太危险了，若要被大师兄看到，定然会责罚我没尽到保护你的责任。风铃草我帮你去摘就好，何必如此大费周折呢？"

"曦云师兄，你放心，我会保护好自己的。再说了，这山下就是山泉，就算是掉下来，一头扎进水里也没什么太大的冲击力，我也不会爬得太高，只采最低的那一朵还不行吗？"我以前有过攀岩的经历，想当初在初中的攀岩赛上，我还得了个第三名呢。

曦云看着我，有些犹豫。

"我想把亲自摘下来的花送给朋友，这样才比较有意义。曦云师兄，你就帮帮我吧，放心，我不说，莫临也不会知道的。"我恳求道。

曦云到底耳根偏软，见我如此，他最终还是无奈点头说道："好吧，下不为例。"

我不禁一笑："太感谢你啦，欠你个人情。"

他看着我，叹了口气，腾空而起，带着绳索的另一端先行飞到了一个相对高的位置。我顺着水潭边缘来到山下，一点点向上爬着。其实这座山看起来陡峭，但周围石壁凹凸有致，倒是并不算是太难攀登，很容易找到借力点。

我眼见一朵风铃草离我越来越近，不禁满心欢喜。

“没想到你身手倒是不错，是我小看你了。”曦云的声音从山上传来。

我仰头对他一笑：“不要因为我是人类就太小瞧我哟。告诉你，人间的万里长城，万里绵延不绝，那可是两千年前的人类只凭借着自身的力量，不借助任何法术修建而成的呢。”

“是吗？那有机会我去人间历练的时候，你可要带我去见识一番哪。”曦云饶有兴趣地说道。

“当然没问题。”我笑嘻嘻地回答，与此同时，我已经距离风铃草越来越近。

还有五米、四米、三米、两米……我在心里默默估计这距离，终于离我只有一掌之隔时，我微微向上一用力，抓住了它。

“看，我拿到了！”我兴奋地微抬一只手臂，对离我有一小段距离的曦云说道。

然而正在这时，忽然底下一个严厉的声音传来：“谁让你们随意攀爬山峰的？”即便已经距离地面有百米距离，但那个声音依然清晰有力，是莫临。

我没料想到他会突然出现，心中一慌，脚下也随之一滑，整个人向下不受控制地栽了下去。我的脑海里顿时一片空白，耳边只有风声呼啸。

隐约间，我听到曦云慌乱的叫喊，腰间一紧，我停在了半空中。

幸好，我还有个保护措施。

可我还没来得及松口气，用藤蔓结成的绳索有个绳结忽然松动，导致整条绳索瞬间断裂，我整个人继续往下坠落。

在飞速的坠落之中，我觉得神志始终一片空白，但是我的手始终紧紧握住那朵好不容易采下的风铃草，一刻也不肯放松。

忽然之间，一把巨大的发着蓝色光芒的剑凌空而来，接住了我不停坠落的身体，载着我安然落地。

虽然我的双脚站在了地面上，但在空中急速坠落的感觉仍让我腿脚一软，险些滑倒。

莫临收回了剑，他的身后还跟着一众弟子。随后曦云也从天而降，莫临用严肃的目光注视着他："曦云，你忘了我嘱咐你的话了吗？如果今天这个人类女孩有什么危险，那么对于人间我们又该如何交代？"

"大师兄，对不起，我知道错了。"曦云低下头。

我知道我的过错不该连累他人，急忙说："这件事是我非要曦云师兄帮我的，不要怪他，如果怪就怪我吧。"

莫临走近曦云，道："今天好在没有酿成大错，这件事我便不再追究。"而后，他又看了我一眼，但见我满脸悔意，也只好轻叹一声，说道，"你这样英勇无畏的人类女孩我还真是第一次见。你没有灵力护体，在此凡事都要小心。"

"我知道了，今天是我莽撞了。"我低声说。

"曦云，随我一起带领师弟师妹去练剑。"莫临沉声说。

曦云说了声"是"，站在莫临身边。

然而就在此时，天地间忽然发生剧烈的震动，众人一片惊慌。只见远方乌云迅速汇聚，那里一片电闪雷鸣。闪电之间，一个巨大的红色光球平地而起，那光球发出耀眼的白光。

莫临仔细凝视着远方，亮出泛着蓝光的长剑，转头对曦云说："你留在这里保护这些弟子。"他说着就要向远处飞去。

"大师兄，你知道那个人如果破除封印一定会冲你而来。多年以前，你为封印他险些失去修为，如今……"曦云想要劝阻。

"不必多说，昔年他是我带到门中的，自然要由我来了结一切！"莫临凝视前方说道。随后，他不顾曦云的劝阻，腾空而起，飞快向前飞去。

我站在原地，脑海之中一片混乱，不知发生了什么。

"怎么了？"离茉雪不知何时从屋子里走出，来到我们身旁。

"是钟离宇煌！"曦云幻化出自己的长剑，紧握在手中，目光直视前方，观察着状况，"他逃出了封印，想要找我们复仇，尤其是大师兄，当年是大师兄困住了他。"

"钟离宇煌？"我觉得这个名字有些耳熟，猛然想到那天在荒无人烟的楼阁里，在剑架上刻着的，就是宇煌这个名字。如此看来，他应该也曾是这里的人，只是后来，为什么他会成为这里的公敌？

说话间，莫临早已冲到了封印之处，那里的红色光屏已四分五裂，只怕等到完全破裂，就是那个人逃出之时。莫临将手中的剑凌空一抛，那柄剑虚浮在空中发出强大而耀眼的蓝光，光芒渗入红色光屏之中，阻止其中白光的迸发。他将自己掌间发出的能量源源不绝输至宝剑上。

然而，红色光屏之中迸裂出的白光已是势不可挡。我看得出，即便莫临拥有强大的力量，仍是有些吃力。

正在此时，我看到有两个人出现在莫临身旁，是那两位长老。

他们三人心照不宣，共同向光屏注入法力。眼见破裂而出的白光愈渐稀少。就在红色的光球裂处渐少，趋于完整之际，一个黑色的光团忽然从中跃出，随之而来是一股强大的气流，连距离那里百尺之远的我们都可感受。

只是转眼之间，那抹光团就消失在了天际。莫临三人被那气流冲得退后些许，但手上传输能量的动作未有丝毫的停歇。终于完全修补了光球的破裂之处，而后光球渐渐消失。乌云与雷电顷刻散去，一切又恢复了往日的平静。

莫临和两位长老向我们而来，不消片刻，便到我们面前了。

莫临脸色有些苍白，曦云见此，急忙问道："大师兄，你怎样了？"

莫临摆摆手："只是失了些元气，没有大碍。"而后，他转身对二位长老道："师父、师叔，宇煌师弟他还是逃了出来，一切都是我埋下的祸根。"他的话语里有几丝悲伤与苦痛。

白发老者仍旧那样和蔼可亲，他摇摇头，道："这件事也不能都怪罪你。想当年，我也曾对他悉心教导，传授法术，而今他却用这些法术为祸四方，说到底，这些事，也同我有关哪。"

那位灰发老人却是一声冷哼："凭他的能力也想要灭了我们仙灵门吗？昔年他没有得逞，如今更不可能。更何况，逃出的只是他的元神，他的原身还留在封印里，那样他的法力也会折损大半。"

莫临想了想，沉声说："我要在他找回封印中的原身以前将他捉回来。他冲破封印，身体虚弱，应该不会走远，应是还留在仙界，借助这里的灵气恢复，我要去找他！”

“不行，他对你恨之入骨，如今你去寻他，万一不慎被那孽徒伤了该怎么办？莫临，你身上肩负着整个门派的希望，不可擅自去冒险！”灰发老人一字一句说道。

莫临郑重说道：“昔年是我将他带回门派，才会发生日后种种，这一切说到底都因我而起，那么就应当由我了结。还请师叔成全！”

白发老人见此情形，劝阻灰发老人：“清源，就放手让莫临去解决这件事吧。”

“清觞，你……”唤为清源的灰发老者万万没有想到对方会劝阻自己。

清觞老人悠悠叹了口气，看向莫临：“莫临，我知道，这些年里，你纵然不说，可你师弟的事情一直藏在你的心里。你知道我们仙灵门一向不染世俗，你将来更是要继承仙灵门的掌门之位，若是心里还有放不下的往昔如何可以清心寡欲？所以此次让你去了结这一切，也是希望你可以彻底放下过往。从此之后，再不问红尘事。”

莫临一怔，而后沉声说：“师父的意思我明白，我定然不会让师父和师叔失望！”

是夜。在经历过今天的风波之后，我的脑海里总是想着当时危急的场面，许久未有困意。睡不着，索性出去走走，不要辜负这大好风光。

我一来到楼阁外就见到离茉雪在一旁的石桌处静默而坐，一个人抬眼望着天边的圆月。

月光之下，她依然孤独神秘。

我犹豫半晌，握紧衣服口袋里已经做好的笛子向她走去，坐在了她身旁的石凳上。

“为什么还来找我？我不是说过，你我之间已经两清了吗？”她清冷的声音在宁静的夜色里悠然响起，说话之间，她并未转头看我。

“两清是你说的，我可什么都没说。只要我没说我们之间的所有一笔勾销，我就要履行我的承诺。”我觉得自己应该是第一次如此厚脸皮缠着一个人。

我掏出口袋里的长笛，放在她的面前："这里的风铃草对你的身体恢复有好处，你就收着吧。"

她转头看向我，而后瞥见桌上的笛子，微微一愣。

"我别的本事没有，但对于美术手工方面我还是有点信心的。"我笑着说，"这长笛里面是风铃草，只要有微风拂过就会发出悦耳的声响。虽然你平日以琴为主，但没有关系，这个笛子只是一个小样而已，可以当作装饰。况且自古以来琴笛相配，留着当作配饰也不错。"

"听说风铃草生长在山崖间，你是如何得到的？"离茉雪注视着我，问道。

"当然是爬上去摘的喽。告诉你吧，我是攀岩高手，区区石壁难不倒我。"我拍拍胸口，满是壮志豪情，然而想起攀爬时的事情，到底还是伪装不下去，又小声补充道："好吧，其实我差点掉下去，幸亏莫临救了我。"

她看着我，没有说话，眼里流露复杂的情绪。

"但这都不是重点好不好，无论如何，我还是成功地摘到它了不是吗？"我忽略掉自己中间的糗事，凸显自己最终取得的结果，我可不能让她看扁我。

她伸出手，摩挲着纯白的笛身，轻声道："你知道我其实对这些东西没有兴趣，何必耗费心神做这些？我并不需要。"

"要不要是你的事，做不做是我的事。总之，你救了我，我知道你是好人，是值得我交的朋友。"我笑嘻嘻地看着她说。

"朋友？"她忽地一笑，"好久没有听过这个词语了。"

月色之下，她看向我，一字一句说："可是，我也不需要朋友，不需要任何人的关心。"

"为什么？"我不解。我还记得在人间时，她也是在夜色里一边弹着古琴，一边低吟着《短歌行》，我可以感受到她隐藏其中的孤独，我一直不懂，为何她宁愿一个人忍受寂寞，也不愿意让别人走近她。

她遥望天边的圆月与满天的星辰，低声说："你还记得你所讲过的离殇镇的传说吗？”

我点点头，不知她意欲何为。

“或者那并非传说。浅殇为对抗妖女，四处寻求方法，最终制住妖女，受万千百姓的爱戴……而那个故事里的妖女，就是我。”她收回目光，注视着我。

我的心一震，连出口的话都有些断断续续：“怎……怎么可能？”那传说距今已过了百年，她怎么可能是百年前故事里的人？

她轻笑一声：“你怕了？”

我看着她，许久未言。我只是难以想象，怎么会有人走过百年岁月，容颜却依旧年轻。但我转念一想，她本就不是凡人，又如何不可以拥有漫长的时光？可是，她为什么会在那时被认为是妖女？

“当年我初入人间，对一切人情冷暖都不曾知晓。那时，我遇见了浅殇，她教我如何在人间讨生活。正逢鸦片战争，英军入侵，乱世之中，她身为将军不忍看到民生凋敝，一心想要寻得一方净土，带领手下百姓过安定的生活。我和她一路寻找，终于找到了一处世外桃源。她说，既是我们二人共同打造的天地，不如以我们二人的名字命名，因而才取了我与她名字中的‘离’与‘殇’，我说这个名字离别的意味太浓，她却笑着摇头，带着我在镇外的牌匾题上一句诗：陪君醉笑三万场，不诉离殇。她说，我们永远不会分离。

“可是后来，没过多久，我的身体就发生了变化，我能感觉得到，每过一天，我的身体里的一股莫名力量就会强大许多。我心里害怕，不敢告诉任何人。直至有一次，镇子里来了一群强盗，我以一己之力将他们全部击退。其他人只当我武艺高强，只有浅殇看出了异样，她私下询问，我不愿欺瞒，将这一切都告诉了她。但她仍旧不敢置信，直至我徒手砍倒一棵大树，她才相信。我担心她会怕我，她却坚定地说，无论我变成何种模样，我都是她最信任的朋友……

“那时我不谙世事，竟然真的相信了她的话语，却不知人心的险恶。直到有一天，我从山林里猎了些飞禽走兽，想着可以让百姓吃些荤菜，刚一到镇口就被许多人团团包围，走在最前面的就是浅殇，她说我是妖女，会给他们带来不祥。而后又有一个老人走来，信口雌黄地说我是万恶之源，只要在我死后，在镇前种上一棵树就可永保此地太平。后来，众人将我抓捕，用坚实的绳索层层围困，那时我身体的力量刚刚苏醒，难以抵挡那么多人的力量。他们把我捆在山崖下，在山上推下一块块巨大的山石，想将我活活砸死。我真的以为自己会死，不过我没有。当我从乱石之中爬出时，浑身上下几乎没有一处完好的皮肤……”

我听着这个故事，心里不知是何种滋味。她的话语始终平静淡然，往日里所受过的苦痛，那些旧日里的悲伤，只是被她如此轻描淡写地略过。我不敢相信，眼前这个我以为孤傲，非同常人的少女，原来有着这样一段不为人知、如此残酷、不忍描绘的过往。我终于深深体会到，为什么她会炼就这样一颗冷暖不浸的心，为什么她仿佛可以看透世间的一切冷暖，没有人生来就会如此，都是被世事所逼。

“茉雪……”我想安慰她，却觉得任何词语都苍白无力。百年的苦痛，哪是几句话就可以消除的呢？

“你相信吗？我和浅殇一起在乱世生存，在战火里寻觅栖身之地。我和她都没有亲人，彼此是对方唯一亲近的人。我曾深深相信过她。那个时候，我甚至在心里暗暗起誓，我愿意为她做任何事情。可是……她终究还是畏惧我身上的力量。我其实也从未怪过她对我的恐惧，只是……”她没有再说下去，可我明白，她是无法理解，为什么浅殇因为自己的恐惧，就把一个“妖女”的罪名强行扣在她的头上，竟然忍心看到自己最好的朋友死于乱石之下！

这是何等的残忍！

这段故事本与我无关，但看着眼前的人，我的眼眶渐渐温热。

她看出我心中的忧伤，淡声说：“你不必如此，我不需要任何人的怜悯或是同情。我告诉你这些，是想让你明白，这世间本就没有什么所谓的真心。朋友之间共过苦又能如何？人心在顷刻之间，就可以因为自己的私欲猛然改变。我走过百年的岁月，看过世间的一切浮沉，你们人类所言的承诺，实在太过廉价，我不需要。”

她顿了一下，又道：“况且，我曾是他人口中的妖女，也许我本就是不祥的，若你跟着我久了，总有一天，我也会给你带来灾祸。”她说着，目光里有淡淡的对自己的嘲讽。

“茉雪，我知道你心中的苦痛，但请你相信我，我和浅殇是不一样的。”我忍不住拉住她微凉的手，“无论你变成何种模样，我都不会怕你。如果你相信我，我愿意做那个可以给你温暖的朋友。我会向你证明，真正的友情可以同甘共苦，可以经历一切的考验，可以跨越身份与生死！”

她想要挣脱我的双手，却被我紧紧握住。

良久，她开口：“可是，我累了，没有精力再去相信任何人。你曾经有一句话是对的，我已经孤独惯了，不需要友情了。”

我一愣，她趁我失神的空当，挣脱了我的双手。她站起身，看了一眼桌上的笛子，把它拿起：“我收下了，你不要再有什么压力，你不欠我任何东西。”

说着，她转身离去，进了屋子。

纯白的月光，为周围的一切都涂上一层清冷的颜色。我明白，从始至终，她不愿与我以心相交。

第二天一早，早饭过后，莫临便来寻我们。他见离茉雪身体确实没有大碍才放下心来，对我们说：“我明日就将启程去寻找钟离宇煌的下落，我已向曦云交代过，由他到时候送你们返回人间。”

离茉雪听后，开口：“其实在人间的时候，我曾在与童以然交手的时候，感知到过昨日破出封印的那股力量。有一个隐去面容的少年，曾借此力量相助童以然，重伤于我。我想知道，这两件事情之间是否有联系。”

莫临一怔，眉头微皱：“你确定是同一种力量吗？”

“应该是。”离茉雪点头。

莫临双手紧握成拳：“看来我小看他了。他的力量又强大了许多。我想，他那时虽然尚在封印中，却已有可以让魂魄逃出之法。我只怕他已经盯上人界，动了拿人类开刀的心思所以才会幻化身形帮助童以然。”

“那人间岂不有危险，现在该怎么阻止这一切？”我急忙问道。童以然已经是巨大的威胁了，我不敢想象，如果再加上更为强劲的对手，人界会变成何种模样。

莫临抿了抿嘴唇，而后说道："上次我与童以然交手，已经让她耗尽功力，短时间之内，她应该不会再为祸人间。现在必须先找到钟离宇煌，以免他恢复元气后找回真身，届时必将掀起腥风血雨。"

离茉雪想了想，说："莫临，我想和你一起去找他。"

"你？不行，此次旅途凶险难测。我不能让你们这些局外人去冒险。"莫临义正词严拒绝道。

"我不是局外人。我在人间漂泊多年，这里也有我的一份责任。我虽然没有灵力，但是危急关头，我可用内力帮助你。"离茉雪说。

"那，我也要去！"我急忙说道，"我可是正正经经的人类，我也得守护我的家园哪。连茉雪都挺身而出，我又怎么能置身事外呢？"

莫临看着我们，有些动容，但他沉声说："不行，你们不知道钟离宇煌的厉害。昨日我与师长联手都没能拦住他。他是比童以然还要厉害许多的对手，我不能置你们于险境。"

"那我们也不能眼睁睁看着你置身险境，什么也不管哪。没有人生来就该牺牲或者就该安稳度日的。我和茉雪和你一路同行，彼此之间也可有个照应啊。"我试图说服他。其实，我不是一个爱冒险的人，平日里有个小病小痛都会忧心许久，可是在最近发生这么多事情后，我看着离茉雪或是莫临一个个都可以奋不顾身保护他人，深深触动我的内心。我也希望自己可以为保护人间尽一份力。

他想了想，说："谢谢你们愿意帮忙。好，离茉雪可以与我同行。但是，张爱琪，你身为人类，没有法术和内力，实在不宜冒险。我派几名弟子维护人间安全，到时候你随他们一起走吧。"

"为什么？你这是看不起我们人类吗？"我气愤地质问道。

"并非如此，只是担心你们的安危。"莫临解释。

"莫临说得对，张爱琪，你还是先把自己照顾好吧，不要到时候还要忙着保护你。"离茉雪漠声说，脸上没有丝毫表情。

我看着离茉雪冷漠的样子，也知道她说得对，我纵使满腔热血想要维护人间又能怎样呢？我没有任何的力量可以对抗那些邪恶。小时候看动画片里正邪相斗的场景觉得热血沸腾，一心幻想自己有一天也可以除暴安良。可现在想想，拥有一个英雄梦还不够，还要有英雄的本领才是。

“好了，我知道了，我不去给你们添乱就是了。”我说完这一句话后，就离开了他们。

我一路走着，无心顾及四周如画的风光，心里被自己的无能与离茉雪的轻视填得满满的。我现在只想找一个人烟稀少的地方待一会儿。

我听到后面有脚步声传来，回头一看，发现是莫临，心中不禁满是沮丧。我又在期待什么呢？难道还指望着那么个淡漠的人来安慰我吗？

“看来让你失望了，是我，不是离茉雪。”莫临追上来，与我并肩行走。

“我才不期待她那么个大冰块能来找我说话呢。”我知道自己口是心非，“你们都不相信我，觉得我就是个累赘。”

“我们只是担心你，怕危难之时，我们无暇顾及你的安危。”莫临说道，“那个人真的是一个很可怕的敌手，我只怕他卷土重来，连我的师父与师叔都不是他的对手。”

前方一座荒废已久的楼阁渐渐出现，那是上次我去过的禁地，是那个人住过的地方。我望着那座楼阁，心里的疑惑愈深，不禁问道：“他真的那么厉害吗？难道连你也难以对付他？”

莫临脚步一顿，我也停了下来。他望向那座残败的建筑说：“他是远古妖王的后裔，体内拥有强大的远古力量。千万年以前，妖王曾借此力量号令六界，六界生灵涂炭。四大灵兽联手击败妖王，同时封印妖王及其后代体内隐藏的力量，以免他们再残害众生。远古之时的这条血脉就算断了，而后妖界掌权者再没有如此强盛的力量，所以妖界地位渐渐衰弱。直到宇煌体内的力量觉醒，才重新引起了重视。这股力量异常强大，当年他几乎屠了整个仙灵门，我们只能将他封印。”

看着莫临，我忍不住问：“他曾是你的师弟，你们之间应该曾经感情很好吧？”

莫临轻叹一声：“他曾经是我一手带大的，我把他当作我的亲弟弟一样疼爱。只是……”他的眼里有无尽的惆怅。是呀，世界上最残忍的事情，莫过于曾经的手足化为眼下的仇敌。

“你当年封印他一定也是不忍的，如今他出逃，你们又免不了一番厮杀。”我低声说。

莫临抬头遥望天空，缓声说：“我们正邪不两立，再不可能手下留情。再说，这关乎仙界的安危，我不可能不顾大局。如若那样，我实在有愧于师门。”

这一刻，我忽然意识到眼前这个青年似乎注定是要背负天下安危，在他的心里，不会被个人情欲所牵绊，即便，他的心里还记挂着自己的师弟。

“你们是怎么相识的？”我有些好奇他们的过往。

莫临一怔，垂下目光。

“抱歉，我不该问的，你……”

“无妨。那已经是数年前的旧事了，还有什么放不下的。你若想知道，我便讲与你听。”他轻声说着，言语之间隔着时光的尘雾，把往日恩怨一一道出……

魔界之王越轩初登王位之时，雄心勃勃想要扩展疆土。他把目标瞄准了仙界。那时的仙界已经退出纷争多年，魔界蓄谋已久的大举进攻令仙界毫无防备，那一战让整个仙界陷入绝境，最后虽然击退魔界，却已千疮百孔，仙界之人在战火中痛失亲人，流离失所。

那时的莫临已经在仙灵门中受得掌门人清觞亲传法术，而且天资聪慧，资质是在同辈的弟子中最为优秀的，可他也不过是个十三岁的少年，不可能对抗魔界大军，因此没有上阵杀敌。

战争结束后，莫临终于有了出仙灵门救济伤残百姓的机会。

那是莫临第一次看到哀鸿遍野之景。硝烟过后，大地上堆积尸体无数，鲜血已汇成河流。

莫临带着师弟们走过每一寸土地，仔细查看躺在地上的人是否还有救治的可能。

魔界的人出手狠毒，骨子里就带有杀戮嗜血的本性，而仙界素来不喜纷争，正式退出六界之争之后，更是多年未经战事。即便他们有着可以与魔界一较高下的力量，也难逃过对手狠厉的攻击。

“大家先休息一下吧。”莫临一路带领众弟子救了不少伤患，忙了一整个上午。他知道大家都已经疲惫不堪。大家纷纷坐下休息。

莫临并不累，他只想再多救些伤患。他一个人一路走着，石板下一只满是鲜血的手吸引了他的视线。他急忙走过去，掀起石板。那块石板并不轻，如此重量压在人身上，怕是无法幸存。

掀开石板，有一个正值壮年的男人弓着身子，在身下形成一个狭小的空间，有一个年幼的孩童，不过八九岁，两腿蜷曲起来。莫临急忙把男人扶到一边的空地上，迅速试探对方的呼吸，发现早已没了生气。他那只露在石板外的手掌还在滴血。莫临不忍再看，心下已经明了，那男人是为了保护身下的幼童。

莫临看向那个孩童，他被男人护在身下，未受什么伤，脸颊上鲜血混着泥土，衣服破旧不堪。他的眼神清澈，却没有任何情绪，静默地望着那个早已没了生气的男人。

“小弟弟，你还好吗？”莫临刚刚把手伸向那个男孩，对方身体一颤，紧紧缩成一团。

“你不要害怕，我不会伤害你。”莫临放柔声音，努力想要安慰对方。他一点点碰触到男孩的身体，小心翼翼地用掌中的法力感知男孩的身体状况，所幸并无大碍。这一次男孩并未反抗，一直望着死去的男人。

“他是你的父亲吗？”莫临低声问。

男孩点点头，忽然泪水就从眼眶里涌出，滴落在莫临的手上。滚烫的泪水，顺着莫临的手掌滑落。那是他唯一的亲人，因为保护他而失去了生命。

莫临心下一颤，他也有过这样的体会。在他很小的时候，一场瘟疫夺走全家人的性命，多亏清觞偶然经过，收留了孤苦无依的他，把他带回仙灵门悉心培养。可是，再多的照料，也弥补不了亲人不在的痛苦。

“你还有别的亲人吗？我可以帮你去找他们。”莫临柔声说。

男孩摇摇头，忍不住啜泣出声。

莫临拍了拍孩童的肩膀，眼里满是怜惜，可是他终究无能为力。这天底下没有一种法术可以起死回生，生死之道是无法改变的规律。

“这样吧，你先跟着我，我帮你找一户可以收养你的人家。”莫临知道这个孩子年幼，必须有人照顾。

男孩听后急忙摇头，落下一串泪珠：“我只要爸爸。”他从小就没有妈妈，只有爸爸，他偷偷听别人说，其实爸爸也不是他的亲生父亲，由于他生来体内就无一丝灵力，用不出丝毫的法力，是个没有用的人，所以才会被自己的亲生父母遗弃。但是他并不在乎，因为他知道有一个人会以父亲的身份填补他缺失的爱。即使那个人不在了，自己也不想离开他。

“可是你守在这里又有什么用呢？他为了保护你才会牺牲的，我想他也希望你今后过上好的生活。”莫临轻声安抚道。

在莫临的安慰说服下，男孩同意和莫临走。走之前，他们将男人下了葬。这片土地不知埋葬了多少英魂。

莫临把他带到众弟子中间，他们一路救人，一路寻觅可以收养男孩的好心人家。一路上，男孩未曾哭闹，默默地跟在莫临身后。其余弟子见这个男孩如此乖巧，又失去亲人，便对他满是心疼。

天黑了，莫临带着众弟子将附近的伤患救治完毕，将要返回仙灵门。

没有一户人家愿意收养男孩。大战刚刚结束，人们流离失所，自己都顾不上，怎么会收养一个不相干的孩子？

“大哥哥，你不要管我了。”男孩见莫临为自己四处打听，不想再拖累他人。他跟着父亲的这几年过的都是清贫的日子，比同龄人独立成熟许多。

“那怎么行？我答应要带你找到可以安稳度日的地方。”莫临坚定地说，但他也不知还有什么地方愿意收留一个孩子。

对了，不如……莫临忽然有了主意，把这个孩子带到仙灵门。

“大师兄，怕是不合规矩吧。仙灵门要经过考核才能入门，带这个孩子回去的话……”其中一个弟子听说了莫临的想法后不禁开口劝阻，其余人纷纷应和。

莫临身为仙灵门的大弟子，自然明白这些规矩。只是，今时不同往日，他没有办法任由这个男孩自生自灭。

“我心里自有考量。回去之后，我会和师父阐明缘由。”莫临沉声说。他年纪尚轻，但由于有过人的天资与风度，大家对这位师兄很是信服，见他如此，众人也不再多言。

莫临看着男孩，问：“你愿意和我回仙灵门吗？”

男孩看着他，点点头。他知道，面前的这位大哥哥是在父亲去世之后，唯一可以依靠的人。他们不过初识，对方就愿意为他寻找栖身之地，这个人和自己以往所见到的那些天性凉薄，只重自己利益的人都不同，男孩相信他不会伤害自己。

莫临见对方应许，不禁一笑，摸了摸男孩的头，问：“你叫什么名字？”

“宇煌，钟离宇煌。”男孩带着些奶音的软糯声音响起。

回到仙灵门，莫临把钟离宇煌带到大殿中，向掌门人清觞和师叔清源阐明了前因后果。清觞默默倾听，不知在想些什么，而清源从见到这男孩的第一眼，言辞之间就满是忌惮。他只看了这孩子一眼就知道他的身份。

“莫临，你难道不知仙灵门的规矩吗？我们门派不是收容所。”清源厉声说。

“师叔，我知道自己此举失了规矩，只是这个男孩实在可怜，无处可归。”莫临解释道。

“你觉得他根骨如何？凭他如此资质也可进我派吗？”清源冷声说。莫临一怔，不知如何回答。他修习法术内力，自然也可以感知他人的气息，他知道钟离宇煌体内并无一丝灵力涌动，如同一个凡人。仙灵门负责维持六界秩序，看重的是门下弟子的能力。弟子入门都要经过仙术法力的层层考核。当初自己被清觞收入门下，也是因为资质过人。

面对一个没有根骨的孩子，仙灵门自然难以收他。

清源冷哼一声：“你也不必多言。你身为大弟子，本该遵守戒律，如今却带着一个身世不明的人回来，妄想加入门派，实在荒谬。”

“师叔……”莫临心知自己此举唐突，可仍想为男孩求情。

“大哥哥，算了。”钟离宇煌用稚嫩的小手轻轻拉着莫临的衣袖，“我出生身上就没有一丝仙力，什么也不会，二位长老不愿收我也在情理之中。我一个人在山下也可以讨生活的。”他对这里不甚了解，但是通过莫临和清源的对话明白了一二。他知道莫临在这里深受师长看重，没必要为了自己的事情惹得师长不快。

莫临低头看着这个年幼的男孩，他破旧而宽大的衣襟下依稀勾勒出瘦弱的身形，一双眼睛那样深邃清澈，纯净无瑕。

“就让他入到我门下吧。”一直沉默的清觞忽然开口。

莫临想不到师父会愿意收下这个男孩，心下一喜：“多谢师父愿意收留宇煌。”随后他又对钟离宇煌说：“宇煌，快谢过师父。”

“谢谢掌门……不，谢谢师父。”钟离宇煌说道，纯净的眼眸中满是欢喜，对清觞充满感激。

“清觞……你……”清源万万没有想到清觞居然会收下这个孩子。清觞一向不喜收徒，这么多年来，除了莫临，他没收过弟子。

“清源，我们门派始终秉持天道，锄强扶弱。而今若是连这样一个孤苦伶仃的孩子都漠视不管，还说什么惩恶扬善的使命呢？”清觞淡声说道。

“但是，万一……”清源想再说什么，但最终一声叹息，“罢了，我知道没有人可以左右你的想法。”清觞是他的兄长，他了解清觞，而且清觞修为早已出神入化。

清源注视着眼前这个稚嫩的孩童，有些恍惚，拥有这样纯净眼眸的孩童，怎会是昔年令六界生灵涂炭的妖王的后代？即便他现在体内法力已被封印，可血液里流淌着的仍是属于上古妖王的因子。若是这封印解除，那么钟离宇煌就会在瞬间获得无穷的力量，足以摧毁一切。而妖王之力本就带着邪恶的因子，稍有不慎，就会引起杀戮的欲望。因此，清源才会如此忌惮这个孩子。

“宇煌，你要知道，一旦成为我门下的弟子，从此之后就要心存正义，秉公办事，除恶扬善，切不可被内心的嗔痴怨恨所左右，造下杀业。”清觞正色说道。他相信，如果一个人心中有善，那么就永远不会被黑暗吞没。

“是，一定谨记师父的教诲。”钟离宇煌用清脆有力的声音回答，“今后弟子必将严守门规，行侠仗义，绝不会辱没师门使命。”他的眼里满是坚定，没有丝毫动摇。

“好，我相信你。”清觞欣慰一笑，随后对莫临说，“莫临，从今以后，你的这个师弟也要劳烦你多照顾了。”

“是。”莫临沉声回答。

“你就把宇煌安排在你住所旁边那座闲置的楼阁吧，彼此有个照应。”清觞吩咐，而后就让莫临带着钟离宇煌去往住处。

莫临带着钟离宇煌来到楼阁前，这个向来过着清贫生活的男孩不敢置信地看着眼前精致典雅的建筑，他真的可以住在这里吗？

“喜欢吗？”莫临见这个小孩子目不转睛地盯着面前的建筑，不禁一笑。

“喜欢。”钟离宇煌用力点点头。以前他只在心里偷偷盼望着可以住一个不漏风不漏雨的屋子，而今竟然可以住进这么精致的楼阁里。如果父亲也在，不知有多好。

想起死去的亲人，他不由得黯然神伤。

莫临带着他走入房间，为他简单收拾了屋子，察觉出对方低落的情绪，温声安抚：“宇煌，你知道吗，人死之后，消散的只是躯体而已，只要你念着他，他就永远在你的心里，不会离去，你的父亲不过是以另一种方式陪伴着你。为了他，你要开开心心地生活成长，知道吗？”

钟离宇煌抬起微红的双眼看着莫临，他明白自己幸福地活着，死去的父亲才会安心。

“嗯，我知道了。谢谢你，莫临大哥。”他想感谢对方为他寻得一处遮风挡雨、可以安稳度日的地方，想感谢只是萍水相逢就愿意伸出援手的莫临。

莫临抬起手擦了擦钟离宇煌眼角渗出的泪珠，微微一笑：“叫我师兄吧，从今以后，我们便是同门了。”

“师兄。”钟离宇煌轻声唤道，泪光之中，他的唇角终于绽放一缕笑意。

那时候，他想，上天到底待他不薄，否则他又如何再度寻得温情。

从此，钟离宇煌正式入了仙灵门。由于他没有灵力，所练的法术有别于寻常弟子。清觞专门为他选了适合他练的武功，这些功夫无须灵力辅助，长期练习，亦可强身健体，加强个人力量，更有平心静气，防止心魔干扰之效。

当然，由于钟离宇煌自身这个特殊的原因，他无法和其他弟子一起训练，只得自己一个人练习属于自己的武功，久而久之，他也和他人有了隔阂。那些弟子不仅因为钟离宇煌不和他们一起参加日常训练而同他疏远，更重要的是妒忌他本一无所能，却可以被清觞收入门下，还让莫临对他照顾有加。

这种种缘由，钟离宇煌自然也是知晓的。只是他本身也是个寡言少语的人，别人不喜接近自己，他便一个人生活。

仙灵门是个清净之地，纵使这里的弟子对他有所妒忌，可也只是在背后对他指指点点，再无其他举动，加之莫临也时常护着他，所以这里的日子并不难过。一日三餐，粗茶淡饭，修身养性，时间就这样一点点流逝。

转眼间，钟离宇煌十四岁了，这一年，莫临十八岁。

阳光之下，笼罩着群山的雾气渐渐散去，在隐藏在群山之中的楼阁前，一个面容清秀、身形修长的少年正在舞剑。他的动作如行云流水，一气呵成，一招一式都连贯有力。

“不错。”一个低沉有磁性的声音传来。

少年顺着声音方向望去，一个穿着水蓝色衣服的年轻男子正在不远处笑着看他。

“师兄！”钟离宇煌收回了剑式向莫临走去，嘴角微微弯起。平日里，他总是一副冷言少语的样子，只有见到莫临才会露出属于少年的活泼。

莫临从口袋里掏出手帕，擦了擦面前少年脸上的汗珠。此时的莫临已经成人，举手投足之间，更加沉稳内敛，有条不紊，加之他天赋异禀又刻苦勤奋，年仅十八岁就已经是仙灵门的栋梁之材，深受清觞和清源的赏识。

“累吗？”莫临问，手里的帕子已经被汗水完全浸湿。

“不累。”钟离宇煌接过帕子，自己擦了起来，“师父说勤能补拙，我既然比师兄弟资质差许多，那么我就要努力多加练习剑术道法。”

“如果其他的弟子也能有你这样的态度，我大概会少操不少心。”莫临淡淡一笑。他的修为如今已是上乘，平日里负责带领其他弟子训练。无论是仙或者人，都逃脱不了骨子里的惰性，每每习剑之时，总是会有许多人借机偷懒。

人有时候真的是很奇怪，有资质条件的人不珍惜机会，而那些天资平庸的人却要多花上百倍的时间，执着努力。钟离宇煌虽然没有灵力，不能使用法术，可论起剑法与功夫已经是在这里出类拔萃的了。

这几年里，莫临看着自己这个小师弟从初入门时连剑都拿不稳，到而今可以将剑舞得滴水不漏，其中所下的功夫，他看在眼里。

“师兄今天怎么有空过来看我？”钟离宇煌知道平日里莫临为了打理仙灵门的事情，常常忙到夜里。

“最近常常传来山下村落被妖物侵扰的消息，师父命我下午便动身带着弟子们去探查情况，平复动乱，我想在走之前看你一眼。”莫临回答。

“师兄要几天才能回？”钟离宇煌问，眼里有些不舍。在这里，除了师父外，就只有莫临肯亲近他。他记得自己最初根基不好，师父教的剑法迟迟没有掌握，是莫临在一旁悉心指导他，为了可以准确地教导自己，还特地额外花时间去熟悉自己的剑法。每当其他弟子在背后议论他的时候，也是莫临出言维护他。

“听说这妖物功力不凡，大概要多花些时间对付。”莫临说道，他心知对方的不舍，“我会尽快回来的。”

钟离宇煌点点头，他有些羡慕莫临可以下山去救助他人。由于他不会仙法，所以得不到下山去行侠仗义的机会。仙界不比人间，这里的众生万物都有与生俱来的灵力，他却是个异类，没有一点慧根，根本无法与那些拥有强大灵力的生灵抗衡。

莫临注意到少年黯然的神情，拍拍对方的肩膀：“宇煌，我知道你心里的苦闷。我向你承诺，终有一天，我们会并肩而立，除尽世间的邪魔。”他怎会不知这个少年的心思，看着一批又一批的弟子得到下山历练的机会，自己却只能固守在仙灵门。

“我相信师兄。”钟离宇煌点点头，坚定地说。他心中的阴霾，在莫临的这几句话下，一点点消散。他知道只要是莫临承诺的，都一定会实现，没有人比他更相信自己的师兄。

“那我先走了，下山前还有许多事情要准备。我不在，你自己要小心。”莫临叮咛道。

“放心吧，我可以照顾好自己。”钟离宇煌微微一笑，而后正色道，“师兄，一定要平安回来。”他知道要莫临下山去办的事情定然困难，他担心那个妖物法术高强，莫临与它搏斗会受伤。

“嗯，我答应你，我一定会安然无恙地站在你面前。”莫临说道。

钟离宇煌目送着莫临离开，望着他的背影站了良久。他知道师兄修为精湛，却忍不住担忧。

“等我再见到他的时候，他已经解除了封印，恢复了妖王之力。那时的他眼里只有血腥与杀戮，几乎屠了仙灵门。所幸他体内法力初醒，未能全数发挥出来，我险些散了全身的修为，身受重伤，才把他封印在这里。”莫临悠声说道，回忆着往昔之景，“我这才知道为什么师叔当初一再拒绝收他为徒。原来，师父和师叔早在见他的第一眼就看透了他的身份。只是师父见到当时无家可归的他于心不忍，还是收留了他。本想让他静心修炼，却未曾想到，还是躲不过他冲破封印，荼毒生灵的结局。”

“可是他是怎么冲破封印的呢？这个封印既然是六界合力而下，应该不会这样容易就被冲破才是吧？”我总觉得这个故事并没有完，其中应该另有隐情。

莫临淡淡一笑，看向我：“你知道吗，有一种力量是世间最为强大的，来源于心底。所谓的心魔，就是如此。当一个人心里的嗔恨痴怨积攒到极致的时候，它就会驾驭人心，令其变成最为可怖的恶魔，那是什么都无法阻挡的。”

他长叹一声，继续说：“其实，我一直都懂得他的苦。他由于自小身体条件特殊，无法和其他弟子一起训练，只能一个人躲在角落里练功。除了我与师父，其他的同门都对他冷眼相待。那日他动了下山的心思，与守门的师弟发生口角，积攒在心里的怨恨终于爆发了出来，才有了之后的事情。他最后还口口声声说他不想让这里血流成河，只是控制不住自己。”

我听完这段往事，不禁暗自惋惜感伤。我不过是俗世凡人，没有背负起除魔卫道的使命，只是觉得他们二人不该如此。想起曾经读过的许多故事里恩怨交织的情节，曾经的手足，而今的仇敌，总是那样千回百转。可是个中滋味，大概只有亲身经历，方可体会。

而我，只希望自己永远不要经历这些。

第五章　迷局

第二天一早，莫临就与离茉雪收拾好行囊，准备去查探钟离宇煌的下落。送行的弟子浩浩荡荡拥出门外，依依不舍地道别他们的师兄。我趁着混乱之际溜出门外，躲在旁边的大树后，打算一路偷偷跟着他们。既然离茉雪和莫临都不相信我，不愿意带着我，我只好采取这种不那么正大光明的跟踪方法了。

“大师兄，你要尽快回来。”鹤兰芷不舍地看着莫临，拿出一个精巧的瓷瓶递给莫临，“这是我炼的丹药，危难之时应该用得上。”

莫临接了过去，打开瓶盖一看，眉头微皱，对鹤兰芷说：“这是回魂丹，炼一颗要消耗炼丹者大量的元气，太贵重了，我不能收。”他说着，把瓶子递到鹤兰芷面前。

“大师兄，你就收下吧。”鹤兰芷抿了抿双唇，“这是我愿意为你做的。”说着，她的脸颊微红，显得越发的明媚动人。

“我带了师父给我的药草，师妹的丹药我用不上了。”莫临淡声说，看向鹤兰芷的目光平静如水，没有丝毫的波澜，“师妹平日里要负责许多弟子的身体状况，已是劳累非常，不必再为我劳心伤神。”

“大师兄，你……”鹤兰芷注视着莫临的眼睛多了几分雾气，有些气恼自己的辛苦换不来意中人的认可。

莫临见她如此，无奈地叹了口气，收回了瓶子：“好，我暂且收下。”

鹤兰芷这才笑靥如花，勾起嘴唇。

“我会毫发无伤的。”莫临转头安抚着众人，随后又对为首的曦云说，

“我不在的时候，只有麻烦你料理琐事了。”

“请大师兄放心，一切交给我。师兄有必要的时候，请告知我们，我们会下山去帮助师兄。”曦云说道。

莫临点点头，拍了拍曦云的肩膀，转身告辞离去。我急忙悄悄跟着他们，然而，我突然想到一个重要的问题，他们来去估计会御剑而行，我怎么能跟得上他们呢？

不过幸好一路走到山下，他们都未曾御剑。我平日里缺少运动，下山的路已经让我气喘吁吁，又不敢休息，生怕一个闪神就把人跟丢了。

我跟着他们来到一个拐弯处，一眨眼的工夫，这二人就没了影子。

“咦？真是奇怪，刚刚还在呢，也不至于在几秒之间就消失得无影无踪吧？”我小声自言自语，四处打量着。

“你一路跟着我们，也很辛苦，寻常人怕是也做不到。”莫临的声音忽然传来。

只见他与离茉雪从一边的大石头走出来，他的嘴角含着笑意，分明是早就知道我在跟着他们了。我一时之间有些慌乱，不知是否该承认自己此行的目的，毕竟他们并不想我介入。但是，看这二人如此精明，估计什么也瞒不过他们。

“反正我跟定你们两个了，我一定要去，不能袖手旁观！”我坚定地表明自己的意愿。

莫临无奈地摇摇头，转头看了看离茉雪，离茉雪迎上他的目光，几不可察地轻点了下头。

“上剑吧。”莫临对我说，腰间的玉环幻化成一柄巨大的剑，微微浮在地面上。

我忍不住露出笑颜。太好了，作战成功，他们这是同意带上我了。

我们三人站到剑上，剑渐渐升空，向远方飞去。清凉的微风拂过耳畔，令人心旷神怡，洁白的云朵触手可及。

有了上次乘剑的经历，我已经适应了这种感觉，没有丝毫的恐惧。但我想起离茉雪应该是第一次，上回来仙界的时候，她还在昏迷之中，不知道她现在会不会有些不习惯。想到这里，我转头对身后的少女说：

“别害怕，马上你就会适应，我们很安全的。”

“还是先管好你自己吧。”她目光轻扫过我，随后弯下身子，坐在了剑上。看她这淡然，面不改色的模样确实不像是会害怕。

“真是的，算我多管闲事。”我转回头，小声嘀咕。

莫临站在最前面控制着剑身运行，右手指尖有淡蓝色的光芒闪现。他听到我们的对话，轻轻一笑，对我说：“她其实也是担心你，怕你顾不上保护自己。”

“这种凛冽的关心人的话语我倒是头一次听。”我有些气恼地说道。我突然想起什么，“不对，你们怎么走了这么远的山路才御剑飞行？出了仙灵门就带上我御剑多好，害我跟你们跟得腿都酸了。是不是存心整我？”

“是离茉雪说想看看你是否真心想去，这一段山路是测试你会不会知难而退。”莫临解释说。

“哼，你们少瞧不起人类，我哪是这么容易就打退堂鼓的人？”我气呼呼地说道。

“你知道的，其实我们也是担心你。”莫临缓声说，与此同时，剑身渐渐下沉，面前的云雾散去，俯身看去，一个依山傍水的镇子显现出来。

“我们这是到了哪里？”我问。

“这是古岭镇，是盘古开天地之时，受天地之气孕育而生，因而这里灵气充沛。我想钟离宇煌冲出封印，元气未恢复，十有八九会来此处休养调息。”莫临说着，右手一抬，剑身慢慢在镇口前下落。

我们三人进入镇子，就看见街上有一个面目狰狞的老人，只见他周身散发着黑气，双目通红，仿佛被浸了鲜血一般。他整个人暴躁不安，如同一头狂兽，逢人便持着手中的木棍打去。有胆大的人想要接近制住他，却承受不住他周身发出的黑气，但凡被那黑气沾染上，就会倒地昏迷不起。

“这是怎么回事？”我看着眼前的景象问道。

离茉雪微微眯起眼睛注视着那个老人，冷声说：“那黑气非同一般，我能感觉到里面的毒性异常强大。那老人应该是个普通百姓，染上那股黑气失了心智。”

莫临握紧手中的长剑，沉声说："那黑气是妖气。看来我猜得不错，他果然在这里。只怕是他想吸食这里人的元气以加快自己的复原。"

而后，他对离茉雪说："你在这里保护爱琪，我去救其他人。"

他的话音刚落，人就已经来到老人面前。只见莫临手中的剑身发出耀眼的蓝光，阻挡住老人所发出的黑气。老人知晓对方是来阻挠自己的，咆哮一声，手中的木棍冲莫临狠狠砸去。

莫临用剑身一挡，木棍磕在剑鞘上，被削成两截，掉落在地上。老人怒不可遏，张开双臂，顿时全身的黑气迅速汇集成一个巨大的黑洞，黑洞里溢出一把以黑气幻化而成的刀。莫临用自己手中的剑抵去，刀尖与剑尖触碰到一起，散发出巨大的能量，周围的人包括我都被力量震得后退了几步，只有离茉雪依旧站在原地。

莫临松开手，手中的剑浮在半空抵挡着对方的刀。而后，他双手合十，暗念口诀，一个水蓝色的光球显现在他身前，他用手一推，那个蓝色的光球就击中了老人。老人后退一步，晕厥在地上，那些黑气与刀瞬间消失得无影无踪。

莫临收回长剑，蹲下身子查看老人的情况。这时一个四十出头的男子跑了过来，扶起老人的身子大喊道："爸，爸，您怎么了？"

"令尊身中妖气，丧失了些精元才会如此。不过好在发现及时，现在已无大碍。回去休养几日就会苏醒。"莫临在一旁解释说。

"你是……"那男子看着莫临，半信半疑。

"我是仙灵门的弟子，来此捉妖，正巧碰上令尊身中妖气，这才出手。"莫临解释说。

那个男子还有些疑虑，几个路人说明是刚刚莫临出手，才救了大家。"原来是仙灵门的弟子，谢谢你了，这几日我父亲一直有些异样，想不到竟是妖气缠身。"男子心有余悸地说，而后又对莫临感激道，"我家境贫寒，没有什么可以感谢小兄弟的仗义之举，不如就去我家吃顿便饭，聊表谢意。"

"不必麻烦，救治他人本就是我仙灵门的责任。"莫临说道。

男子却不肯，莫临拗不过对方，只好应下。那男子见到我与离茉雪后，也邀请我们一起。

我们一路搀扶着昏迷的老者来到他们的家门前，房子并不大却整洁明亮，青砖黛瓦。屋前一个小院子用篱笆围成，院中种着几株花草，其中的花朵十分好看，竟然发出七彩的光芒。

“那是什么花，这样美丽？”我忍不住指着那些花问道。

男子顺着我手指的方向看去，微微一笑：“是霓裳，很罕见，是我在山林里偶然发现而后带回来的。”

他把老人安置在卧房，细心为他盖好被子，而后把我们带到餐厅，倒了几杯茶水，淡淡的茶香飘散在空中。

“还未请教您怎样称呼？”莫临接过茶杯问。

“我姓王，就叫我王叔吧。”男人微微一笑说道。

“我想请问一下令尊为何会变成这个样子？”莫临问道。

王叔摇摇头，开口：“这事情我也是听家父讲的，前几日，我父亲遇见一个浑身虚弱无力的少年人，他本想去帮助那个少年，谁知一走近他，就被那少年像是使用某种秘术般困住，一动也动不得。幸亏当时有这镇上的人经过，那个少年似乎是怕事情闹大，这才放了我的父亲，转眼消失得无影无踪。”

“那个少年是这里的人吗？”离茉雪问道。

王叔想了想：“这我并不清楚。我们这个镇子很大，常住在这里的人，也不见得都认识。更何况还总是人来人往。”

那这么说来，我们要找到那个可疑的少年岂不是大海里捞针，总不可能见一个青年人就去把人抓住吧？我摩挲着茶杯细细的纹路，然后轻拍了下桌子，说：“对了，我们可以等王叔的父亲醒来，让他带着我们去认人不就好了？”

莫临点点头，说：“现在看来，只好如此。不过他恐怕还要过几天才能苏醒，这几日我只担心那个人还会出来行凶，我们仍要到镇子里去转转，以防万一。”

而后，他又对王叔道：“届时还希望令尊可以帮我们认一下当日伤他的少年，那个少年很可能是我们要捉的妖。”

“好，没问题。趁早除去妖，也可以还我们一个太平。”王叔爽快回答。随后，他便要我们在此休息片刻，而他则去厨房准备午餐。

不大一会儿，王叔就端出一盘盘令人垂涎欲滴的菜肴。其实都是寻常的食材，经过烹饪发出阵阵香气，勾起了我肚子里的馋虫。想我在自己家里的时候，一日三餐都味同嚼蜡，如今来了仙界可以尝遍美食。

王叔见我们吃得津津有味，他的脸上露出笑容。他把盘中的肉菜拨给我们，自己只挑些青菜吃。我看不过去，把盘子里的肉块夹到他的碗中，他看了我一眼，这才小口吃了起来。看到他的样子，我忽然想到了我的亲人，我的外婆也是如此，永远把好吃的东西留给我。

想起自己已经来此多日，有些想念家里。

“张爱琪。”直到离茉雪唤我的名字，我才回过神来。见她用询问的目光注视我，我只笑着摇头说没有关系。现在是危急关头，为了保护人间，我不可能退缩，我要坚持到最后。

吃完饭后，我们向王叔道了谢，便急忙来到镇上探查情况。

“这个镇子的确不小，我们这样一家一户，一街一道寻找，何时才能找到头？”我望着宽敞，条条交错的街道不禁开口说。

离茉雪轻瞥了我一眼：“怕麻烦你最开始就可以不来。”

“谁说我是怕麻烦了？我只是觉得我们一行人这样找寻要花费许多工夫，应该想个效率高的方法。”我解释道。其实我心里明白，离茉雪自始至终都不希望我跟来，所以一碰到点机会就想让我知难而退，但可惜，我没那么容易放弃。

莫临打量了下四周的情况，提议：“不如我们分头行动吧，可以节省些时间。你们两个女孩一组，相互间可以有个照应。”而后他抬起手指向左边，“你们两个人走这边，我去相反的方向，一旦有线索随时联络，不要莽撞行事。”

“好。”我点点头。虽然我知道自己和离茉雪肯定是世上最不合拍的组合，但如今情况紧急，也顾不得那么多了。幸好她为大局着想，也没有嫌弃与我一组，点头应下了。

然而，我忽然想到了一个重要的事情：“等等，我们怎么联络？据我这几天观察，你们仙界的人都不用手机。”而且这里肯定没有信号。

莫临一笑，从衣服里掏出一个蓝色的圆形晶石，交给我，道：“这是传音石，无论何时何地，我们相隔多远，只要对着它说话，我都听得到。”

我接过去，发现这块晶石外表圆润光滑，微微发着柔和的光芒，小巧精致，很是好看。忍不住感叹还是做仙人好，连一个通信工具都如此高端，不用受地域与信号强弱的限制，而且还不用交话费，无偿使用。

“这下你没有什么疑虑了吧？”他问我，嘴角挂着清浅的笑容。

我点点头，而后拍拍胸脯，做出胸有成竹的姿态，说道：“放心吧，我们会万分小心的，不会放过一点可疑之处。”曾经看东野圭吾的《白夜行》，一心想当个警察追踪凶手，如今，我的愿望也要达成了。

“离茉雪沉着冷静，我是放心的，我只是担心你。”他勾起唇角，像是想到了什么，“毕竟为了摘取风铃草攀爬山峰，只用藤蔓当保护措施的人，还有什么莽撞的事情做不出来？”

我自然也听出他话语里调笑的语气，顿时有些不好意思，那次我正得意扬扬，下一秒就因莫临的出现而慌乱不已，险些跌至潭中。

“都是些旧事，还翻出来做什么？”我急忙说道，“好了，这次我一定会小心谨慎的。”而后，我偷偷看了眼离茉雪，但愿她不要因为莫临的话而更加怀疑我的能力。好在她依旧神色如常，只是眼睛里多了些我看不懂的东西。

随后，我们三人兵分两路。

行走在街上，看着形形色色的人经过，有的沿街叫卖商品，有的在街头表演技艺，有的提着背包匆匆往家赶，路遇熟人停下脚步寒暄几句……这一切的景象，让我忽然体验到了最为本真的生活。这里并非人间，没有车水马龙，鸣笛噪声，他们都身怀神秘的力量，来去轻松自如，不需要借助什么机械工具，才让这里保留了原始的清幽宁静。

我们一路走来，未发现什么异常。不知不觉，暮色将近，前方是一片连绵的屋舍，还有许多的地方等着我们去查看。

“估计我们今天没有办法把这里都走完了。”我说着，只觉得双脚酸疼，有些发软。

“走不动了？”离茉雪脚步微顿。

“谁说的，我的意思是这里太大了，就算咱们今天走个通宵也没办法走完。”我急忙说明自己的意思，“你能不能不要总曲解我的话？”

“我没有，是你自己走路姿势越来越不自然，我才这么说的。”她淡声说，放慢了脚步，“天色也不早了，找个住的地方先休息下吧。”

我一听，心里暗暗一喜，总算是可以休整一下了。要知道，今天被这两个人整的，我白白走了许久的山路，早就消耗了不少体力。他们倒好，当真是铁打的身子，走半天都没见离茉雪喘个气什么的，要是去我们学校跑八百米，凭这体力应该能得个第一吧？

我四处看了看，这里并没有酒店宾馆什么的，四面住的都是寻常人家，要休息只好去叨扰他们借住一宿。鉴于离茉雪终年不化的“冰山脸”，实在不适合去干这种求助的事情，所以只好我出马。

我一路观察，最终停在一个木屋前，鼓起勇气敲了敲门。但愿房主是一个好说话的人，可以让我们在这里住一晚。

很快，门便开了。逆光之中，门里站着一个身形清瘦的少年人，我向前一步，想要打个招呼。然而，就在我看清他的面容时，心里一惊，忍不住踉跄了一下，幸亏一边的离茉雪扶了我一把。他的脸上是纵横交错的疤痕，颜色或深或浅。

他见我如此惊讶，丝毫不慌，好像已经习惯了，只是轻声问：“你们二人有什么事情？”

“我……我们……”我一时有些慌乱，话语断断续续。我发誓自己真的没有不尊重或者歧视对方的意思，只是猛地一见这样疤痕密布的脸颊确实吓了一跳。

“我们不是这镇子上的人，途经此地，不知道方不方便借宿一晚？”离茉雪站在我身边平静开口问。

他沉默半晌，轻声说道：“跟我进来吧。”

我们急忙道谢，向他介绍了下自己，他告诉我们他叫黄瑜，除此之外再无其他。

他带着我们走入木屋，里面是一个两居室的结构，木质地板踩上去发出低沉的声音。他把我们带到一个整洁的房间，里面的床正好可以两个人睡。

“你们就住这里吧，自从我父母去世后，这里未有人住，被罩都是干净的。”他淡淡地说，“我刚煮好饭，一起吃点吧。”

随后，他把我们引至餐桌前，晚餐很简单，只是一锅清淡的菜粥。桌上只摆着一个勺子一只碗，他又进入厨房，拿过来两个带缺口的碗，他为我们二人分别盛满粥，解释道：“抱歉，这里只有我一个人住，所以没有多余的餐具了。”

“没关系，我们用这个就好。”我急忙接过来。

一时间，屋子里一片寂静，只有喝粥的声音。他不好奇我们的身份，也不问我们来此的原因。

“对不起……刚刚我见你的时候……我没有恶意，希望你不要介意。”我忍不住开口，为自己刚刚的失态道歉。

“没关系，无论是谁，第一次看到我这个样子都会害怕。”他喝了一口粥，头也不抬地回答。

我想说些什么来安慰他，可是张开嘴才发觉，我其实说什么都无济于事。我不是他，没有办法体会这种满脸可怖疤痕的感觉，没有办法为他分担由此带来的苦楚。

晚饭过后，我和离茉雪就回到了屋子里准备休息。窗外是无边的夜色，整座镇子在夜幕中显得更加静谧，偶尔传来几声狗吠，除此之外，再无声音。

我躺在床上，不知为何，身心俱疲却没有睡意。屋子里没有挂钟表，连时间的流逝都变得模糊了，我只感觉自己在黑暗中躺了很久。我的脑子里闪现第一次见离茉雪到现在的所有画面，不知不觉间，我的生活已经改变了这么多。

身边的离茉雪呼吸渐渐平稳，已经安然入睡。我透过夜色，看她熟睡的样子，昏暗的月光勾勒出她脸上立体的轮廓，平日里的凛冽消失得无影无踪。只有这一刻，我才感觉她离我如此近。

我忽然有些口渴，怕打扰她，悄悄下了床，出了卧室，到客厅喝水。

我一转身，透过昏暗的光线，看到窗户旁有一个人影。屋子里没有点起灯盏，在无边的黑暗里，依稀可见他清瘦单薄的身形。

“黄瑜？”我轻轻叫了声他的名字。

他转头看向我：“怎么还不睡？”

我走近他，笑了笑说：“大概是有些不习惯，失眠。”他脸上的疤痕被隐在了昏暗中，如果没有这些伤疤，他也应是一个清俊的少年。

“对了，你怎么也不睡？”我问。

他深吸一口气，望着满天的星辰：“我已经好久没有睡过一个安稳的觉了。一闭眼，那些不堪的回忆，就会在我的脑海里浮现。”他虽是少年模样，声音中却饱含沧桑落寞。我知道，他一定有许多痛苦的回忆。

“十二岁那年，一场大火夺走了我父母的生命，我活了下来，却容颜尽毁。这些年里，我一个人生活，无人问津。刚开始还会担心自己吓到别人，遮挡面目。后来，渐渐也不在意这些了……”他清朗的声音在黑夜里响起。

“其实一个人的内心才是最重要的。我承认，一开始确实被你的样子吓到了，可后来，你愿意让我与茉雪在这里住下，我就知道你是一个热心良善之人。”我说道。人们往往会因他人某一方面有别于常人，而用异样的眼光去看待那个人，却忘了，真正了解一个人，就要从内心出发。

他目光转向我，忽然轻声一笑：“好久没有人说我是一个善人了。曾经，我也努力想做一个善良的人。可到头来，还是逃不过他人的怀疑误解。也罢，我本就有别于常人，也难怪他们如此想我。”

“那是他们不了解你。真正的朋友，真正值得你在乎的人，会永远站在你这头相信你的。”我坚定地说道。

他摇摇头，讽刺般地一笑：“可是当年把我置于绝境的人，就是我最为信任的人。”

他好像忆起那些往昔，将双手覆盖在脸上，复又拿下，恢复了往日的神情：“可我也得感谢那个人教会我一个道理，这世上，本就没有永远值得信任的人。谁付出了自己的感情，谁就输了。”

我静静听着他说的话语，忽然就想到了王若薇，那个同我从小长到大的朋友。我们曾经并肩走过那么长的路，曾经朝夕相处，付出彼此间全部的信任，却背道而驰。

他起身走到我面前，抿了抿嘴角，说道：“这么多年，我都是一个人面对无边的孤寂与内心的愤慨，许久无人愿意倾听我的话语，你是第一个。”

我对他露出一个浅浅的笑容，没有多言。

“时候不早了，回去休息吧，晚安。”他说着，转身走入自己的卧室。

“晚安。”我也轻声慢步回到自己的床上。

这一次躺下，我很快就进入了梦乡。

第二天，我与离茉雪很早就起了床，准备继续出发去寻找线索。吃过早饭后，黄瑜送我们到门口，与我们二人道别。

此时天才蒙蒙亮，这座镇子依然寂静无声。

“昨夜感谢你容我们在此休息。”离茉雪说道。

“没有关系，反正平日里那间屋子也是空的。”黄瑜毫不在意地说道。

“好了，就是因为你好心嘛。”我忍不住开口，觉得他与离茉雪有几分相似，做了好事总不愿承下他人的谢意。

我们正准备离开，忽然一个人影凌空蹿出，向黄瑜袭去，黄瑜本能一躲，那个人披着一身黑色的斗篷，遮住脸，再度向黄瑜一掌打去。

黄瑜双手抵在胸前，想要阻挡对方的攻击，不料自己的力量不敌对方，被对方逼得连连后退，脸色苍白。

离茉雪见此情形，飞快冲上去，挡在黄瑜面前，接下了攻击。那个斗篷人见自己一击不中，离茉雪似乎也并非好对付的角色，便转身逃去。

“快联系莫临，我去追那个人！”离茉雪飞快嘱咐道，而后追了出去。

两个人如同两条光影，在寂静无人的街道上飞快掠过。

我急忙掏出蓝色晶石，对着它道：“莫临，我们现在正在镇子西边的一座木屋前，刚刚遇到了一个可疑的人，离茉雪去追了，你快来！”

我边说边担心，万一莫临听不到怎么办，好在那个晶石马上发出蓝光，莫临的声音从里面传出：“好，我马上赶来。”

我赶忙去看黄瑜的情况：“你怎么样？刚刚那个人有没有伤到你？”

他摇摇头，脸上渗出密密的汗珠：“还好，刚刚用体内灵力挡了一下，现在只是有些脱力而已。”

我看他神志清醒，也没有像王叔的父亲一样受妖气的干扰，放心下来，把他扶进屋里歇息。

没过多久，莫临就赶来了，我为他开了门。

“怎么样？”莫临一进门就急忙问，“那是什么人？”

我摇摇头，回答：“那个人一身黑色斗篷，全身都被遮得严严实实的，看不清面貌。离茉雪去追他了，不知道情况怎么样了。”我说着，隐隐担心起离茉雪，担心她一个人难以应付敌人，再说她刚刚大病初愈，内力还没完全恢复。

“离茉雪一个人追过去太危险了，我去帮她。”莫临眉头微皱，打算出门寻她。

只是，他刚刚走到门口，离茉雪正好走进来。只见她气息略微有些不稳，脸有些发红，想必在追赶中消耗了不少体力。

“没有追到他，他身形灵活，速度很快。”离茉雪进了屋子，随后看着我和莫临，伸出右手打开，“但是，我发现了这个。”手心之上，是一个散发着七彩光芒的花瓣。

莫临拾起那枚花瓣，脸色一变。

“是霓裳，我们在王叔家门口看见过这个。”我马上说道，当日去他家之时，这种花给我留下深刻印象，绝对不会认错。

“是那个斗篷人奔跑时，从他身上掉下来的。”离茉雪说道，“那人身上确实有妖气存在，如果我猜得不错，或许这个人就是我们要找的对象。”

“会是王叔吗？”我不敢置信地问道。我分明还记得当日他热情的样子，那样一个和善的人怎么会是钟离宇煌所变。

“我们现在也不能因为这枚花瓣就断定这件事与王叔有关。而且，他的身上也没有妖气。”离茉雪分析说。

莫临摩挲着手中的花瓣，沉声说：“掩盖自身的气息很难，但也不是完全不行。钟离宇煌初破封印，力量并未完全恢复，气息也会减弱。如果他附在这里百姓的躯体上，这些人体内与生俱来的灵力可以帮他掩盖住自身的气息。但是，王叔是否与钟离宇煌有关，我们还需要再查证。”

正在我们三人思索之时，一阵咳嗽声传来。

“黄瑜！”我急忙走到他身边。只见他满脸通红，每喘息一次都忍不住咳出声来。

莫临飞快上前，点了他几处要穴，然后说：“深呼吸，慢慢平复。”

渐渐地，黄瑜平静下来。而后，他抬起头，注视着莫临，缓缓开口：“谢谢。”

“无妨，你体内气息紊乱才会如此。”莫临看着他问，“你是不是与之前那个斗篷人交过手？”

黄瑜点点头，随即有些不好意思：“我并未修习什么法术，只是凭着体内浅薄的灵力与之抵抗才会如此。刚刚还要多谢离茉雪相救。”

莫临试探了下黄瑜的脉搏，松了口气：“幸亏没有被妖气沾染，只是气脉受损，休息一日便可恢复了。”

“我们现在该怎么办？”我问道，眼前的局面似乎越来越复杂。

莫临沉思片刻，道：“这样，我去王叔那边去探探情况，你和离茉雪先留在这里，我担心那个人还会再来。到时候，黄瑜一个人怕是对付不了他。”

“好。”我和离茉雪点头应道。

连续几日，那个斗篷人都未出现，镇子里也没有什么动静。莫临和我们联系过几次，王叔那边也没有异常。

“会不会是那个人知道了我们不好对付，所以不敢出现了？”我猜测道。

“有这个可能，早知道就不要打草惊蛇了。”离茉雪说。

莫临摇摇头，开口：“这镇子上的人有危险，我们看到必须出手相救，即使暴露身份也在所不惜。不过我想，王叔可能与此事无关。”

“对了，王叔的父亲情况怎样了？如果他父亲苏醒，或许可以得到更多线索。”我忽然想到这个办法。

“他的父亲还没有醒，可能伤势过重，还需要再等几天。”莫临说道，随后像是想到什么，语气有些沉重，“我只怕……”他一顿，没有说完。

离茉雪接过话：“你是怕万一王叔与那个人有关系，我们根本用不上他父亲这条线。”

我想了想，提议：“王叔的父亲这么久都没醒，会不会是其中有人作梗？要不我们去探查一番，如果确实是人为的，那么王叔就是最大嫌疑人，毕竟他每日照看他的父亲，最有机会下手。”

莫临点点头，看向我的目光里多了几分赞许：“这样吧，我一个人去就好，不容易被别人发现。”

“那你要小心，如果王叔就是那个人，他的功力不容小觑。”离茉雪嘱咐道，“事不宜迟，不如等今夜，趁着夜色掩护潜入他家吧。”

“嗯，我会小心行事。”莫临回答。

窗外，余晖正要散去，霞光渐渐被深深的蓝色一笔笔遮盖，黑夜即将来临。

入夜之后，莫临动身离去，我和离茉雪在黄瑜家中等待消息。

“莫临武功那么高，一定会没事吧？”我有些担忧。

离茉雪坐在长凳上，合上手中从黄瑜那里借来的书卷：“相比莫临，我现在更担心黄瑜，他去哪里了？怎么晚饭过后就一直不见人影？”

我这才发觉黄瑜许久未归：“他之前说要去买些水果，怎么买了这么久还没有回来？”我望向窗外无边无尽的黑暗。

离茉雪站起身子，向窗外看了一下，随后就往门口走去。我急忙跟在她的身后，焦急地说：“该不会遭到那个斗篷人的暗算了吧？他也没有什么功夫，我担心……”我不敢再往下想，只觉得不寒而栗。

“不要胡乱猜测，也许他只是遇见什么事情耽搁了。”离茉雪推开大门，面上依旧平静，我知道她也在担心黄瑜，否则不会这样匆匆去找他。

我和她来到户外，此时除了星光与月光带来些许光线，外面的一切都被夜色吞噬了。这里的人过着日出而作、日入而息的规律生活，入夜之后，几乎无人在外逗留，尤其最近一段时间，镇子里有人受妖气侵扰，大家更不敢黑天出门。

“我们去哪里找他？”这个镇子实在太大了，没有明确方向，找人如同大海捞针。

这时，前方忽然有两个人影一前一后地走来，待他们走近之后，借着夜色，发现是黄瑜与那个斗篷人。斗篷人用一把尖刀横在黄瑜脖子上，黄瑜双手被绑在身后，神情痛苦。

“你要做什么？我告诉你不要乱来，我们不怕你！”我壮着胆子对斗篷人说。

斗篷人哈哈一笑，用沙哑低沉的声音回答：“我没有乱来，甚至还是‘送货上门’，我知道你们也在找这个人，就干脆给你们送来了。不过，我也想借着这个人同你们谈笔交易。”

“你想要什么？”离茉雪盯着对方，依旧冷静自若。

“我知道你们在追查我。如果你们答应从此听命于我，我不但可以放了这个人，还可保证你们全体人性命无忧。怎么样？”斗篷人问。

“少做梦，我们怎么可能与你同流合污？”我大声说。

他冷哼一声，将刀刃贴近了黄瑜的脖颈：“那你们就是不在乎这个少年的命了？”

“你放开他！”我大叫着，努力想要找出救出黄瑜的方法，却只得眼睁睁看着刀离他的脖子越来越近。怎么办？难道真要听命于他做恶事吗？

“你们、你们不要管我！”黄瑜喘着粗气低声说，他早已被斗篷人禁锢得无比痛苦。

我咬住嘴唇，不知如何是好。这时，身旁的离茉雪悄悄拉住我的手，在我的手心里飞快写下三个字——拖住他。

我飞快同她对视一眼，急忙开口：“喂，等等，我们……我们答应你就是了。”

斗篷人拿着刀的手停住了，问：“我怎么知道你们是不是真心追随我呢？你只是一个人类，没有什么能力忤逆我，但你身旁那个女孩可不一般。”

他想了想，忽地一笑：“这样吧，让你身边的女孩废了自己的内力，我就相信你们，放了黄瑜。”

我看了眼离茉雪，只见她面色平静，双手暗暗用着力气，像是在凝聚什么力量。我明白她是在聚集内力想要救黄瑜，需要我为她争取时间，干扰敌人注意力。

“行，但在这之前，我想问问你，我们跟着你干，一个月有多少工资？”我心里非常紧张，还要努力想出话题同斗篷人周旋，根本不知道自己在说什么。

他听了我的话一愣，随后不耐烦说：“你问这些做什么？不要在这里与我胡搅蛮缠！”

我故作无奈地摇摇头，咂咂嘴：“哎呀，看来你们这些异界的人虽然身怀法力，却是没有我们人界知人善用的概念。我看你也是个刚刚起步的妖，需要多添置些人手吧。那么问题来了，怎样召集到更多手下，把你的‘企业’做大，这可是有学问的。员工奖励制度，予以报酬是必不可少的呀。”我在脑子里搜寻着政治课上关于企业这一板块的内容，企图可以多唠叨些话拖延时间。

他已经看穿我的目的，冷声说：“我没空听你废话！你的朋友再不废内力，我就杀了黄瑜！”说着，他握紧手中的小刀。

“哎，你等一下……”我急忙阻拦他。

正在这时，一股巨大的气流从离茉雪右手发出，飞快冲向斗篷人举着刀的手。他根本没有料到这突然的一击，手臂一震，刀随之落到了地上，向后连退几步。我急忙把黄瑜拉到我们身旁，解开他手上的绳索。

“你怎么样？那家伙有没有伤到你？”我关切问道。

黄瑜摇摇头：“谢谢你们，我没事。”

此刻，斗篷人回过神，怒声说：“竟然敢欺骗我！”他飞快向我们冲来，周身爆发出无数红光，那些光芒如同无数把利剑向我们飞来。

离茉雪飞快地推了我和黄瑜一下，红光贴着我们身体擦过。

离茉雪同斗篷人再次交锋，陷入混战。斗篷人武功并不低，招招凌厉，直逼离茉雪命脉。离茉雪并未同他硬碰硬，而是借着巧劲，敏捷躲过攻击，在空隙之余反击。

“你的内力还是和以前一样好，看不出你曾受过伤。但你以为，仅凭着内力就可以打败我？真正的较量才刚刚开始！”斗篷人充满自信，仿佛势在必得。

离茉雪一边抵挡他的招式，一边问：“你怎么知道我受过伤？你到底是谁？”

斗篷人并未回答，而是凌空一跃，在空中朝着离茉雪发出大量的冰花，那些冰花异常美丽，发出纯白的光芒，冲淡周边的夜色。但是我明白，并非如此简单，我分明看到，每一片冰花都带有尖锐的边缘，一旦刺入体内，只怕会血如泉涌。

离茉雪双手合十，她的面前形成一股巨大的气旋，挡在她的面前，冰花撞击在气旋上，被气流冲到地上，而后就化成一摊水。但是，源源不断的冰花向她涌来，一刻也不停歇。

斗篷人半浮在空中，持续发出攻击，得意地说：“离茉雪，纵然你有那么深厚的内力，也抵不过我的阵法！待你一死，我就送你身旁这两个人陪你！”

离茉雪没有反驳，依旧用内力抵挡。她面无波澜，但是我看到她额头不断有汗珠滚落，脸颊一点点退去血色。这样不行，她内力尚未恢复，而且上次在人间与童以然交手时，我就已经明白，仅凭内力根本无法长久抵挡对方灵力的进攻。

怎么办？莫临也没有回来……对了，我掏出那块蓝色晶石，想要通知莫临快些来帮忙，但是刚刚拿出来，就被那个斗篷人凌空一击打落了，晶石掉落在地上，滚出几米才停下。

“想找帮手？没那么容易。”斗篷人斜视着我，冷声说。

他一边同我说着话，另一边手底下的攻击依旧不见减退，反而有愈加猛烈之势。离茉雪面前的气旋渐渐缩小，看得出来她也已经体力不支了。

我看着这一切，深深知晓自己不能袖手旁观，即便我没有能力击败斗篷人，可至少要让离茉雪有逃命的机会，我不可以让她每一次都挡在我面前冲锋陷阵。

“一会儿你想办法捡起那块晶石联系莫临。”我快速对旁边的黄瑜说，而后，我便上前一步，挡在离茉雪的身前，那无数的冰花瞬间就割破了我的身体。

“张爱琪！”我听到黄瑜和离茉雪惊慌地叫喊，我却一点也不在意，我只是觉得，终于可以为别人做些什么，而不是永远当一个被保护的人。

“快走！”我用力回身，对身后的离茉雪说，这是她唯一可以逃走的机会。

斗篷人似乎也很惊讶，他哈哈一笑：“有趣，我从未见过以凡人之躯抵挡我法术的人类。既然你不怕死，那我就成全你。”

我觉得自己此刻仿佛置身于寒冰之中，我可以感到身上不断有液体滑落，嘴里也不觉间有了血腥味，身体被什么东西切割着，初时只是一片冰冷，冷得发麻，但渐渐地，清晰的痛感传来。我的身体，不知被划开了多少小口，流了多少的鲜血。

“爱琪！”离茉雪站在我的身后，苍白美丽的脸上第一次流露痛苦悲伤的神情，她注视着我，目光里含着坚定，她一字一句开口，“我不走。”

我努力张开自己的嘴，每说一个字，都要承受万分痛苦，声音不断地颤抖：“你走——”

“你们谁也走不了！”斗篷人冷冷地说，与此同时，他加重了对我的攻击，我承受不住，颓然倒地，地上一片濡湿，夜色里，是大片浓到发黑的鲜血。

“不要！”离茉雪大声喊道，眼里仿佛有无尽的绝望。

“放心，她一时半会儿死不了，好不容易碰到一个不怕死的人类，容我多玩一会儿！”斗篷人冷酷地说道。与此同时，我觉得自己身体的疼痛，似乎加重了许多，那些痛苦仿佛要将我整个人灼烧燃尽。

我再也忍不住叫出了声，什么是生不如死，这一刻我才深深体会到。

“爱琪，告诉我，告诉我怎样才可以救你！”离茉雪大声说着，泪水不断在她眼前蔓延。

我想安慰她，告诉她我可以承受得住，只是张开嘴什么话也说不出，疼痛早已夺走了我的一切。

我透过模糊的视线，可以望见她绝望的目光。我不想让她看到我如此模样，我知道此刻的自己表情一定因疼痛而万分扭曲狰狞。

离茉雪闭上双眼复又睁开，泪水不断滚落，而后，她仰起头，痛苦地说道：“老天既然予我非同常人的生命，却又为何不可以给我足够的力量保护身边的人？为什么？”

她清冷的余音久久不散。

“为什么，为什么……”她一遍遍问道，仿佛要把百年以来的痛苦不甘一起发泄出来。

就在这时，她的周身忽然发出无数金色的光芒，那些光芒铺天盖地地向四周蔓延，照亮了周围的一切。一时之间，亮如白昼。

紧接着，一股巨大的力量从她的体内爆发。她不禁张开双臂，以减轻力量对她身体的冲击。那个斗篷人未曾料到眼前的情况，那股力量令他后退几步，阻断了他的攻击。

这时，那在四周溢出的金光交会在离茉雪上方的天空，汇聚成了一把五光十色的古琴。那古琴缓缓下落至她的身前，她的眼眸里似乎有什么东西在一点点苏醒，她凝视着那把琴，目光如同在看一个阔别多年的老朋友，熟悉又陌生。

她将右手手指放在琴弦之上，轻轻一弹，顿时金光从古琴散出，狠狠击在斗篷人身上，斗篷人痛得惊呼一声。但是，他顾不得身上的疼痛，而是无比震惊，不敢置信地说道：“神司……你竟然是神司……”

离茉雪冷冷看着他：“你伤了爱琪，我要替她还回去！”

她说着，手指飞快拨弄着琴弦，琴音如同凌厉的寒风，划破天际，古琴发出的能量将斗篷人逼得步步后退，毫无还手之力。他身上黑色的斗篷在强大的力量之下破裂开来，连带着脸上的面罩一同掉落。

然而，在见到斗篷下露出妖艳的红衣与那张面容之时，我和离茉雪俱是一惊。

“童以然！竟然是你！”离茉雪厉声说。

童以然见自己被认出，微微一慌，随之又马上平静了下来。她一笑：“是我。”

“好，我们新账旧账一起算！”离茉雪说着，面前的古琴光芒大作。

转眼之间，二人又陷入争战。

我这才发觉，自己身子似乎没有刚刚那样虚弱无力，有一股温和的力量似乎在保护着我，我想那应该是离茉雪体内溢出的灵力维持着我的生命，否则我应该早就陷入昏迷。

“黄瑜，捡起那块晶石，快联系莫临！”我趁着童以然与离茉雪交手难以顾及我们，想要黄瑜联系莫临来帮忙。我虽然没有刚刚那种濒临死亡的痛苦，但仍是浑身虚弱无力，根本没有办法拾起那块晶石。

一直站在一旁的黄瑜听了我的话走了过去，捡起那块水蓝色的晶石，一步步走近我，却没有马上联络莫临。

我无力地躺在地上，眼见他一步步靠近我，他一派平静，仿佛眼前的厮杀、我们的生死同他毫无关联。

“黄瑜。”我轻声叫着他，他的眼里多了许多我看不透的复杂情绪。

“不要急，好戏才刚刚开始。”黄瑜对我说道，脸上露出一丝冷笑，那满脸的疤痕在夜色里显得尤为可怖。

“你，你怎么了？”我担心他刚刚被童以然挟持时受了对方什么法术蛊惑，竟会如此反常。

他站在我身边，抬起拿着晶石的左手，对着那块石头，用一种我从未听过的声音，缓缓说道：“师兄，好久不见，别来无恙。”

“你……你是谁？爱琪手中的石头怎么在你这里？”我看到晶石发出蓝光，里面传来莫临焦急的声音。

“一别多年，连我的声音也听不出了吗？”黄瑜轻笑一声，“想必我在王叔家里设下的阵法你已经快解开了吧？快出来吧，否则，你的两位朋友可就危险了。”

“钟离宇煌，你想要做什么？”莫临沉声问。

“你说呢？你困我多年，如今我重出封印，自然也要你尝尝我所受过的苦！”黄瑜带着魅惑却又冷酷的声音在黑夜中清晰地响起。

“你……”那一边的莫临还想要说些什么，只见黄瑜左掌中闪现一团赤红的火焰，转眼之间，那颗晶石就燃烧殆尽。

我看着眼前那个脸上疤痕密布的男子，心里诧异万分，难以置信地开口:“你、你是钟离宇煌?”怎么会，黄瑜明明是那样一个善良的人，愿意收留我们，愿意对我倾诉他内心的苦痛，怎么会是莫临口中杀人如麻的妖王后裔?

“不像吗?”黄瑜对我一笑，随后他用手拂过面颊，从他的脸庞开始发出耀眼的白光直至迅速遍布全身，光芒散去后，一个身着紫衣长衫的青年男子站在我的面前。他的面容俊美妖魅，高挺的鼻梁、薄薄的双唇、光滑白皙的肌肤，哪有半点疤痕的踪影。幽暗的夜光在他的脸上投下淡淡的阴影，映出他立体的五官轮廓。

在他的脚边，是一个满脸疤痕的少年，只是早已没了生气。

“这回像了吗?”钟离宇煌看着我，随后又淡淡扫过倒在地上的少年，“附在一个仙灵体内才好在这里办事，不过我来之前他已因重疾去世，省了我附身时与他魂魄抗争的麻烦事。谁想你们动作如此之快，转眼就来到了这里。”

他冷笑一声，又道:“罢了，反正我的功力已恢复大半，也不必再如此伪装。再说，我也同你们周旋得腻了。”

黄瑜，宇煌，原来如此，不过是相似音节颠倒后的字眼。我们竟然被这个人欺骗了这么久！那么，上次他与童以然交手和这次被童以然挟持都是狼狈为奸，串通好了的。大概他想办法暂时绊住了莫临，所以现在莫临才没办法及时赶来，他想借此机会把我和离茉雪一网打尽。

“钟离宇煌，你隔岸观火也观得差不多了吧?”童以然的声音传来。

我急忙看向离茉雪那边，只见拥有了灵力的她功力早已高出以前许多，童以然在她的进攻下节节败退，想要求助钟离宇煌。

钟离宇煌看向那二人，随后又看着我，嘴角含着笑:“先留着你的命，让你看看，我是怎么让你的朋友一点点失去反抗之力的。”

随后，他纵身一跃，轻巧地落在童以然身边，嬉笑着说:“你这几日也在人间饮了不少人类血液，怎么功力还是如此?”

童以然冷哼一声，亮出水鞭:“神司是神界最为神奇古老的种族，本以为早就随着百年前的神魔之争消失了，想不到……有本事你降伏她给我看。”

钟离宇煌转转手腕，笑着说："素来听闻神司一族可以看透所有的法术弱点，今天我也想见识一番，你是否也能破了我的法术。"他展露笑颜，说出的每一句话只让我感觉不寒而栗，我不知刚刚拥有了什么神司力量的离茉雪能否敌得过妖王。

他说着，周身已经浮现无数黑色的翎羽，那些翎羽在空中结成巨大的网，向离茉雪飞去，覆盖住她头顶上的天空。

离茉雪指尖之处琴音四散，金色的光芒浮在她的周身，形成一个光罩想要逼退渐渐袭来的黑网。然而，那个巨大的网不但没有退去，反而在吸收光罩中的能量。

离茉雪所发出的能量越大，那个黑网吸去的力量越多。

钟离宇煌双手抱在胸前，嘴角挂着一抹浅笑："想要破除我的法术，除非你拥有比我用出的法术还强大的力量。且不说你力量刚刚苏醒，纵是你完全恢复了神力，那时你又有几分把握胜我呢？"他语气轻柔和善，只是每一个字眼都流露危险的气息。

离茉雪听后，没有丝毫畏惧，对着面前妖魅的青年说道："纵是如此。我也不会束手就擒。这一点，我想早在你我第一次交手时你就应该看出来了。"

"我喜欢你这样的固执与坚定不移，像极了曾经的我。"钟离宇煌缓声说，"只是可惜了，你非要与我作对。"

他话音刚落，那个黑网忽然散出大量金光，是它刚刚吸入的属于离茉雪的力量。这些力量一股脑反弹到离茉雪身上，她根本无法抵挡。我看到她的身子狠狠一震，然后喷出了一口鲜血。

"离茉雪！"我大声唤着她的名字却无济于事，我现在身体虚弱不堪，根本没有能力移动半步。

这个时候，一个蓝色的光罩罩在离茉雪身上，那个黑网触及蓝光之时化为最初的片片翎羽，而后消散在夜空中。

紧接着，一个蓝色的身影飞快出现在我们面前，是莫临。他眉头紧锁，手持一柄光芒大作的剑，和钟离宇煌对视着。一时之间，他们彼此间相互凝视的目光仿佛跨越了无数的岁月，带着世事变迁，带着旧景不复的仇怨。

“师兄，我等你许久了。”钟离宇煌先开了口，语气平静淡然，好像他与莫临之间什么事也没发生过。

莫临举起剑，指着钟离宇煌，冷声说：“我不是你的师兄，仙灵门没有你这样的弟子。这一点，早在你当日屠杀同门之时，我就告诉过你。”

“是呀，你说过。我一身的妖气，哪有资格同你们这些道貌岸然的人称兄道弟，只恐怕玷污了仙灵门里的灵气呢。”钟离宇煌浅笑说道，只是眼底深处满是讽刺不屑。

“你我之间，早已殊途，多说无益。我只想知道，你到底想要什么？”莫临沉声问。

钟离宇煌弯起唇角，轻言道：“莫临，你知道的，我被封印这么多年，无时无刻不恨你。可是，我又不想简单地取了你的命，那样太便宜你了。”

“你要如何？”莫临握紧了手中的剑，冷声问。

钟离宇煌一声轻笑，寒意尽显：“你不是心怀天下，忠于仙灵门吗？那我便要毁了这天下，杀尽你门派中的弟子。我要毁了你一切珍视的东西，让你尝尝这种痛苦！”

他说着，身形一动，转眼就来到我身边，微微一发力，我便感到自己的身体不受控制地站立，靠近他，而后一动也动不了。

“你要做什么？”离茉雪冷声问。

钟离宇煌看着莫临：“现在，这不过是个开始。这个人类女孩是你的朋友，是你想要保护的对象。就先从她下手吧！”

“钟离宇煌！”莫临怒声喊道，握着剑的手因为愤怒而轻颤。

“放心，我没打算现在就杀了她。看在我们师兄弟一场的分上，我可以给你一个救她的机会。”钟离宇煌说道。

“钟离宇煌，你有本事就杀了我，休想用我威胁他们！”我对他说，我想这应该是我第一次可以做到为了朋友不受连累，而把自己的生死置之度外。

他听了我的话，有几分惊讶：“有趣，这么不怕死的人类，我当真是第一次见到。不过落在我的手里，想要简简单单地死可没有那么容易。”他的眸子里隐隐透着血腥之气，令我暗暗一惊。

“你的条件是什么？”莫临沉声问，放下手中的剑。

钟离宇煌笑了笑，仿佛一切都掌握在他的手中。他纵身一跃，带着我浮在半空，童以然也随之跟了过来。

他站在云端之上，四周是数不尽的繁星包围着他，他如同一个邪魅的君王。

“明日午时，百里之外的青峰山，你一个人过来。记住，只准你一个人来。”他俯视着莫临，清朗的声音在夜色中尤为清晰。

随后，他便带着我向远方飞去。无穷无尽的夜色仿佛浓重的黑墨，倾洒在我的周围，让我陷入无边的黑暗里。夜风在我的耳边呼啸作响，吮吸着我的脸颊，令我感到轻微的疼痛。受过重伤的身体早已虚弱不堪，我的意识渐渐变得模糊。

而前方迎接我的，将是未知的危机。

第六章　界限

我睁开眼，浑身如同被一刀刀割着那样疼痛，又夹杂着酸麻。我坐了起来，发现自己正置身于山洞中，四周的岩石光滑圆润，如同被水反复冲刷过，才变得如此透亮。虽是洞穴之中，光线却是亮如白昼，里面的起居陈设一应俱全。

我的身下是一张柔软温暖的垫子，怪不得感觉不到地面的凹凸。身上的伤口大大小小数不清，却已经不再流血，伤口浅的地方已经结了痂，虽仍有疼痛但在可以承受的范围之内。

我知道定是有人帮我治疗过，不然我恐怕要一命呜呼了。

“醒了？”耳边一个低沉的声音传来。

我被突如其来的声音吓了一跳，这才发觉钟离宇煌不知何时来到了我身旁。

“不必担心，我现在不会伤你分毫。毕竟，你是我牵制莫临的筹码，除非他想违背我。”钟离宇煌见我有惧意，笑了笑说道。

我看着面前俊美的青年，看他低眉浅笑的模样，不禁想，如果不是见过他凌厉的攻击，残酷的话语，只怕真会以为他是一个翩翩君子。

我看了眼身上不再流血的伤口，不禁问：“你帮我治疗了伤口？”

他微微一笑，没有回答，默认了我的猜想。

“你会有这么好心？”我用怀疑的眼光看向他。

他拨弄了一下衣襟，缓声说道：“我说过，你是我的筹码，我自然要先保住你，才能更好利用你。昨日你重伤在身，如果不是离茉雪冲破身上的封印，唤醒体内灵力，让灵力溢出体外，暂时护住你的命脉，只怕你也没有命可以让我利用了。”

原来如此，这样看来，我还是有些运气的。现在想起昨晚之景，我心里有些后怕，这应该是我和死亡离得最近的一次。自从遇见离茉雪，见到这些奇幻的人，我好像就一点点卷入了纷争之中。

之前逃过了童以然，这一回还可以从钟离宇煌手下逃脱吗？如果莫临为救我而付出代价，这也不是我想要的。

这样的局面，该怎么办？

“想什么呢，这么入神？在我眼皮底下还可以心无旁骛地开小差，我当真是第一次见。”钟离宇煌轻笑着说道。

我注视着面前的少年，不禁想起之前莫临对我讲过的往事，那个隐忍内敛的男孩子，为了不让莫临与师长发生冲突，宁愿自己过孤独的生活，纵使受他人的指指点点，依旧努力向上，刻苦用功。

“你……”我看着他，话语一顿，不由得就把心中所想说了出来，“你和莫临描述的很不一样。”

他微微一怔，随即浅浅一笑，挑了挑眉：“哦？看来莫临把我和他的事情都告诉了你。这人，都是会变的。尤其在经历过风雨，经历过误解背叛后。”他说着，眸中愈见冷意。

“误解背叛？你是在说莫临对你吗？”我冷声反问，“我看应该是你背叛了你的师门，是你对不起莫临和你的同门之情，对不起他对你的信任吧？”我真是第一次见到这样的人，明明是他自己草菅人命，却反过头怪罪别人。

钟离宇煌仰头一笑，冷冷说道：“是呀，天下人都认为是我薄情寡义。谁不知晓仙灵门大弟子莫临正义凛然，谁不知他心系苍生。我是妖王的后代，哪里可以配得上同他并肩，称兄道弟？我自然是那万恶之源，无情无义，眼里只有杀戮。”他的语气中满是讥讽。

“跟这个人类解释这么多做什么？她要是惹你不快，就一刀了结了她。”一个冰冷的女声传来，紧接着，一抹红色映入我的眼帘，是童以然。

钟离宇煌轻弯嘴唇：“那好，没了这个女孩牵制莫临，那一会儿你就自己去对付莫临吧，我不拦着。回头，我去给你收尸。”他话语风轻云淡，却令童以然面露怒色。

“你……”她刚要发火，转眼话锋一变，“罢了，我也没有资格干涉你，我们既然当初互约协议，我就会遵守。这女孩我也不急着杀她，但我倒是好奇，有了她，你就真的有把握对付莫临？别忘了，妖离不开本相，你的原身还在封印里，现在你的功力还不及五成。”

“你不信我？”钟离宇煌轻抿双唇，悠悠问。

童以然摇摇头：“我若不信你，当初便不会同你结盟。只是，我几次与莫临交手，深感他的修为深不可测。再说，他曾是你的师兄，你应该比我更清楚他的法力。你的功夫不也是他手把手教的吗？”

钟离宇煌轻轻摇了摇手，说道：“放心，我自有打算。”

我在一边听这二人的对话，忍不住插嘴：“我告诉你们，不要想用我威胁莫临，门都没有！”我既然帮不了莫临与离茉雪，那么唯一可以做的，就是不拖他们的后腿。

钟离宇煌看了我一眼：“有没有，可不是你说了算。”他说着，打了个响指，一个淡紫色的光罩将我整个人围在其中。我的身体瞬间一僵，做不出任何的动作。

“你对我做了什么？”我冷声问道。

“放心，只是怕你一会儿会碍了我的事，提前做好预防措施而已。”他嘴角含笑，解释道。

童以然突然眉头一皱，用胳膊肘碰了碰身旁的男子，低声说：“他来了。”

钟离宇煌点点头，面上一派平静。

大概是莫临已经进入这个洞穴了，我心里有些不安，总觉得钟离宇煌想借着我暗施诡计，希望莫临可以全身而退。

说真的，其实我觉得这二人的听力灵敏程度不知比那些善聆听的动物要强上多少，恨不能听到千米之外的动静。过了一会儿，我才听到莫临的脚步声，看他渐渐出现在我的视野中。

他见到我性命无忧，神情才放松几分。

“钟离宇煌，我遵守了你的要求，快放了张爱琪！”他冷声说着，却在望见周围的陈设之后微微一愣，“这里……”

钟离宇煌抿嘴一笑，一步步走到莫临面前：“师兄眼熟吗？还记得当年你救下我，帮我布置住处，那时房间的陈设就是如此。”

莫临的神情有些恍惚，他好像回忆起了昔日。其实，早在他为我讲述他和钟离宇煌的往事之时，我就知道，他还念着这个师弟。只是正邪两立，他不得不为了心中的正义对这个人拔剑相向。

然而，那种情绪只是一瞬之间，他便又恢复了往日里的沉静，他开口道：“钟离宇煌，你这样做又有什么意义？早在你屠杀同门的那一刻，你我之间的那些过往就不复存在了。”

“师兄，这么多年，你还是没有变，还是坚守着心中的道义，只相信自己的眼睛，坚守着正与邪的界限。”钟离宇煌淡然一笑，可那笑容里竟然包含了些许忧伤，“你根本不愿信我分毫。”

“钟离宇煌，当年你让仙灵门血流成河，哀鸿遍野，我怎样信你？如果不是你心中恶念丛生，怎会造下这般杀业？你当年说的那些，是妄图掩盖自己的罪行！”莫临厉声说道，看向钟离宇煌的目光锐利而冰冷。

钟离宇煌望着莫临，忽然冷冷一笑：“我本就是妖界之人，按照你们仙界的说法，是脱离不了本相的牲畜。更何况，我又是妖王后代，你们这些正道人士早已把我定义成天生就背负着杀戮罪名的人。如此看来，昔年的那一场屠杀，不过是让我坐实了这个罪名而已。”

他顿了一下，继续道：“莫临，我曾经以为你是和那些高高在上、道貌岸然的人不一样的。可到头来，是我看错了，信错了人！”

“你有什么资格指责莫临？”我忍不住插嘴道，“当年情况如何我没有看到，可这几日以来，难道不是你附在黄瑜身上，借他的身份欺骗我们？难道不是你在镇子上残害百姓？你甚至想要把罪名推到王叔身上，让童以然来迷惑我们，在她身上留下你的气息，蒙蔽我们的双眼。这一桩桩的恶行，难道不是你所为？”当年的事情我未曾参与，可是，我不相信那样残忍的屠杀是他不可控制的举动，无论为了什么，也不该残害他人的性命。更何况，经过这几日，我更是认清他是一个外表光鲜、内在残忍恶毒的恶魔！

这样的他，竟然还指责正道，颠倒是非黑白。

钟离宇煌目光扫过我，再度看向莫临："瞧瞧，无论是谁，都愿意站在你那一边。"

"但凡有是非之分的人，都会如此。事到如今，你我之间，也无须再争论其他。你只要告诉我，怎样才可以放了张爱琪？"莫临冷声问，不愿与对方多言。

"很简单。"钟离宇煌轻甩了下衣袖，"今天，只要你打败我，我就让你带走她。绝不食言。"

"好。"莫临说着，手中长剑已现。

在一旁一直沉默的童以然，此刻却是再忍不住出口："钟离宇煌，你……"她的脸上有担忧与不解。不只是她，连我也迷惑了。按照他们的对话，钟离宇煌功力折损大半，他难道有把握打胜莫临？他的目的是对付我们，现在却又给我们机会从他手下脱身，这是为何？

难道，他根本就不会遵守约定，无论最后是输是赢，他都不会让我们活着离开？我这样想着，冒出了一身冷汗。

"你只管在一旁观战，不要插手。"钟离宇煌淡声对童以然说，"这是属于我们二人的对决。"

话语之间，钟离宇煌身前出现一团散着光芒的红羽，那些红羽汇聚在一起，幻化成一把弩弓。那弩弓周身是红紫色的图腾花纹，繁复的图腾泛着可怖的寒光，不知沾染了多少人的鲜血。

钟离宇煌冷眼看着莫临，弩弓接连射出数十支紫色的光剑，每支光剑之上都密布尖锐的倒钩。莫临反手一剑扫过，身前出现一个蓝色的光罩，抵挡住大部分光剑，但剩余的几支光剑划破了屏障，直逼莫临的命脉。

莫临立即向后退去，鞋底摩擦着地面发出沙沙的声响。然而，那几支光剑紧紧追随着他。他凌空翻了一个跟头，光剑贴着他的衣襟擦过。

"师兄，你的功夫更好了。"钟离宇煌说着赞扬的话语，他的眼中只有冷意与杀戮。

莫临用剑指着他，沉声说："彼此彼此。你能把师父和我教导你的剑诀心诀与自身的法力结合起来，亦是不可小觑。只是，当初传你功法，是想让你锄强扶弱，造福于世，并非想要你造下杀业。"

钟离宇煌一声冷笑，未曾回应。转眼之间，二人又陷入交战。钟离宇煌进攻凌厉，出其不意，莫临依然有条不紊地化解对方的进攻，镇定自若。

"师兄，这只是热身而已。"钟离宇煌停止进攻，微微一笑。

紧接着，他的背后凭空张开一双红紫色的羽翼，刹那整个洞穴都在摇晃，四周不断有碎石掉落。

"这个招数是……"一边观战的童以然震惊地看着眼前的一切，不敢置信。

我心里一颤，虽然我不懂这些术法，但是见到这样的景象，也能猜到钟离宇煌这一击一定威力巨大。

一双羽翼不断发出耀眼的紫红色光芒，那些光芒化为层层射线一样的光束，照射到莫临身上，莫临手中的剑发出蓝光，为其挡下了大部分的光束，但仍有几道光照到了莫临身上，顿时就让莫临皮开肉绽，鲜血直流。

"虽然没有恢复原身，用出的法力不过半数，也足够了。"钟离宇煌说道，在他身后羽翼发出的红紫色光芒的映照之下，显得他越发邪魅。

"莫临，你快走，不要管我了！"我忍不住叫道。

莫临看了我一眼，没有答话，目光之中依旧是满满的坚定，他努力挺直身子，握紧手中的剑，如同一个勇士。

钟离宇煌冷笑一声，对我说："你可真是天真。你以为我会放他离开吗？"

莫临望着眼前的男子，身体因为疼痛而微微颤抖，但一双用剑的手依然有力。他猛地用剑划开自己的左手，鲜红的血液缓缓流出，血珠在空中发出红色的光芒，紫红色的光束一触碰到它便消失得无影无踪。

他将红光凝聚在掌心之间，向钟离宇煌射去。钟离宇煌反手抵挡，却终是不敌，被硬生生逼出了一口鲜血，身后的羽翼渐渐消失。

“钟离宇煌！”童以然见状，亮出水鞭想要助战。

“不要插手！”钟离宇煌制止了她。他虽然已经处于劣势，仍旧不肯认输。

“钟离宇煌，还要与我再斗法吗？”莫临淡声问道。

钟离宇煌抹去嘴边的血迹，忽然放声大笑：“莫临，按照眼下的局势而言，你的确赢了，不愧是清觞得意的门生。但是，你以为，我会这么容易被打倒吗？”

莫临忽然意识到了什么，眉头一皱。

下一秒，整个洞穴轰然倒塌。若不是钟离宇煌用光罩困住我，那光罩为我挡下巨大的石头，估计我早就一命呜呼了，反倒该谢谢他不怀好意的举动。

片刻之后，我们四周是一片废墟，我们已然置身山巅之上，下面是倒塌的洞穴碎石。

而后，头顶上的那片天都变了模样，化为妖艳的紫红色，四周狂风大作。

“你设下了‘血灵阵’？”莫临紧锁眉头，握着剑的手已经因为过度用力而泛起了白色。

“谁叫师兄你修为精湛，尚未恢复原身的我到底还是逊色于你，我只能出此下策。”钟离宇煌微微一笑。

就在这时，从天而降一道五彩的光束，直直映照着钟离宇煌。钟离宇煌在光芒之中，爆发一股巨大的能量，连围困着我的光罩都破裂而开，我整个人被那力量逼得步步后退。

“这是怎么回事？”我来到莫临身边，问道。

莫临闭上双眼复又睁开，脸上有痛苦自责之色，他道：“他借助我鲜血中的法力，启动了他之前布下的阵法，从中获得足够多的力量，夺回了被封印的原身。”

“什么？”我大惊失色。

那道五彩的光芒逐渐消失在钟离宇煌体内，他含笑看着莫临：“师兄，这次你可帮了我一个大忙。不过，本就是你封印了我，这回助我寻回原身，也在情理之中吧？”

话音未落，他周身射出无数紫红色的光芒，那光芒不断延展，似乎要覆盖天地。

而后，一头巨大无比的紫红色凶兽出现在我眼前。它的头如同老虎，却比老虎看上去更为凶残，它张开嘴，泛着寒光的锐利獠牙一并露了出来。它的身子布满赤色与紫色的条纹，背部有一双巨大的翅膀，微微一扇，四周便会掀起大风，尾巴处有一个倒钩，尖锐无比。

我生平第一次见到这样的庞然大物，大概连恐龙的体型都比它不过。这就是钟离宇煌的原身吗？

童以然早已是震惊万分，她不敢置信地说道：“你的本相竟然是穷奇！”

穷奇？

我忽然想到在《山海经》中看到过的相关介绍：穷奇外貌像老虎，长有一双翅膀，喜欢吃人，更会从人的头部开始进食，是一头凶恶的异兽。而且，在《左传·文公十八年》道：“舜臣尧，宾于四门，流四凶族浑敦、穷奇、梼杌、饕餮，投诸四裔，以御魑魅。”穷奇更是远古四大凶兽之一。

钟离宇煌仰天长啸，惊起了方圆百里内的鸟儿。穷奇身上的煞气实在太重，一般的生灵根本抵御不住。

紧接着，他走向我们，每走一步，地面就会震动一下。

“走！”莫临抓住我的胳膊，带我跳上他的剑，直冲天际。

透过薄薄的云雾，我回头望见钟离宇煌依旧在山巅上，并未追我们，但是他冷冷的声音传到我和莫临的耳边：“我早晚会同你们算账，这一次先放过你们。”

莫临操纵着剑身，带我向仙灵门飞去，迎面而来的风浪吹着我额边的碎发。

“是我大意了。”良久，莫临轻声说道。

“你别这么说，这不能怪你，是他诡计多端。”我安慰他道，心里有些过意不去，“再说，你是为救我才会如此。要怪，也应该怪我才是。”

我现在总算明白，钟离宇煌抓住我，既不是为了牵制莫临，也不是为了单纯伤害我的性命，他不过是找个由头让莫临同他交手，逼迫莫临利用鲜血中的力量助自己夺回原身。

不过，这一切，到底还是因我而起。

“怎能怪你？就算没有你，他也会抓其他的人诱我入阵。到底还是我不够谨慎。”莫临轻声道，话语里充满自责内疚。他肩上刚刚被划出的伤口已经沁出密密的血丝，可他全然不在意。

“那如果你没有以血助他，只要他的原身被封印一日，他也一定会想其他的方法，利用其他的人来夺回原身的。我们在明，敌在暗，防不胜防。”我劝解道。和莫临接触以来，我知道他是一个以天下苍生为己任的人，他也一定从小就对自己严格要求，才会有现在的收获，发生这样的事情，他一定自责万分。

他看着我，淡淡一笑：“爱琪，谢谢你安慰我。”

“都是朋友，再说你帮了我那么多，都是我应该做的。”我也不禁勾起唇角。

回到仙灵门时，离茉雪在大门外等着我们，见我与莫临平安而归，她脸色缓和了许多。她平日里一向冷淡如冰，鲜有像现在这样面露焦灼之色。

“发生了什么？钟离宇煌的原身怎么会冲破封印？刚刚这里险些因为封印解除爆发的巨大力量而被夷为平地。”离茉雪严肃问道。

莫临摇摇头，悔恨地说道：“都是我的错。”

然而，他又马上振奋精神，沉声说：“我要赶快去见两位师长，寻问可有补救之法。”

离茉雪点点头：“我和你一起去，现在我已经完全恢复了力量，可以帮到你。”

莫临看着她，眼里露出感激。

我跟着他们二人一同回到仙灵门。殿堂里，清源与清觞正襟危坐，满面严肃。

“师父、师叔，我……弟子犯下大错，还请二位师长责罚。”莫临低下头说道。

我见状，急忙开口：“请两位不要怪罪莫临，他是为了救我才会如此。都是因为我！”

清源悠悠一叹，道：“钟离宇煌，他注定是我们仙灵门的大劫！早在当日他上山之时，我就不同意他入我门派。如今果不其然，生出这样多的事端。”

清觞依旧沉静，他缓声对莫临道：“不能怪你和爱琪。血灵阵变幻莫测，难以发觉。当务之急是要找出解救之法，现今他恢复穷奇本相，获得远古凶兽之力，天下生灵恐怕再遭涂炭。”

离茉雪忽然想到什么，说道：“刚刚钟离宇煌原身冲出封印之时，我竟然感知不到他身上的弱点。难道说，他已经天下无敌了吗？”

清觞点点头：“十多年前，他力量初醒，并未完全恢复，我们尚有封印之法。如今要对付他，只怕是难上加难。”

我想了想，道：“我记得《史记·五帝本纪》记载了穷奇的来历：少皞氏有不才子，毁信恶忠，崇饰恶言，天下谓之穷奇。而后舜将其流放，迁于四裔，以御魑魅。这样看来，昔年舜帝不是可以制服他吗？我们应该还是有希望。”以前看这些史书典籍，不过是权当消遣，而且我又不习惯读那些文言，只是浅尝辄止，没有想过，这之中记载的信息，竟然有一天可以派上用场。

“舜帝是远古之时集合了神与仙的全部力量，算是神与仙的鼻祖。他的力量是不可估量的。而今，我们是他的后裔，却没有他那样的神力了。”清觞解释。

莫临听后，咬紧自己的唇瓣，嘴唇泛起青白色。他低声道：“穷奇是天下至邪之物，是我把这个祸患带入了门派。我实在有负于师长对我的期望。”

清源听后，用力拍了一下椅子把手，发出一声闷响，他怒声说：“莫临，听你的意思，你是已经失去信心了吗？我和你师父苦心栽培你多年，你身为仙灵门的大弟子，众弟子的榜样，如今遇上困难就要退缩吗？”

他字字句句铿锵有力，末了，他看着低头不语的莫临放缓了声音：“既然你口口声声说是自己的错，那么，就制服钟离宇煌，将功补过。我不是曾与你说过，一切都有变数，这世间最强大的力量，均来源于内心。”

莫临身体一颤，随即，他抬起头，看着清源，眼里重新恢复了往日的神采。他坚定说道：“师叔，我明白您的意思了。我不会让您和师父失望！”

我忽然想到曾经在书中看过的一句话：这世上最强大与最脆弱的，都是人心。一颗被私欲布满的心，就会被种种利益迷惑。但一颗怀有天下的心，则是刀枪不入，那是这世间最为刚强的东西。而我知道，这样的心，莫临一直都有。

离茉雪突然神色一动，开口道：“我想起我小时候在神界，曾经看到过一本古籍，里面说，虽然穷奇是天神、怪兽、恶人三位一体，法力莫测，真实面目不可破解的远古凶兽。但是在他的脖颈处，有一个被白色皮毛覆盖着的命门，只要对着那处命门攻击，就可以消灭他。”

“这个说法我也知晓，只是，且不说穷奇法力莫测，我们能否近他的身，攻击那隐藏在他脖下的命门，就论这个方法而言，也从来没有人证实过它的真实性。”莫临微微皱眉说道。

“穷奇很难接近，只怕从未有人有这样对抗他的机会。”清觞悠悠说道。

“但我们只有这个办法了，总要试一试。”我说。

“其实要知道这个办法的真实性也不难。”离茉雪说道，“在神界有一个人，无所不知。”

“你是说预言女巫？”莫临问道。

离茉雪点点头：“我可以去找她，让她为我占卜此事虚实。我会尽快把消息带给你们。”

“既是如此，对付钟离宇煌的事情，恐怕还要麻烦神司了。”清觞谦声道。

离茉雪微微颔首，回答：“清觞掌门说哪里话，您与清源长老对我有救命之恩。而且，穷奇苏醒，关乎六界安危。”

一番商议之后，我和离茉雪与莫临一同道别了清觞和清源。刚出殿门口，离茉雪便对我说：“张爱琪，这件事你就不要参与了，快回到人间去吧。”

“你怎么又要赶我走？”我不满说道，“这件事还关乎人间兴亡呢，再说童以然的事情也没着落，我不走。”

“童以然的事情，有莫临派去人间的弟子解决，你就不要跟着掺和了。”她淡声说，“钟离宇煌主要想要解决我们，一时之间也不会对人界下手，你先回去。”

“离茉雪，你为什么总是这样？难道我们一路走来，我想和你一起面对这一切也不行吗？”我大声质问道，眼前出现一层薄薄的雾气。我原以为，在经历过昨晚的事情，她会明白，其实，我也可以挡在她的面前保护她。我也以为，在她那样焦急喊着我的名字时，我已经靠近了她。可到头来，什么都没有改变。

莫临见状，急忙插到我们二人中间，安抚道：“现在问题已经够多了，我们不可以再闹矛盾。”随后，他对我说：“爱琪，我很抱歉，这一次，我也同意茉雪的看法，你先回人间好吗？”

“莫临，你怎么也和她一个鼻孔出气？”我气愤道。

他摇摇头，回答：“爱琪，我们不是不信任你，不接纳你，只是，这次的事情远比上回我们经历的要难得多。我们怕你有危险。”

“哼，你们分明是怕我会妨碍到你们。”我说。

“不是，我们只是……”正当莫临想要再多说些什么的时候，一个身着浅黄色衣服的少女急忙跑到莫临身旁。

“大师兄，你终于回来了！”她脸上洋溢着明媚的笑容，双手拉过莫临的右臂。此时此刻，仿佛眼下的阴霾都被她耀眼的笑容隐去。

“师妹。”莫临淡声叫道，默默抽出自己的手臂。

“大师兄，你怎么受伤了？”鹤兰芷看到莫临衣袖上干涸的血迹，顿时焦急询问。

“无妨，血都已经止住了，没有大碍，几天就会好。”莫临风轻云淡地说道。

然而纵是如此，鹤兰芷依旧担忧不已，她急忙小心拉起莫临的右臂，说道："不行，你跟我走，我拿几瓶药膏给你。"

"兰芷，我已经说过没有大碍，你不必为此忧心。"莫临说道，看向她的目光没有一丝波澜。

"我不管，反正你一定要涂药。"她说着，不再顾莫临的推托，硬是要拉他走。莫临见状，也只好跟她走了。

莫临与鹤兰芷走后，只余我和离茉雪两个人。她依旧是那副淡漠的神情，无悲无喜。我看着她，深吸一口气，轻声道："我们随处走走好吗？"

她没有回答，只是跟着我走下了殿堂的楼梯。我们一路走去，偶尔碰到几个练剑比武的弟子，四周的风景如画，仿佛一切都安宁如旧。

"听说，以前人类也是有法术的，只不过后来隐去了身上的能量。那么，我还可以重新学习法术吗，就像你们一样？"我问。我想，如果自己也有了足够的力量，那么便可以加入他们了吧？

"只有有仙缘的人类，才可以练就法术。那些人自然而然就会邂逅除人间以外的奇幻世界，遇到奇人奇事，拥有获得力量的机会。可是，张爱琪，你只是一个普通的人类而已。"她淡漠的声音在我耳边响起。

"我就不可以有与你们共进退的机会吗？都说众生平等，我们人类又哪里比你们低一截？再说，你在人间的这些岁月里，说到底，不也是过着人类的生活吗？"我忍不住抬高了自己的声音。

"你说得对，或者说，我也曾经是人类，尤其是在连内力还没有苏醒的时候。"离茉雪看着我，话语一顿，"可是，我已经恢复了全部的力量，重拾了有关神界的一切记忆，我再不是人类。我和你不一样。"

"这一切都不过是你想要我离开的借口！万物究其本质，脱去那些表象，都不过是一颗带有感情的心，这些无论是神还是人都一样。我始终相信，真正的友情是可以跨越一切的，何必去在乎身份的距离。"我大声说道。

"张爱琪，你还是这么天真。"她漠然说道，"那只是你以为的友情。这世上没有可以跨越一切的情谊。难道你和王若薇之间的事情还不够提醒你吗？"

她顿了一下，继续说："你傻傻地为她付出，你以为这样就是所谓的天长地久的友情，可你不知‘一升米养恩人，一斗米养仇人’。如果你以为友情可以覆盖人性的贪婪劣根，就太可笑了。”

“够了，离茉雪，这只是你的想法！”我怒声说道，“你凭什么以为每个人都像你一样，把人心想象得那样不堪？我知道你的过往遭受过许多苦难，可这难道就是你从此不再相信美好的理由吗？王若薇固然令我失望，可我仍坚守着心里那份对友情的向往。”

她抬眼看着我，相比眼下情绪激动的我，她显得尤为平静，她一字一句说道：“对，张爱琪，你说得没错，你和我之间的差异不只是身份，还有我们彼此的观点。我早就告诉过你，我不会再相信人，是你自己硬要靠近我，现在既然意识到了这一点，就快些离开吧。”

“离茉雪，你……”我听着她如此冷绝的话语，动了动唇，却一句话也说不出。

“又或者，有一天你可以遇到你心中追寻的那个朋友。但那个人，不是我。”她漠声道，言语之间是无尽的冰冷。

我凝望着她，她虽然站在我面前，我却和她相距了一亿光年那样遥远。自从认识她以来，我曾经听到她许多冰冷的话语，可在很多时候，我都毫不在意，甚至为她别扭地表达对我的关心而在心里暗暗开心。这一回，我却觉得自己浑身置于冰冷中。

我和她之间，经历了那么多，我救过她，她救过我，曾经争吵，却始终一起跌跌撞撞地走着。我以为，我终究有一天会走近她，弥补她缺失的那些友情的温暖，我也以为，她其实也渴望着友情。

但是，到头来，我才看清了一切。她仍旧是那个冷暖不浸的离茉雪，而且更加高高在上，已经是我再无法触及的神司。

“这一回，我算是清楚地认识到了我们之间的界限。”我说着，眼中有滚烫的液体滑落。我努力睁大眼睛，微微仰头，想要止住泪水，泪珠却越来越多，接连滑落。

我缓缓从衣服兜里掏出一个小小的凉凉的东西，递到她的面前。在她平静的眼眸中，我看到了自己的身影。

她在看清我手上的东西时，微微一怔。

“这是你曾给我的口哨，后来它被童以然毁成两半。我恳求兰芷姐帮我修复，她说这是一件带有灵力的物件，需要集齐二十味药材熬成药汁浇在碎片上，然后再以自身灵力注入才可以修复……我在这里的药房里找了许久的药材才找齐……”

我说着，然后，把哨子用力扔在她的身上，转过身子，轻声道：“好了，这回，我们真的两清了。我一会儿就让莫临送我回人间。你放心，以后我不会缠着你了。”

我没有再回身，也没有看到离茉雪此刻的表情。我想，此时的她也一定是挂着一副冷漠至极的脸，或者其中也暗藏轻松惬意——她终于摆脱了我。

我掏出纸巾擦干了脸上的泪水，努力让自己平复情绪。为了一个冷漠无情的人难过，未免太不值得了。

我一路走着，想要找到莫临，这一次，我真的下定决心要他带我回人间了，这里不属于我。

不知不觉，我走到一处四面被花海包围的地方，这里并非练武之地，没有什么弟子。不远处有一座凉亭，凉亭后是一座带有古典气息的房子，房子上有一牌匾，上面写着三个字——丹药房。

亭子里坐着两个人，我仔细一看，是鹤兰芷与莫临。

“大师兄，这瓶药你拿好，早晚各涂一次，前三天伤口千万不要沾水。”鹤兰芷嘱咐道，把一个小铁盒放到莫临前面的桌面上。

“我知道了，谢谢。”莫临轻声回答。

鹤兰芷看着莫临臂膀处的血迹，仍是万分担忧地开口：“师兄，要不还是我帮你看看伤势吧。”她似乎担心莫临拒绝，“你知道的，这里的弟子平日练武受伤都是到我这里看，我在门派里也算是个医生，你不必有什么忌讳。”

“不必，我心里有数。”莫临淡声道，“既然没有什么事情了，我先告辞了。”他说着，便要起身离去。

“大师兄，我……”鹤兰芷叫住他，“你离开了这么些时日，好不容易回来，连和我说一会儿话的时间都没有吗？”她说着，一张如花的容颜之上有些许的委屈不满。

莫临见她如此，沉声道："兰芷，你也知道钟离宇煌恢复了原身，破出封印，这是一件多么严重的事情。只怕仙灵门昔年那场屠杀还会重演，我眼下除了想与之对抗之法，哪里还有时间干其他的事情？"

鹤兰芷眼圈微红，猛地从石凳上站起身子，大声道："师兄，你整日里除了关心门派的事情，难道……难道就看不到其他的人了吗？我……我……"她到底没有说下去，只是掩面快步离去，连同我擦肩而过也没有注意。

我一步步向莫临走去，他的面色依然平静，那一双眼眸仍是不掺杂半分私欲。

"你对兰芷姐，真的没有半分感情吗？"我坐到他身边问道。饶是我对于感情再一窍不通，几日的相处也早已明白鹤兰芷对莫临的心意。

莫临轻叹一声，看着我："我只把她当妹妹，除此之外，再无其他。"

我见他一副沉静如水的样子，忽然觉得，他和离茉雪其实都是很像的人。好像人这一生里那些大喜大悲，在他们眼中不过是蜻蜓点水，留不下任何的波澜。

"当神或者仙都是这样吗？好像根本没有七情六欲，任凭旁人对你们再付出怎样的真诚，你们也不为所动。"我不禁问道。

"不，芸芸众生，纵是再有无上法力，也都有私念。可是，一个能够背负天下兴亡的人，就要做到'不以物喜，不以己悲'，要把心中的小爱化为大爱。"莫临顿了一下，望向天际，"我无心红尘中的爱恨，所以我知兰芷对我的心意，却不可能回馈她一二。既然如此，不如不要给她丝毫的希望。"

莫临有着非同常人的胸襟，可以承载天下的安危。我就不同了，我不愿为了追求无上的境界，割舍掉自己的情欲。如果凡事都看得太透，没有留恋，那样的人生于我而言也是枯燥无趣。

"对了，你和茉雪在我走之后有没有再谈一谈，你同意回到人间吗？"莫临问道。

我点点头："我找你就是为了这件事，我们现在就走吧。"

“现在？”他有些惊讶，想不到我怎么这样急着回去。

“我知道离茉雪讨厌我，巴不得我快些离开。我也受够了被她那一副高高在上的样子指责，我有自知之明的，既然她那么不喜欢我待在这里，那我干吗还要在这里缠着她？”我想起刚才的事情，心里的郁结仍未消散，我摆摆手，“我们现在就走吧。”

莫临听了我的话，估计也猜到我和离茉雪的谈话进行得很不愉快，他不禁说：“其实，茉雪她这个样子是因为……”

“行了，你也不用再为她辩解开脱了。”我已经再不想听到有关她的任何事情。

莫临见此，不由得苦笑，然后无奈摇摇头：“好吧，你同意回去也让我可以放心些。至于其他一切，或许也不再重要了。”

我看到他衣襟上的血迹，有些担心问道：“对了，你的伤还没好，是不是不便御剑？要不我去找曦云师兄吧。”

他笑着摇摇头，回答：“这点小伤无碍。不过等我一下，我先回去换件衣服。”

“嗯。”我点点头。

不大一会儿，莫临就准备好了一切，带着我踏上剑身，向人间飞去。

“对了，这个你收好。”莫临一边操纵剑身，一边从衣襟里拿出一个吊坠。

我接过坠子，在手心里把玩，那是一块小巧的圆形白玉，握在手里温凉润滑，上面刻了一个七弦琴的图案。

“这是……”莫非这个玉坠有什么神奇之处？

“里面有灵力，可以在危难之时保护你。”莫临说道。

“谢谢你。”我也没有推托，毕竟我要是不幸遇上钟离宇煌或是童以然，根本没有反抗的能力，的确需要有点保护措施。如此看来，莫临这样细心周到，不知道要比那个大冰块离茉雪好上多少。

很快，我们便到达了人间。由于我有莫临给我的可以扭转时空的宝物，所以人间的时间仍是停留在我离开这里的那一刻。

“这块晶石虽然可以抹去你在异界的时间，但是在人间发生的有其余几界人介入的事情，结果是不会更改的。”他见我一副不明所以的样子，解释道，“我派往人间的弟子虽然极力对抗童以然，但仍是让她钻了空子，她在这几日里又杀害了几个人类。生死之事难以逆转，所以纵是你通过这块晶石可以扭转时空，也无法改变他们的死亡。他们存在的痕迹会在扭转时空之时，被彻底消除，这里的人再不会记起他们。”

“怎么会这样？”我看着手中纯白色的晶石，心里有些难过。

“抱歉。”莫临低语道。

“不是你的错，你和你的师弟师妹，已经为保护我们人类做了很多了。”我说。眼下，童以然又与钟离宇煌正式结盟，有了那人的帮助，只怕对付她会变得棘手许多。

莫临把我送到了家门口，我望着眼前熟悉的建筑，有些激动。离开这么多日，心里最记挂的就是这里。

“你在人间也要多加小心，我也会时常来此勘察情况。”莫临嘱咐道。

“你放心，我会小心谨慎的。”我点点头道。

他对我仍旧无法放下心，眼里是满满的担忧，可眼下，也实在没有一个安稳的地方可以度日。相比于我的处境，他比我还要艰难，对付钟离宇煌和童以然的事情都压在了他的肩上，他也不在此多做停留，向我道了别之后，就默念口诀准备离去。

“爱琪，你回来啦。”忽然家门被人推开，一个长发披肩的年轻女子走了出来。

“嘿，木子……”我看着眼前的人，慌忙打招呼，却担心眼下使用仙法的莫临会不会让木子看出什么。好在，他立即收了法力，此时与常人一般无二。

“这是……”木子看到一边的莫临，微微一怔。

“哦，他呀……他是我在上绘画班时认识的朋友。刚刚来找我谈些绘画作业的事情，现在已经聊完了。”莫临的样子看上去成熟稳重，比我们这些高中生不知沉稳多少，如果说是同学一定会露出马脚，但如果说是在兴趣班上认识的还有几分说服力，毕竟这种课程各个年龄段的人都有。

“哦。”木子点点头，并未起疑。

“对了，你难得没在医院泡着，现在又是要去哪里呀？”我转了个话题问道。

木子无奈地叹了口气，秀丽的脸庞显出愁容：“你说呢？”

我笑了笑：“我知道了，又是去寻觅爱情吧？”其实木子长得很是好看，为人大方幽默，不矫揉造作，又勤奋刻苦。这些年来，追她的人不在少数，然而她始终没有遇到适合自己的人。

虽然，我也还没有过恋爱的经历，却也知晓，缘分这个东西强求不来。只是，木子大我十岁，对于这个年龄的单身女性而言，压力不小，不得不为以后的路做打算，所以她也会通过别人介绍，主动去认识一些人，说白了，就是去相亲。

然而我不理解，为什么要这样刻意追求感情呢？年岁大了，就非要找个人一起组建家庭？缘分，难道不是自然而然产生的吗？又何必在意那些条条框框？只是人大抵还是社会属性的动物，大部分人还是会顺从这个时代的潮流。

“说什么呢？你朋友还在这儿呢。”木子见我说得如此直白，有些不好意思。

“没关系啦，我这个朋友才不会在意呢。”我笑着看了看莫临，只见他听了我们的对话后，嘴角也略带笑意。

木子打量着莫临，随后对我说：“你看看你的朋友，这样沉稳，哪里像你整日里就会给我添堵。”

我心里暗暗一笑，不禁想到，这莫临看上去比我大不了几岁，但谁知他们这些修仙修道之人，到底走过了多少的岁月。经历那么多时光的洗礼，能不成熟吗？

“木子小姐也不要如此说爱琪，她为人直爽率真，是一个很好的朋友。”莫临微微一笑，回答。

“她什么样我还不清楚？”木子笑着扫了我一眼。木子工作单位离我家不远，有时候下班晚了，时常借宿在我们家，与我们相处很是融洽。

虽然我和她只是表姐妹，可感情好得就如同亲姐妹一般。我们之间从来都可以相互调侃，知无不言，谈话交心。

“你也不用叫我什么小姐的，你既是爱琪的朋友，直呼我名字便好。”木子笑着说，笑容大方爽朗。

然而，她在看到莫临袖口处露出的绷带时，脸色一变，问道：“你受伤了？”她是一个医生，所以见到有人负伤，就会特别敏感。

莫临一愣，没有想到木子会突然发问，马上回答：“现在已经没有大碍了。”

木子点点头，从背着的皮包里拿出一卷纱布，递给他：“这卷纱布透气性很好，你的纱布过于厚重，不利于伤口的愈合，易滋生细菌。”

莫临怔了怔，似是没有想过木子这一举动。其实，我早已料到。木子精通医术，但凡遇上医用物品，几乎可以一眼判定它的适用条件，她的包里也时常备着药品，以备不时之需。

然而，莫临根本不是人类，人界的东西，估计不会对他有什么用处。再说，在仙界已经有一个鹤兰芷在帮他医治，她的治疗才是有效的吧？可是，我又怎么才能让木子明白？我根本无法说出真相啊。

“哎，木子，那个……其实，莫临家里也算是医学世家，他家人会帮他照料伤势的，你不用给他这个了。”我想要拦下木子。

“是这样吗？”木子皱了皱眉，“可我的这种纱布是一般途径很难买到的，它的透气性比许多纱布都好。”

“不是这样的，是……我的意思是……”我不知该如何解释，木子医生的职业本能一上来，只有帮助伤患的决心和使命。

“没关系。”莫临看了我一眼，将那卷纱布接了过去，“既是如此，我就收下了，多谢。”

木子见后，微微一笑，然后像是忽然意识到了什么，急忙掏出手机看了眼屏幕上显示的时间，急声说：“我得走了，下次再和你们聊。”

“好吧，祝你一切顺利。”我笑着对她说，可事实上，她每一次约会都是以失败告终。

“借你吉言。”她对我说道，随后又看了眼莫临，向他挥手道别。

我望着木子远去的身影，回头看着莫临，有些不好意思地摸了摸鼻子，说道："木子她不了解你的身份，她又精通医学，见谁有伤都是赶着去治疗，很难拦得住。"

"无妨。"莫临浅浅一笑，"都说医者仁心，看得出，她也和你一样，是个善良的人。"

随后，他望了望日渐西下的太阳，说道："我要回去了，你要多加保重。"

"你也是。"我对他说。

而后，他看了眼四周，确定无人之后，嘴里默念了个口诀，瞬间就消失了，再无踪迹。他们这些身怀法力的人，与我就是不一样。

我站在原地，凝望着头顶那片渐渐暗淡的天空，忽然想到了之前离茉雪的那些话。

的确，我和他们这些人之间，是有界限的，我永远也不可能与他们并肩而立。

我进了家门，父母在客厅看电视，他们见只有我一人回来，立刻询问离茉雪的情况。

"她……她去参加学校的交换生活动了。"我找了一个理由。

"那她什么时候回来？"妈妈问。

"她再也不会回来了。"我说道，"她在这里遇到了家乡的朋友，打算住到他们家去了，不会再住在我们家了。"虽然我生她的气，可是在说出这些话的时候，我不得不承认，我的心里是难过痛苦的。可是，这又如何，她根本不在意我。

"这样啊。"妈妈听后也有些难过，毕竟她在我们家也生活了几日，妈妈同她也有了感情。

爸爸想了想，说道："茉雪生在国外，大概与我们生活在一起，在生活习惯上还是有些不适应吧。她遇到家乡的朋友也好，毕竟都来自一个地方，有许多共同之处，更容易相处。"

"是。"我低声回答。她本就不属于人间，我和她在一起也什么忙都帮不上。可是，莫临就不同了，他拥有强大的法力，与离茉雪联手，一定可以找到打败钟离宇煌的办法。

我永远也不可能跨越横在我们之间的界限。

我又恢复了平常的生活，每天两点一线，从家里到学校。日子如同涓涓流淌的溪水，每一天都仿佛是同样的面孔。离茉雪好像从未出现在我的生命里，仙界经历的那些奇幻的事情也似乎是梦境。

上午最后一节下课的铃声响起，历史老师宣布下课之后，教室里的同学很快就散了大半，大家都匆匆往食堂跑去。

“张爱琪，你帮我把这些练习册送到办公室去，我有点事情要办。”历史老师见我并不急着赶往食堂，于是叫住了我。

“好的。”我接过一摞练习册，往办公室走去。

我刚一进办公室，就见到历史老师的办公桌前有一个人，正在看着桌上的笔记本电脑，那是王若薇。此时办公室里的老师大部分去了食堂，剩余的几个老师也是坐在距离历史老师办公桌很远的位置。

我见到王若薇在，心里忍不住一颤，自从在 KTV 不欢而散之后，我和她在学校已经很久没有说过话了。她善于交际，在学生会里早已经和大家打成一片。无论她走到哪里，身边总是不缺好友。而我不同，和她争吵之后，我便只有自己一人。虽然双双也是我的好友，可是人家也有自己的朋友圈，我不好总去打扰她，只是偶尔才会和双双聊上几句。

若是放到以前，我早就会被孤独感淹没，可是在经历了仙界种种之后，在目睹了生死之间的距离，亲身体会了命悬一线，我逐渐发觉，与生死和天下的安危相比，个人的情感实在是一件微不足道的小事。现在我每天时常想到的，是莫临他们是否有办法对抗钟离宇煌，解救天下的生灵。

只是，有的时候，对于我和王若薇之间，我总是有点恍惚，不敢相信多年的朋友竟然可以这么快就形同陌路。

我深吸一口气，平复心情，抱着作业本向办公桌走去。王若薇似乎看得很认真，连我走近她也没有发觉。

“麻烦借过一下，我放一下作业本。”由于王若薇整个人都挡在桌前，我实在没有办法放作业本，我不禁说道。

她听到我的话，整个人一惊，似乎是我惊吓到了她，她有些慌乱地合上桌面上的笔记本电脑，然后警惕地看着我把作业本放到桌上。

“你看到了什么？”她忽然冷声问道。

“什么？”我一愣，没有明白她的意思。

“我问你刚刚在电脑上看到了什么？”她不耐烦地低声重复了一遍。

“我什么也没看到。”我回答。

“最好是这样。我告诉你，不管你看没看到，最好不要把这件事情在班里乱说。”她说完，不再看我，与我擦肩而过走出了办公室。

我看着她的背影，心里只觉得迷惑不解，不知道她的那些话是什么意思。我转身回望着那个在桌子上静静放置的笔记本电脑，心里的疑惑更深了。

其实在学校的学习生活过得很快。最后一节课结束，我背着书包走出校门，行走在回家的路上。这几天，再没有凶杀案的新闻出现，我想应该是莫临他们暂时控制住了童以然，人间才得以平静。

路过樱花林，我才发现，樱花大多已凋谢。还记得与离茉雪初遇之时，正值初春，这里的樱花竞相开放。原来一转眼，已经过了这么久，天气早已在不觉间转暖，夏天来临了。

离茉雪，我到底还是禁不住在心里默念这个名字。

正在这时，我注意到有三个蓬头垢面的男人不知何时一直跟在我的身后。他们都双手插在裤兜里，嘴里叼着一支烟，时不时吐出一圈烟雾，身上的衣服布满污渍。我心里有些慌乱，四下一望，发现这里根本没有其他人经过。樱花林本就人烟稀少，樱花凋零后，更没有什么游客了。

我步伐加快，想赶快走出这里。我们学校严禁学生带手机，我也没有任何通信工具可以求助，只得暗暗祈祷平安无事。

然而，我刚一加快步伐，他们也马上加快了速度。

平日里我的体育成绩就不好，可我听说人在逃生之时，会爆发极大的力量，我已经用上全身的力气奔跑，可是没过多久，还是被他们团团包围。

“你们，你们要干什么？”我抓紧书包带问道。

其中个头最高的男人不怀好意地一笑，说道：“放心，小妹妹，我们没想害你。”

“是呀，就是我们哥几个最近手头紧，需要点资金支援一下。”另一个男人做出数钱的动作，“不知道你方不方便给点？”

“我，我只是个学生，身上没带钱。”我的心里早已经恐惧万分，可是面上却依旧极力维持平静。我一向爱惜生命，自然不会为了钱财同坏人硬碰硬，可是眼下，我身上真的是没有一分钱。

“我们警告你，你不要敬酒不吃吃罚酒！”个头最矮的男人明显不相信我的话，眼里透出凶狠的光芒。

“真的，我没有骗你们！”我极力解释，可是他们依旧离我越来越近。

我在慌乱之中，从肩上拿下书包，看准离我最近的男人，甩起来狠狠砸到他的脸上。他没有防备，被我砸个正着，捂着脸后退几步，我趁机从他身边逃了出去，使劲向前跑去。

身后传来他们三人的怒骂以及脚步声，我能感觉得到，他们快要追上我了。

怎么办？怎么办？

我的心里满是绝望，我知道这回没有离茉雪与莫临，是不会有人赶来救我了。难道，我躲过了童以然，躲过了钟离宇煌，却会栽在这群混混手中吗？

这时，我远远望见有一个修长的人影，我不顾一切地向那人喊道：“拜托，救救我，有人在追我！”

我感觉自己几乎已经用尽了全身的力气，离那个人越来越近。那人背对着我，听到我的呼喊后，缓缓转过身。在看清他的面容之后，我整个人不禁愣在原地，竟然是钟离宇煌。

真是屋漏偏逢连夜雨，上次他杀我和莫临不成，这回我倒是主动送上了门。

我回身见那三个男人追了过来，咬了咬牙，最终还是躲在了钟离宇煌身后。

“哟，你这是唱的哪出戏？”钟离宇煌看着眼前那三个男人，调笑般地问我。

“他们硬逼着我给他们钱，可是我身上真的没有带。我们本来往日无冤，近日无仇，可你上次抓了我一回，这回救我一把，就当是回报了行不行？”我躲在他身后说。说真的，我一向是善恶分明，可是今时今日，我不得不放下心中所谓的正义，放低姿态向钟离宇煌求助，我不是圣人，只是个想保住性命的普通人。

话语之间，那三个男人已经来到我们面前。为首的那个个头最高的人说：“兄弟们，看看，又加了一个人进来，看来我们可以多捞一笔了。”

“我给你们三秒钟，在我眼前消失。”钟离宇煌看着面前的三个男人，淡声说道。

三个男人见他如此不禁哈哈一笑，随后其中一个人说道：“你以为你是谁，敢用这样的语气与我们说话。我告诉你们两个，要是不想死，就把钱交出来。否则……”他冷笑一声，随后他们三人亮出了手里的尖刀。

钟离宇煌勾起唇角，道：“有趣，第一次见到有人敢在我面前如此猖狂。今天，就让我陪你们玩玩。”他说着，眼里杀意尽显。

三个男人见我们不肯听命，一齐冲了过来，三柄刀对准了钟离宇煌。然而，在我还没有看清钟离宇煌是如何对抗之时，他身形一动，不过是片刻，那三柄刀竟然都被他夹在了两根手指中间。那三人想要抽回尖刀，用了半天力气，仍旧是徒劳。

钟离宇煌微微一笑，他两根修长的手指一用力，那三柄刀竟然顿时被折弯掉落在了地上。

三个男人大惊失色，面面相觑。然而他们依然没有放弃，赤手空拳向钟离宇煌打来。钟离宇煌几乎没有躲避，他只是站在原地，一个漂亮的回旋踢，就把最高的男人踢倒在地。随后，他又一个后空翻，两脚分别踢在了另两个人的胸口。三个人都倒在地上，因疼痛而呻吟不止。

钟离宇煌居高临下看着他们三人，随即，他的双手微张，像是在凝聚能量。

“等等！”我急忙拦在那三人身前，“不要杀他们。”我知道钟离宇煌已经动了杀意，可是这三个人实在罪不至死。

“你忘了他们刚才的样子了吗？”钟离宇煌冷声问道。

“他们虽然起了恶念，但是到底没有酿成大错。”我说道，而后看着倒在地上的几个人问，“你们知道错了吗？”

“知道了，知道了。我们几个实在是因为日子过不下去才会出此下策。我们以后再也不敢了。”他们纷纷爬起来，跪在地上向我们求饶。

“没有钱，可以自己努力，找工作去赚。这样的邪门歪道是不会有好下场的。这回，就暂且放你们一马。不过，以后，如果再被我们看到你们这样威胁别人，就不要怪今天这位英雄不客气了。”我看着他们说道。

钟离宇煌听了我的话一愣，没有答话。

那几人听后纷纷点头，保证以后再不会如此。

“杀了你们，也只会脏我的手。这次暂且放过你们，你们三个马上在我眼前消失。”钟离宇煌冷漠地说道。

那三人哪里还敢多留，不顾身上的疼痛，立即离开了我们的视线。

他们走后，我对钟离宇煌说道：“谢谢你，刚才要不是你，我就凶多吉少了。”

钟离宇煌转头看向我，余晖映着他俊美邪魅的脸庞，他的脸一半隐匿在阴影中，一半被洒上霞光。他缓声道：“不必道谢。你知道的，我不是好人，更称不上你口中的‘英雄’。”

他说出这番话的时候，没有一丝感情，这让我不禁又想起他与莫临对战时眼里的血腥杀戮，他化身为穷奇之时的恐怖凶狠。他刚才那一举，竟然险些让我忘了他是谁，竟然会凭空生出他是一个好人的错觉。

“我……你……”我心里的恐惧再度生起，眼下只有我和他，我根本没有任何能力抵抗他。

“原来你也会怕，我以为你真的无惧生死呢。”他轻笑一声说道。

我注视着他，咬咬牙，说道：“我是个普通人类，人类有的七情六欲我都有，怎么可能超脱俗世，无惧一切？不过，在你杀我之前，我有话要说。”我顿了一下，“人界现在根本不会干涉其余几界的纷争，我们已经没了灵力，只想过好自己的日子，对你们造不成任何威胁。所以，我希望你在杀了我之后，不要再为难这里的其他人了。还有，顺便告诉童以然也赶紧收手吧。”我在心里告诉自己，不可以在邪恶力量面前失了底气。怎么说也和莫临他们相处过，纵然不能像他们那样英勇无畏，至少也要有他们十分之一的勇气吧？

“行了，你现在动手吧！”我鼓起勇气说道。

他却并未动手，缓缓问道：“谁说我要杀你了？”

听了他的话，我有些惊讶，难道他没打算对我动手吗？

“杀一个手无缚鸡之力的人岂非无趣？”他的嘴角挂着浅笑，而后张开右手，刚刚我掉落在远处的书包飞到他的手上，他把它递给我，“你虽然没有法力，运气却不错。自从认识你，几次见你死里逃生。这一回，算你再走一次运。”

“你……”我有些不敢相信他就这样放过了我。

他微微一笑，开口：“怎么？还想让我改变主意吗？”

“不……不是，我马上就走。”我看着面前这个清俊的青年，忍不住又道，“我……我只是觉得，或许，你也可以成为一个好人，一个真正的英雄。”

他听后微微一怔，像是想不到我会这样说。良久，他摇摇头，大片的彩霞包围住他头顶的天空。他看着我，一字一句道：“我是为黑暗而生，永远都不会，也不可能成为你所想的那个样子。记住，下一次再见面时，我们依旧是敌人。”

说完之后，他的周身便被紫色的光芒包围，而后便消失得无影无踪。

我站在原地，周围无尽的暮色向我袭来。

第七章　并肩

晗宁的四季并不分明，春夏之间几乎没有什么过渡，夏天在这里尤其漫长。天气渐渐转暖，这里的树木都已经枝繁叶茂，叶子如同被颜料泼过一般浓绿。学期随着夏天来临的步伐逐渐过半，期中考试如期而至。

说真的，其实我的学习成绩并不出色，在中游浮沉，发挥失常还有掉入下游的时候，即便考好也不过中上而已。擅长的课目偶尔可以创造个奇迹，可大多数时，只是差强人意。

这次的考试基本还算是发挥正常，只是历史这一门感觉考得并不容易，许多题都有些难度，我最后也没有时间检查，只是勉强答完了卷子而已。

学生嘛，最怕的自然是考试出成绩的那一刻。面对即将公布的历史成绩，我不由得有些紧张。

“哎，你知道吗，我和王若薇历史考试时挨着坐，我才答完三道选择题，就看到她第一页所有选择题都答完了。”坐在我身后的同学小声说道。

“这不很正常嘛，她历史本来就很强，这回考试确实难些，但是对她能有什么影响，第一照样是她。”他的同桌回道。

这时，历史老师走进了教室，将手里的一摞试卷分给几个同学，让他们发下去。老师站在讲台上说道：“这次大家的平均分只有七十分，考得实在不理想。但是，我们班的王若薇同学拿到了九十八分的好成绩。所以我要告诉你们，不要总拿题难说事情，再难的题，只要你知识掌握了，做起来也是得心应手。大家都要向王若薇同学学习。”

老师说这番话的时候，底下的许多同学都在为王若薇的高分而惊叹不已，我看到她并未为此喜笑颜开，而是依旧平静，仿佛早已经料到这一切一样。

试卷发到我手上的时候，我微微松了口气，虽然只有七十八，但幸好过了平均分。对我这样一个学习一般、也没有什么伟大目标的人而言，底线只是跟紧大部队，不要低于大家的平均水平而已。

然而，这个时候，一位同学忽然站了起来，大声说道：“老师，我想告诉您，王若薇并不是靠自己的能力取得这样的好成绩的，她是作弊，她提前看了您的试题答案！”

此话一出，班里顿时一片哗然，大家都在下面议论纷纷。

“徐梦佳，你怎么知道这件事情的？没有证据不可以乱说！”历史老师面色严肃。我们的学校一向重视校风校纪，对于考试作弊更是严令禁止。

“上周三中午，我路过您的办公桌，看到王若薇在看您的电脑。王若薇看见我路过，马上关了文件，可是我还是在她关的一瞬间看到那个文件的标题是期中试题答案。”徐梦佳回答掷地有声。

我忽然想到上周三我去历史老师办公室放作业本时，见到王若薇慌忙关电脑，并且质问我的情景。难道，徐梦佳说的是真的？徐梦佳和王若薇在班级里两人一向是不对付的，面上相安无事，可是在暗暗较劲。徐梦佳学习成绩优异，踏踏实实地努力，一步一个脚印，相比于王若薇成日里通过种种方式结交同学，四处参加课余活动有些不同。

“老师，她在胡说，我没有！”王若薇拍桌而起。

徐梦佳不甘示弱，回应道：“你做了什么你自己心里清楚！大家都只能得七十分的试题，你考个九十八，难道你是神童转世吗？”

班里的同学也议论纷纷，原本对王若薇的赞赏也变成了质疑。

王若薇脸颊变得通红，大声说：“徐梦佳，你们自己考得不好，难道还不允许别人考好不成？你不要在这里以小人之心度君子之腹。”

“大家安静。”历史老师见场面混乱，不得不制止。待大家渐渐安静下来，她严肃地问王若薇，“徐梦佳说的事情，你有没有做过？”

“老师，我没有。”王若薇眼眶微红，有些委屈说道，“那天我的确去了您的办公室，但是只是想拷一下您之前在课上放的历史知识视频，我不知道徐梦佳为什么这样说。”

她想了想，又急忙道：“老师，那天您让张爱琪去放作业本，她也看见了我，她可以为我做证，我没有干徐梦佳说的那些事情。”

我没有想到她会突然提到我的名字，不禁一愣。

“张爱琪，那天中午你看到王若薇的时候，她在做什么？”历史老师问我。

“老师，我……”我从位子上站起，不知道该如何说。那一天我的确没有看清王若薇在做什么，只是现在我算是证人，我的话对于王若薇而言很是重要。我见到她用急切的目光看着我，明白她希望我为她证明清白。

按理而言，我应该如实告诉老师当时的情景。只是……我看着王若薇，想起我和她携手走过的那些时光，心有动摇。罢了，虽然她曾经利用过我，可我们到底是从小玩到大的朋友，那些不快到底不如这份友情重要。

下定决心，我开口道：“老师，那天她的确没有看什么试题答案，只是想拷贝视频而已。”

“真的吗？”历史老师心有疑虑。

“嗯。”我点了点头。

然而，徐梦佳不甘心，继续道：“老师，学校的办公室里有监控录像。我认为，现在应该把监控调出来，看看那天她在办公室里都做了什么再来证明我说的话。否则，张爱琪的片面之词，也并不可信。”

她的话音刚落，我看到王若薇的身子一颤，随后，她像是下定了什么决心一般，咬了咬牙，转头对我说：“爱琪，对不起，事情到了这个份上，我也没有办法帮你隐瞒了。”

而后，我看到她再度缓缓开口，平静地对众人说道：“其实是张爱琪让我帮她拷贝试题的答案，那天中午是我先去了办公室，想要帮她拷答案。但是我自己并没有看试题答案，只是帮她拷了而已，而且我也不断劝她不要这样做，她最终听了我的话，没有看答案。所以我希望老师看在我们二人没有酿成大错的情况上，可以从宽处理，尤其不要责罚爱琪，她也是一时糊涂。”

我听了她的这番话后，几乎不敢相信自己的耳朵。我不敢相信，她是如何编造出这样的谎言的。即便我们已经再回不到过去，可是毕竟有过那么多年的情谊，她怎么可以这样睁着眼说瞎话，把罪名诬陷在我的头上？

“不会吧？张爱琪竟然是这样的人？平日里没看出来。”

“就是，知人知面不知心。我看若薇为人热情，肯定是看在她们友情的分上才会不顾一切吧。”

同学们开始窃窃私语。由于王若薇在班里人缘很好，大家都会偏向她，而我反倒成了恶人。

“我没有做过这些事情！是你在说谎！”我大声对王若薇说道。

“爱琪，对不起，希望你可以原谅我。”王若薇一副愧疚的样子说道。

“这件事情很严重。无论你们到底看没看试题答案，学校都会严肃处理。如果发生作弊这种事情，你们二人这次的成绩会直接清零。”历史老师板起面孔说道。

“老师，我没有做过这样的事情！”我努力解释道，这件事情分明与我无关。

“如果你没参与，刚刚为什么出言掩护王若薇，说她没有拷贝试题答案？”老师问道。

“我只是……只是……”我万万没有想到自己不忍，想要帮助王若薇一把，反倒落了话柄，被王若薇诬陷。

徐梦佳大概也没想到事情会变成这个样子，没想过还有这么多“内幕”，脸上有些惊讶，看着我们的对峙。

“老师，是我的错，我愿意接受学校的任何处理。”王若薇低头小声说。

老师见她如此，脸色缓和了几分：“你们的事情下课再说，现在先上课。”

然而，我的心里被愤怒、诧异、难过，种种情绪包围着，哪里听得下去半句？

我仰头望向窗外，外面绿树成荫，我忽然想起之前，曾有一个少女隐在枝叶之中，默默守护着我。虽然冷漠，却始终跟在我的身旁，一次次为我抵挡磨难。

我突然好想念那个女孩。

由于事发突然，加之我和王若薇说法不一，暂时没有办法给出定论。学校决定严肃彻查此事，在此期间，暂时不对我做出任何处理。虽然我极力为自己辩解，但是我知道老师都已经在不觉间偏向了王若薇。我们到底不是圣人，在面对许多事情之时，往往会凭主观判断，王若薇自始至终诚恳认错，而且还时不时为我“开脱”，早就让老师们有所动容。

放了学，我走在路上，始终在想着当天发生的事情。

直到我的耳边响起一个气急败坏的声音：“喂，你这女孩走路能不能看着点。”

我这才回过神，发现自己刚刚撞到了一个行人，连忙道歉：“不好意思，你有没有事？”

“照你这心不在焉的样子，我没受伤真是我的福气了，你这人怎么回事？”那人气愤说道。

“抱歉，她刚刚不是有意的。”一个熟悉的声音在我耳边响起。我猛然一震，生怕是自己的错觉，但抬起头看着身边的人，那张淡漠美丽的脸庞确实映在了我的眼眸之中。

那个人也不想与我多做纠缠，嘀咕几句就离开了。

离茉雪把我带到一个人少的地方，皱着眉头说道：“你是怎么回事？在人界怎么越待越笨，连走个路都能撞到人？”

我看着她，震惊之后，想起之前在仙界她对我说过的话语，不禁说道：“你还管我做什么？我不是你的眼中钉吗？你干什么还要管我的死活？我不用你管我！反正你也讨厌我！”我说着，不由得把积攒在心里的情绪一齐爆发了出来，“你们都一样，只会把我的诚心当成垃圾一样踩在脚下。”我感觉到脸上有泪水滑过。

离茉雪没有料到我的情绪如此激烈，轻声问道：“你……怎么了？”

我看着她，不知何故，泪水落得更凶。周围偶有几个行人路过，都用疑惑的目光看着我和离茉雪。任凭离茉雪如何漠视一切，此情此景之下，也有些尴尬。

她双手合十，紧接着一个黄色的屏障就将我们围困在其中，顿时外界的一切都被隐去。

她把纸巾放在我的手里，说道：“现在这里只有我们两个，你告诉我，发生了什么？”

我用纸巾擦了擦眼泪，平静了几分，说道：“你不是说我们不是一个世界的人吗？我们人类的事情，为什么要告诉你？”

“看看你现在的样子，怎么让我放心？”离茉雪说道，眼里的冰冷渐渐被担忧取代。

“那又怎么样？既然你之前与我已经说得很清楚了，说我们之间界限分明，那你现在又来管我做什么？你以为我张爱琪是什么？是一只你有空了就可以拍几下，没空就可以爱搭不理的哈巴狗吗？”我直视着她的眼睛，随后又放缓了声音，“我也是有自知之明的，既然你不愿见我，不愿意同我做朋友，那我也不会一而再再而三缠着你。今天的确要感谢你，以后你在人间要是需要个落脚的地方，还是可以来我家。”

我深吸一口气，继续道：“好了，我现在可以走了吧？麻烦把你的结界撤了。”

离茉雪望着我的目光有些许吃惊，她像是想不到我会如此说。是呀，毕竟之前我一路缠着她那么久，她也认为我是一块甩不掉的牛皮糖吧？只是，今天的王若薇终于让我明白自己是多么笨，傻傻地想要同他人成为朋友，可到头来，真心只能被别人利用。

她再未多言，轻轻一挥手，周围的屏障就消失得无影无踪，转眼之间，我依旧身处街道。

她转过身子，朝与我相反的方向走去，依旧那样淡然。我看着她的背影，眼前泛起一层薄薄的雾气。她永远都是这个样子，冰冷淡漠，即便是有了情绪波动，也可以马上恢复往日的沉静。到头来，只有我一个人在难过。可这一回，是我赶她走的，我又在难过什么呢？难道，我还在期盼在我说出这样的话之后，她还会坚守在这里，不会离去吗？

我垂下目光，忽然泪如雨下。

我紧了紧身上的书包，向前走去。

人来人往，车水马龙，大家虽然生活在同一片天空之下，却是各有忧愁。

恍惚之中，我只听到耳边响起刺耳的刹车与鸣笛声，我抬起头，发现有一辆车正直直向我驶来，我知道自己应该躲开，可是那一刻，我的脑海里一片空白，双腿仿佛僵在原地。

眼看那辆车离我越来越近，我几乎可以感到车身发出温热的尾气与行驶带起的风浪。

千钧一发之际，有一人飞快推了我一把，把我带到了路边，那辆车贴着我的身体驶过。

我惊魂未定，周遭有许多人目睹了这生死一线的场面，不禁议论纷纷，然而在我的世界里，依然还残留着那向我飞驰而来的轿车以及它发出的声响。

“张爱琪，你怎么样？”隐约之中，我看到离茉雪仔细检查着我的身体状况，急切询问。

“我……我还好。”我低声答道，但心脏依旧在怦怦乱跳。

“你是傻瓜吗？连过马路都不会！你知不知道，如果刚刚不是我在场，如果不是我在场……”她一向淡漠的脸庞之上，第一次出现了恐惧与慌乱。

“你……还没走。”我以为在我说出那番话之后，她一定不会再留在这里。

她没有回答，只是凝视着我，身体微微颤抖，眼里隐约有泪光闪现。然后，她紧紧拥住了我，微微发颤的声音在我耳边响起：“张爱琪，你赢了，你让我感受到什么是友情，什么是恐惧，什么是牵挂。”

她放开我，注视着我，缓声道:“我害怕让你置于险境。之前你为我挡下钟离宇煌的那一击，身受重伤，险些让我失去理智。我告诉自己不可以再把你置于险境，所以才让你回到人间。可是，刚刚又差点让你陷入危险。你为什么总是让我这样对你放心不下？”

这是我第一次见到一向缄默不语的她，说出这样多的话，而且每一句都不再冰冷。可是，为什么在我经历了与她的背道而驰，与王若薇的对峙之后，她才愿意把这些说出来？为什么在我执着追寻着她的脚步，在我怀着满腔的热血与真诚，愿意同她携手同行之时，她却选择漠视一切呢？

“如果这番话是在之前你就选择告诉我，那我一定会很开心。可是现在，已经太晚了。离茉雪，你凭什么以为我会一次次回头等着你认可我们之间的友情？你是不是觉得，只要你这么说，我就会接受你？”我高声说道。曾经的她一次又一次想把我推开，一次又一次想要划清我与她之间的界限，这样的一份友情，不是我想要的。

“我知道你在生我的气。我走过那样漫长的岁月，目睹这世间的千姿百态。曾经我以为，感情只会是人性中最大的软肋，只会化为他人手中伤人的利器。我曾经那样相信过一个人，可是到头来……”她微合双眼，眼眸里带着些许苦痛，“我怕再被友情所伤，可更怕你会为了我一次次游走于生死之间，所以想尽办法让你离开。”

“离茉雪，我之前说过，如果你相信我，我愿意做那个可以给你温暖的朋友。我会向你证明，真正的友情可以同甘共苦，可以经历一切的考验，可以跨越身份与生死！可是，你始终不愿意相信我，所以你宁愿对我说出那样冰冷决绝的话语，也不愿意让我和你一起面对眼前的挑战。这样的你，也不是我想找的那个朋友。”我一字一句清晰说道。

离茉雪看着我，不再开口，双脚微微动了动。我知道，这一次，她是真的要选择离去。她那样一个孤傲的人，不会在我说出这样的话语之后，依旧留在这里。

我看到她慢慢转过身子，背对着我，想要离去，那一刻，我感觉到自己的眼眶里一片温热。

然而，正当我以为她会离开的时候，她却忽地转回了身子，看着我，认真说道："爱琪，之前你在我身边，陪我走过了那么多的路，经历过那么多的险境都不曾离去。这一回，换我跟在你身旁。我知道，你还在怪我之前对你的一再疏远，可是请给我机会，让我弥补你，好吗？"

这一刻，我再压抑不住自己内心深处的真实情感，不禁上前一步拥住了她，哽咽说道："离茉雪，你这个大冰块，我原以为自己怎么也捂不热你……我原以为你讨厌我了……"

我感觉到她轻轻拍了拍我的肩膀，而后用微微发颤的语气说道："我只是担心自己保护不了你。我走过百年岁月，自以为看透了这人世间的悲欢离合，但到头来，我仍旧看不透。"

我放开了她，而后凝视着她的双眸，道："离茉雪，以后无论面对什么事情，都不可以再把我推开，要让我自己做出选择。我告诉你，我胆子大得很，什么都不会怕。"

"好，我答应你。"她注视着我，笑着回答，眼睛微红。

她顿了一下，继续道："或许你是对的，无论我们之间相隔了多远的距离，可只要友情在，就可以跨越一切，并肩而立。"

我们彼此对视，不由得都露出笑颜。我知道，这一回，我们终于放下了一切的顾忌。这份友情，在我们经历了这么多后，才终于到达，可是，还不算晚。我们的未来，仍有大把的时光携手同行。

之后，离茉雪重新伴我一起往家中走。我把当天经历的事情告诉了她，她在听到王若薇诬陷我时，眼里闪过从未有过的冰冷与愤怒。

"爱琪，放心，我会帮你解决这一切。"她坚定说道。

我点点头，而后一笑："我相信你。"

由于离茉雪近几日要在人间探查情况，担心童以然会再度袭击人类，所以暂时要在此停留几日。经过我的劝说，她答应了这几天在我家住。爸爸妈妈看到离茉雪，既惊讶又欢喜，热情地招待她。

"我们都以为你不会再回来了，我看爱琪这些日子里也为此闷闷不乐呢。"妈妈笑着对离茉雪说道。

"谁说我是因为她不在难过的？我是因为最近课业太繁忙了，压力大导致的。”我心有不甘回道。

“好吧，你爱怎么说就怎么说吧。”妈妈摇摇头，摆出一副看穿一切的样子。

离茉雪浅浅一笑，看了我一眼，而后对妈妈说：“阿姨，抱歉，还要再叨扰您几日。”

“没关系的，哪里是叨扰。”妈妈摆摆手说。

我们又重新一起坐在了餐桌上吃晚饭。看着这样的景象，我忽然有些感慨。犹记得我和离茉雪之前一起吃饭的时候，总是互不理睬，她的眉眼之间更是一片冰冷。可是现在，一切都不同了。虽然她仍旧是那样沉静，可是我分明看到她柔和了许多的脸庞。

晚饭过后，我和离茉雪一起去小区里散步。已是夏季，傍晚不再微凉，而是透着温暖。天边是还未散尽的彩霞，但是深深的蓝色已经一点点在天空中蔓延。

我和她走到一个凉亭，这里由于远离单元门，也不是小孩子玩耍的地方，所以没有什么人。凉亭的四周都被密密的树木包围着，仿佛置身野外。远方隐约有孩子们的欢声笑语传来，一切都是那样美好安宁。

“对了，最近仙界那边的情况怎么样了？”我终于把一直担忧的问题问出了口。

“最近钟离宇煌不知何故，一直没什么动作，正是因为如此，我们才担心他是不是想把目标先对准其余几界，尤其是失去灵力的人界，我和莫临商量过后决定来此探查一番。”离茉雪说，随后又问我，“对了，你最近在人间有没有发现他的踪迹？”

“我……其实，我确实碰到过钟离宇煌。”我低声说。

“什么？”离茉雪听后一惊，“他没有伤到你吧？”

我摇摇头：“他不仅没伤我，还帮我击退了抢劫我的几个男人。”

离茉雪听后虽未开口，可是脸上闪过惊讶之色。

我想了想，轻声说：“其实，那时候遇见他，我也以为自己难逃一劫，可是没想到他不但帮了我，而且还让我安然离去。这几日，我也总在想，他也许并没有我们想象中的那么坏。”

离茉雪摇摇头："爱琪，你总是这样简单。可是，你不要忘了他是谁。如果他心有善念，当年就不会让仙灵门血流成河，这是他永远逃脱不了的罪孽。"她的语气渐渐变冷。

"之前，我也已经去神界的异度空间，找到了预言女巫证实了关于穷奇命门的说法。未来，我们尽管还有艰难的路要走，也并非全无希望。而且，更重要的是……"她注视着我，"我们要走对方向，对于敌人不能有半分心软。否则，后患无穷。"

听了离茉雪这番话，我也不禁恍然大悟，心里责怪自己居然认为钟离宇煌心存善念，的确，如果他是善的，当年怎么会造下那样多的杀业?

"抱歉，茉雪，是我之前的想法太天真了。"我低声说。

离茉雪淡淡一笑，而后缓缓道："其实，有时候，我也有些羡慕你的简单纯粹。"

"怎么会?"我有些不相信，我想起自己之前没有看清的人与事情，她都可以一语参透，这样的她怎么还会羡慕我这样的笨蛋?

"每一份成熟背后，都有数不尽的坎坷与辛酸，那些只有自己才可体会。而我，算是尝遍了世间种种冷暖，才会如此。"她仰头遥望天际，"有时候，我也真想没有忧虑地活一次。"

"会的。"我忍不住握住了她微凉的手，对她道，"我要把你之前缺失的温暖与幸福都补回来，等我们解决了眼前的这些事情，我就要带你尝遍这世间的美好。我要让你相信黑暗的背后，就是无尽的光明。"

她没有说话，只是露出一个明媚的笑脸，仿佛冬日里最为温暖的阳光。我从未见过淡漠的她，也可以这样无所顾忌地微笑，我想，这一定是我所见过的最美的笑颜。

第二天，我坐在课堂上听着老师的讲解，偶尔遥望窗外，便能看到参天大树之上，一个少女美丽的容颜，我们的目光在空中交会。这样的场景，仿佛回到了我们初识的时光。但这一回，我坚信，她再也不会离我而去。

放学的时候，我收拾好书包，拉住了正要离去的王若薇。

“你干什么？放开我！”她冷淡地想要甩开我拉扯住她胳膊的手。

“我们谈一谈。”我平静说道。

她轻笑一声，随后用厌恶的语气高声说：“张爱琪，我之前已在老师们面前为你求了情，而且又几次劝说你勇于承认自己的错误，下次不要再作弊就是，可是你为什么还要执迷不悟，反而想要把错误都推到我头上？”

周围正在收拾书包的几个同学一听，立刻又小声议论起来，言辞之间依旧是偏向王若薇。

我并未动怒，只是在她耳边轻语：“王若薇，谁是谁非，你自己心里最清楚。这件事如果闹大，对你也没什么好处，我反正是清者自清，无畏一切。”

她神色一动，随即低声问：“你想干什么？”

“我们谈一谈，就在教学楼后面的大树下。”我道，“我去那里等你。”随后，我再未看她，而是转身离开了教室。我知道，她一定会来，毕竟没有人做了坏事还可以心安理得。

十分钟之后，她果然出现在了我们约好的地方，此时，夕阳西下，学校里的同学都走得差不多了。白日里热闹的校园，转眼之间，只剩下一片静寂。

“说吧。”王若薇背着书包，双手插在上衣里，神色间有些不耐烦。

“若薇，我不明白，你为什么会变成这个样子。”我们曾经走过那样多的成长岁月，她明明是那样一个坚强善良的女孩，现在为何会变成如此模样？

“张爱琪，你约我来就是为了问我这样一个愚蠢的问题吗？”她看着我，不屑地一笑，“我早就厌烦了你那副假意帮助我的样子，你不过是想要炫耀你的家庭比我好吧？”

“你在说什么？我们朋友这么多年，在你心中，我难道是这样虚伪的人吗？”我扪心自问，这些年里，我从未轻视过她，也从未想在她面前炫耀什么。相比于她的多才多艺，我不知自己有什么地方可以在她面前炫耀。我帮助她，只是因为她是我最好的朋友，我希望她可以更好。

王若薇注视着我，双眸一转道："那好，既然你是诚心想要帮我，那么就再帮我这一回吧。反正本来也是每次出去都是你请客，你请了我这么多次，也不差这一回了吧？"

"若薇，你在说什么？"我凝视着面前的少女，忽然觉得她早已不是我记忆里的模样，我仿佛从未认识过她。她把一个作弊的罪名扣在我的头上，又以友情的名义要我担下。我终于确信，她早就不把我当成朋友了。

王若薇冷笑一声："张爱琪，别以为我真的怕你才会来这里见你。我来只是想要你明白，这次的事情，你根本无法证明自己无辜，只要我不承认，谁也不会知道真相。要怪只能怪你正巧在办公室遇见了我想要拷贝。徐梦佳想要借此打败我，却不知道，我会利用你，然后把我自己撇得一干二净。"

"王若薇，这些年，算我瞎了眼，才会一直把你当作最好的朋友！今天，我终于看清了你。"我深吸一口气，努力平复自己的心情。

王若薇哈哈一笑："张爱琪，只怪你自己愚笨，还傻傻地相信所谓的友情。事到如今，我不妨也对你明说了，这世上，本就没有你想的那样纯洁的情谊。我的母亲为了更好的生活，选择抛弃了我，连亲情都可以因利益而放弃！我所受的苦，不是你这样的人能想象的。你以为我们相伴多年，我就会傻到放弃眼前的利益去守护这份感情吗？"

她说到此处有些激动，连声音都抬高了许多："我告诉你，这些年里我所尝过的冷暖，我所经历的苦痛，让我更加明白一件事情：想要成为人上人，就要懂得抓住机遇，至于感情，实在是最虚伪、最脆弱的东西！"

"那我们之间的友情呢？从小到大的情谊，你也认为是虚伪的吗？你忘了我们儿时在一起嬉笑打闹的时光了吗？在那些日子里，你分明也是幸福快乐的！这样的朋友只配被你利用和中伤吗？"我大声问道。

王若薇神色之中透着几分痛苦与迟疑，但很快，那些情绪便被冷漠冲去。她向后退了一步，缓声道："爱琪，在我小的时候，我的确拥有那份最为纯净、不染利益的友情。可是，我不可能永远停在那里。现在，我也不想再做回以前的自己，更何况，我已经回不去了。”

“若薇，我们……”我刚开口就被她打断了。

“你不要再说了，我们早已不是朋友，你也没有必要再在我身上做文章。”她冷声说，想要转身离去。

这时，一旁的树木发出细微的叶子碰撞的沙沙声，一个人影敏捷地从树上跳落到地面上。

“说了这么多，你也不过在为自己的错误找借口而已。”离茉雪向前走了几步，站在王若薇面前，神色淡漠。

“你，你是谁？”王若薇没有想过离茉雪会忽然出现。

离茉雪没有回答她，而是拿出手心里一个小巧的物件，那个物件里传出王若薇刚刚的话语：“张爱琪，别以为我真的怕你才会来这里见你。我来只是想要你明白，这次的事情，你根本无法证明自己无辜，只要我不承认，谁也不会知道真相。要怪只能怪你正巧在办公室遇见了我想要拷贝。徐梦佳想要借此打败我，却不知道，我会利用你，然后把我自己撇得一干二净。”

“你们……”王若薇没有想到自己说话的声音会被录下，脸上顿时失去了血色。

“爱琪本不愿让我在你面前出现，还用上这种方法。但我想，她对你的情谊只能被你看作可以利用的东西而已。”离茉雪冷冷地注视着她，“我不想同你多费唇舌，如果你不想让这个录音出现在校领导的办公桌上，就马上自己去解释清楚一切。”

王若薇狠狠盯着离茉雪，一个箭步冲上去，想要抢下离茉雪手中的录音笔，反被离茉雪以一只手轻松地压制。

离茉雪放开她，淡声道：“不要在我面前动这种歪心眼。看在你曾经是爱琪朋友的分上，我给你机会，让你自己去解释清楚一切。”

而后，她不再看王若薇，从她的身边经过，拉着我往校门口走去。

“你们真卑鄙，竟然用这种手段算计我！”王若薇气急败坏的声音传来。

离茉雪脚步微顿，没有回头，只是用没有感情的声音说道：“对你这样的人，还能用什么方法？幼年所承受的苦痛，难道就可以变为伤害别人的借口吗？如果你选择迎难而上，那我佩服你。可是，你做出的事情，只会让人瞧不起你。”

走在回家的路上，金色的霞光映着天边的云朵，大块的白云被染成了金红色。路面上，我们二人的影子被拉得很长很长。

“茉雪，谢谢你。”我看着身边的少女，真诚说道。

离茉雪一笑，投在她脸庞上的霞光都仿佛变得更加柔和，她转头看向我：“我知道你的意思，你想劝她回心转意。但是，爱琪，我只想告诉你，这世上并非每个人都像你这般念着情谊，舍不下故日感情。你的善良，要留给真正懂得珍惜你的人。对于这样的人，必须狠下心，不然她就要得寸进尺。欺软怕硬，是人性的劣根。”

我转过头，看着面前长长的街道，轻叹一声：“我只是想不明白，她到底是什么时候变成了我不认识的样子。”

“还记得我曾说过‘一升米养恩人，一斗米养仇人’吗？”离茉雪轻声道，“爱琪，你有没有想过，对于不懂感恩的人，你对他的好会成为理所当然。他会不断在你身上索取，如果你有一次不应，他便会怪你，忘记之前本就是你无私给予他的。甚至，你对他的付出，都会被他视作你们之间的差距，妒忌你的原因。那种永远只会索要的人，不是真正的朋友。真正的友情，应该是双方互相付出，不计较彼此付出多与少，都尽力而为。”

离茉雪的话语一句句流入我的心底，我心中一动，只觉得许多想不通、郁结于心的事情都忽然有了出口。曾经我以为自己是最在乎友情的人，可现在我才懂得，原来在乎，并不是了解。而离茉雪，那个我屡次以为毫无感情的人，却将这人世间的情谊看得如此透彻。

等我再上学的时候，班主任在全班面前宣布了关于历史考试作弊事情的真相，还了我清白。对于结果，同学们不禁一片哑然，随后是议论纷纷，大家都不禁对此义愤填膺。

对于她窃取答案的事情，学校做了严肃处理，她的期中考试各门成绩直接清零。由于她主动承认错误，而且她平时也在各种艺术大赛里为学校争了光，学校没有给她特别严重的处分，可王若薇自那天与我们在树下谈话之后，再也没有上过学。

之后的一天中午，我再一次在教室里看见了她，她一言不发地整理自己课桌里的课本，没有同学上前帮助她，大家都一如往常干着各自的事情。她依旧如同往日里那样平静，有条不紊地把一本本书放在行李箱里。

我坐在自己的位子上，看着她的一举一动，忽然想起曾经我们在课间时，由于上完一节课有些疲倦，谁也不想动弹，就坐在各自的座位上，朝对方比画手势来代替说话。那个时候，我离她的座位也有着一段距离，可我觉得，她仿佛就坐在我的旁边。现在，我看着她，却清晰地感到我们之间巨大的隔阂。

我看着她整理好了一切物品，提起行李箱，头也不回地离开了教室。透过窗子，我看到她走出了校门，她的爸爸开着一辆面包车，将车子停在校门口，她父亲下车把她的行李箱塞进看起来已经满满当当的后备厢，远远看去，那个每每见到我都会热情招待的男人好像苍老了许多。

他们都上了车，汽车尾气管断断续续地喷出白烟，而后，那辆车渐渐消失在了我的视野里。

我知道，这个曾予我无数欢乐与难过的女孩，在这一刻退出了我的世界。我曾经想象过许多有关我们长大之后的事情，可是我万万没有想到，我和她的故事，就这样措手不及地迎来了结尾。

我还记得她那日与我谈话之时眼里的苦痛，我知道她也有自己的难处与难以言诉的伤痛。我还记得她说过的那些话：

“爱琪，如果我拥有你这样的生活，也便不必算计这些了。我没有你那么善良的心，分毫不取。

“我的母亲为了更好的生活，选择抛弃了我，连亲情都可以因利益而放弃！我所受过的苦，不是你这样的人所能想象的。

“爱琪，在我小的时候，我的确拥有那份最为纯净、不染利益的友情。可是，我不可能永远停在那里。现在，我也不想再做回以前的自己，更何况，我已经回不去了。”

我想，她也真心对待过，她曾在是非之间苦苦煎熬过，我能理解她。

只是，有的事情可以选择原谅，却没有办法忘记。

我终于明白了这句话的意思。

周六一早，我和离茉雪吃完早餐，正坐在客厅里看电视打发时间。这时，离茉雪神色一动，在我耳边低声道："莫临来了，我感受到了他的气息，我要出去一趟。"

"我也去。"我生怕离茉雪又会和莫临商量什么事情，然后不告诉我，不让我参与，所以我一定要跟住她。

离茉雪无奈地看向我，点点头，算是应允。

离茉雪带着我来到离我家不远的一个花坛旁，莫临依旧是一身蓝衣，英姿飒爽，眉宇间正气十足。

他看到我和离茉雪一起出现的时候有些惊讶，随即一笑，对离茉雪道："看来，你已经做出了选择，想明白了一些事情。"

离茉雪点点头，然后看了我一眼，道："虽然于我而言保护一个人的方式，就是远离对方，不让她卷入我的事情里，到头来予她的却只有伤害。那么，不如并肩而立，共同面对一切，也许，这才是最重要的。"

莫临轻叹一声，然后对我说："爱琪，你已经下定决心加入我们吗？"

我没有任何犹豫地点点头，我知道他们都担心我的安危，可是我想同他们一起面对这些风云变幻。

我看莫临依旧有些犹豫，不禁道："茉雪都同意了，你也不要再想反对了。而且，我们之前不也一起去过古岭镇，一起经历过许多危难吗？你们也不要把我想得那么脆弱好不好？"

莫临见我如此坚定无畏，也只好应允下来。

"最近这里境况如何？"莫临问道。

"一切都好。"离茉雪回答，神色之中依旧有几分谨慎严肃。

莫临点点头，沉声说："我只担心这是暴风雨来临前的宁静，我们不可有分毫的疏漏。"

"你放心，我明白。"离茉雪道。

“爱琪！”正在这时，一个清亮的声音打破了气氛有些沉重的局面。

我循着声音望去，木子拎着一个白色的大袋子朝我们走来，一身素白长裙，头发扎成一个马尾，整个人显得神采奕奕，却又不失女子的柔美。

“你的朋友也在？”她走近我们，看清是莫临和离茉雪，笑了笑，“正巧我今天休息，买了许多吃的打算带爱琪去公园野餐，你们都和我们一起去吧，人越多越热闹。”

我立刻应了下来，而后转头对莫临与离茉雪说：“你们也一起去吧，反正眼下也没有什么事，我带你们好好感受一下人间的安宁，怎么样？”

离茉雪和莫临听后，彼此微微对视一下，一齐浅笑着点点头。

然而我们兴致勃勃地来到龙洲公园，那里由于设备出了些问题，今天不招待游客，闭园一日。

“真是天有不测风云，看来我买的东西都白费了。”木子叹了口气，说道。

“谁说的？这里去不了，还有别的地方。”我用手指着紧挨龙洲公园的一处园林，“就去那里吧。”

“你是说去异界魔园？”木子惊讶问道。

“对，虽然有许多奇奇怪怪的传说，但只是流言而已。你看那里都没有人去，我们去那边野餐清净自在，也不错呀。”我提议。

其实在晗宁，除了离殇镇之外，就是这座公园最为神秘。传说这里有通往另一个世界的神秘通道，尤其是老一辈的人，知晓关于它的各种传闻。按理来讲，神秘的地方，总少不了好奇心强的人去探索，可是这里始终鲜有人至。

离茉雪看着眼前的园林，一向平静的面容之上闪过几分异样，我有些担心她，正想开口询问，她却马上恢复了往日的样子。她身旁的莫临观望着眼前的建筑，始终未多言。

我想，或许他们是被这座风格迥异的公园惊住了，这里完全免费开放，甚至没有人管理，公园入口是怪物嘴巴的形状，周围种满了鲜艳的花草，看上去确实有些诡异。

“这里就是外面看着诡异，里面风景还是不错的。”我对他们解释说，以前我听说了那些流言，还特地进里面查看过一番，当然什么结果也没有，只是欣赏了不少园内美丽自然的风光。

“好吧，就听你的，咱们进去吧。”木子提着袋子，率先走了进去。

一进园内，我们的面前便呈现大片的草地，草地四周是连绵的花海。此时的阳光亦是明媚，抬头望望，天空蓝得如同被水清洗过一般纯净。坐在这片草地之上，仿佛置身世外桃源，世间的喧嚣都已不复存在。

“这里真是不错，我以前竟然没有发现这么好的地方。”木子笑着说道，打开袋子，取出里面的餐布，铺在草地上。

“张爱琪，你别只顾着欣赏风景，帮我理一下你那边桌布的角。”木子对我说，指了指我脚边掀起的布角。

然而，还没有等我动手，莫临已经抢先一步，理好了布角。

“谢谢。”木子微笑着对他说，随后她看了我一眼，“瞧瞧，人与人之间的差距就是这么大。”

“喂，不至于吧，他不就是帮你整理了下桌布吗？”我假装不满地说道。

木子弯弯唇角，对我一笑，随后她仿佛忽然间想到了什么，急忙问莫临：“对了，上次见你的手臂受伤了，现在好了吗？”

莫临一愣，浅笑着答道：“已经愈合了，谢谢你的纱布。”

“不用谢，我是医生，这是我应该做的。”木子爽朗说着，阳光之下，她的笑颜无比动人。紧接着，她又问，“上次见面时，爱琪说你出身医学世家，那么想必你对医学也很了解吧？”

“皮毛而已。”莫临谦逊回答道。

木子转了转眼睛，道：“你这样说，我更想试试你的水平呢。”

我在一边听得有些焦急，生怕再聊下去会露出什么端倪，毕竟人界与仙界迥然不同，想必医术也是各有方法，他们二人就算都对医学有所涉猎，也没什么共通的地方啊。

“咱们先吃饭吧。”我从袋子里掏出几个饭团与蛋糕，一一分给离茉雪、莫临和木子。

木子接过饭团捧在手心里，眼里仍有好奇，她继续问着莫临："你都看过哪些有关医学方面的书？"

莫临剥开饭团的包装，而后看着木子缓声道："'撰用《素问》《九卷》《八十一难》《阴阳大论》《胎胪药录》，并平脉辨证，为《伤寒杂病论》，合十六卷'，这部典籍是我最为喜爱的一本。"

我正担心莫临会说出什么奇奇怪怪的著作，却没有想过他们仙界的人原来也熟知中国的著作，张口便可以说出张仲景作《伤寒杂病论》时写的序言。再说了，莫临一向行事谨慎，有分寸，比我不知细心多少，自然也不会在木子面前露出仙界的身份，我又在这里担心什么呢？

想到这里，我不禁完全放下了心。再回头看那二人，他们早已经交谈甚欢，木子可算是找到一个医学方面的知音了。毕竟在我们家，只有木子一人学医，我们都是一见那些医学术语就头疼得厉害。

我拿起一瓶纯净水坐到了离茉雪身边，将水递给她，她一向只喜欢喝水，并不喜欢饮料。

"谢谢。"离茉雪接下却没有喝，只是拿在手中，饭团也是一口未吃放在身前，一副若有所思的样子。

"怎么了？刚才我们刚来的时候，我就觉得你有些不对劲，你一个人坐在这里闷声不响的。"我担忧问道。

离茉雪淡淡摇摇头，轻声说："我没事。"

我喝了一大口果汁，低声道："好吧，你不愿意说就算了。"其实我也早就明白离茉雪的性格，无论发生什么，都只愿意自己一个人承担。

离茉雪见我如此，说道："你不开心了。"

"也不是。"我摇摇头，看向她，"我知道你愿意把许多事情都放在心里，我也明白每个人都有自己不想开口的事情。只是，其实我希望可以和我的朋友分担一切忧愁。"

离茉雪听后脸色柔和了些许，她开口道："爱琪，这件事情我不是想要瞒你，只是我自己心中有些混乱……"

她顿了一下，继续说："这个地方不是普通的公园。传言是真的，这里有一条连接着另一个世界的道路。"

“你说什么？”我不由得抬高了音调，突然我想到木子还在这里，又马上捂住了嘴，心里仍是震惊不已。

“之前我灵力尚未恢复，没有感知到这里的能量。但现在，我确定，这座公园连接着去神界的通道。”离茉雪说着，目光里泛起波澜。

我看着她，震惊过后，我忽然意识到了一个问题，以前，我总是想着我们之间能力与身份的差距，可我从未真正意识到离茉雪根本不属于人间。曾经，她未恢复法力与记忆，所以还可以在人间度日。可现在，她重新拥有了属于神界的一切，那么，她还属于这里吗？

“你……想要回去吗？”我轻声问道。

她直视着前方，摇摇头：“我不知道。”

“你在人间走过那么多的岁月，漂泊了那样久，是不是也曾想过找一个属于你的归宿过安稳的日子？”我问道。

她看着我，没有回答，随后躺在草地上，望着天际。我也躺在了她的身边，望向那片广阔无垠的蓝天。

然后，我听到她清灵的声音悠悠响起：“我喜欢望着天空，因为只有在这个时候，我才能忘掉世间的一切。可每当此时，我又不禁想，天地这样广阔，每个人甚至是晚归的鸟儿都有属于自己的去处，我的归宿又在哪里呢？

“曾经，你不止一次问过我是谁，那时，我不回答你，并非我未对你放下戒备。更重要的是，那时的我也的确不知道自己是谁。我不知道自己为什么可以拥有这样漫长的岁月，不知道自己的亲人是谁，不知道从何处而来要到何处去，不知道自己的归途……我用了百年的时光，想要追寻到答案，现在，一切都逐渐变得清晰。可是，我仍是迷茫。”

她说这番话的时候，话语之间不再是那样淡然平静，而是透出饱经沧桑、无处可依的疼痛与忧伤。我想，这才是她本应有的样子，不再用孤傲冷漠掩盖自己内心的苦痛，可以找到一个信任的人，把脆弱无所顾忌地展露。

“茉雪，你不用考虑我，你尽管去追寻属于你的归途。我知道，无论你在何方，我们之间的友情也不会改变。”我轻声说着。

"爱琪，我……"离茉雪转头看向我，眼里夹杂着说不清的情绪。

我对她一笑，道："你什么也不用说了。如果现在，在经历了这么多之后，我还不能理解你，为你考虑的话，那我这个朋友，你也算是白交了。"

我们都没有再说话，耳边时不时传来木子与莫临的说笑声。我知道她还在犹豫，我知道她终会去属于她的地方，可是这一刻，我只愿时光可以永远停留在这里，让我们的未来还拥有无限的可能，拥有这份安宁。

忽然之间，四周狂风大作，无数枝叶在树梢之上摇摇欲坠，突如其来的大风打断了木子与莫临的谈话，木子疑惑地看着周围，莫临好像已经觉察到了什么。他站起身子，手指放在腰间的玉环之上。

与此同时，离茉雪也急忙起了身，望向前方。我见此情景，心知不妙，忙站到离茉雪身边，低声询问："怎么回事？"

离茉雪还未回答，木子忽然昏倒在地。

"木子！"莫临一改往日的沉稳，面露焦灼之色，上前探查木子的状况。

"姐姐！"正当我也想去看木子状况的时候，我们面前忽然出现了一个耀眼的紫色光团，光芒散去之后，一个一身紫衣的邪魅男子站在我们面前。

"钟离宇煌，你把我姐姐怎么了？"我怒声问道，激动得想要上前同他对峙，一边的离茉雪拉住我的手示意我平静。

钟离宇煌微微一笑，理了理额边的碎发，悠悠道："放心，她没有性命之忧，杀了她，于我没有好处。"

莫临上前几步，对着钟离宇煌沉声说道："把解除迷咒令的解药交出来。"

钟离宇煌看着莫临，忽地一笑："师兄，你还记得我说过什么话吗？但凡你在乎的东西，我都要毁去。那么，这个人类女子也不例外。"

"钟离宇煌，你要是敢伤我姐姐，我就跟你拼命！"我大声道。本来我曾经以为他骨子里还存着几分善，现在看来，我太天真了。

钟离宇煌冷笑一声，淡淡道："就凭你吗？上次连几个人类也摆不平，还想与我交手？"他说着，看向我的目光冷血不屑。

“钟离宇煌，我知道你的本事。可是今天，如果你要伤害爱琪和她的家人，就要先过我这一关！”离茉雪上前一步，挡在我的身前。而后，她与莫临不约而同亮出自己的兵器。

钟离宇煌看着他们，哈哈一笑，眉眼间是无畏一切的狂傲与不屑。他冷声道：“你们二人如此天真，真以为可以打败我吗？之前我一直没有动手，就是在等你们聚在一处，一网打尽。不过眼下，我也不急着下杀手，否则这场战役也未免太过于无趣，就先陪你们玩玩吧。”

他说着张开双臂，刹那，四周风云突变，阴云密布，空中不断有巨石掉落。莫临挥动着长剑，飞快地击落一块块向他飞来的石头。离茉雪拨动琴弦，琴身的光芒四散，为我挡下滚落的巨石。

莫临挥舞着剑，周身蓝光大振。离茉雪弹着古琴，发出高亢的声音，不断有金黄色的光芒从她的琴身涌现。黄蓝的光束交织在一起，形成了一个巨大的屏障在我们头顶上方，不断吞噬着掉落下来的石块。

“你们二人是有些手段，可是真正的较量才刚刚开始。”钟离宇煌一挥衣袖，收了刚刚的法力，石块不再从天而落。紧接着，他身形一动，在我还未看清他的身影之时，他便已经出现在了离茉雪和莫临身前。

离茉雪用力将我推至一边，转身与钟离宇煌交起了手。

离茉雪在恢复灵力之后，身手远胜之前，内力与灵力相得益彰。莫临出手稳而不躁，每一招都直奔对手的要害。然而，饶是他们二人如此功力，竟然只能同钟离宇煌打个平手，更何况，钟离宇煌没有借助武器，只是赤手空拳。

初见钟离宇煌，我便知晓他的功力深厚。几日不见，他的修为似乎又增进了许多，以一对二竟然丝毫不落下风，如果他再现出原身，那么……我不敢想太多。

钟离宇煌一个闪身，敏捷地避开了离茉雪与莫临二人的夹攻，道：“如果你们现在认输，我还不至于让你们死得太难看。”

莫临冷哼一声，举起剑指着钟离宇煌，道：“我现在唯一悔恨的，就是当年为什么只是封印你，而没有把你杀了。仙灵门有你这样一个心狠手辣的弟子，实在是我派之耻！”

钟离宇煌听后仰天长笑，额前的发丝被风吹乱，拂过他的脸庞，平添几分魅惑。

“莫临，不只是你后悔，我也后悔自己曾经把你视为最为信任的人。可是到头来，只换来你对我数十年的封印，换来你的怨恨与质疑。再说，我在仙灵门的那些年，又得到了什么？是你的师叔清源对我的百般猜忌，是弟子们对我的一再疏远。无论我以何种身份出现在你们面前，你们对我的态度都是一样的，早已认定我满手血腥！”他在漫天的风中，用带着恨意的声音冷冷道，“你们，自始至终，都不曾信我分毫！”

“当年你口口声声说杀戮本非你所愿，你是逼不得已的，可你转眼之间，就让门派陷入一片血腥之中。你说，让我如何信你？”莫临高声质问道，握着剑的手在微微发抖。

“跟他还浪费什么口舌？”离茉雪对莫临道，随后她将双手放在琴弦之上，对钟离宇煌冷声说，“你有什么手段尽管显现出来。”她说着，眼底满是坚定，没有丝毫恐惧。

“好，既然你们不怕死，那我就成全你们！”钟离宇煌说着，周身光芒大作，身形不断变大，直至一头凶狠的野兽出现在我们面前。

我心中一惊，不禁暗自担忧恢复穷奇本相的钟离宇煌力量会更强。然而，离茉雪没有丝毫惊慌，我听到她用冷静的声音对莫临说：“找准他脖间的命门，就可以打败他，我们要找好机会。”

莫临点点头，随后，两人一起向穷奇的脖颈间击去。只是，他们还未触及穷奇身子，就被一股巨大的能量冲击开来，跌落在了地上，直接滑到了我的面前。

“茉雪，莫临，你们怎么样？”我急忙上前扶起二人，关切问道。

莫临站直身体，抹去唇角渗出的血丝，沉声道：“他的命脉之处被重重灵力保护，难以接近。”

离茉雪抬起苍白的脸孔，眼里的坚定没有半分减退，她冷声道：“纵使如此，我们也要战到最后，否则，六界生灵必将陷入劫难之中。”

他们说着，想要再度进攻，我急忙拉住他们，说：“等等，这样下去，你们会没命的，难道没有别的方法了吗？”我知道他们二人已经消耗了许多法力，再这样下去，会有性命之忧。

莫临转头看向我，目光之中满是平静淡然，没有一丝波澜起伏。他朝我摇摇头，回答:“打败穷奇，只有这一个办法。爱琪，我和你说过，为了这天下，我不会为自己考虑分毫。”

我知道，他是想告诉我，他对于生死之事，无所畏惧。这一刻，我才真正体会到他的心无所欲，向死而生。

一边的离茉雪，亦是如此。

“可是，我……”虽然理解他们的心情，但我怎么可能眼睁睁看见他们这样而无动于衷?

话语之间，化为穷奇的钟离宇煌已经一步步向我们走来，他每迈出一步，脚下的土地就剧烈晃动一下，他走过的地方，地表深陷，草木凋谢枯萎。

“你们以为知道我的命门所在就可以打败我了吗?”他的声音在化为穷奇之后，变得无比阴暗低沉，“今天，谁也休想从我手中逃脱。”

我看见钟离宇煌抬起前爪，在爪牙之下，涌起一股巨大的能量光团，然后，我只能看见那些耀眼的光亮，隐约感到离茉雪在最后的关头挡在我的身前。

随之而来的，是一股巨大的吸引力，好像要把我吸入另一个时空里。

我的世界，一片黑暗。

第八章　真相

我感觉到自己躺在地上，睁开眼睛模模糊糊看到无尽的深蓝色，中间夹杂着细碎的光，身体如同要被撕裂一般疼痛。但是，我尝试着活动下身体，发觉手脚还可以移动，并没有受什么严重的伤。

我竟然还活着？钟离宇煌没有把我杀死吗？那离茉雪和莫临又怎么样了？

想到这里，我立刻半坐起来，喊着二人的名字。

“爱琪，你醒了？”我听到离茉雪的声音传来，我回头看去，莫临也在一旁，他们二人安然无恙。只是，在他们的身后，还有一个人，是钟离宇煌。

我的视觉渐渐恢复，被眼前的一切惊得说不出话来。深蓝色的天空嵌着大大小小的星辰，它们细细密密地连在一起，形成连绵的星河。时不时还有极光闪现。而在这片天空中，有一座不见尽头的桥，此刻的我们就置身这座桥上，被无数星辰包围。

“这是怎么回事？”我喃喃问道，望着四周的星象。

离茉雪摇摇头，回答：“我也和莫临讨论许久，还没有定论。我想我们大概是被卷入时空夹缝之中了。”

“什么？为什么会这样？”我哑然失色，站起身子。

莫临上前一步，解释：“但凡两界相连的地方就会出现时空的偏差。那异界魔园是通向神界的通道，我们之前在那里大打出手，释放强大的能量磁场，这磁场干扰了两界的时空流动，我们才会被阴错阳差地卷入时空夹缝中。”

怪不得在昏迷之前，我就感觉自己被巨大的力量吸入了另一个世界中，原来如此。不过这突然出现的时空偏差倒是救了我们一命，否则估计我们难逃钟离宇煌的魔爪。这样想来，钟离宇煌也是在那个时候同我们一同卷进来的吧?

“那我们该怎么出去呢?”我问道。

离茉雪摇摇头，面露难色:“这正是我们现在遇到的难题。”

莫临想了想，接道:“我们现在所在的地方已跳出了六界，史书典籍中也少有记载。”

我看到他们两个如此模样，意识到问题的严重性，每个人都不了解，又何谈脱身之法?难道，我们会一直被困在此处吗?

“如果我猜得不错，这里应该是时间之境。”钟离宇煌的声音忽然传来。

“你……你凭什么这么说?我们怎么知道你不是在诓我们?”我用怀疑的目光看向他。

他恢复了人形，凶狠之色全然退去，此时此刻，敛去戾气，不过是一个俊秀的少年模样。可是，目睹他的手段与狠绝后，我实在不可能再天真地以为他是一个可以信任的人了。

他也明白我对他的怀疑，并不恼怒，只是一笑，缓缓道:“这样的境况，我实在没有必要再与你们为敌了是不是?眼下，找到逃脱之法才是关键。至于我们之间的账，出去再算。”

莫临看着钟离宇煌，仿佛也想看看这人所言到底有几分真实。半晌，莫临问道:“提及时间之境的典籍甚少，你是如何判断出来的?”

钟离宇煌环视着四周的星河，道:“自古以来，四季交替，节气判断都可依星象判断。这里无昼夜交替，只有满天的星辰，就如同在时间面前，所有的一切都无任何意义，唯有时光是永恒流动的。”

离茉雪面色一动，仿佛有了主意，开口:“这天地万物，唯有时光永不腐朽。而今，如果我们要从这里脱身，就要找到时间的尽头，轮转着万物光阴的地方，只有这样，才不会永远陷入没有尽头的光阴里。”

“听说流光镜运转着天地之间所有的时光，万物的过去、现在、未来，都一一被它知晓，相连着所有时空。如果，我们能够找到它，可以从镜中回到人间。”莫临说道。

我眼前一亮，急忙道：“那我们还等什么，赶快去找吧。可是，我们又该去哪里找呢？”

“流光镜如此重要，一定被众多的辰星、星宿包围，想必只有最为强大的星象才能镇得住它的力量。”钟离宇煌接道。

说到星象，我忽然想起自己以前因为对于古人夜观星象的事情感兴趣，所以对于星象做过一番粗浅的了解。最为强大的星象，难道是……

“会是四象吗？”我问道。苍龙、玄武、白虎、朱雀，统称为“四象”。古人将周天二十八星宿按东、南、西、北四个方位划分为四部分，每一部分包含七个星宿，并根据各部分中的七个星宿组成的形状，用四种与之相像的动物分别命名，这四个部分叫作四象或四陆。

钟离宇煌听到之后，惊讶地看了我一眼，他大概没有想到我会对此有了解。他点点头，道：“对，由天之四灵幻化而来的星象，其中蕴含的能量无可比拟。”

“流光镜拥有不可估量的能量，单凭一种灵兽难以镇压，我想，它一定放置在四象之中。只是，我们不知该到何处去寻找。”离茉雪说道。

莫临双眉微皱，道：“如今之策，唯有一路找下去。在时间之境中，时光是永恒的，没有开始与结束。于我们而言，亦是如此，所以，我们有数不尽的时间可以寻找。我想，我们总可以找到出路。”

“对，我们不能放弃，一定要找到出去的办法。”我伸出手臂，摆出一个加油的姿势。

离茉雪与我相对一眼，目光里也是满满的信心。

莫临笑着看了我一眼，随后走到钟离宇煌面前，沉声道：“现在，我只好再信你一次。”

钟离宇煌微微一笑，回答：“师兄，你放心。现在我们都是一条绳上的蚂蚱，帮你们，就是帮我自己。”

离茉雪冷冷看向他，道：“你的法力也消耗了不少，我想你应该明白现在的处境，别想图谋不轨。”

“是，以一敌三，这么不占便宜的买卖，我可不会做。”钟离宇煌轻轻摇摇头，笑着回答。

我们对于钟离宇煌仍旧心存戒备，但是眼下的情况也容不得我们多虑，只好一同沿着桥向前走着寻找出路。

在时间之境中，万物都回归到虚无，一路走来，除了一座桥与我们四人，就只有四周辰星闪耀。时间在流逝，又仿佛从未流失。

离茉雪一直在我的身旁，我知道她还是不放心钟离宇煌，担心他会对我下手，所以一直护在我身旁。不过钟离宇煌还算安分，他是个聪明人，自然明白现在不适宜厮杀，所以他始终一个人跟在我们身后静静走着。

不知过了多久，我们头顶的星河渐渐有了变化，从连绵不绝到渐渐分散开来，形成几道，再至后来，只寥寥的几颗星。四周的光线随着星辰的减少而渐渐暗淡下去，到了最后，几乎没有了光芒。

“大家小心。”莫临走在最前面为我们开路，在黑暗里摸索着。

我在黑暗里深一脚浅一脚地走着，有几次险些滑倒，幸好离茉雪及时扶住了我。

又过了一会儿，我们看到前方隐隐有些光亮，急忙提起精神向那里走去。然而，我们真正走入那片光海时，纷纷被眼前的景象震惊。

头顶上的天空出现了四个星象图案，是青龙、白虎、朱雀与玄武，它们周身的星辰发出七彩的光芒，将周围的一切披上了霓彩般的轻纱。我感觉自己从未离星空如此接近，仿佛一伸出手，就可以触碰得到它们。

“这就是我们要找的地方了。想必流光镜就在这附近。”莫临望着周围的一切，沉声道。

“这里好美。”我情不自禁说道，仰头置身于整片星海之中。

然而就在此时，我看到其中的两个星象光芒大振，我的眼前被无数的光充满，看不清周围的一切，等光芒散去之后，我见到玄武与朱雀的星象化为了两个人，站在我们面前。他们二人的装扮颇具古韵，衣衫飘飘。

其中一个淡黄衣衫的男子生得端正，器宇轩昂，如玉的脸庞上那双眼眸仿佛可以看透尘世间的一切。只是，他的目光从未离开钟离宇煌。

“穷奇？”一个女子清灵的声音中夹杂着几分不敢置信。我向她望去，只见她眉清目秀，一身红衣，眼角处有一道红色的印记。我见过童以然身着红衣的样子，妖艳美丽，而眼前的女子虽亦是花容月貌，衣衫赤红，却并无妖媚，反而称得她气质高贵。

我心中一紧，只担心他们会碍于钟离宇煌身份，不肯放行。

“我们无心叨扰这里的清净，只是无意间被卷入时间之境中，想要找到流光镜寻得脱身之法。希望二位圣使可以为我们指引方向。”莫临上前一步，有意无意地挡在钟离宇煌面前，向那二人解释道，语气不卑不亢。

“可我见你们一行人身份各异，实在很难让我们放下戒备，尤其是……”那个黄衫男子开口说着，深邃的眼眸之中满是质疑，“穷奇是远古四凶之一，同我们是天生的敌人。”

“我们绝无挑起事端之意，只是希望回到六界之中，希望两位可以助我们一臂之力。”离茉雪大抵见到眼下充满的敌对氛围，也开口解释。

红衣女子起初惊讶，而后眉眼间渐渐被冷漠覆盖，她冷哼一声：“简直可笑，你们带着穷奇，闯入我们的境地，竟然妄想我们帮你。想要找到流光镜，就先过我这一关。”

她说着，纵身一跃朝着我们飞来。莫临见状，幻化出了长剑，道：“既然如此，那就得罪了。”随后，他腾空而起，与迎面而来的红衣女子交起手。

那少女出手速度极快，招式狠厉，几乎每一击都直捣对手命脉。而莫临在这样的进攻之下，依然是有条不紊，以退为进。

“倒是有几分手段。”红衣女子向后一退，亮出手中的武器，那是一条布满翎羽的长鞭。鞭身上附着五彩琉璃的鸟羽，其中隐隐流动着赤红的火焰。这武器已托出了她的身份，她便是朱雀。

她双手微微发力，鞭身之中便红光大起，她一鞭向莫临挥去。莫临用剑抵挡，他的剑仿佛知晓了眼前的危机，发出蓝光。一蓝一红的光芒在空中交会，发出巨大的能量，地面上掀起一阵大风。

不一会儿，那蓝色的光芒忽然大作，逼得那红色光团向后退了许多。朱雀一连向后退了几步，厉声对莫临道："看你一身正气，来自仙界，这才对你留情。现在，不要怪我用出些手段了。"

她说着，隐去了武器，双手合十，上身忽然涌起无数赤红的光芒。隐约之间，竟能在她的身上看到一个羽翼的图案，那翼身愈见清晰，缓缓在朱雀身前浮现。她双手发力，控制着羽翼，那巨大的双翼直直向莫临逼去。莫临见状，放开手中的剑，那柄剑挡在他的身前，他暗暗发力，周身涌起力量源源不绝向剑身输去。剑光顿时大振，形成一个蓝色的盾牌，挡在莫临身前。

只是，她以法力而成的双翼仿佛不畏惧任何东西，仍是一点点吞噬着盾牌的光芒，向莫临逼去。

"茉雪，莫临会不会有危险？"我在下面看着这场战斗，焦急地询问离茉雪。

一边的离茉雪目不转睛地盯着空中的二人，道："四大灵兽的法力向来难以估量，我刚刚还能看出朱雀的破绽。如今，她把法术完全发挥了，已经是没有任何弱点可言。我现在没有摸透那人的招法，也不敢贸然上前帮助莫临，只怕弄巧成拙。"

我眼见朱雀操纵着幻化而出的双翅离莫临越来越近，蓝光越见微弱，心里不禁焦急万分。

然而，就在这时，我听到野兽般的咆哮，不知何时化为穷奇的钟离宇煌飞到莫临身边，他的双翼一挥，一股巨大的力量向朱雀袭去，朱雀先前的羽翼瞬间便消失了，她后退几步，咯出一口鲜血。

"雀歌！"那个本来波澜不惊的黄衫男子见此终于露出几分焦灼之色。他掌间有金光闪现，身形微动，想助朱雀一臂之力，只是朱雀对他爽朗一笑："玄武，你只管站在那里便好，我不会有事。"

而后，我看到她纵身一跃，化为一只赤红色的巨鸟，她的周身被无数流动的火焰覆盖，冠处是赤红色的翎羽，尾部的红羽闪着七彩的光芒。

一直以来，天之四灵只活在人间的神话书里，而今第一次见到朱雀的原身，我被她身上所蕴含的巨大能量深深震撼。

穷奇之力亦不可小觑。他们一方拥有天地之间至邪之力，一方拥有极正之力，两股力量碰撞在一起，似有毁天灭地之能。

钟离宇煌同我们几番交手，我们几番敌对，从未统一战线。而今，他与莫临联手，竟然是相辅相成，攻守兼具，与朱雀对决始终未落下风。

或者有的时候，正与邪，本就没有绝对的界限。

只听朱雀一声鸣啼，张开嘴，嘴中的熊熊烈火倾洒而出，至热之物向莫临与穷奇飞去。

穷奇周身发出无数紫光，紫光化为源源不断的晶体，消融着对方的攻击。而莫临也将自己的内力融入其中，威力又增强许多。

能看得出，此时的莫临与钟离宇煌已经慢慢占了上风。

玄武最初还为朱雀担忧不已，如今却不知为何，见到莫临和钟离宇煌占上风，反倒神色平静了许多，他的嘴角缓缓露出一缕笑意，似乎一切都在他的掌握之中。

见他如此，我心里一惊，只担心眼下的战局其实并不有利于莫临和钟离宇煌。然而我还未弄清玄武的意思，只见钟离宇煌周身的光忽暗忽明，他像是用尽了力气，将身上所有的能量输送出去抵住对方的攻击，而后从空中跌落下来。

"宇煌！"莫临惊声叫道，顾不得出击，也随着钟离宇煌落至地面。

钟离宇煌跌落地面，已经恢复了人身，脸色苍白，俊美的脸上渗出细密的汗珠。他的气息紊乱，右手捂着胸口，好像忍受着极大的痛苦。

我和茉雪急忙赶到他们二人身边。离茉雪在钟离宇煌身上飞快点了几处穴道，钟离宇煌气息平稳了些，冲她淡淡道了声谢。

玄武走到我们面前，把目光放在钟离宇煌身上，缓缓道："我在猜测你可以撑到几时。你是远古凶兽，身上的煞气深重，根本受不得我们二人身上散出的至清灵力。你强行运功，对自身精力消耗极大。"

说话之间，朱雀也恢复了人身，落至玄武身侧。

莫临听后，神色一动。他看向钟离宇煌，而对方只是低头沉默不语。

玄武一笑，缓声道："眼下，胜负已分。你们败了。"

他顿了一下，又道："但是，我见你们一行人都英勇万分，无惧生死，所以，我不会对你们做什么。只是，穷奇是四凶之一，理应被我们封印。你们把他留下，我就让你们通过这里。”

如果是在之前听到玄武如此说，我一定会开心。可是，在刚刚看到钟离宇煌为了保护莫临而不惜牺牲一切，我忽然有些动摇。

而一边的莫临与离茉雪听到玄武的话，脸上也没有半分开心。

“你放过他们，我愿意留下。”钟离宇煌轻声道。他嘴角依旧挂着浅笑，可是那笑意未曾渗入眼底。

这样的他，忽然让我能想到那日在暮色中，他帮我教训了那几个混混后，对我说过的话：

“你知道的，我不是好人，更称不上你口中的‘英雄’。”

“我是为黑暗而生，永远都不会，也不可能成为你所想的那个样子。”

我想到他还是黄瑜的时候，对我们的以礼相待；他挟持了我，却又为我疗伤；我遭遇打劫，他出手救我。虽然他屡次同我们交手，虽然他是穷奇而化，可是，他似乎从未取我们的性命。

他说他恨莫临，却转眼为了他恨的人，不惜消耗大量法力，忍受痛苦。

这世间有很多人面兽心，外在善良，内在却恶毒。可我想不通，为什么会有这样一个人，明明有一颗善心，却宁愿披着凶恶的外衣。

想到这里，我不禁开口：“四个人一起走，我们不会把他留下。”

玄武挑挑眉，对于我的决定满是惊讶，他问：“为什么？你是人类，更应惧怕这些邪恶，如今，你却想救他？”

“对。”我坚定地点点头，“所谓的正邪，不过都是世人自己的定义。难道拥有妖王之力，是穷奇所化，就一定是大奸大恶之人吗？你们刚刚也看到了，他为的可不只是自己的利益，是他救了我们这些人。温顺的兔子还有咬人的时候，谁说善良与邪恶一定是绝对的？这不过是我们的个人偏见而已。”

“可是，我不信他手上没有沾过鲜血。”朱雀说道。

听后，我不禁一怔。的确，莫临所讲的那场门派屠杀，就是钟离宇煌所为。纵然，他现在救了我们，显露了善的一面，可是昔日所作所为，是不可能一笔勾销的。

钟离宇煌理了理衣衫，淡淡看着朱雀，回答：“你说得对，昔年我确实曾让仙灵门生灵涂炭。我是穷奇所化，终我一生，都不可能为了所谓的道义而活。我的心里，只有恶念。”他说到此处，看了一眼沉默的莫临，又道：“否则，我也不至于被人封印数年。”

“好，你既已承认自己的罪行，就不要怪我们不对你手下留情了。”朱雀冷声道，只是在望向玄武之时，目光却柔和下来，“曜暄，我知道你心中的为难，只是昔年种种非你之过。况且，眼下便有一个机会弥补过往的遗憾，你还要犹豫吗？”

她说着，掌间红光大作，就要动手。

我知道他们二人联手，一定会拥有这世间最为强悍的力量，钟离宇煌已经身负重伤，自然更不可能是他们的对手。然而，我现在又能做些什么呢？钟离宇煌身上的确已经背负了太多人的鲜血，这是不可更改的事实。

我看着朱雀指尖灵力闪现，不知如何是好。钟离宇煌却没有反抗，或者他的任何反抗已经无济于事。他看着眼前的一切，眼里竟有几分释然，而后，我看到他轻合双眸。

就在此时，一把剑挡在了钟离宇煌面前，是莫临的剑。

我望向莫临，只见他眼底有几分两难的苦痛，但更多的是坚定。我听到他清朗的声音响起：“他的确做错了许多事情。但是，他是我的师弟，我希望这件事情可以让我们自己处理。”

钟离宇煌讶然睁开双眼，看向眼前那个丰神俊朗的男子。

“但是……”朱雀并不想放弃，只是身边的玄武轻轻拉了她一把，她犹豫片刻，收了法力。

玄武看向我们，深深吸了一口气，缓缓开口：“好，我让你们离开这里。”

“玄武！”朱雀吃惊地注视着玄武，惊讶于他所做的决定。

玄武轻叹一声，道：“我只是想起，曾经我们也遇到如此境况。若是当年，我们也如他们一般学着相信，或许，一切都会不同。”他说着，眼神淡淡扫过星空中那未显现的青龙与白虎星象。

言罢，朱雀默然。

“过了这里再走一段路就是流光镜了。你们从那里返回人间，需要结合你们四人的力量。”玄武对我们说道。

“多谢。”莫临颔首。

玄武淡淡一笑，一挥衣袖，我们眼前的景象全然改变，他们二人也消失得无影无踪，眼前如来时一样，四处是星河。

“你现在感觉如何？”莫临探了探钟离宇煌的脉搏，问道。

钟离宇煌一笑，挣脱了莫临搭在他手腕上的手，脸色似乎又苍白了许多，他道：“师兄，救我，你会后悔的。”

莫临收回双手，看向他，沉声道：“你救了我，现在，算是我还你的。可是，我们之间的账，迟早会算清的。到那时，我不会留情。”

钟离宇煌听后，低眉浅浅一笑，其中夹杂着苦涩。

离茉雪见此情形，开口道：“他现在气息紊乱，不能再奔波，需要休息。不如，我们两个先去探探路，爱琪留在这里照顾他。”她说着目光转向我和莫临。

“好。”我点点头，“你们要小心。”

莫临也赞同离茉雪的提议，他和离茉雪向前方走去，留下我与钟离宇煌。

钟离宇煌低咳了几声，看得出他想努力抑制住自己的痛苦。然而我既不是鹤兰芷，也不是木子，对于救治方面一窍不通。我看到我们所处的桥边有可以依靠的空间，于是想要扶着钟离宇煌去那边休息。

“我自己来。”他低声拒绝我的帮忙，说完之后又是低咳一声，嘴角处渗出淡淡的血丝。

“你现在这么虚弱，怎么还想逞强？”我不顾他的拒绝，想要扶住他。

只是在我刚刚触碰他的身体时，我感觉到胸口仿佛充满着什么力量，而后钟离宇煌痛苦地低吟一声。我低头看去，只见是之前莫临给我的圆玉，后来被我挂在了胸前，此时它正发着淡淡的白光，应该是它的缘故。

“你没事吧？对不起，我也不知道怎么会这样。”我用手摸了摸玉坠，它仿佛感应到了我，光芒渐渐暗了下去，钟离宇煌的痛苦也减轻了许多。

我急忙把他扶到桥边依靠着墙壁坐了下来。钟离宇煌扫过我的玉坠，道："我受了伤，血中的戾气全都流露在外，这才激起了它的灵力。看来那个神司真的很重视你，她在里面留下了不少力量。"

"你说什么？这是，这是离茉雪给我的？"我一愣，吃惊地问。

"那你以为呢？"他反问道，"仙与神虽是一脉相承，可是彼此的力量还是有差别的。"

我用手轻轻摩挲着那块玉，开口："我一直以为是莫临。之前，她几次赶我离开，我以为她根本不会为我费这样的心思。"原来，早在很久以前，她就已经记挂着我了。

"她让你离开，是不愿让你卷入我们之间的纷争。事实上，你确实不该卷进来。我也不明白，你没有丝毫灵力护体，怎么敢一路追随着过来。"钟离宇煌道。

我一笑，回答："没有力量又如何？难道只想着自保？我们人类虽然没有你们那样的法术，可是我们心中还有勇气。况且，真正的朋友，本就应该共同面对一切，如果我只会临阵脱逃，那我实在不配做茉雪的朋友。"

他微微一愣，但很快低眉漠声说道："我早已不相信这些。"

"我不信。"我看着他坚定地说，"其实你没有自己所说的那样无情。若真是如此，我就不会看到那个愿意收留我们，与我交心的黄瑜；不会看到那个口口声声说着利用我，却为我疗伤的钟离宇煌；不会看到那个救了我的你，更不会看到眼下这个身负重伤的你。"

"那又如何？你以为自己很了解我吗？"他抬头注视着我，多了几分冷意。

"我只是不明白，你骨子里是一个好人，为何走上这样一条暗无天日的道路？"我问道，"我知道你还念着与莫临的同门情谊，当年为何不惜毁掉被他视为家的仙灵门？"

"你不需要知道这么多。"他看着我道，"曾经，我想过做一个好人，可是没有人愿意相信我。现在，我也再做不回曾经的自己了。"

我想起他在争斗之中曾说过的那些话，言语之间所道出的自己不被他人所接受信任，我心中一动，忽然想，难道当年他屠杀仙灵门一事，真的另有隐情吗？

正当我想到这里，莫临与离茉雪探路回来了，他们二人面露喜色，想必流光镜就在不远处了。

“往前走一段就是了。”莫临走到我们面前说道。

“那我们就不要在这里耽搁了。”钟离宇煌说着就要起身。

“你刚刚受伤，以我之见，我们还是先在这里多休息一下。”离茉雪走上前，低声对钟离宇煌说道。

钟离宇煌一笑，捂着胸口起身，开口：“想当年，我受过比这还要重的伤呢，这点小伤根本不算什么。”他说着，目光轻轻扫过莫临，而莫临依然沉静如故，没有丝毫情绪起伏。

我想上前扶住他，再度被他拒绝。

“我自己来就好。”他对我道，言语之间是满满的疏离。

于是，我们几人出发去流光镜所在之地。

“那流光镜什么样子？”我忍不住好奇问道。

“一会儿你见了就知道了。”离茉雪微微一笑，回答。

“我在想会不会像李白诗词里写的那样：青冥浩荡不见底，日月照耀金银台。”我努力想着流光镜的样子，它主宰着万物的时间，一定震撼非常。

莫临听后，也不由得一笑，说道：“你们人类的想象力真的很丰富。流光镜虽然蕴含巨大的能量，但也没有那样奇幻。”

“就是，所以说，我们这次虽然不幸被卷入时光夹缝中，但是经历了这样多的事情，看到了难以见到的四灵之二，也是不枉此行啦。”我说道。

找到流光镜就可以回家了，大家紧绷的心放松了不少，气氛轻松了许多。离茉雪和莫临听到我的话，都勾起了唇角。

我们三人一路说笑，而钟离宇煌走在另一侧，同我们拉开距离。我们的欢乐，仿佛与他无关，他也沾染不到半分，始终静默地行走。

我忽然觉得，他其实很孤独。

不大一会儿，我们走到了桥的尽头，尽头是一个巨大的空地，空地四周是一块块石壁，它们罗列成排，上面印满了奇怪的符号印记。而最令我惊异的，是在空地中央，摆放着一座巨大的镜子，镜面如同打磨过的玉石那般光滑，闪着五颜六色的光芒，光芒如同波纹一般，荡漾其中。那些五彩斑斓的光，映着这整片空地，仿佛是一个梦幻的天地。

“这些石壁上的每一印记符号，都记载了一段光阴的流逝。天地万物所经历过的和正在经历的时光，都会在这上面一一记录。我们现在看到的空间与石壁并非它们原来的样子，会随着时光流逝，无限扩大。”离茉雪见我疑惑不解，便为我说明一切。

“原来如此。”我恍然大悟。

我们一行人来到流光镜面前，镜中却并未倒映出我们的影像。

“只有启动流光镜，在这上面映出我们的影子，才可以进入它回到人间。”莫临说道。

“玄武之前还说需要我们四人的力量，可是，我又不会法术，如何帮到你们呢？”我不解地问道。

莫临沉思片刻，道：“这样，我先试试看。我曾在书中看过，运转这面镜子并不在力量强弱，而是是否有被它感应的能量。”

他说着，指尖发出蓝光，他把蓝光注入镜中。此时，镜面中荡漾着的五彩光纹忽然如同海上掀起的大浪一般，变得急促起来，整个镜子震动着，连带着脚下的地面一起晃动着。

“我感觉到一股能量在排斥我。”莫临一边发力，一边沉声说道。

离茉雪见状也急忙融进自己的力量，但是，情况依旧没有好转。

虽然我不懂法力，但我隐隐感到有一股力量在同离茉雪与莫临的法力对抗。

正当我焦虑之时，镜面上出现了第三道能量光，那是钟离宇煌的，他刚刚已经负了内伤，法力散了大半，眼下强行运功，整个人又虚弱了几分。可是，纵使他们三人之力相合，那股对抗之力也是有增无减。此刻，我知道自己不该袖手旁观，可是我没有灵力，又能帮助他们什么呢？玄武告诉我们，要凭借我们四人之力，他却没有说我要如何帮助他们，难不成我在一边给他们当啦啦队，加油打气就算帮助他们了吗？

这时，镜中忽然爆发一股极强的气流，让我们几人连连后退，也打断了他们三人的运功。

“这样下去不是办法，我们不能只凭着力量同流光镜硬碰硬。”莫临稳住身子说道。

“等等，你们快看！”我指着眼前的镜子，大声说道。

镜子中的影像一点点变得清晰，可它呈现的不是我们几人，而是仙灵门，或者说应该是多年以前的仙灵门，因为那时的它四处都是一座座精致的楼阁，没有禁地。这是一段多年以前的时光，是我曾经认为莫临对我所讲述的往事里，那未完的故事：

自从莫临那日向钟离宇煌道别，下山除妖之后，已经许多日没有他的消息传来。钟离宇煌依旧每日一个人练剑习武。

中午是难得可以休息的时间，弟子们在饭堂里三五成群，一边吃饭，一边聊天。以前莫临在的时候，钟离宇煌便与莫临一桌，莫临见他年幼，正在长身体，时常把自己的饭菜拨出一半给他，其余弟子看在眼里，好不嫉妒。

只是，现在莫临不在，钟离宇煌一个人坐在饭堂的一角吃着饭。没有人愿意与他坐在一起，在仙灵门里，他总是孤身一人。这么多年过去，他也早已习惯了。

“哎，你们听说了吗，这回咱们的大师兄，下山除的那个妖可是大有来头呢。”一个弟子一边扒着米饭，一边对身边的人说道。他名为孟青，平日里为人狂傲，有一群小弟子成日跟着他。他法力在众多弟子里，也算是出众，所以颇有些自傲，对莫临的管理有些不服气。可是，莫临的修为精湛，又是不争的事实，他也只好把自己的不满憋在心里。

“是吗？你怎么知道的？”另一个人急忙追问。

“昨天，我去找师父请教武学时，正巧在门外听到他和师伯在与大师兄用传音之术联系。听起来，大师兄这回遇上了对手。”孟青说道。

他这么一说，也带起了其他人对此的兴致，有一个人抢着补充道：“对，我今天上午还跟与莫临师兄一同下山的师兄弟们联系了呢，听他们说，这回的妖物法力异常强大，大师兄与它几番争斗，都未曾拿下，反而受了伤。”

“这么看来，那妖法力高强，只怕大师兄会有危险。”有的弟子担忧道。

孟青听后，不以为然，继续大口吃着饭菜，而后一笑，低声对身边的弟子们说：“两相争斗，强者为王。说句难听的，若是咱们大师兄不幸被它所伤，甚至送命，那也是技不如人哪。到时候，如果轮到我做大师兄，我是绝不会亏待你们的。”他说着，好像已经看到了那天自己的风光画面，不禁得意一笑。

他身边的弟子们纷纷奉承，纵使另有所想，亦不敢表露。

钟离宇煌就坐在离他们不远的地方，纵使饭堂里人声鼎沸，孟青又把声音压低，但是他多年习武，早已经练得耳聪目明，刚刚孟青的话一字不落地传到他的耳里。钟离宇煌放在腿上的左手在不觉间紧握成拳，手掌因太过用力而泛起青白色。他双唇紧紧抿在一起，面上一派冷淡。这么多年以来，他由于没有灵根，不会法力，却得莫临与清觞的偏爱，不知为此受到过多少人的冷言冷语，可是，他都忍受了下来。

他唯独受不得有人说自己的师兄半句坏话。

“孟青师兄，那我们以后就指望你了。”

“好说好说，放心吧，到时候，我一定会比莫临还要出色，他不就是仗着自己有点法力，才敢在门派里那么趾高气扬。”孟青冷哼一声道。

“师兄不是你说的那种人，请你收回你的话。”一个冰冷低沉的声音在孟青身边响起。

孟青顺着声音看去，只见钟离宇煌满脸冷漠地站在那里，手里拿着剑。

“哟，这不是宇煌师弟吗？平日里闷声不响的，眼睛跟长在头顶上一样，对谁都爱搭不理，今天竟然破天荒地开口了？”孟青喝了一口茶水，悠悠道。

“是呀，咱们这宇煌师弟平时像是哑巴一样，哪里说过一句话？”

“哎，此言差矣，人家也不是什么话都不讲的，要是对谁都不理睬，还怎么巴结师伯和大师兄啊？”

孟青边上的弟子纷纷调笑起来。

钟离宇煌对于这些，仿若未闻，他只是注视着孟青，一字一句道：“孟师兄，请你为刚才说的那些诋毁大师兄的言语道歉。”

“道歉？我道什么歉？”孟青站起身子，面对钟离宇煌，不屑一笑，“今天，就是他莫临站在这里，我也敢说这些话，你凭什么要我道歉？难道因为半分法力也使不出的你强出头，我就要道歉吗？”

“你……”钟离宇煌冷冷看着他，握着剑的手一动。

孟青见此，笑了笑，道：“难不成，你还想对我动手？你别以为平日里师伯夸你几句剑法好，你就可以在我这里卖弄。没有仙术融入的剑法，只是小孩子的花拳绣腿而已，根本就是中看不中用。”说真的，他是不知道莫临到底有什么手段可以让仙灵门里那么多的弟子信服，让这个一点法术也使不出的钟离宇煌不顾一切地为他出头。

“道歉！”钟离宇煌根本不在乎孟青对自己的讽刺，他所在乎的，只是那个伴自己成长的师兄而已。他说着，抽出剑，指着孟青。

他这一动手，立刻引起了饭堂里其他弟子的注意，大家都看着孟青与钟离宇煌这边，议论纷纷。

孟青敛起笑容，看着指着自己的剑，嘲讽般说道：“钟离宇煌，就凭你这点功力还想挑战我，简直可笑！”他微微抬起右掌，掌间白光闪过。片刻之后，钟离宇煌手中的剑便被打落到了地上。那柄剑在地上一连翻滚了几圈才终于停下。

钟离宇煌看着眼前的一切，忽然对自己的无能产生一种深深的痛恨。为什么，他从小到大，夜以继日地练习，却还是挡不住那些有法力的人一招？为什么，他连为师兄辩护一下的能力也没有？他的眼眸中满是痛苦。

“我告诉你，钟离宇煌，我们整个门派中的弟子，与你交手，不过一招就可以分出胜负。你这点能力，能帮到莫临什么？别说是你想为他出个头，就说他此时在山下对抗妖物，危在旦夕，你又可以帮他什么？”孟青的话咄咄逼人，如同尖刀深深刺入钟离宇煌的内心。

“是呀，你有本事下山去帮大师兄除妖哇！在这里为难孟师兄是什么道理？”旁边的弟子大声说道，“别以为大师兄对你好，你就可以在这里为所欲为。到头来，还不是一点忙都帮不上。莫临师兄也真是疼错人了。”

那些话虽然难听，可是钟离宇煌不得不承认，他们说得对。他确实是一个无能的人。他无能，所以出生的时候被父母遗弃。魔界大举进攻仙界时，他无能，养父为了保护他失去了性命。师兄收留了他，悉心传他功夫，事事挡在他的前面，为他安排一切。可是，他依然无能，只能留在原地，不能保护师兄。

他站在原地，一声不吭，任周围的同门对他肆意评判。

钟离宇煌这样沉默隐忍的个性，无论他人说什么，他都不会理睬半分，大家讽刺一阵之后，见得不到回应，也觉得无趣了。于是，饭堂里的人渐渐散去，只余钟离宇煌一个人站在那里。

良久，钟离宇煌才慢慢移动身子，捡起滚到角落里的剑，出了饭堂，朝平日里独自习武之处而去。

午后的阳光不再像正午那样炽热耀眼，暗淡了许多。周围的一切，被笼在淡淡的光晕之下，显得静谧又美好。

他一个人在蓝天之下，挥舞起了手中的剑，每一招，每一式，都用尽了全力。他的剑在手中伴着风呼啸作响，剑锋拂过，周边的叶子纷纷掉落。他好像想把自己心中所有的不甘与痛苦一齐宣泄出来。

他就那样忘情地练着剑，不知过了多久才收回招式，坐在凉亭中。

周围的风吹过，四周的草木都在摇摆，如同掀起绿色的波纹。微凉的风吹走了他脸上的汗水，也渐渐抚平了他内心的燥热。他知道，自己刚刚起了怨念。

他想起师父清觞曾经对他说，练武之人的使命就是除邪扶正，那么一招一式，就要走得正，不可以带着内心的嗔恨痴怨，否则便是失了练武的初衷。在仙灵门的这些年里，他始终铭记着这句话，不敢让自己生出怨恨。可是，在刚刚，他违背了自己的初心。

这样的他，一定不是师兄希望看见的样子。

这样想着，钟离宇煌感觉自己心里那些燃起的怒火与怨恨已经散去，心重新平静下来。抛去那些个人情感，再次想起刚刚孟青的那些话，他十分担心莫临的安危。莫临每次出任务，总是一有时间就会同自己联络，但是这次这么多天都杳无音信，想必是敌人无比棘手。

他忽然很想下山去，不为满足自己可以见识广阔天地的私欲，只为看看莫临是否安好，即便自己帮不到他什么，也想和他共同面对眼前的危机。可是，钟离宇煌知道，这个想法并不理智，师父不会允许。

但是，向师父询问一下师兄的情况应该还是可以的吧？师兄即便再忙，也会向师父报告情况，所以师父至少会知道师兄现在是否安好。

钟离宇煌想着，起身想要到大殿去找清觞。

正当他走到半路，忽然见到一个弟子匆匆走来，那人低着头，好像在想些什么，面色满是焦灼，连前面有一个人也不知道，硬生生撞在了钟离宇煌身上。

“对不起，你没事吧？”那弟子惊慌地抬起头，询问道。

“没关系。”钟离宇煌稳住身形，淡声道。他见那个弟子有些面生，年纪也不大，便知大概是刚入门没有什么经验的新弟子。

“抱歉，我在殿外偷听到大师兄被那妖物重伤的消息，有些精神恍惚，这才会如此。”那人低头小声说。

钟离宇煌心里一惊，急忙上前抓住那人的双肩，抬高声音问：“你说什么？”他此时再无平日里的安静内敛。

“是真的，我刚刚听到师叔对师父说，莫临师兄现已身负重伤，危在旦夕。他现在在百里之外的青峰山，几乎性命不保！而且师父说由于妖物凶暴异常，暂时无法派出其他弟子去帮助师兄降伏它。”那人颤声说道。

“不会的，不会的……”钟离宇煌放开那个人，喃喃自语。他不相信这一切，他的师兄那样厉害，指导他剑法，教他武功，怎么会受伤，怎么会性命不保呢？

他的脑海里忽然一片混乱，整个人被恐惧填得满满的。只有一个念头逐渐清晰起来：他要下山去救师兄。他知道师父不会同意他贸然下山，可是他一定要去，哪怕偷跑也要去。他一定要去救师兄！

这样想着，他推开那个人就向仙灵门的门口跑去，慌忙之中并未察觉他身后的那个人嘴角露出了诡异的笑容。

钟离宇煌知道仙灵门的门口都会有弟子把守，但他下定决心就是拼了命也要闯出去。然而，当他到达门口时，大门处竟然空无一人。

他来不及多想，推开门就跑了出去。他曾无数次幻想过自己走出这道门时的景象，想过门外的世界。自从他幼时来到仙灵门，同外界隔绝了太久，他几乎忘记了外面的模样。这一次，当他终于推开这道门时，除了莫临，他再想不起其他。

钟离宇煌一路跑下了山，这几年里，他勤学苦练，身体素质早在无形间提高了许多。一般人如果不借助法力，只凭着双脚一口气走完这段山路，早已是精疲力竭了。

下了山，面前出现一座小镇。钟离宇煌忽然想起，自己只急着出来，还不知道青峰山的位置。不过，这镇里也许有人知道，他打算去打听一番。

“青峰山就在正北方向，不过距离这里有上百里的路程。而且听说那里有凶兽出没，建议小兄弟还是不要去那里。”一个人好心地回答了钟离宇煌。

“谢谢您，但是我一定要去。”钟离宇煌坚定回答。

“至少需要五日，你一个人要多保重。”那人叮嘱了一句便离开了。

不行，五日的时间太长了，他等不了那么久，钟离宇煌暗想道。可是，他不会转移之术，不会御剑，怎么能在短时间到达那里呢?

他站在街上，周围形形色色的人从他身边掠过。直至他看到有一个驾着马车的人经过，钟离宇煌灵机一动，对了，他可以找一辆马车。不似凡间，仙界的灵马可以日行千里，如此到达青峰山，也不过是一刻钟左右。

于是，钟离宇煌一连问了几个人是否家中有灵马可以借用。只是，灵马在仙界算是瑞兽，珍贵无比，即便有，又怎会愿意借给一个陌生人，更何况，钟离宇煌此时身上无半文钱作为报酬，所以，没有一个人愿意。

然而，为了莫临，他不会放弃，终于一个黑胡子男人应了他。

"叔叔，谢谢您，您的恩情，我会铭记在心。"钟离宇煌真心感激道。

"没有关系，你随我到家里牵马吧。"黑胡子男人笑着带他往自己家中走。

"看你带着一把剑，不像是一般人，你是从哪里来的？"黑胡子男人带着他远离了喧嚣的街道，走到一个窄巷中。

"我是仙灵门的弟子。"钟离宇煌跟在男人身后回答。

"怪不得我见你身上有侠义之风，原来出自仙灵门。"黑胡子男人摸了摸胡须笑着说道。

钟离宇煌回以礼貌的笑容。

二人走了一段路，街道上人们的喧哗声，早已经听不到，途遇的人也渐渐变少。但是黑胡子男人的家还没到。钟离宇煌觉察到不对劲，停下脚步，叫住了对方。

"请问我们这是要上哪里去？怎么这地界越来越偏僻？"钟离宇煌问道。

黑胡子男人转过头，脸上露出异样的笑容，道："今天，就是你的死期。"他说着，眼里泛起凶狠的光芒。

"你要做什么？我与你无冤无仇，你为何如此？"钟离宇煌握紧了手中的剑，问道。

"我受人之托，忠人之事，只好如此，得罪了。"男人说着飞快出了一掌，向钟离宇煌打去。钟离宇煌以剑抵挡，却敌不过其中强大的法力，被逼得连连后退。

男人一笑，张开右掌，顿时无数由黄色光芒化成的尖针向钟离宇煌飞去。钟离宇煌急忙挥剑，连连打落几支，但是仍有更多尖针向他袭来。

"仙灵门竟然收留你这样一个不懂法力的人，真是可笑。"那男人一边运功，一边看着体力渐渐不支的钟离宇煌冷笑说。

钟离宇煌的身体被几根针刺中，鲜血浸湿了衣襟，可他仍旧奋力抵挡着。他还要去看师兄，他不可以这样倒下。

只是，他单凭自己的力量，根本难敌有法力的对手，更何况那人的法力高强。

鲜血一滴滴掉落在地上，渐渐染红了钟离宇煌脚下的土地，他用剑的手逐渐失去了力气。

男人知道钟离宇煌已经是强弩之末，难以脱逃，于是便收了法力，向失去力气的少年一步步走去。钟离宇煌早已疼痛难忍，呼吸之间疼痛几乎将他淹没。他尝试用剑撑着地面，努力支撑起自己的身体。可是，他几番试验，一次又一次跌倒在地，直到再也无力起身。

男人一笑，轻松地夺过他手里的剑，摩挲着剑柄处的花纹，悠悠道："你没有灵根，性格倒是倔强不屈，我欣赏这样的人。只可惜了你的身份，我们只能敌对，也难怪他容不下你。"

"你……你在说什么？"钟离宇煌仰头看着男人，虚弱地问。难道是有人要害自己？

"你不用明白。让我送你一程吧，放心，不会痛苦的。"那男人说着，举起手中的剑，向钟离宇煌刺去。

钟离宇煌看着朝自己刺来的剑，闭上双眼，他知道自己难逃这一劫。他不知道自己为什么会遭遇暗杀，他对于死亡并无畏惧，然而，他再也见不到莫临，不知道莫临是否安好，这是他唯一的遗憾。

正当以为自己马上就要死去的时候，他听到那个男人痛苦地呻吟，钟离宇煌睁开眼睛，发现男子捂着手腕，他手里握着的剑已然掉落。在不远处，有一个一身白衣的俊秀男子，他还来不及看清，便陷入了昏迷。

"你是谁？为何坏我好事？"男人愤怒问道。

白衣男子一笑，一步步朝男人走来，道："想不到在传闻中不争不夺的仙界中，也会发生这样恃强凌弱的事情。今天既然被我遇上，我便不会袖手旁观。"

"你……"男人微微眯着眼，像是觉察到了什么，"你是魔界的人？"

白衣男子不置可否，只是温和说道："与你交手非我的本意，如果你放了这个少年，那么一切都好说。"

男人冷哼一声："你知道这个男孩的身份是什么吗？放了他，恐怕会给仙界留下祸患。你既不是这里的人，又何必管我们的闲事？仙魔两界已经相安无事多年，你不要再挑起无端的纷争。"

白衣男子淡然一笑，面色一派平静，他温声说："我不知道他是谁，我只知道你要杀害他，我不可能眼睁睁看着一条生命被你夺走。”

“既然如此，我倒要看看你有什么手段可以救下他。”男人说着一掌向那白衣男子攻去。

白衣男子并未闪躲，而是伸出右手，挡住了对方的攻击。

“你……”男人发觉有一股强大的力量在与自己对抗。他在仙界修为算是上乘，常人根本难以抵挡，但眼前这个魔界的人竟可以如此轻松地接下他这一招。

白衣男子微微一发力，男人便再也承受不住收回了手掌，那一掌直击在男人的胸口。他顿时一口鲜血喷涌而出，跌倒在地。

白衣男子温和一笑，身上没有沾染半点鲜血，纯净出尘。

“还要再较量吗？”他轻启唇瓣，问道。

“不到最后，我绝不会轻言放弃！”男人说着，捂着胸口站了起来，他的周身忽然涌起无数的黄色光芒，将周围的一切都笼在其中。

紧接着，白衣男子的四周涌起一层层黄色冰晶，那些冰晶异常锋利，碰到身体就会留下血印。

“我倒要看看，这回你如何抵挡！”男人双手抱胸冷声说。这是他们仙界特有的阵法，威力巨大。

白衣男子身体灵活，躲过一个又一个冰晶，但身边的冰晶越来越多，他知道一味躲避不是办法。

“你还有几分手段。只可惜，怕是要让你失望了。”白衣男子说话之间，右手有白光闪过，片刻之后，一把羽扇出现在他掌中。他不过轻轻一挥，顿时，周围的冰晶仿佛被什么东西溶解了一般，一点点消失了。

“这……”男人不敢置信地看着这一切，而后看着那男子，“你究竟是谁？”这样高强的法力，只怕是魔界的王族才会拥有。

“你不配知道。”白衣男子说道，本是温和清俊的面容之上有一闪而过的杀意。

转眼之间，阵法里的冰晶已经不见了踪影，只余下四周包围着的黄色光屏。男子嘴角含着笑，一步步朝着男人走去。

“我要带那个男孩走，你同意还是不同意？”男子站在对方面前，轻声问道。

男人却依旧没有改变心意，厉声说："我既然允诺一个人完成此事，就不会失信，除非你今天踩着我的尸体过去。我武田一生未曾食言，更何况……"

武田目光一转，紧紧盯着面前的男子："我不信以你的修为会觉察不出那少年身上的气息，会不知晓他的身份。只怕你醉翁之意不在酒，你根本不是想救他，是想利用他吧？"

白衣男子一笑，缓缓对着武田抬起羽扇，温声说道："我欣赏你这临危不惧的性格，可是你有一身的功夫，做个武夫就够了，又何必如此聪慧？你我不过初识，就把我看得如此透彻。我本想留你一命，但是……"他的话语满是温和，却透出冰冷。

他的话音刚落，四面的黄色屏障渐渐消散，武田倒在他面前，已经没了生气。

白衣男子再没有看武田一眼，朝着早已晕厥的钟离宇煌走去。他探了他的脉搏与呼吸，虽然微弱，但是无性命之忧。

"师兄……"少年在昏迷之时，嘴里仍是不住地念着挂怀的人。

白衣男子望着他，嘴角不经意地弯起一个清浅的弧度。

钟离宇煌再次睁开眼，阵阵疼痛袭来。映入眼帘的是一间由木头建造的屋子。屋里陈设简洁整齐，不过放着一张桌子、几把椅子与一张床。

"你醒了？先把药喝了吧。"一个温和的声音传来。

钟离宇煌顺着声音望去，发现床边坐着一个白衣男子，他手中端着一个瓷碗，里面盛着浓黑色的汤药。

"是你救了我？"钟离宇煌想起自己昏迷前看到的那个身影。

白衣男子点点头，把瓷碗放到他手上，道："你受的伤不轻，先把药服下，再说别的吧。"

钟离宇煌觉得这男子温和友善，点点头，将碗中的汤药一饮而尽。而后，那男子接过钟离宇煌手中的碗，放到床边的桌子上。

"谢谢你救了我。"钟离宇煌说道。

"不必道谢，只是举手之劳。你放心，我已经击退了那个人，他不会再来找你麻烦了。"白衣男子温声说道，"我叫君尘，来自魔界。你叫什么名字？"

"钟离宇煌。"

钟离宇煌说着，猛然想起莫临，急忙要下床去，只是才刚刚触碰地面，便是一阵眩晕，多亏君尘扶住他，才不至于跌倒。

"你的身体还需要休养，快到床上躺一下。"君尘让他坐到床上。

"我，我要去青峰山找师兄，一刻也不能耽搁了。"钟离宇煌认为自己晚去一刻，莫临便会多一分危险。

"你在昏迷的时候，就一直在嘴里念着你的师兄，想来他一定是对你非常重要的人。"君尘说道。

钟离宇煌点点头："他是我在这世上最看重的、亲人一般的人。"

"有多重要？"君尘注视着他，问道。

"为了他，我可以付出一切，哪怕是生命。"钟离宇煌坚定说道。

君尘听后神色微动，道："可是青峰山离这里有上百里，而且近日被凶兽攻占，你又没有灵力……如此，你还是要去找他吗？"

"是。"钟离宇煌清澈的眼眸里没有一丝动摇。

君尘愣了一下，眼前的少年没有一丝法力，可是眼里那坚忍的神情，像极了当年的自己。

他深吸一口气，缓声道："这样吧，你再休息一晚。明天一早，我便带你去找你的师兄。"

钟离宇煌一怔，他想不到会有人愿意带着自己去那么危险的地方找莫临，十分感动："君尘，谢谢你。我们不过是萍水相逢，你却如此相待。这份恩情，我记下了。"

"无妨。你只是，让我想到了曾经的自己。"君尘轻声说道，清亮的眸中浮现淡淡的忧伤。

第二天一早，君尘准备带着钟离宇煌赶往青峰山。

其实钟离宇煌有些担忧，因为他从未体验过在天际遨游的感觉，担心自己会不适应，误了行程。而君尘只是轻声嘱咐他一句不必担心，就拉起他的胳膊，念了一个诀，片刻之后，他们便来到了空中。

他的耳边疾风阵阵，四周一片碧蓝，点缀着点点白色。钟离宇煌心里有些紧张，但在君尘的指导下，他逐渐放宽了心，开始适应了这样的感觉。这，真是一种很奇妙的、从未有过的感觉。从前他只能看着同门自如地运用法力游荡在天际。而今，他也可以体验到了，哪怕只有一次。

“你的身体怎样？”君尘见钟离宇煌已经适应了，才问道。

钟离宇煌一笑，回答：“你的药真的很有效，我现在觉得自己很有精神，好像比我受伤之前还要神采奕奕。”

“那是因为你的体质很好，再好的药材，也不过是辅助而已。”君尘笑着回答。

“怎么可能？我这样没有丝毫灵力的人，怎么谈得上拥有好的体质？”钟离宇煌低垂目光，疾风吹散了他额间的碎发。

君尘见钟离宇煌神色黯然，不禁弯起唇角，温声道：“可是，我从第一眼见到你，就觉得你与众不同。我想，你的未来一定不可估量。”

钟离宇煌听后，浅浅一笑：“君尘，谢谢你这样说。可是，我在门派之中不过是一个异类。有时候，我也希望自己能够拥有法力，与我在乎的人并肩作战。而不是只能凭借自己一份执着的念想，却什么也帮不到他。就像现在，我想去找师兄，却连转移之术也不会。”这样的他，实在是很无用。这么多年里，他努力不自怨自艾，因为他相信天道酬勤。既然他资质平庸，那么他便比别人多花时间学习。可是，与孟青的对峙令他发现，有的距离无论多么努力都追赶不上。

君尘听后，神色如故，他注视着身旁的少年，轻声说道：“宇煌，相信我的眼光。我看人从来不会错。”

钟离宇煌先前只是觉得君尘在安慰自己，毕竟，自己的实力过于渺小。可是，他抬头看见对方那深邃的眼眸里满是坚定，心里也忽然充满了勇气与信心。他朝着君尘用力点了点头，露出一个自信的笑容。

不大一会儿，他们的面前就出现了一座大山，这座山直入云端，四周云雾环绕。山脚下布着密密的房屋，是一座规模不小的村庄。

君尘把钟离宇煌送到了山脚下，对他道："我只能把你送到这里了。仙界的事情，我不好插手，希望你能谅解。"

"你已经帮我很多了，是我给你添麻烦了，应该是我道歉才是。"钟离宇煌急忙说道。他知道仙界与魔界之前的微妙关系，君尘帮了自己那么多，他感恩在心。

君尘淡淡一笑，说道："后会有期。"他说着，周身涌起纯白色的光芒，转眼之间就消失了。

告别了君尘之后，钟离宇煌回身望着面前的青峰山，心里满满的坚定与无畏。师兄受伤，想必此刻应该是住在村子里，他想着，决定先到村庄里打探一番。

然而，他刚刚来到村口，体内忽然躁动不安，仿佛无数种力量交织在其中，要破壳而出。其实这种感觉自昨天喝完药就有了，但当时感觉并不强烈，只让他觉得自己精神了许多。可是，眼下这感觉猛然加重了许多，他的身体仿佛要被体内充斥的力量炸开一般。

"这是怎么回事？"钟离宇煌捂住胸口，扶住一边的树木，冷汗顺着他的脸颊滚落。

"小兄弟，你没事吧？"一个打猎归来的村民拎着猎物走到村口，看见钟离宇煌痛苦的模样，急忙上前想要帮忙。

"我……"钟离宇煌本想要对方不要担心，却一句话也说不出。他感觉自己的体内有无数的力量要宣泄而出，却被什么东西阻挡着，痛苦无比。

村民见此，放下手中的猎物，想要将真气注入钟离宇煌体内，帮他缓解痛苦。仙界的人，即便没有经过正统的法术学习，也一样会运用真气。

然而，他刚要将自己的真气注入钟离宇煌的体内，便感觉一股巨大的力量反过来冲击到他身上，让他连连后退。

那个村民回过神来，见钟离宇煌身上紫光萦绕，他的身体短短时间变大了数十倍。光芒散尽后，一头凶兽出现在村民的面前，它长着老虎的脑袋，背上长着一双巨大的翅膀。

村民瞪大了眼睛，面上满是惊恐，他想要叫喊，喉咙却仿佛被什么东西阻塞了一般，什么声音也发不出，已然恐惧到了极点。他双腿一软，跌倒在地，眼见那凶兽向自己逼近，他连连用手撑着地后退，却终是逃脱不了。

在他的眸子里，那凶兽的样子渐渐变大，再接着，他感觉到自己的脖颈被什么锋利的东西割开……地上放置的那个猎物，淋满了鲜红的液体。

凶兽看着眼前的血腥之景，忽然如同受了什么刺激一般咆哮一声，顿时惊起方圆百里内的飞鸟。他周身光芒大作，片刻之后，再度化为人形。

化为人形的钟离宇煌瘫倒在地上，不敢置信地看着被血染红的地面，地上血肉模糊的尸体。他的全身止不住地颤抖着。怎么会，怎么会这样？他怎么会变成一头那样的怪兽？为什么，他竟然控制不住地想要害人性命？

“不是，这不是我……”钟离宇煌颤声说着，脸色苍白得如同一张白纸，而几滴鲜血溅到他惨白的脸庞之上，竟然多了几分残忍魅惑。

这时，远处忽然有一阵脚步声传来，有人来了。他听到那些人说刚刚这里传来的野兽声音，而走在最前面的男子一身蓝衣，气质不凡，正在安抚身边的民众。

那个人，是师兄！

钟离宇煌原以为师兄正面临生死考验。现在终于看见了安然无恙、神采奕奕的师兄，他知道自己应该高兴，应该跑上去问莫临的状况，可是他不能这么做。他现在已经是一个怪物了，他不能被师兄看到自己如此模样。

他想着，仓皇起身，跌跌撞撞地向山上跑去。

不大一会儿，莫临等人便来到了村口，乍一见这里的血腥之景，一些人都不禁惊叫出声。

“大师兄，那妖物我们不是已经降伏了吗？怎么会发生这样的事情？”跟在莫临身边的一个少年问道。那少年眉清目秀，亦是正气凛然，是年少时的曦云。

莫临皱着眉看着眼前的一切，拾起血泊中一根紫色的羽毛，沉声说道："看来，这里还有别的凶兽出没。而且……"他在看到那个尸首之时，语气有些迟疑。

"师兄可是发现了什么？"曦云问道。

莫临摇摇头，回答："我现在还不能确定。但这一定是一个更加强大的妖物。"

他说着，双手合十，手掌之间散出无数蓝色的光点，那些光点向四面八方飞去——这是可以追踪到那凶兽气息的法术。没想到刚刚降伏一个妖兽，转眼之间，他又要迎来更为艰难的一战。

蓝光萦绕之间，他忽然想起了钟离宇煌。自己下山已经多日，不知师弟是否安好。

潮湿的洞穴内，石壁上不时有水珠滚落，滑腻的青苔长满了整个石壁。青峰山多雨少阳，几乎整年被水汽布满。此时已经入夜，钟离宇煌蜷曲在洞内，瑟瑟发抖。他的衣襟早已被冷汗浸湿，夜风微微拂过洞口，就会令他颤抖。

他不敢到洞外，生怕控制不住自己体内的力量，会再度伤人。

为什么会变成这个样子？自从来到仙灵门，他便被教导要行天道，秉正义。他现在却成了一个伤人性命的怪物。这样的自己，还能到哪里去？这世间，还会有人愿意接纳他吗？

恍惚之间，他看到幽暗的洞口，走进来一个人，那个人英俊高大，气质非凡，腰间佩有一个玉环，夜光之下是一袭蓝色的衣袍。

"师兄！"钟离宇煌仓促起身，看着面前的青年男子。

"宇煌，和我一道回去吧。师父也很挂念你。"夜色里，那个眉目如星的男子含着浅笑，对他说道。

"可是，我……"钟离宇煌想起自己此刻的样子，满是痛苦。

"宇煌，无论你变成何种模样，你也是我的师弟，这一点，永远也不会改变。我知道，你是因为他人予你的药物才会如此，我和师父都不会怪你。和我回去吧，我们一起帮你压住这魔性，你就会恢复往日的样子。”莫临笑着，而后向他伸出了手。

钟离宇煌注视着面前的人，再也忍不住湿了眼眶。他擦干泪水，用力点点头：“师兄，我和你回去。”他也伸出了手，想要握住对方的手掌。

然而，就在一瞬间，面前的男子忽地消失在了黑暗里。

“师兄！”钟离宇煌叫喊着，四处寻找那个人的影子。

钟离宇煌挣扎着醒来，好久才看清了周围的一切。原来只是他的梦境而已。四周只是潮湿冰冷的石壁，黑漆漆的洞穴中空无一物。

洞口之处，被他以自己体内的能量封住，形成一层淡紫色的光屏，以挡住外面飞舞的蓝色光球。他知道，莫临从未出现，而且还下了追踪术，以那些蓝色光点来追寻自己的足迹。他害怕自己如此模样会被师兄看到，更害怕师兄会认为自己是一个杀人不眨眼的恶魔，所以他以自己体内的力量抵御住了对方的法力。

真是可笑，曾经他那么多次迫切地想要得到法力保护师兄。当他终于有了力量，他却要用这法术躲过莫临的追踪。

“嗯……”钟离宇煌感到体内力量又是一番躁动不安。他努力平复这种痛苦，却越发剧烈。他抑制不住地想要释放体内的力量毁掉周围的一切，想要尝到那种杀戮的快感，来抚平自己的痛苦。

不，不能被控制！钟离宇煌用力咬着泛白的嘴唇，直至鲜血渗出也毫不在意。

如果师兄在，就一定会帮自己减轻这种苦痛，他相信莫临一定会帮他。因为从小到大，师兄都一直护在自己的身前，即便自己是门派中的异类，莫临也一直待他情如手足。

他忽然好想去找莫临，他想起自己刚刚的梦境，不由得想到，莫临从来都那样相信他，所以，他的师兄会听他的解释，会为他找到治疗的办法。那个人，不会伤害自己分毫。

这样想着，他扶着滑腻的墙壁跌跌撞撞起身，走到洞口，撤去了自己的封印。他纵身一跃，来到空中，冰凉的夜风从他的脸庞划过。他整个人如同被浸泡在冷水里一般，浑身都是汗水，混着冷风，瑟瑟发抖。

他努力保持着神志往仙灵门飞去，他要在那个熟悉的地方同莫临会面。

与此同时，他的身后追随着无数蓝色的光点。

当他终于来到仙灵门时，他的双脚刚刚落地，整个人就虚弱得跌倒在地。而一路紧随着他的蓝色光点渐渐汇合在一起，将他围困。然而，他体内的力量感觉到这种束缚反而更加难以控制地想要爆发而出。

“不行，不要……”钟离宇煌痛苦地叫着，却终是敌不过体内强大的法力。

他只能眼睁睁目睹着自己的四肢变得粗大，长出紫红色的毛发，他的眼角渗出泪珠，他明白，自己无力改变这一切。

仙灵门的大门被一举撞破，一头巨大的野兽闯了进去，正在里面守门的弟子还没有弄清楚眼前的一切，就已经失了性命。

顿时，这个清净富有灵气的地方，陷入了一片血雨腥风。

凶兽所过之处，楼倒墙倾，一片废墟。

“孟师兄，我们现在怎么办？”跟在孟青身边的一众弟子看到不远处的凶兽，不禁满是恐惧。

孟青从未见过这样的景象。虽然他们是仙灵门的弟子，除魔卫道是职责，但这些年，仙界早已脱离纷争，安定祥和。他自己就算是曾下山历练，也不过是挂着仙灵门弟子的头衔，四处游山玩水，何时碰到过这样的场景？

他亲眼见到那凶兽一口把人吞入腹中，周身涌现的能量令人难以接近，他又怎会是那凶兽的对手？他能感觉得到自己的身体正在因为恐惧而颤抖不已。

“不……不要惊慌。”孟青假装镇定地对身边的弟子说道，“咱们仙灵门的弟子怎么能临阵脱逃？我们不是学过降妖的阵法吗？你们这就上前布阵，我最后入阵眼，降伏那凶兽。”

那些弟子虽然心惊胆战，但从小在这里生长，牢记自己的使命，在这千钧一发之时，还是鼓起了勇气，听了孟青的话对那凶兽布好了阵法。

阵法开始运行，散出能量，直击在凶兽身上，凶兽一番咆哮，向他们袭来。

“孟师兄，快行法！”弟子们叫道，呼唤孟青在阵中施展法力。

然而，孟青哪有什么入阵眼、与怪兽决战的打算。他要那些弟子布阵，不过是想要他们吸引凶兽的注意，为自己逃跑争取时间。他竭尽全力向外跑着，身后传来无数叫喊声，他知道那些布阵的弟子定是在劫难逃了。

他知道自己是卑鄙的，不惜以他人的性命为代价。可是，贪生怕死本就是天性，不是吗？他这样告诉自己。

然而，他逐渐感到身后有一个黑影正在向自己逼迫而来。他不敢回头，只是用力朝前跑着。

只听空气中一阵轻微的撕裂声传来。

再度望去，孟青已经身首异处，鲜血从凶兽的嘴角流淌下来。

正在这时，忽然两条粗壮的锁链紧紧勒住了凶兽的脖颈与前爪。那锁链的另一端被清源与清觞紧拽在手中。

“钟离宇煌，早知今日，当日你上山之时，我就该除了你！”清源冷声说着，用力拽着缠住凶兽脖子的绳索。

“宇煌，你难道忘了收你入门时，你曾对我承诺的那些话了吗？如今，你怎可被邪恶驱使？”清觞沉声说道。

听了清觞的话，凶兽忽然安静下来，用那双赤色的眼眸凝望着清觞，努力分辨他的模样。

清觞一声叹息，缓缓接近那凶兽，说道：“我知道你现在很痛苦。可你若是无法对抗你的心魔，你就会永堕深渊。想想那些美好的事情，试着平静下来。”这么久以来，他以为自己可以保证钟离宇煌体内那股力量不会苏醒。可是到头来，还是逃不过这一天。但这一切，或许不是这个孩子的本意。

凶兽好像真的听懂了清觞的话语，不再狂躁。

然而就在这时，勒在他颈间的锁链忽然一紧，他发出痛苦愤怒的哀鸣。

“清源，住手！”清觞想要阻止清源。

“清觞，你还在拦我？当年你拦下我，收他为徒，而今，他让门下弟子性命不保，你竟然还拦我？穷奇一天不除，这六界就一日不得安生。趁他法力初醒，未完全恢复，不如借此机会杀了他，以免为日后埋下更大祸患。”清源冷冷说着，加重了手间的力道。

“清源！”清觞仍想要阻止对方。他知道穷奇的力量有多么难以估量，即便现在钟离宇煌力量初醒，他仍旧不敢冒这个险，同对方硬碰硬。而让钟离宇煌冷静下来，是最牢靠的方法。况且，这个孩子本就天性善良，一定可以重新唤回他的良知。

只是……

清觞见到穷奇又再次狂躁起来，心知一切再无退路。

穷奇一声长啸，周身的力量一起迸发，竟然硬生生震断了锁住他的坚固无比的链条。清觞与清源虽然修为深厚，也难以在一时间抵挡如此大的力量。一时之间，周围的草木墙垣尽塌，他们二人也受到了这力量的极大冲击，清源的口中更是涌出一口鲜血。

“清源！”清觞见状急忙查看清源的状况。

“先不要管我，赶快把这妖兽制服！”清源冷声说，眼里没有一丝退缩。

他们二人相视一眼，随后共同结成法阵，刹那，他们周身涌起一个金光阵。镇中隐隐闪现天之四灵的图腾，只有带着至纯至正力量的四大灵兽，才能镇住穷奇的凶煞之气。

然而，阵法还未完全搭建完毕，穷奇便已经向他们袭来。清源与清觞不敢分心对抗穷奇，只借着阵法之力搭建出一个结界挡在身前，阻挡穷奇的进攻。

然而，穷奇的力量非常人所能企及，在几番攻势之下，结界已松动。

但清源与清觞仿佛没有见到自己的命悬一线，依然全神贯注地搭建结界。

就在穷奇将要攻破结界的那一瞬间，一把闪着蓝光的剑从天而降阻在穷奇面前，穷奇没有防备，被强大的剑气逼得后退几步。他仰头一声咆哮，愤怒于有人妨碍了自己的进攻。

这时，一个俊朗的蓝衣男子出现在穷奇的面前，他伸出右手，剑便飞到了他手中。他用剑指着面前巨大的凶兽，冷冷说道：“看来我猜得不错，果然是穷奇现世。今天无论你有多么大的法力，我都要降伏你。”他在看到村口处那个血肉模糊的尸体时，发现尸体的头部伤得最为厉害，头部几乎被撕碎，便想起穷奇吃人最为显著的特征就是从头部开始。

话语之间，莫临已经发起进攻，他挥剑的那一瞬间，他的周围凭空幻化出来上百把剑，每一把剑都对着穷奇，剑锋闪着锐利的光芒。

他一用力，手中的长剑便朝穷奇飞去，与此同时其余的剑也一道进攻。穷奇见状，张开嘴，嘴里吐出紫红色的火焰，吞噬掉了大部分的剑，但仍有几把剑划伤了他的身体，紫红色的鲜血从他的身上涌出，他跌落到了地上。

一时之间，他周身的煞气更加强烈，空气里弥漫浓重的血腥。

原先的百把剑重新化为了一把，重回到莫临手中。他手中的剑仿佛感到了主人内心对于除恶的坚定，蓝色的光芒源源不断从剑身发出。

穷奇怒不可遏，他抬起前肢，一个巨大的紫色光球便显现在他前爪下，随后，那光球便向莫临飞去。莫临暗暗发力，抵挡着对面的光球。只是纵使他法力深厚，也难以抵挡这股力量。那光球猛地爆裂开来，顿时周围风云俱变，漆黑的夜空霎时间亮如白昼。

莫临被那股能量挫伤了元气，顿时喉中一甜，随之而来便是口腔里涌起的血腥味。

与此同时，清源与清觞只余一步便可完成的阵法也因这股力量而中断。他们一心筹建阵法，没有时刻以内力护体抵挡穷奇的进攻，硬生生地受了这股力量的冲击，顿时再难以维持法力运行，跌坐在了地上。

“师父、师叔！”莫临看到他们，急忙跑过去。

“莫临，你不要管我们，这阵法只差一步就可以完成，你快去完成最后的法力传输！只有这个阵法可以封印穷奇！”清觞急促说道。

莫临看见眼前金光大现的法阵，又看到清源与清觞坚定的目光，不由得用力点了点头。他知道不能再让这凶兽伤人性命，今天即便拼上自己的一切，也要把他封印。

这样想着，他再无所顾忌地挺直了身躯，他不顾穷奇对自己再度袭来，用手中的剑割开了自己的手掌，鲜血顺着他的指缝流下，滴落在阵法之中。真正修为精湛的人，法力会渗透周身的每一个部位，连自己的血液都有着强大的力量。

阵法混合着其间至纯的血液，渐渐涌现出白色的光，隐在其间的四大灵兽的图腾清晰可见。

莫临微微抬手，掌间的鲜血凝结成淡红色的光丝向穷奇袭去。穷奇用力挣扎，却无济于事，只能任由那些光丝缠绕住自己的身体。

渐渐地，在红色光丝的围绕之中，穷奇的身躯逐渐缩小，最终化为一个少年模样。

莫临在看清那个人的样子时，浑身一僵，他不敢相信自己看到的一切。

“宇煌……不，怎么可能？”他怎么也想不到自己的师弟竟然会是穷奇。

“师兄……”钟离宇煌渐渐恢复了神志，想起了自己刚刚所做的一切。他看向四周，无数的尸体，无数的鲜血，这一切，竟然都是自己所为。为什么，怎么会这样？他不是已经很努力在控制自己体内的力量了吗？为什么还会如此？

“莫临，他就是远古四大凶兽之一穷奇，快把他封印在阵法之中！”一边的清源冷声说道。

莫临望向自己的师父，见清觞一向温和平静的脸庞之上，也浮现难以言诉的苦痛，他才真正相信一切。怪不得这些年里，清源始终不愿承认宇煌是门下弟子。

“师兄，你听我解释……这一切不是我的本意，我没有想害他们的性命，我……”钟离宇煌努力想要解释这一切，他害怕师兄误解他。

“够了！”莫临漠然打断，“你杀了这么多人，还说什么身不由己？”

“师兄……”钟离宇煌被困在无数的光丝之中，没有挣扎，只是注视着面前的男子，“你，不信我了吗？”

莫临闭上双眼，身体在微微颤抖。他的脑海里，不断浮现他们二人并肩的时光。自己，分明是那样疼爱这个师弟，把他当作自己的家人。可是，为什么，一切会变成眼前这个样子？

“我只相信自己看到的一切！”莫临努力抑制住自己的情绪，冷然说道。他这十八年以来，降伏的妖魔不在少数。他也见过那些误入歧途、身不由己的妖魔，可是他从不会因此就留情半分。无论有何种无奈的缘由，错误都已经造成，难以弥补，就算再有悔悟，又有何用？只是，现在面对自己的师弟，他的心却难以再保持往日里的平静。

钟离宇煌早已经感知不到光丝围困带给他的苦痛，他只是惨笑一声，说道：“师兄，我知道自己身上背负了多少血债，我不敢奢求你的谅解，不敢为自己开脱。可是，我只希望你能够相信，这所有的一切，都不是我的本意。我从来，就没有过半分伤人性命的念头。”

莫临听后，内心一颤，他凝视着钟离宇煌，即便眼下的他们之间隔着法阵，隔着无数的光丝，他依旧可以清晰地望见对方的眼眸。那双眼眸，还是那样清澈。

“莫临，你不要在那里听他的鬼话，他不过是在迷惑你，想要脱逃而已！他让我们门派陷入这样的血雨腥风之中，无数弟子死在他手下，还说什么并非本意！只怕是他蓄谋已久，穷奇本就法力莫测，谁知这些年以来他是不是早已恢复力量，暗中谋划这一切？”清源冷冷说道，“莫临，你身为大弟子，本就该以身作则。而你现在脚踏着这片被我门下弟子鲜血染红的土地，却还在听一个妖孽胡言，简直可笑！”他从一开始就不曾相信钟离宇煌分毫，而莫临还有大好的前程，将来要接受门派的重任，怎可被这妖兽迷惑？

莫临一震，仿佛被清源的话惊醒。

他的眼眸重新变得清明，缓缓开口：“我不会再信你分毫，你说的这些都不过是在为自己的过错找借口！如果你真的没有害人之心，怎么会让如此多的生灵死在你的手里？从今以后，你我之间也再无同门之情，我没有你这样的师弟！”

钟离宇煌一愣，他知道自己罪无可恕，即便由不得自己控制，也已经杀了不少人，他没有想要为自己的过错找借口。只不过，他希望莫临可以相信自己。他又该如何告诉莫临，自己一路找寻他的波折，如果不是因为担心师兄而私自下山，也许这一切都不会发生。

他感觉到束缚住他的光丝越来越紧，那个阵法渐渐向自己逼近，他再无力说出任何话语。

恍惚之间，他好像看到了幼时的自己，那时候，曾有一个人告诉过自己，他会永远相信自己。

可是，师兄，这一切，你都忘了，是吗？现在，你不仅失信，也再不认我这个师弟。

阵法中的光芒交错，映着莫临的脸庞忽明忽暗，他的脑海里，忽然间回想起他曾允诺过钟离宇煌的话语：我向你承诺，终有一天，我们会并肩而立，除尽世间的邪魔。

此时此刻，他终于知道，那一天，永远，永远都不会来临了。

第九章　阻碍

在映出这个故事所有的前因后果之后，流光镜重新恢复了最初的样子，所有的画面都消失了。

我回想着钟离宇煌为了莫临同孟青发生争执，却终究只能隐忍下去，责怪自己的无能；想起他只为了看一眼自己的师兄，就不顾一切跑到山下，险些送命于武田手中；想起他受药物控制，力量初觉之时，心里的恐惧不安，无所依靠，只能躲在幽暗的洞穴里，瑟瑟发抖……我想到了许多许多。

我一直都明白正与邪之间，没有绝对的界限。可是，在今天，通过流光镜知晓了所有的一切之后，我却陷入迷惑。到底是谁亏欠了谁？到底谁是罪大恶极之人？钟离宇煌为了莫临，不顾一切，也因而陷入了幕后黑手的陷阱，化为穷奇，杀了无数人。可是，那一切都不是他自愿的。

“宇煌，我……”沉默良久之后，莫临终于开口，却又一顿，不知该说些什么，只是眉头紧锁着。

“师兄，你什么也不用说了。”钟离宇煌深吸一口气，苍白的脸庞之上浮现一丝苦笑，“当年种种杀戮，确实是我一手造成，这是我永远也洗不去的罪过。只是，这些年里，我在封印中苦受煎熬，不禁想，为什么要让我来承担这一切？当年如果我不因为你的缘故私自下山，那么今日种种根本不会发生。可笑的是，我把你当作最为亲近的人，可你根本不信我分毫。”

说着，他又垂下目光，低声说道："其实，我才是傻瓜。"

事到如今，我想他与莫临之间的恩怨实在很难说清。

"宇煌……"莫临看向他，眼里不再是一派平静淡然，他抿了抿嘴唇，轻言，"归根到底，是我误解了你，抱歉。"

"你以为事到如今，一句道歉就可以抹杀这些年来我在封印里受到的苦痛了吗？你以为，就可以弥补我内心所受的煎熬了吗？"钟离宇煌忽然激动起来，抬高了声音，"我曾经，那么想做一个好人，就像最初允诺师父的，要做一个正义凛然的人。可是，师叔猜忌我，我最敬重的师兄也认定我是一个杀人不眨眼的恶魔。不过，或许这一切都是我自找的。是我傻傻地轻信了别人的话语，不顾一切下山找你，才会不得不踏上了这条没有回身余地的路……无论当初我是否情愿，现在都已经是满手血腥，再也回不去了。"

他说着，眼里闪现泪光。

在这一刻，我终于深深理解了钟离宇煌内心的苦痛。我想，他一定也是曾经满怀对美好的向往，对正义的渴求。可是，他身不由己地陷入杀戮之中，染上血腥。他早就没有了退路，不会再有人愿意相信他在沾染了这么多人的鲜血之后，还有赤子之心。他别无选择，只能在这条路上继续走下去。

莫临注视着他，脸颊在微微颤抖，心中似乎万分纠结。

他猛地抬起手中的剑，指着面前虚弱的少年："你是因我才会如此，是我亏欠了你。可是，无论你有什么迫不得已的理由，你让众多弟子惨死是不争的事实，仅凭着这一点，你罪无可恕！"

钟离宇煌轻轻一笑，看着朝向他锐利的剑锋，低声道："你知道的，这些年来，我一直恨着你。起初，我因你不愿意相信我半分而恨你。后来，我才发觉，我恨你，是恨你的决绝。"

他一顿，继续说道："从我见到你的第一眼起，我就知道，你是与众不同的。你心系苍生，不为自己的情感考虑分毫，只想着守护这天下。为了天下，你可以对任何人狠绝，哪怕那个人有自己难以言诉的缘由，在你眼里，对与错容不得丝毫混淆。"

他说着，仰头微闭双眼：“我知道总会有这一天的，你会与我清算这笔账。现在，我也没有足够的力量可以与你对抗。不如，就让我彻底从这纷乱的红尘中解脱吧。”他言罢，不禁一笑。我见过他无数次的微笑，只有这一次最为真实，最为轻松。

“你说得对，我不可能因为你而有违天道，负了那些曾被你残害的生灵，所以……”莫临眼眶微红，手中的剑缓缓对着钟离宇煌举起。

“莫临！”我和离茉雪不约而同地喊道。

难道这一切只能如此收场了吗？是呀，否则又该如何结尾呢？无论钟离宇煌因为什么，他都已经背负了无数的血债。纵然莫临曾与他情如手足，又能怎样呢？他们之间隔着灭门之恨，隔着身份的对立，隔着天下苍生……这些是他们二人永远逃脱不掉的枷锁。

所谓的无可奈何，造化弄人，原来不过如此。

我终究不忍看到最后的结局，不由得掩住面颊，暗自忧伤。

只是仿佛过了一个世纪那样漫长，我没有听到任何声响，再向莫临那边望去时，只见莫临的剑尖已经微微刺入钟离宇煌的胸口，他紫色的衣襟处一片殷红。

可是，那剑尖只是抵在那里，许久也未再前进一分。

半晌，那柄剑消失在了莫临手中，化为一个纯白的玉环，再度坠在他的腰间。

“为何？”钟离宇煌睁开双眼，眼里有着不解与诧异。大概，他也想不到，莫临会对他手软。

莫临深深叹了一口气，看着自己的师弟，说道：“你只看得到我的决绝，却忘了，我也不过是一个辗转于红尘之间的人。我，到底不是一个圣人。”

钟离宇煌忽然一笑，问道：“可是，你又逃脱得了这些年来你所坚守的本心吗？我认识的莫临，对于所谓的邪恶，从来不会留情。你今日放过我，内心可以逃脱随之而来的苦痛吗？况且，今日你放过我，日后的我可不一定会对你留情。”

莫临低下头，双手紧紧握成拳头，仿佛在下着什么重大的决心。

他忽然抬起头，道："宇煌，和我一起回去见师父吧。"

钟离宇煌听后，微微一愣，随后放声大笑："师兄，你今日是怎么了？竟说出这样的话。你以为，你们那些个名门正派会待我如何？"

"自从我入仙灵门以来，经历过无数的风雨。每一次，我都可以做到无愧于心，公正行事，只是这一次……你我之间的往事，早已难理清。你杀害了那么多条生命，我不应该手软，可是……"莫临深深凝望着他，"和我回去吧，我们把所有的事情都告诉师父，也许，他会对你从轻发落。"

钟离宇煌沉默了许久，不知在想些什么。良久，他缓声道："你的意思是，要放过我吗？要让我们这些年来的恩恩怨怨，一并烟消云散吗？"

"是。"莫临沉声说道，随后闭上眼睛，轻声说，"这些年里，我时常路过你曾住过的地方，回忆起那些往事。我骗不过自己，无论你是穷奇，还是以前那个没有半点灵根的男孩，你都是我的师弟。"

这一刻，我清晰地看到钟离宇煌的眼泪夺眶而出。他朝着莫临走去，他们之间的距离一点点缩小，最后，他用力拥抱住了自己的师兄。莫临一怔，随之也缓缓用手拥住了他。

他们兄弟二人怨恨了多年，误解了多年，曾经仇视，曾经对抗……可是，到头来，还是一直记挂着往日里的情谊。我知道，横亘在他们之间的，有太多太多的东西，未来他们要面对曾经被残杀的生灵，自己的门派，自己的师父。可是眼下，他们要面对的只有彼此。姑且，让美好多停留一刻吧。

钟离宇煌放开了莫临，认真看着面前器宇轩昂的男子说道："师兄，为了我曾犯过的错，为了你，我愿意和你一起回到仙灵门，面对一切。"

莫临望着他，弯起唇角，点了点头。

我看着这一切，为之动容，忍不住说道："虽然我们被困在时间之境，平白遭受了许多困难，但是能够让你们冰释前嫌，也是不枉此行了。"

离茉雪对我一笑，随后道："我们现在要做的就是想办法回到人间，其余的一切都等我们出去再说吧。"

“只是我们刚刚三人一起发力，也无法启动流光镜。我想，或许要运转它需要其他的办法。”莫临沉声说道。

“刚刚玄武说要结合我们四人的力量才可以。但是，爱琪来自人间，没有法力，如何借助她的力量呢？”钟离宇煌道出疑惑之处。

大家不禁陷入了沉思之中。

我一遍遍回想着玄武的话语，回想着之前他们三人运功，没有成功运转流光镜，却在镜中映出了多年以前的往事。我只觉得，好像有什么思绪在我脑海里渐渐清晰。难道是……忽然之间，我好像明白了什么。

“也许我们都理解错了。玄武说的力量，也许不是指法力。之前莫临也说过，运转流光镜的关键不在于强大的法力，关键是可不可以把自己的力量与它相融。容我大胆猜测一番，之前你们三人之所以开启不了去往人间的路径，却触发了多年以前的往事，这会不会是因为之前你们三人，甚至加上我，我们本就没有团结一心，而让我们产生顾忌的原因，就是这多年以前的往事，让我们都误以为钟离宇煌是一个恶人，不肯相信他，而他也是因为这件事情对我们怀怨。所以，我们所控制之下的流光镜只能给我们呈现我们心底所想的这件往事。”我将自己的猜想说出。

我说完之后，大家仍是一片沉默，我不禁有些尴尬，难道是我自己想法有误？

然而，就在这时，离茉雪对我笑着点点头，道：“爱琪，你这一番见解真让我吃惊。”

“你的意思是，我猜测得有道理？”我急忙问道。

“当然。”她微微一笑，“你很棒。”

一边的莫临与钟离宇煌看向我的眼神里亦有赞赏之意。一时之间，我有些不好意思，也为自己可以为他们帮上一点忙，提出一些想法而开心。

“如果按照爱琪所言，我们也许不需要动用什么法力。”钟离宇煌说道。

“对，只要我们都一心想着共同的目标，就可以从这里出去。”莫临沉声说道。

于是，我们四人各自伸出一只手，重叠在一起，凝神只想着要回到人间。

渐渐地，我们交叠的手掌间浮出一个白色的光团，那个光团缓缓飞到了流光镜处，融入镜面中。

镜面被白光覆盖，然后，变成一片空白。我看到镜面依次映出了我们各自的人像，再之后，无数的白光朝我们涌来，将我们包围。我的眼前一暗，再回过神时，我们四人已经回到了人间，站在异界魔园里。

“我们成功了！”我开心地抱住离茉雪，她也微笑着拍了拍我的肩膀。

“对了，还有木子，不知道她怎么样了。”我急忙朝着昏迷的木子跑去。时间还停留在我们离开人间的时间，所以木子依旧躺在那里，安然无恙。

“我对她下的，只是最轻度的咒法，无须解药，她马上就会苏醒。”钟离宇煌走过来，对我说道。

“那就好。”我松了一口气，随即气愤地看向钟离宇煌，“你早说不就好了？之前你死活不给解药，我还担心木子会永远陷入沉睡呢。”

“之前种种，我很抱歉。”钟离宇煌低声道，语气里是满满的诚意。

“算了，我大人有大量，不跟你计较了。再怎么说，你之前也算是好心帮过我。”我大度地摆了摆手说道。再说，这次木子昏迷，从某种意义上说也是一件好事，毕竟钟离宇煌他们的身份太过于特别，这些人的事情，人间的人知道得越少越好，否则一定会引起轩然大波。

“莫临，人间这里有我守着就好，我知道你和宇煌还有要面对的事情。这里的事情，我可以处理，童以然我有把握对付。”离茉雪和莫临边朝着我们走来边说道。

“好，我们随时保持联系。”莫临点点头说道。

钟离宇煌听完他们的对话，开口道：“之前，我传给童以然不少法力，她不会再来为祸人间，也不会通过吞食人类鲜血提高自己的法力了。”

“怪不得这段时间人间风平浪静，原来如此。”我恍然大悟。随后，我不由得打量起那个紫衣少年，忍不住想到，他到底还有多少我不知道的事情。我本以为之前的他满怀恨意，想要毁掉世间的一切，即便他帮助过我，我也不敢轻易相信他。可是，原来早在这些误解被解开之前，他就已经有了善意，或是那份善良一直都存在他的心底，始终不曾变更。

钟离宇煌被我看得有些不自然，不禁问道：“你这么认真看着我干什么？”

我一笑，开口：“没什么，我只是想，现在在我心里，你就是那个名副其实的英雄了。看来，我没有看错人哟。”

他一愣，随后似乎也回忆起了他为我挡下那些打劫的人时，我对他说的那句：“或许，你也可以成为一个好人，一个真正的英雄。”

我们相视而笑。

随后，莫临便带着钟离宇煌去往仙界，走之前，他还特意又查看了木子的情况，确保无碍之后才离去。

不大一会儿，木子就醒了，她对自己之前昏过去的事情有些恍惚，不知发生了什么。我只好诓骗她是和莫临聊得累了，就睡了过去。

“咦，莫临呢？”她问道。

“哦，他……他刚才有点急事就先走了。”我脸不红心不跳地说道，心里不禁暗暗想自己说谎的本事是越来越娴熟了，但我可是被逼无奈才会出此下策。

“原来是这样。”木子大概由于没有和莫临谈得尽兴而有些失落。

“你放心啦，你们一定还能碰到的，毕竟你也好不容易能找到个谈得来的人，都热爱医学，以后莫临就算正式接下陪聊医学的任务了。你大概也可以不再用那些学术名词来填我们的耳朵了，我终于从那些艰涩难懂的词语中解脱啦。”我调侃道。

木子听后假装生气要来追我，我们二人围着离茉雪身边跑跑跳跳，欢声笑语填补了所有的一切。

头顶上的那片蓝天似乎更加美丽晴朗，一切风雨都消融在了明媚的阳光里。

这是我所看到过的，最美的风景。

不久之后，茉雪告诉我，她与莫临通过法术联系，莫临说清觞与清源在了解了当年的前因后果之后，选择原谅了钟离宇煌。当年种种，其实他也是受害者，这些年来他在封印里苦受煎熬，也算是得到了惩罚。只是，清源还是没有办法不去介怀钟离宇煌的身份，钟离宇煌主动封印了自己，现在的他，再无半分法力。

莫临没有细说经过，只把结果告诉了我们，让我们不要为他们担忧。但是，我几乎可以想象，说服二位掌门谅解钟离宇煌的过程定是要费一番周折。毕竟，仙灵门以正义著称，要他们接受自古以来都以邪恶为代表的穷奇有多么困难。

“对了，那么当年引诱钟离宇煌下山的人与想要杀他的人，还有那个害他控制不住自己力量的男子，那些人有下落吗？”我问离茉雪，真正该受到惩处的，是他们。

离茉雪摇摇头：“时隔久远，查起来会费一些时间。不过，仙灵门已经明确表明，绝不会放过他们，他们才是罪魁祸首，定会有水落石出的那一天。”

我点点头，微微一笑。我想，至此已经是最好的结局了吧。

莫临有时会带着钟离宇煌来人间同我们相会，他和木子时常碰面，他们二人只要凑在一起就定会无话不谈，几乎要把整个世界上医学的学术问题全都谈个遍。

我想，那些曾笼罩在我们头顶的乌云已经一点点散去，未来迎接我们的，只有无尽的阳光。

这么想着，我站在家里的阳台上，望向晴朗的夜空，忽然感到一种恬静安宁的气息。

就在此时，我身后响起脚步声，一个人影来到我身旁，那是莫临。他和我一同看着人间的月色，月光淡淡倾洒着它的微光，柔和了莫临棱角分明的面部轮廓。

“可惜木子去医院值夜班了，不然真想让她也看看今晚的月亮。在我们这个人间，这样的景象很是少见呢。”我说道。

莫临一笑：“她真的是我见到过的最勤奋努力的人类女子。”他说着，眼里似有微光浮动。

“那是，我告诉你，她在我们人间可是相当优秀呢，光我见过喜欢她的人就不下十个。但可惜，她觉得不合适，所以直到现在还在追寻着自己的感情。”我咂咂嘴说，余光关注着莫临的反应。

莫临微微一怔，脸上忽然多了几分莫名的情绪。

“莫临，直到现在，你还坚守着自己的本心吗？你依然是那样无欲无求吗？”我问道。我大概可以猜出他内心的犹豫之处，经过这些日子的点滴，我知道他与木子之间已然有了微妙的情愫。

“我……”他一向清楚地知道自己想要什么，然而这一刻少有地彷徨迷惑。

他望着无尽的夜色，轻声道：“从小到大，我的师父与师叔教给我的，就是如何抑制自己的私欲，如何学会看淡尘世间的一切爱恨嗔痴。我用最严格的标准要求自己，我是仙灵门的大弟子，要以身作则，不敢有丝毫的逾越。纵然我知晓兰芷的心愿，也从未动情。我以为自己已经参透这凡尘间的爱恨，可是在时间之境里，面对宇煌，我被自己的情感左右。现在，面对木子，我知道心中的感情有增无减。可是，我不能如此。”

他说着，话语里夹杂了几丝苦涩。

其实，我也不知他和木子究竟是何时有了共通的心绪。若放到之前，我也定然不敢相信，莫临那样一个清心寡欲、不问红尘的人，竟然会对我的姐姐，一个人类女子动了情。他们之间，没有我所看到过的故事里那样千回百转，至死不渝，只是几次的会面，几次的交谈，就让他们的眼里有了彼此，就触动了莫临那一直冰封的情感。

我没有过这样的体会，从小到大，甚至连个青涩的暗恋对象都没有。我没办法感悟这样的情感。只是，恍然间想到《牡丹亭》里的那句“情不知所起，一往而深”，大概就是如此吧。

“可是，莫临，我不懂你为什么一定要让自己过那种无欲无求的生活呢？出尘，固然可以得到内心深处的宁静，可这漫长的岁月，除了寡淡无味，还有什么是可以期盼的呢？红尘中人，在你们眼里，也许可笑愚昧，为自己的七情六欲所困。但我们也因此可以品味欢乐与忧愁。人生本就应该有苦有甜，这才是它的精彩之处。”我对他认真说道。

他听了我的话后，转头注视着我，许久未再开口，眼里有微微的震惊。他从小生活在那样一个“存天理，灭人欲”的门派之中，也自然不会有人说出这样的话吧。

良久，他才低声说道：“爱琪，你的这一番话，让我颠覆了对于一些事情原有的认知。但是，师父对我寄予厚望，这些年里，我也从不敢懈怠，完成自己的使命几乎已经成为我一生唯一的念想。我现在没有办法说服自己，可以心无旁骛地去过你所说的这种生活。”

我点点头：“我知道你心里的矛盾。”

莫临遥望夜空的月亮，忽然一笑，转而注视着我：“可是，爱琪，我答应你，为了木子，为了我自己，我会仔细思索你今天对我说的这番话语。”

月光下，他的眼睛不再像我之前看过的那么沉静，而是亮如星辰。

“师兄，不早了，我们该走了。”钟离宇煌的声音忽然从我们身后传来。

他站在阳台的推拉门处，身后是客厅里明亮的灯光，亮如星火，照亮他带着笑容的清俊脸庞，那是发自内心的笑颜。他被封住了法力，却也收敛了戾气，只剩下一个干净的少年。

莫临点点头，随后与我一起走出了阳台，向我和离茉雪道别。

他们走到门口，此时已经入夜，外面没有人，莫临带着钟离宇煌念了一个诀，转眼就化为两道金光消失在了天际。

我不禁抬起头仰望夜空，心里暗暗祈祷，但愿我们这群人最终都可以得到自己想要的。

这个心愿一定会实现的，对吧？

当时，我真的以为，一切都已经结束了。但是，我万万没有想过，真正的风雨才刚刚开始。一切，都要从再次遇见童以然说起。

那天正下着蒙蒙细雨。夏日里，这样的天气很常见，晗宁一年四季湿润。我和离茉雪到附近的商店去买东西，刚一出店门，就看到天空中飘洒着细细的雨丝。

“应该一会儿就会放晴，我们在店门口等一会儿吧。”离茉雪接过我手里的购物袋说道。

“就这点雨，我们没带伞也没关系的。夏日里在细雨中漫步也有一番不错的情调呢。走吧。”我还没等她同意，就拉起她的手往外走去。

这场小雨冲淡了夏日里的燥热，空气被沾染上了些许清凉。雨滴不断从空中掉落，滴在树梢间，滴在街道上，发出好听的声音。街上几乎没有行人，只有我和离茉雪沿着小路，不快不慢地走着。面前的小路一眼望不到头，四周是微微的细雨，我和她并肩而行，我忽然生出一种错觉，好像我们可以永远这样相伴而行。

我深吸一口气，鼻腔里满是雨水淋过之后泥土花草发出的芳香，四周一片静谧，好像就连雨声都听不到了。

“好像整个世界就只剩下了我们一样。”四周已经空无一人，我不禁说道。

离茉雪微微一笑：“如果只剩下我和你，难道你不会害怕吗？”

“怎么会？且不说你有强大的力量抵挡危险，你还是我最好的朋友，朋友之间不受外界干扰地待在一起，有多好哇。”我忽然真的有点想体验一下那种只属于我们之间，摆脱一切纷扰的时光。因为，我深深知晓，我们二人之间有着难以跨越的距离。虽然曾经的我，执着地认为友情可以跨越一切，可自从上次去异界魔园，发现通往神界的通道，我才意识到，人间终究不是她的最终归宿。

离茉雪转头看向我，从她的眼神里，我知道，她和我的心情都是一样的。更何况，她心思那样细腻，我想过的问题，她不知反复思索了多少遍。我想，终归有一天，她会回到属于自己的地方去。

“爱琪，其实现在有的时候，我也真的希望自己是一个普通的人类。那样，我们就不会卷入这许多事情之中。那么，我便可以给你，你心中真正期盼的那份友谊。”离茉雪注视着我，认真说道，“我拥有人类无法企及的力量，但我没有办法成为一个普普通通的人类。”她说着，眼里现出几丝忧伤。

我看着她，心里满是感动，我知道，她是为了我才会如此。我想起之前的她明明是那样孤傲冰冷，现在却愿意跟着我的步伐，过着平凡的生活。

“茉雪，谢谢你，无论你未来决定如何，只要有你这句话就够了。”我道，“我不能那么自私，让本应该在广阔天地的雄鹰，放弃翱翔。茉雪，你只要记着，将来无论你身处何方，在人间，永远有一个朋友为你祝愿。”曾经的我是那样固执地认为，只有朝夕相处的陪伴倾诉，才能够维持友情。可是现在，我终于明白，只要心里有一个记挂的人，纵使走到天边，那份情谊也依旧炽热。

“爱琪……”茉雪轻唤着我的名字，深深凝视着我。

“我没有任何本领可以在危难时帮上你的忙。我想，我唯一能为你做的，就是不阻碍你去自己本应该去的地方，让你放心地去追逐你百年以来，一直渴望的，只属于你的前路。”我弯起嘴角，对她认真说道。

离茉雪听后，神色一动，脚步一顿，停在了原地。我知道她是想对我说些什么，于是便也在她身边停下来。

“我想告诉你我的决定。”她轻轻说道，平静的目光里，却是暗起波澜。

我心下一颤，也许她把最终的答案说出口之后，迎接我们的便是诀别。

然而，就在此时，一个令我熟悉的女声在我们的耳畔响起：“看你们情谊如此深厚，我也不想打扰你们。可谁叫你们总是来坏我好事呢？”

我和离茉雪迅速转头，前方不远处站着一个红衣少女，她比之前妩媚妖娆了许多，脸庞赤红色的条纹中又夹杂了水蓝色的点缀。

“喂，钟离宇煌不是给你法力了吗？你怎么还来祸害我们人类？”我高声问道。

童以然冷冷一笑，随即有些愤恨说道：“我本以为他可以助我完成心愿，可到头来，他反倒成了我的阻碍，几次阻挠我对人类下手。当然，他还是给了我补偿，穷奇之力能够让我功力大增。但是，距离我所期望的目标还不够。我想来想去，还是要靠自己才行啊。我知道，如果我不先把你们两个给解决了，你们还是会来阻挠我。”

“童以然，你被自己的贪婪所控，做出那些伤天害理的事情，所以才总有人阻挠你。你为了得到力量，就要屠杀人类吗？更何况，钟离宇煌已经给了你想要的，你竟还不满足！”我冷声对她说道。

童以然哈哈一笑，眼里闪过几分阴冷：“我告诉你，我就是这样的人。而且，我要的不只是恢复我们一族原有的力量，我还要得到穷奇，有了他的相助，这六界还有谁可以阻止我？当初是钟离宇煌选择与我结盟，现在他想走？他以为自己是谁，想站在哪边就在哪边？我倒要看看，如果我切断了他现在的路，他还能去哪里！”

“我警告你不要乱来！”我知道童以然因自己的私欲完全不计后果。

离茉雪化出了自己的武器古琴，漠然地对童以然说道：“那你可以试试，如果你能打败我的话。”

童以然冷哼一声：“我要让你见识一下，我现在的功力！”

她说着，化出水鞭，朝我们袭来。离茉雪也向她冲去，两个人的武器碰撞在一起，竟然擦撞出了火花。

我看得出童以然的出手比以往更加迅速、狠辣，她所发出的力量也越见强大。但是，离茉雪更为有条不紊，她游刃有余地将童以然的每一招抵挡下来，而且还自如地反击了童以然。

这时，我忽然看到童以然一只手持着水鞭同离茉雪对抗，另一只手悄悄亮出了几根银针，闪着幽光。

“茉雪，小心她左手的针！”我不禁在一边叫了出来。

与此同时，童以然飞快地朝着离茉雪射出一根针，离茉雪敏捷地以古琴抵挡，那针在触及琴弦发出的金光之时就已经消融。

然而，我看到此时的童以然忽然对我绽放一个邪恶的笑容，她将手里剩余的几根针猛地向我射来。我站在原地，根本来不及躲闪。我知道了，她故意声东击西，让我们都以为她的目标是离茉雪，却在下一刻对准了我。

我只能眼睁睁看着那几根针朝我的胸口飞来，我的耳畔响起离茉雪急切的呼唤，可我本就是凡人之躯，没有他们那样快的速度，根本躲闪不开。

只听一阵金属的碰撞声，我看到眼前出现一个手拿长刀的陌生青年，他用手中的刀为我挡下了童以然的进攻。

“小心。”他只叮嘱了我这一句，就纵身一跃，加入了战斗。

离茉雪和童以然见到这名男子，都有些惊讶，显然她们都不知道这人为什么会突然出现。庆幸的是，这人明显是个正义之士，帮助离茉雪一同对抗童以然。

他和离茉雪不过初识，却配合得天衣无缝，力量交织在一起，相辅相成。

童以然的出手变得更加吃力，但几招之后，她似乎看出了那男子的身份。

“想不到，你也是神界的人。看来阻碍我的，都是本该与我一家的人。”童以然冷笑着说道。

“你知不知道，你私自来到人间，伤人性命已经犯了神界的大忌？如果你识相，就赶快束手就擒，随我一同去面见灵王，听他发落。”男子冷冷说道，手里的攻势越见凌厉。

“我既然走到这一步，还有什么可怕的？你以为你们两个联手，我就毫无办法了吗？”童以然说着，往后退了数米，收了自己的武器。她浮在半空中，张开双臂，刹那，男子与离茉雪身边出现无数浪花般的白色光芒，它们卷起一层层的巨浪，所经之处，万物迅速被侵蚀。

男子与离茉雪飞快引渡自身法力，搭起结界，以抵御这股光芒。

而我站在一边，看到那些浪花似的白光一点点向我涌来。

“爱琪！”离茉雪想要来帮我，但是和那男子一样暂时被困在无数的白光之中，难以脱身。

我想要逃离这些白光，但它们的移动速度逐渐变快，几乎一瞬间就包围了我。我甚至可以感受到它们发出的炽热，连雨丝都来不及靠近就已经蒸发。

只听一声巨响，我看到离茉雪竟然破除了自己的结界，她借着结界破除时发出的巨大力量冲出了包围她的白光，向我飞来，挡在我的面前。

“爱琪，我不会让你受到伤害。”她的语气如往常那样平静，却坚定有力。她将我护在身后，眼见那些光芒向她涌来。

我用力想要拉扯着她，想要挡在她的面前。

“你为什么要管我？你是傻瓜吗？”我大声对她说道，眼里一阵温热，“你快走，不要管我！”

她回头对我一笑，周围耀眼的光芒并没有黯淡她的笑颜，我从来没有见过她笑得如此纯净，没有夹杂这百年以来所经历的苦痛与沧桑。

“爱琪，自我们相识以来，这句让我走的话语，你对我说过不止一次，但我的答案，从来都只有一个。”她的声音在我的耳畔响起。

然后，我看到那些光芒几乎要触及她的发丝与衣角。那一刻，我不知道自己哪里来的力气，竟然可以不顾离茉雪的阻拦，挡在了她的面前。

然后，我感觉到自己的胸口一片疼痛，随之而来的是周身细密的如刀割般的痛苦，我不禁跌倒在地。

“爱琪！”听到离茉雪仿佛被撕裂般的声音。

隐约之间，我看到她的古琴发出从未有过的强大光芒，那些金色的光芒不断涌出，吞噬掉了周围所有的白光。

“怎么会？”童以然不敢置信的声音传来。

我看到那个男子与童以然陷入了缠斗，而离茉雪跪坐在我的身旁，为我不断擦着胸口涌出的鲜血。

天边一道闪电划过，原本微微的细雨顷刻之间便成为倾盆大雨。

我的鲜血混着雨水，把茉雪的衣襟都染得通红。

“茉雪。”我低唤着她的名字，虚弱地抬起手阻止她为我止血的举动，“不要忙了，我知道自己现在的状况。你快去和那个人一起把童以然打败，那样人间就太平了。”

“不，爱琪，我要守着你。”她对我摇摇头，雨雾里，她的身影依旧可以在我的眼中清晰地出现。

冰冷的雨珠滴落在我的脸庞，然而我又感到一丝温热。我知道，那温热是她的泪水。我第一次看到那个外表冰冷的女孩这样绝望无助地哭泣。

“茉雪，不要哭。”我努力抬起手想要为她拭去泪水，然而，她的脸上一片冰冷，雨与泪早就混在了一起。

我还有好多好多的话想要对她说，我想告诉她，我是自私的，我不希望她回到神界，我想要她留在人间陪伴我，和我一起完成那些我想与朋友做的事情。然而，我感觉自己的身体渐渐冰冷，意识逐渐离我而去，我忍不住晕厥了过去。

再次清醒的时候，是因为脖颈之处的一阵阵剧痛，我是被那种快要窒息的痛感唤醒的。

我睁开眼时，感觉到雨珠噼噼啪啪打在我身上，视线一片模糊，可是我依旧可以辨认出茉雪的身形。我看到她满脸的焦灼与愤怒，同时瞥见身边的一抹鲜红，红得妖媚，是童以然，她在用力扼住我的咽喉。

“你们还想要她受伤吗？”我听到童以然冷漠无情的声音在我耳畔响起。

我因为窒息感，忍不住咳嗽了几下，断断续续说道：“童以然，你……你别想用我威胁他们。有本事，你就杀了我！”我害怕死亡，可是，我更怕拖累自己的朋友，更怕童以然会继续为祸人间。

“爱琪，我怎么可能不顾你的性命安全？你不要说傻话了。”茉雪说着，眼泪夺眶而出。

“茉雪，我只是不想你因我而受到连累。放心，我不怕死。当初我就告诉过你，我胆子大得很，什么都不怕！”我努力用自己沙哑的声音说道。

“爱琪，我……”茉雪捂住了自己的嘴，泪如雨下。

这时，一个冰冷低沉的声音响起：“开出你的条件，只要你不杀这个人类女孩，我就想办法满足你。”

我顺着声音看去，发现不知何时，又出现了一个少年，他面容俊美，眼眸里透着清冷与疏离。他大概与我差不多大，比莫临还要小一些，但是他的周身都散发一种属于王者的强大的气息，令人不自觉地敬畏。

童以然大笑一声，刹那间天边一道闪电划过，她的神情看起来越发疯狂恐怖。

“到底还是灵王知我意。我的要求很简单，让我安全地离开这里，我便放了她。”她话语一顿，“还有，今后，我再在人间做什么，你们都不许阻挠我。”

她知道可以用我绊住他们，于是不断加码，甚至要那个被称作灵王的少年以血起誓，承诺不会阻碍她所做的一切。

如此条件，那少年自然不会答应她。但他也明白在童以然的禁锢下，我正在一点点失去力气，他想要保全我的性命。

正在僵持之间，一道光芒从天而下，重重打在童以然身上，她没有丝毫防备，痛呼一声，跌倒在地，再动弹不得，禁锢我的手也在一时之间失去了力气，我脚步一软，几乎要直挺挺摔在地上，多亏离茉雪急忙过来扶住了我，那个少年也走过来将手放在我的心口，我感到有一股温暖的气息源源不断传入我的体内，舒缓了我的痛苦。

童以然本是愤怒不已，但在看清出现在我们面前的修长身影之后，语气忽然就软了下来。她的脸上露出慌乱之色，微弱地叫了一声：“哥。”

那个人冷冷看了童以然一眼，却遮不住他对妹妹的担忧。他对那个少年说：“我是童以然的兄长童以威。我知道她在人界犯了大忌，急忙赶过来处理，愿灵王网开一面。”

少年思索片刻，开口：“你大概已经了解她这几日在人间所做的事情。那么，你自然清楚，她的行为，会受到神界怎样的处罚。”他的口吻冰冷，丝毫没有回旋的余地。

“灵王，我……”童以威还想要再说些什么。

“这里不是久留的地方，你若还有话与我说，就一同先回神界。”少年打断他。

紧接着，他的目光转向离茉雪，还未来得及表明意思，离茉雪就马上回答：“我要先留在这里。”

少年点点头，没有多说什么，他只是对着那个之前为我挡针的男子说道：“凌光，你回神界后，马上派一个神医来这里为这个人类治疗伤势。”

凌光应了一声。

“谢谢你。”我看着这个似乎遥不可及的少年真心道谢。我们并不相识，他却一再救我。

他只是淡淡对我点了点头，算是回应。处理完这一切后，他的双手微张，一阵金光发出，众人立刻消失了。

离茉雪见我身体虚弱，也顾不得什么，急忙运用转移之术带我回到了家中。庆幸的是，这几天我父母回老家办些事情，下周才回，家里只有我和离茉雪，否则，我现在的样子估计会令他们担忧万分。

“没事的，茉雪，我觉得自己经过刚刚那个少年输给了我什么东西后，感觉好多了。”虽然身上还是疼痛万分，但是神志已经完全清醒，不会有性命之忧。

“爱琪，你真是……”她看着我，眼里的担忧还未退去，“我不知道该拿你怎么办才好。”

她说着，眼眶微红，用力握住了我的手：“我只恨自己为什么不够强大，没有办法护你周全。”

“茉雪，你已经为我做许多了。说到底，是我自己无能，一直以来只想着追逐你的脚步，可是到头来，只能拖累你。”我轻轻拥住她。

她没有再开口，只是也抱住了我。我和她，就在这静谧的空间里，彼此拥抱。只有这一刻，我们之间才真正没有了距离。

神医很快就赶了过来，是一个女子，二十多岁，面容很清秀，周身都发着一种宁静的气息。她看完我的伤势后，掏出大大小小的药罐，叮嘱离茉雪要如何服用药材。最后忍不住叹息一声，道：“我真的是生平第一次见到有人类敢挡下我们神灵的攻击。小姑娘，也算你福大命大。”

我听后，不禁一笑。确实如此，这一路上，我不知多少次游荡在生死之间，好在每一次都是有惊无险。

“不过这一回，多亏了你们的灵王相助。还要谢谢他呢。”我对神医说。

神医听后，浅浅一笑，对我说：“如果不是灵王把自身的真气输给你，恐怕你真的已经回天乏术了。只有灵王那样法力强大的人，才有至纯的灵气可以救治伤痛。”

“听你这么一说，感觉他真的是一个很厉害的人。”怪不得他身上的气息都有别于常人，王者之风就是如此吧。

“在神界，其实除了灵王，也有许多的神灵都有着强大的法力。”她说着，抬眼笑着看了看离茉雪，“就像是神司，强大到可以拥有对抗时间的不老容颜。漫长的寿命，奇幻的灵力，一直都是我们骄傲的资本。”

听她这样说，我心中一颤，忽然意识到了那个神界是怎样的存在。茉雪她果然还是属于那片土地吧？在那里，没有人会忌惮她异乎常人的力量，更重要的是，她不必独行百年，可以与那里的人一起走过漫长的岁月。我从来没有如此清晰地意识到我和她的时间流逝的意义是完全不同的。我能够陪伴她的全部时光也只有短短几十载，对她来讲，这数十载的光阴，只是她在漫长岁月里，无比短暂的一刻。

一直以来，我不敢细想我与她之间的差距。现在我却不得不想。

神医整理完了所有的药物便回去了。

离茉雪坐在我的床边，轻声对我说：“好好休息一下吧，我就守在这里。”

“好。”我点点头，闭上了眼睛。

无论如何，至少现在，她还在我的身边，在我一伸手就可以触及的地方。

这一觉睡得并不十分安稳，昏昏沉沉的，好像自己陷入了旋涡之中。我在睡梦里，见到离茉雪逐渐远去的身影，我努力上前追赶她的步伐，却与她越来越远。

当我醒过来的时候，不见茉雪的踪影，我的心里有些慌乱，正想喊她，只听见门外传来对话：

“凌光，你不要逼我，我已经告诉了你我的决定。”

“神司，不是我强迫你。是你忘了自己的身份！纵然你在人间度过了百年的岁月，但你还是神界的一员，而不是一个普通的人类。”

“那又如何？不过是一个身份而已。如果可以，我甘愿放弃自己的灵力，换一个凡人之躯。”

“当年你的家族在与魔界的交战中全部葬送了性命，你的父母用仅存的力量封印了你的法力，把你送往人间，躲避战乱。你是神司一族最后的子嗣，难道你要抛弃自己在神界本该背负起的使命，选择行走在人间吗？纵然你想要在人间陪伴你的朋友，你又如何可以自如地做一个人类？你这一生都不可能逃得过自己的身份。”

“告诉灵王，如果有一天神界需要我，我一定会义不容辞。可是现在，我只想遵从自己的心。其他一切，无须多言。”

隐约间，我听到了自己房间的门被推开，以及凌光一声无奈的叹息。我急忙闭上双眼，在黑暗里，我感觉到离茉雪走到了我的床边，注视着我。

我翻了个身，背对着她，不知为何，眼角泪水悄然滑落。

我不能再因自己的私心而一再把茉雪困在人间，那样的话，我未免太过自私。如果当初，我没有那样执着地追寻着离茉雪的脚步，打开她那颗被冰封的心，也许现在她早可以心无牵挂地回到属于自己的地方了，也许一切都是我的错。

我知道，到了我必须做出选择的时刻。我与她道别的这一刻，终于还是来临了。

夏日的傍晚，晚风徐徐。天边的晚霞还未暗淡下去，橙黄色的光映照在其中，似乎要把大片的云朵燃烧起来一般。

离茉雪小心翼翼地扶着我在小区里散步，不敢有丝毫的大意，我忽然感觉自己好像已经到了古稀之年，连走个路都要人搀扶。然而离茉雪任我如何安慰也不肯放下心来。说真的，其实我的伤经过神医诊治已经好了许多，伤口都结了痂，有的地方甚至已经看不出受伤的痕迹了。这些神界的人与我们人间就是不一样，连药材都有神奇之效。

温热的晚风拂过我与她的脸庞，霞光映照着我们面前的路。一切是那样美好。我忍不住抬头望着身旁的少女，她的容颜依然美丽，若非她的眼里透露的些许沧桑，有谁可以想过，她已经独自一人走过了百年的岁月。

我终究还是把心底的话语告诉了她，我对她说了自己的弱小，不能同她并肩，不属于她的世界。

我的话没有说得那样清楚明白，若要直白地说出我与她的差距，我希望她可以回到属于自己的地方，这样的话我也没有勇气说出。但是，她凭细腻的心思，早已经明白我的意思。

暮色里，她看着我的眼神忽然冷漠了许多。我已经好久，没有见到她如此冷漠的样子，这些日子以来，她虽然多数时依旧沉静淡然，但眼角的冷意已然退去，我知道她在试着过那种安逸的生活，试着信任一个人。

“你要我走？”她冷声说道。

“是。”我垂下目光，双手绞在一起。

她嘲讽般的一笑，冷冷道：“我以为，你和我之前见过的那些虚伪的人不一样。但现在，我明白了，你和他们根本没有差别。你现在还是害怕了，是不是？你虽然嘴里总说着不怕，但你还是怕被我牵连，所以才要我走！”

她的话语如同一把刀子，狠狠扎进了我的心窝。我知道她是误解了我的意思，可我怎么会是这样的人？如果我真的只想明哲保身，何必在这一路上苦苦追寻着她的脚步？

“茉雪，不是，我……我……”我努力想要解释。

然而，她不给我解释的机会：“我看尽了人世间形形色色的人，看尽悲欢离合，本不愿再有情感牵绊。但你的出现，一度让我相信真情。如今，你竟与那些俗世凡人一般无二。”

“茉雪，你怎么能这么说我？”难道我们一起经历了这么多，她还不相信我的为人吗？

“难道我说错了？那你为什么要让我走？”她冷然问道。

“我……”如果我说明自己的心思，她还有可能心无牵挂地离开吗？罢了，便让她误解下去吧，如果可以让她不再留恋人间，安心回去，纵然她怨恨我又如何？

她把我的沉默当成了默认，她闭上双眼，而后又睁开，缓缓说：“你无须多言，我已经明白了。我在人间身份特殊，连累到你绝非我本意，我走就是。”

她说完，不再看我一眼，指尖聚起一缕金光，在橙色的霞光里消失得无影无踪，只有一支长笛掉落下来。

我怔在原地，许久才回过神，弯腰将它拾起。微风吹来，特制的笛身发出风铃般清脆悦耳的声音。我看着它，想起当日我为了摘那一朵风铃草险些掉落悬崖。当时的我，是那样无畏无惧，坚定地认为，只要我们心灵相通，纵然天差地别又如何？那时的我，把友情的力量，把人与人之间的情感想象得那样强大，强大到可以挣脱尘世间所有的枷锁。如今呢，我却失去了初时的坚定与自信。

眼下的光景，就是我所希望的结局吗？

夕阳里，我的眼前出现一层薄薄的水雾。

我想起她说的那些话语，想起她言语之间的孤寂，想起我曾信誓旦旦地承诺为她驱散百年的孤寂。然而此时此刻，是我赶走了她。在她好不容易愿意敞开心扉接纳我们的友情时，我赶走了她。

风铃般好听的声音悠悠在晚风中响着，我握紧了手中的笛子，感受到笛身坚硬的材料予我的疼痛，关于茉雪的过往一幕幕在我的脑海里放映着：初遇时，满身是伤的她；从童以然手下救出我的她；与我发生争执，却依然跟在我身后保护我的她；诉说历尽百年人世冷暖的她；在车水马龙的街头，紧紧拉住我的她……那些过往的场景，如同默片，在我的脑海里浮现。

不，这不是我希望的结局。一直以来，我只是做着自己认为对的事情，却忘了问她，她是不是喜欢按照我心目中为她设想的路途去走。我们总是喜欢为自己在乎的人考虑一切，让对方按照我们为他预定的方向去走，却忘了问他愿不愿意。

我一直没有问过茉雪，她究竟愿不愿意回到神界，愿不愿意去过那种我以为适合她的生活。

夕阳西下，我握紧了手中的笛子，看到自己的影子被霞光拉得长长的，心里忽地一震，随即向远方跑去。我要去找她，我要亲口听到她的答案。

我知道她要去异界魔园，她曾经说过，那里有去往神界的路。我不知道自己跑了有多久，只是感觉到四周的景象快速地倒退着，我生怕自己晚一秒就见不到她了。

等我来到异界魔园的时候，汗水顺着我的脸庞不断滚落，晚风微微拂过，身上一片冰凉。我匆忙在园内寻着她的影子，我的心里从未如此慌张，我只怕自己找不到她，只怕她已经进入了神界，今生今世，我再也见不到她了。

周围只响着我的喘息与脚步声，我不断向园内走着，直至我看到前方闪耀着大片的金光，我急忙向那里走去。

“茉雪！”我大声叫着那个站在一个金光大作、由光汇成的洞口前的少女。

“你还来找我做什么？”她没有看我，只是一步步向那个洞口走去。

“茉雪，对不起，对不起，我并不想要你走……只是，我以为那样的生活才是你想要的。”我跑了过去，在她身后拉住了她的手。

“你以为？”她回头看着我，甩开了我，“张爱琪，我厌恶极了你们人类自以为是，假意为别人考虑的样子。说到底，你不过是介意我的身份。”

“茉雪，我……”

她注视着我，打断了我的话语，缓缓开口：“我只问你一个问题，是不是因为我是神界的人，才会令你如此。如果我是人类，那么一切的忧虑就都不存在了是不是？”

我凝望着她，动了动嘴，却仿佛失去了言语的能力。

“回答我。”

“是。”我闭上双眼，说出了那个字眼。如果她不是神司，如果她只是一个普通人，那么我与她便无须再忧虑其他。

“我明白了。”我缓缓张开眼，看到她长叹一口气，来到光洞的边缘。

“曾经，我想要远离你。可是，是你一路跟着我的脚步，即便遭遇生死，依然如故。那时候，你说想要与我并肩而立，我选择相信了你。可是到头来，我才明白，一神一人，天差地别，你我又如何并肩？”她背对着我，面对着光洞，周身都被光芒笼罩，如同坠落凡间的天使，转眼就会消失。

而我又该如何告诉她，我所畏惧的身份差距，是我不能够帮到她，就像在面对童以然的进攻时，我根本没有力量同对方抗击。是在岁月的流逝里，我注定无法陪她走到最后，无法生死与共，不离不弃。可如果她回到了自己的世界，那么一切疑难都会迎刃而解，会有人同她并肩作战，同她一起经历这漫长的岁月。我所怕的，从来都不是她的身份，不是她与寻常人的不同。

我依旧想要与她并肩，可是在经历了这么多之后，深深明白，我没有那样的力量可以站在她身边，为她遮风挡雨。我只怕，她会为我所累。

“这最后的一面，就当作我们之间的告别吧。”她淡淡说着，随后便纵身一跃，跳入光洞。

“茉雪！”我叫道，几乎是下意识地也跳了进去。

原来这一刻，所有的顾虑都不复存在，留下的，只是最为本真的念想——我不希望她离开。

然而，我刚刚进入隧道之中，周围的光芒就向我涌来，如刀割一般，我的身体疼痛万分。我感觉到自己的意识渐渐模糊，恍然之间，却又看到了那个淡漠美丽的少女。我忍不住用指尖触及她微凉的脸颊，轻轻说着：“茉雪，不要走，好吗？”

只是我还未来得及听到她的答案，眼前便暗了下去。

第十章　死局

我没有想过我和茉雪可以再这样一起站在夜空下，静静感悟着夜的寂静。那日我跟着离茉雪踏入隧道，几乎性命不保，最后是她甘愿放弃神司一族世代相传可以看透法力弱点的灵力才救了我。这些，茉雪本想瞒着我。可是后来，在我对帮忙看护我的凌光几经追问之下，他才敌不过，告诉了我事情的真相。

那个时候，知道真相的我，久久沉默。

我怨恨自己，虽然总是想着不连累茉雪，可是到头来一次又一次地连累了她。

我还记得她在我醒来时，喜极而泣的样子。她在我陷入昏睡时，一步不离地守着我，为了我放弃了自己一族引以为傲的法力。她为我做了那么多。

那时，已经知晓了一切的我红着眼眶看着她，半天说不出一句话。

“茉雪……”过了许久，我才开口，可是一张嘴，喉咙里似乎被什么东西堵住一般。

“嘘。”她捂住我的嘴，然后拥住了我，“什么都不用说，我都明白。爱琪，不需要自责，这一切都是我心甘情愿的。就像你，不顾自己的人类之躯闯入去往神界的隧道一样。”

我的泪水不断涌出，沾湿了她的衣襟，我感到她的身躯也在微微颤抖。我们就那样静静相拥，尽管横亘在我们之间的，是漫长的岁月，身份的差距。可是，这一刻，只有我们两个，只有我们之间的友情。

现在，我望着头顶静谧的夜空，感知到我身边的少女，只觉得所有的一切都那样美好。而我只是希望，时光可以永远停留在这一刻。

我们现在在一起的时候，都尽量避开那些会牵动我与她心底愁绪的话题。未来会如何，我们尚不知晓，可是至少希望眼下的安宁可以多停留一刻。

“对了，不知道莫临最近怎么样了，他好像已经有些时日没来人间了。”我对她说着，随即不禁一笑，木子这几日可没少旁敲侧击问我莫临的事情，多亏我机智，说莫临去别的地方参加绘画比赛了。

茉雪转头看着我，眼里多了几分犹豫与担忧。我感到不妙，急忙问：“怎么了？难道莫临发生什么危险了吗？”

她摇摇头，轻抿嘴唇，迟疑片刻，开口：“这件事情，我本想等你身体好一点再告诉你。出事的不是莫临，是他的师父清觞掌门。他几日以前忽然去世了，莫临正在追查这件事情。”

“什么？”我不敢置信地轻掩住自己的嘴。我还记得那位老人慈祥温和的样子，怎么忽然遭此大难？那么莫临呢？他的师父去世，他此刻一定是悲伤万分。

“他是被恶人所杀吗？”我问。

茉雪点点头：“听说那个人的手段极其高明，一招致命。能和莫临师父对抗的人并不多，仙灵门戒备森严，外人要进入几乎是不可能的事情，所以，莫临怀疑是仙灵门内的人所为。”

我听到茉雪所言，心里暗暗一惊，如果真是如此，简直太可怕了。原以为童以然被制服，带回神界得到惩处后，一切危机已然散去。可是没有想过，原来一切并未结束。我几乎可以想象到仙灵门现在一片混乱的景象，莫临要忙着追查真相，还要小心躲在暗处的凶手，只怕会分身乏术。

“茉雪，你快去仙界帮助莫临吧，他一个人肯定难以应付眼前的事情。”我想了想，对茉雪说道。

“可是，你的身体……”她有些担忧。

“我没事的，这几天我已经好了大半了，再说凌光也时不时会来这里。而且，我还有你给我的玉坠防身呢。”我笑了笑，劝慰她说。

她看着我，沉思半晌，最终松了口：“好吧。”随后，她又一笑，“你不和我一起去了吗？”

我摇摇头：“我很想和你一起去，但是，我估计去了也不见得会帮上什么忙，就不要再给你们添乱了吧。”如果是以前的我，早就冲上去了，只是现在经历多了才明白，有的事情，我既然无法出力，那么最好的帮助就是不再给他们添麻烦。

她轻叹一声，缓声说：“爱琪，你好像长大了，懂得为大局考虑了。可是，我变得越来越不像最初那个冷静的自己了。不知道为什么，这一次，我很想让你和我一起面对这一切，总觉得仿佛我们以后就不会再有机会携手同行了一样。”

“茉雪，不要胡说，我们还有许多的时光可以一起经历。我也想与你一起面对，但是，我现在没了最初那种天不怕地不怕，执着一路追着你的勇气，因为我怕自己会拖累你。”我看着她说道。

“我又何尝不担心自己会无法护你周全。”她看着我，忽然认真说道，“爱琪，让我们抛开自己的担忧，任性一次，去共同面对这一切好不好？我们总是为彼此忧心，却忘了这世间本来就有一种力量叫作团结。还记得时间之境那一次的经历吗？我们不就是依靠着彼此，才从中脱困的吗？”

我终究抵挡不住她的话语，到底还是点点头，绽放了一个笑容。

我们乘着夜色，一路向仙界赶去。我借着茉雪的法力，和她一起在云端之上。夜色为云朵洒下幽暗的蓝，漫天的繁星萦绕在我们的周围，一切都是那样静谧美好。

我想起自己第一次为了到仙界救茉雪，乘着莫临的剑飞往空中，心里的激动与微微的恐慌，再想到现在的自己，对这一切早已是司空见惯。原来时间就是这样不知不觉流失的。

不消片刻，我们便来到了仙灵门。茉雪已然是这里的熟客，看门的弟子见了她，都礼貌地问好。我也在这里待过一段时日，他们见我亦是面熟，于是没有多说什么，就开门让我们进去了。

刚一进门，就看到曦云正在和其他弟子说着什么。看到我们来，他很惊讶，从一众弟子中脱了身，向我们走来。

“你们怎么来了？大师兄知道吗？”他问道。

茉雪摇摇头：“还没来得及跟他说。我和爱琪都担心这里的情况，于是就匆匆赶来，看看能不能帮上什么忙。”

曦云幽幽一叹，眼里闪现伤痛：“自从师伯去世后，师兄为师伯料理后事，安抚其他弟子，连着几夜都没有合眼。师父也是悲痛不已，卧病在床。现在，杀害师伯的凶手也没有头绪……”

我没有经历过与至亲之人阴阳相隔的苦痛，我想那种悲痛一定是山崩地裂一般的。还记得曾经我养的一只小狗死去，我都难过了许久，更何况是朝夕相处、如亲人一般的师父呢？

曦云很快就收敛了自己的情绪，对我们说：“我去带你们找大师兄吧，他就在前面大殿后的房子里料理门中事务。”他说着，指了指方向。

“曦云师兄，我们自己去找他就好，不用麻烦你了，我知道你也很忙。”我对他说道。我看得出他和莫临关系甚好，总是跟在莫临身旁，一定也是莫临的得力助手。现在门派出了这么大的事情，他一定也要处理不少要事。

曦云想了想，点点头：“好吧，那我就不送你们了。”

我和茉雪向他道了别，向前方走去。一路上，遇到不少神色严肃的弟子，他们都手拿着剑，一刻也不敢放松地守在这里。也有的弟子神色悲痛，为清觞掌门的逝世而忧伤不已。仙灵门里原有的灵气与安宁，似乎都被这突如其来的祸事一并冲淡了。

来到大殿后面，就看到了刚刚曦云指着的房子。我们刚要敲门进去，就见到房门一开，莫临抱着一些纸张从里面出来。他一身深蓝色的衣服，几乎要和夜色相融。他眉宇之间，依旧是那样沉静，即便面对自己师父的死去、师叔的病，那份沉稳依然如故。只是，他略带憔悴与忧伤的眼神，还是流露出了他的情绪。

他见到我们，微微一惊，随即浅浅弯起唇角，问道：“你们怎么来了？”

“仙灵门发生这样的大事，我们朋友一场，自然不会袖手旁观。”茉雪一笑，而后敛起笑容，严肃问道，“凶手还是毫无头绪吗？”

莫临摇摇头，眼里闪现坚定的目光，沉声说：“可是，我一定会找出他，为师父报仇。”

“我们先回到住处吧，我有些东西要放到房里。正好，你们同宇煌也有些日子没见了，他看到你们也一定会很开心。”莫临说着，便带着我们往住处走。

一路上，他向我们细细讲述了事情的经过。原来是有一个弟子去找清觞时，无意间发现清觞倒地不起，后心有一处伤口，鲜血流了满地。

“清觞掌门这样厉害，寻常人怎么会有机会刺杀他呢？”我不解地问道。仙灵门的弟子固然精通武学，可若是说有能力刺杀清觞的，那应该几乎没有吧。

“现场没有打斗的痕迹，但我在师父的香炉里发现了噬魂散，那是一种毒性极强的药，一旦吸入，就会浑身无力甚至令人死亡。”莫临说。

“而且，那种药材，只有融合妖的气息才可炼制。”茉雪接道，淡然之下隐隐藏着另一种情绪。

什么？我听后一愣，一个答案油然而生，但瞬间便被我抛之脑后。

“就算是妖界所有的，也不见得就一定是妖界的人所为，仙界的人从其他什么渠道得到这个药材，也不稀奇。”我道。既然我们都已经选择相信了钟离宇煌，那么朋友之间，就不该有丝毫的怀疑。

“我相信宇煌。”莫临坚定说道，“我了解他的为人，他不会做这种事。只是，现在事情一出，门中上下都对他猜疑万分。之前他的身份与过往，已是让他人有所忌惮，如今又出了这样的事情……”他的眼里浮现几丝苦痛。

“没关系，等我们查清事情真相，一切的猜疑都会不攻自破。”我对莫临说道。

我们一行人走着，忽然见到不远处聚集着一群弟子，大家不知道在说些什么。我们来到人群中，在缝隙间看到前面的空地处有两个人似乎正要比试功夫。

夜色里，我看不清那二人的面相，只是听其中一个少年带着些许不屑与鄙夷的语气说："钟离宇煌，你一再推托，是不把我这个同门放在眼里吗？难道，你只想着讨好大师兄，连与我切磋一下都不屑吗？"

"梓默师弟说哪里话，只是我武艺平庸，封印在身，怎会是师弟的对手。"钟离宇煌平静的声音在夜色里响起，他的话语虽然说得谦卑，语气却是不卑不亢。

那个名为梓默的少年哈哈一笑："无妨，我们只论招式，不论法力，还请钟离师兄不要再推托。这几日仙灵门发生这么多的事情，我们两个比画比画，权当给其他弟子舒舒心，难道不好吗？"

他说着，围观的弟子一阵叫好。

不分场合地爱凑热闹，看来无论到何处这都是多数人的共性。再说，这些弟子估计也早就看钟离宇煌不顺眼，期盼着他败在梓默手下呢。我不由得有些担心钟离宇煌的安危，毕竟他法力被封，如果遇到梓默要什么心眼，存心要他受伤，当真是没有对抗的能力。

思量之间，梓默已是迫不及待朝着钟离宇煌发起了进攻。他一掌向钟离宇煌击去，我虽然不精法力，却也看出梓墨那一掌的力量不小，绝不像他口中说的那样"不论法力"，他根本就是冲着伤钟离宇煌而来。

钟离宇煌灵活一个闪身，梓默的手掌贴着他的衣襟堪堪擦过。

"只是一掌，我便已然感受到了师弟的力量，是我不敌，我自行认输。"钟离宇煌说道。

梓默却是冷冷一挑眉，拦在他身前，道："你再三推辞，不想与我比试，难道是看不上我这个同门吗？不过才一招，说什么不敌？"

说着，他退后一步，再运法力，指尖出现一缕白色的光束。

他知道钟离宇煌失去法力，没有办法抵御他的法术，就想趁机伤害他。他刚刚不是说过不论法力吗？现在就这样堂而皇之地使诈吗？

然而，周围没有一个弟子指责梓默的无赖，反而为他叫好打气。

我看到茉雪与莫临也早已按捺不住，想要阻止这场争斗，但无奈周围的人太多，把我们夹在其中难以动弹。

此时，只见梓默伴着手掌间的白色光芒，再度向钟离宇煌袭去，钟离宇煌反手一挡，暂时抵住那团向他涌来的白光。

“怎么办？这样下去，宇煌一定会有危险！”我拉了拉身边的茉雪，“我们快想想办法帮助他。”

“等等。”茉雪的目光直直凝视着钟离宇煌，低声说道，“现在有危险的不是他，而是梓默。围观的弟子道行尚浅，看不出钟离宇煌虽然是处于被动防守的位置，可是他早已反客为主，压制住了梓默的力量。”

“什么？”我努力瞪大眼睛看向前方，不敢置信地问道，“可是钟离宇煌的法力不是被封了吗？他哪里来的力量对抗他人的法术？”

茉雪看了我一眼，道：“是内力。功力除了靠灵力维持，还有一种便是内力，不过凭借内力，对自身体力消耗极大，可看他的样子，似乎并未有什么不适，足以见他内力之深。”

听到她这样说，我也马上想起，在她还没有恢复神界的灵力时，她也是借着内力与人争斗。

“他的内力要比我高出许多。再这样下去，那少年难逃一死。”茉雪说着，目光却看向一旁的莫临。

莫临显然也早已看出了其中的名堂，眉头紧锁，淡色的朱唇紧紧抿在了一起。随后，只见他腾空而起，越过人群，站在钟离宇煌与梓默身前。

“住手。”他沉声说，清朗的声音流淌在夜色里，尤为清晰。

钟离宇煌见到莫临，淡淡一笑，收回了手，梓默随之收了招式，捂着胸口向后退了几步。莫临急忙扶住梓默，手指搭在他的脉搏上，而后脸色缓和了几分，松开了梓默的手腕，厉声问：“你还记得本门门规的第一条是什么吗？”

梓默低下头，小声说：“是禁止弟子间私斗。”

“但是，大师兄，明明就是钟离宇煌不怀好心，一定就是他杀的师伯！我与他交手，也不过是为民除害，让他不要再迷惑大师兄。”梓默忽然又抬起头，抬高声音为自己辩解。

“住口，看来你还是没有意识到自己的错误。现在案件未破，真相未明。你却在此徒生事端，自相争斗。回去把门规抄写一百遍。”莫临冷声道。

梓默似乎还有什么想说，但是看到莫临如此，也不敢再多言，转身离开了这里。围观的弟子见此情形，也不敢多留，渐渐散去，只余我和茉雪、莫临、钟离宇煌四人站在那里。

“宇煌，梓默他虽然有些轻狂张扬，但到底没有恶意，你……”莫临看着钟离宇煌，眼里闪过忧虑之色。

“师兄可是担心我会对他下手？”钟离宇煌微微一笑，淡淡反问。

莫临注视着钟离宇煌，眉头微皱，许久都未回答。

“我明白了。”钟离宇煌嘴角扬起一个嘲讽的笑容，“在你的眼里，我依旧是你曾认为的，那个杀人不眨眼的恶魔，是不是？”

莫临听后不禁沉默，良久，他才缓缓开口：“我只是害怕，你会重蹈覆辙。”

其实，不只是他害怕，我知道，我们每一个人在心里都害怕他会重蹈覆辙，虽然一再告诫自己应该彼此信任。

钟离宇煌忽然放声大笑起来，他的声音响彻天际，直到眼眶变得湿润，才看着莫临，道：“师兄，那日我跟你回仙灵门，自愿接受封印让你们相信我的诚意，我也答应了你，我不会走回头路。可是，你一如多年前，只相信自己看到的，根本不愿信我。”

“宇煌，我……”我第一次清楚地从莫临沉静的眼眸中看到了几分波澜。

“如果你真的信我，为什么这么多天以来，都不让我插手师父的事情？难道，你不是同其他弟子一样，因为噬魂散而怀疑我吗？”钟离宇煌苦笑一声，话语里是无尽的苦涩。

莫临站在原地，没有回答，四周一片寂静。

月光下，钟离宇煌缓缓转过身子，背对着我们，轻声说：“我为什么要选择回到这里？也许这个决定就是错的。”他说着，不再停留，向远处走去。

清冷的月光洒在他的身上，令他的背影在夜色里显得无比孤独。我看着他的身影淹没在夜色里，不禁想起在他还是黄瑜的时候，对我说的那句话：“曾经，我也努力想做一个善良的人。可到头来，还是逃不过他人的怀疑误解。也罢，我本就有别于常人，也难怪他们如此想我。”

我们总是惧怕着他身上背负的穷奇之力，担心他再像以前一样，让周遭生灵涂炭。可是，我们忘了，他走到今天这一步，也非自己所愿，如果不是当年有人对他暗下杀手，又以药唤醒他体内的能量，他也不会走上这样的一条路。说到底，他也是个受害者，可是没有人愿意关心他、信任他。

这样想着，我快步去追他。

我跟着钟离宇煌，来到一处山崖前。这里四面云雾缭绕，前面是无尽的夜空，下面是万丈深渊，头顶是满天繁星，闪着璀璨动人的光辉，似乎就悬挂在触手可及的位置。

他站在悬崖边缘，再走一步便会坠入无尽的深渊。

我慢慢走了过去，站在他的身边。

“为什么跟过来？难道你不怕我会图谋不轨吗？”他转头看向我，崖间的风吹乱了他额间的碎发。

“我知道，你不会。”我无所畏惧地一笑，“曾经，你有许多次机会杀了我。我是一个人类，你要杀我易如反掌，你却从不曾对我动手。”

他淡淡一笑，俊美的脸庞在月光的映照下显得尤为好看，然而转眼之间，他的眼里便浮现几丝忧伤。

“可是，他从来不肯信任我。”他的话语里流露无尽的寂寥。

“谁说的？如果莫临不信任你，当日在时间之境，他就对你动手了。可是，他最终还是收了手，要你和他一起回来面对一切，澄清多年以前的误解。在他的心里，他对你的情谊从来都没有改变。这次他不让你插手清觞掌门的事情，大概也是怕激起门中弟子的猜忌吧，毕竟你的身份摆在那里，那个药又把你牵连进来，可是我想莫临一定是相信你的。连我都坚信不疑的事情，他还会被迷惑吗？”我对他说道。

“是吗？也许吧。”他遥望天际，轻声说道，眼里的忧愁依然没有退去。

我见他如此，轻叹一声，道：“我想，莫临他身为大师兄，肩负着许多的责任，他要考虑的事情有太多太多，凡事都要以大局为重，不能像我们一样随心所欲。我们，也该理解他吧。”

“我和他相识了那么多年，我早就知晓，他的心中有天下，有门派，有他坚守的道义。这些，我从来都懂得。我只是忧心，终有一天，我还是会站在他的对立面。自古以来便有正邪之分，在世人的眼里，早就把我定义成了万恶之源。如果有一天，他所守护的天下，容不得我的存在，他又会如何？”他的声音幽幽响起。

“怎么会？你纵然有穷奇的身份，骨子里却是良善正义，这样的人，怎么会没有容身之处呢？”我不解问道。

他一笑，笑容里却包含了太多的忧愁。他看着我，淡声说道：“刚刚我与梓默比试，围观的弟子对我何种态度，你不是也看到了吗？仙灵门尚且如此，那些凡尘中人又会如何？”

他说着，目光暗淡下去：“不过，这大抵也是对我昔年所犯下过错的一种惩罚吧。如果那时候，我没有造下杀业，也许现在会好得多。我终究，没有办法逃得过那些罪孽，生生世世，永生永世都无法翻身。”

我看着他，不禁沉默。我还记得初见他露出自己容颜之时，他俊美妖魅的样子；记得他化为原身，那凶狠可怖的模样；以及敛去戾气，干净俊秀的样子。但是，我从未看到过他这样落寞、黯然神伤的样子。这，才是真正的他吧。

有的时候，我也不知该如何去评判他所经历的过往。往日种种的确非他所愿，他的确骨子里有善恶之分，但是，他又确确实实杀害了那么多的生命，即便他是被控制的。杀人，本就该得到惩处。然而，念及他当年遭受的种种，也让人难定论。他一直都想做一个好人，可是别人在知晓他的身份与过往后，又如何敢接近他呢？

这一切的一切，根本早已是个死局，无论怎样做都是错。

在之前得知清觞与清源宽恕了他之后，我本以为所有的困扰都迎刃而解。可现在看来，事情怎么可能如此简单地便迎来了圆满的结局，生活终归不是童话，远远要复杂得多。

“可是宇煌，我只想知道，如果真的有你说的那一天，你又会如何？”我抬头，直视着他的眼眸问道。

他微微一怔，而后垂下目光。在月光的照耀下，他纤长的睫毛在眼下投下淡淡的阴影。

“我知道这一切对你而言，很难下决定。可是，我希望你答应我，如果真的有那么一天，因所谓的正邪之分，让你遭受了本不该你背负的苦痛，也请你不要用杀戮来解决这一切好吗？那只会让一切变得更糟。而且这样做，也只会徒增你的痛苦。”我对他认真说道。

他听后，缓缓抬起头，注视着我。良久，我看到他轻启唇瓣，对我说：“好，我答应你。”

山崖之上，我们四面被淡淡的烟雾包围，前方是看不见的道路。未来会发生什么，我们谁都无法知晓。可是，只要有他这句话，我就燃起了一分希望，可以有勇气相信，我们终会迎来真正的、属于我们的、云开见月明的那一天。

夜色渐深，我们走在回去的路上，钟离宇煌对我一笑，道：“爱琪，谢谢你。”

“谢什么？我们都已经是朋友了，不是吗？”我爽朗说道。如果放到之前，我一定也不敢相信，我有一天会与世人眼里的凶兽穷奇，进行如此融洽的谈话交心。很多时候，我们都会被自己的偏执蒙蔽双眼，看不到真正的事实。

我们一路回到住处，我和钟离宇煌道别，准备往自己的住处走去。然而，正当我准备进屋的时候，忽然看到一个黑影在不远处的屋檐下一闪而过。

我心下一惊——来者不善。然而，我面上不动声色，悄悄跟上了他。

他的身形修长，动作也很敏捷，若是平常，我肯定跟不上他。但是仙灵门里面楼阁众多，地形不是那么平坦，他的速度不是太快，我才能勉强跟在他后面。

我一路跟踪他来到山涧，只见他纵身一跃，腾空而起，随后向远处飞去。

我站在原地，痛恨自己不会什么腾云驾雾的本事，否则一定追上他。这人的行踪如此鬼祟，想必不是善者，也许与清觞掌门遇害的事情有关也说不定。

我正打算先回去，刚刚一转身就看到迎面而来的茉雪。

“茉雪？你怎么在这里？”我惊讶问道。

“刚刚看你一个人像是在跟着什么，我有些不放心，于是就悄悄在你身后跟着。发生了什么吗？”她问。

我想了想，急忙拉住茉雪的手：“茉雪，快带我使用转移之术，我刚刚看到一个鬼鬼祟祟的黑影，觉得他很可能与清觞掌门的事情有关。他刚才就从这里走的，我记得来时见这里的地形还算平坦，难以藏身，周围一览无余，我们现在跟过去，兴许还能发现他的踪影。”

“但是，我们这样贸然跟去太危险了，万一……”她不禁有些担忧。

“顾不了这么多了，再顾忌下去，人都跑八丈远了。我们就悄悄跟在他后面，看看能不能查出什么，快！”我急忙拉着茉雪。

她拿我没有办法，念了一个诀，带我飞到空中，我为她指着刚才我看到的黑影走的方向，心里期盼着还能追上那个人。

万幸的是，不大一会儿，我们就发现了那个人。

茉雪比我要警惕得多，她怕对方会发觉我们，一直与他保持着一段不近的距离。

“我看他身体轻盈，动作敏捷，料想应该有些手段，我们不能大意。”茉雪在我耳边低声说，眼睛一直盯着那个人。

“嗯，我明白，你放心。”我回答说。

走了好一会儿，他才终于降落在一个树林里。我们躲在树丛中，看到他来到林中一块相对宽敞的地方，而后微微回身，对着我们隐藏的地方，轻声一笑：“二位跟了我一路，不累吗？”

我心中一惊，原来他早已发现了我们。我与茉雪相视一眼，知晓再躲藏下去也无济于事，于是便走了出去。

待走近他时，他才完全转过了身子，借着清亮的月光，我看清了他的容颜。

“是你！”我不禁惊讶叫道，随即怒声说，“你就是当年假意救下宇煌，用药激起他体内力量的那个人！”

“哦？”他挑挑眉，语气却是一派温和，“我们素不相识，你为何如此说？”

茉雪上前一步，挡在我面前冷声道：“不必再装模作样，你当年对钟离宇煌所做之事，我们早已在流光镜里看得一清二楚。”

男子笑着点点头，不急不躁地答道：“原来如此，我虽是不了解你们，你们却早已知晓了我。”

“清觞掌门是不是你杀的？”我冷声问道。

“你未免把我想得太胆大妄为了。再说，我与他并无纠葛，我又何必劳心伤神对他下手呢？”他微微一笑，“我今日去仙灵门也本无恶意，不过是受人之托，忠人之事。”

“你这话什么意思？难道这件事情另有人所为？”我问。

他看着我们，俊秀的容颜之上倒是始终那样柔和宁静，如同一个温文尔雅的君子。

“这便与你们无关了。总之，与那个人约定的事情，我已然完成。至于其他，你们无须知晓。”他负手站在夜色里，温和一笑，“我想该说的，我也都已经说了，我并没有做过伤害仙灵门的事情。我们初次相识，我也不愿与你们大动干戈，不如就此作罢。”

他说着，转身想要离去。然而，茉雪拦住了他：“不管是不是你杀的清觞掌门，不管你今天到仙灵门所为何事，当年确确实实是你害了钟离宇煌，也令仙灵门遭到大劫。今天既然遇上了，我就不会白白放过你。”

“没错，我们既然遇见了，就把新账旧账算个干净。”忽然间一个清朗的声音传来，紧接着，一个英挺的男子从天而降。

“莫临！”我看到他，惊喜叫道，“你怎么会来？”

他看了我一眼，道：“你的胆子也太大了，就这么不管不顾贸然跟来，多亏茉雪一路给我以法力暗留记号，我感知到后才匆匆赶来。”

他说着，又把目光放到那男子身上：“你究竟是谁？”

“既然仙灵门的大弟子莫临都亲自来询问，我也不好再隐瞒。”男子一笑，回答，“君尘的确不是我的本名，君诺尘才是。”

莫临听后，神色一变，沉声道：“原来你便是得到魔界长老叶谦教导，年纪轻轻就被尊为殿下的那个男子。”

“有幸莫临师兄听说过我，不过，想当年我救下钟离宇煌的时候，也早在他昏迷时，就从他的嘴中听到了无数遍你的名字，真是想忘都难。”君诺尘说着，仍旧是一脸的温和，只是其中却暗藏波澜。

莫临幻化出剑，冷声对君诺尘说：“你不要再提我的师弟，若不是你害了他，他怎会如此？我师父的死，与你也一定脱不了干系。今天就让我们把新账旧账一并算清！”

“莫临，你这话是误会我了。令师之死，与我没有关系。我今天去仙灵门，也不过是为那个真正杀了你师父的人查看情况。”君诺尘悠悠说道，“再说，凶手是谁，还需要我言明吗？那人露出的破绽不是足以提示你们了吗？”

“君诺尘，你什么意思？”我觉得他话里有话。

“什么意思？”他弯起唇角，目光一一扫过我们，“那瓶噬魂散从何而来，还用得着我说吗？”

“你不要在这里胡言乱语，挑拨离间！”我明白他在暗示我们是钟离宇煌所为。

“信不信由你们。我只是觉得可笑，你们来找我报仇，却没有想过如果与我有仇的人，已经与我化敌为友，结为同盟。你们这个仇，报得又有什么意义呢？”他反问道。

莫临身子一颤，但他随即用力握紧了长剑，指向君诺尘：“我不会信你的话，为了师弟，为了仙灵门，我不会放过你！”

他说着，一剑刺向君诺尘。君诺尘回身一避，剑锋擦过他黑色的衣襟，剑气却震开了他披在身上的黑色斗篷，露出里面的一身白衣。

“不愧是仙灵门的大弟子，果然内力精湛。我也多年未遇敌手，今日就让我们比试一番。”他说着，伸出右手，掌中出现一把白色的羽扇。

他说着，一个回身向莫临击去，一扇一剑碰撞在一起，竟然擦出了火花，在黑夜里尤为耀眼。莫临剑法灵活多变，而君诺尘也身形敏捷。二人一番对峙，均是高手，势均力敌。

他们以自己的兵器相抵，僵持不下，法力不断向对方发去，直至那些力量在他们中间不断累积，最终爆发一股巨大的气流，两个人纷纷被那气流冲击，向后退了几步。

“与你交手果然过瘾，但我说过，不想与你们大动干戈，所以今天我们便也点到为止。”君诺尘笑了笑，继续道，“该说的，我都已经告诉了你们。我希望，你们至少把事情弄清之后再来找我。”

“我们后会有期。”他说着，化为一道白光消失在我们眼前。

“他就这样走了？”我有些不敢相信，我原以为，少不了一番恶战。

“我们先离开这里，我能感知到这里魔界的气息，我们已经在魔界的境内了，如果遇到其他魔界的人解释起来可就麻烦了。魔界的人一向多疑，估计会认为我们来此心怀不轨。”茉雪皱了皱眉说道。

然而，她的话音刚落，就听到不远处传来一阵脚步声，随后看到几名陌生男女。莫临急忙带着我们跳入密林里，向相反方向走去，避免发生不必要的冲突。

我们向林外走着，我的心里想着刚刚那个男子，只觉得有些奇怪，我们撞见了他，他却好像并不愿意发生冲突。这里又是魔界，是属于他的地方，我们处于下风，如果他存了什么心思，应该不会放过这个机会。这样一想，我不禁发觉自己这样贸然前来实在太危险了，幸好没造成什么不可挽回的后果。如此说来，君诺尘没乘人之危，还算是个有点良知的人，那他刚刚说的那番话……

等等，我在想什么，我怎么可以怀疑朋友呢？实在太糊涂了。

我摇摇头，想要自己的思绪变得清晰一些，我相信宇煌。

“这条路，我们刚刚明明走过，怎么又回来了？”茉雪忽然说道。

“我们来时就是从正南方向而来的，这样走没有错，但是……”莫临显然也意识到了不对劲的地方，他打量起四周，“难道，我们被困住了？”

我一直想着之前发生的事情，没有注意沿途的景象，听他们这么一说，我也觉察出周围的树木有些眼熟，我们确实曾经过这里。

“这是怎么回事？难道刚刚那个叫君诺尘的人设下什么阵法想要困住我们吗？”我问。

莫临想了想，摇摇头：“这里既是魔界，他想要找帮手与我们对抗太容易了，没有必要大费周折对我们布下迷阵。应该另有原因。”

还能是什么原因呢？我一边思索，一边漫不经心地随手摸了摸一边的树干，觉得表皮干涩，可是这些树木枝叶长得极好，再看到土壤，呈现深褐色，很是肥沃，可是一脚踩上去就会泛起尘埃，可见内在并没有什么水分提升它们的黏度。

“真是奇怪，这里地表没有蕴含什么水分，植物倒是长得茂盛。”我不解说道。

茉雪与莫临听后，立刻来到我身边，他们也伸手触碰了下周围的草木。

“我明白了。”莫临摸着指尖留下的土壤，“这里不是被人故意布下结界，而是这个地方本身就是由法力幻化而来的。这里的一草一木不是靠着水土孕育，而是法力维持。”

“对，由于是法力幻化而来，所以四面都有法力保护，是一个独立的天地。如果我们要出去，就一定要从刚刚来的地方走，那个地方才是这里的出口。”茉雪接道。

“什么？还有这样不可思议的事情？”我不敢相信竟然有人可以有足够的力量，凭借自身的法力搭建一个天地，那么，这里会是君诺尘建立的吗？如果是，那么他的力量实在不可小觑。

“我们快回去吧，想必刚刚那些人也已经不在那里了。”莫临对我们说道。

于是，我们三人便急忙顺着来时的路走去。

好在这片林子不大，不大一会儿，我们就回到了最初的地方。然而，我们刚一到达，眼前的景象就让我们大吃一惊。

地上躺着数十具尸体，看他们的穿着，应该是仙灵门的弟子，他们的后心处有一个拳头大小的伤口，红黑色的血液不断流出，四周的草木都染上了鲜红的颜色。

而在那些尸体中间，还站着一个紫衣青年，他的周身不断发出红紫色的光芒。月光之下，他的衣襟上沾着些许的血渍，俊秀的容颜有一半隐在夜色里，一半暴露在月色之中，纵然魅惑，又隐隐透着几分阴冷。

"钟离宇煌！"莫临一个纵身便跃到那人面前，"这是怎么回事？"

钟离宇煌听到莫临的声音后，微微一怔，随即缓缓抬起头，眼里一片涣散："师兄……是你吗？"

他上前紧紧拥住了莫临："师兄，我以为你死了，君诺尘说你死了，我……"

他的话还没有说完，莫临便推开了他，问道："你是如何解开压制法术的封印的？这些弟子，又为何会惨死在此？是谁杀了他们？"

"我的封印是……"钟离宇煌一顿，微微垂眸，似乎难以说出口。

莫临向后退了一步，道："你法力尽失，若是没有旁人协助，不可能破解仙灵门的封印。"他顿了一下，淡声道："你不说，我大概也可以猜得到，是君诺尘帮你的，是不是？"

钟离宇煌听到那个名字，仓皇地抬起头，看着莫临急忙解释："师兄，对不起，事出紧急，我只能求助于他。"

我和茉雪站在一边，觉得不可思议。君诺尘多年以前曾加害于他，现如今，他怎么会请这个人帮忙？难道，君诺尘说的是真的？他们二人早已结成同盟？

"原来，君诺尘之前告诉我的话竟然是真的，原来你们真的早已结盟。"莫临一笑，像是在嘲讽自己，"我和茉雪、爱琪偶然遇见他，一心想要为你，为仙灵门报仇，可是没有想到，你们倒是早已暗中狼狈为奸。"

"师兄，我……"钟离宇煌想要再为自己辩解什么，但他一开口，似乎也不知道可以说什么。

"那这些弟子呢？是你们二人联手杀了他们吗？"莫临冷冷问。

"我和其他弟子来寻你，正巧遇见君诺尘，是他杀了他们，我没有料到他会如此，我……"钟离宇煌努力解释着，抓住莫临的手臂。

"寻我？"莫临说着，反问，"难道你不是来找君诺尘解开你的封印吗？这些弟子早就是注定的牺牲品吧？"

他指了指地上的尸体："这些人后心处的伤痕与师父的一样，你们怕是早就谋划好了这一切，想要杀尽仙界的人吧？"

莫临扯开了自己被钟离宇煌拽住的手臂，对着他的双眸道："我本以为，你已经明白了正邪之分。可是，现在看来，是我错信了你，你实在太令我失望了。”

钟离宇煌仿佛整个人僵在了原地，半晌，他抬起头，忽然仰天大笑，直至眼里一片泪光才停止。他深深注视着莫临，一字一句道：“你说得对，我告诉你，今天这些弟子都是因为来此处找你而死的。仙灵门是个什么东西？自古以来所谓的名门正派，在我眼里不过只会以己见来揣测他人的善恶，我早就厌恶极了他们。我和君诺尘早已有约在先，他助我破解封印，我就帮他完成大业。到时候，这天下，还不是我们说了算。”

他说着，张开双臂，夜色中，他周围聚起了无数紫色的光点，如同火焰，像是燃烧一般，穷奇的图纹在他身前若隐若现。

为什么会这样？我原以为他已经是一心向善，难道一直以来，他的真心诚意都是伪装的吗？难道他只是想夺取我们的信任，重新回到仙灵门，找寻机会歼灭这里吗？可是，我还是不愿相信这一切。

然而，来不及我多想，莫临已经出了长剑，向钟离宇煌刺去。苿雪也幻化出了古琴，协助莫临，加入了战斗。

钟离宇煌伸出双手，掌中紫光大现，左手挡住苿雪的古琴，右手挡住莫临的剑。他猛地一用力，莫临与苿雪便双双被他的力量冲击，向后退了几步。钟离宇煌神色却依然轻松，冰冷的星光洒在他的身上，他如同一个暗夜里的修罗。

苿雪双手飞快拨弄琴弦，地面上的树叶纷纷卷到空中，一股巨大的力量向钟离宇煌袭去，钟离宇煌以右手抵挡在身前。与此同时，莫临汇聚起能量，置于剑上，一剑向钟离宇煌胸前刺去。

两面夹攻之下，钟离宇煌也未见慌乱，他一手继续抵挡苿雪的进攻，身子却腾空一翻，仅凭那只手对抗莫临的剑锋。那剑锋离钟离宇煌皮肤尚有一寸，就被掌间的能量挡住了，再移动不了分毫。

钟离宇煌再一发力，之前抵下的属于苿雪的能量也一并发出，向苿雪和莫临二人击去。

他们二人虽然法力不低，但也难敌身负穷奇之力的钟离宇煌，被这股力量震飞十米之远，跌落在地上，双双吐出血来。

"与我交手，简直不自量力！"钟离宇煌一声冷笑，他双手合十，身前浮现无数利箭，瞄向茉雪和莫临。

"住手！"我见此，再顾不得一切，冲了过去，挡在他们二人面前。

"你只是一个人类，我不想为难你。让开，我不想再说第二遍！"钟离宇煌冷漠说道，双手间的法力没有收回分毫。

"你为什么要变成这个样子？不久之前，我们还在崖间谈话，你答应过什么，难道都忘了吗？"我对他大声说着，希望可以唤回曾经的他。

"我本就如此，不要再妄想改变我。"他冷声说，眼里只有一片杀戮。

"可你答应过，无论发生什么，都不会再以杀戮来解决。难道，你刚刚应下的承诺，就已经忘却了吗？"我问道。

"如果我不这样做，别人就会杀了我！"他看着我，用没有丝毫感情的声音说道，"这世间根本没有善恶，只有强弱。你们所言的善，只是隐忍不发，忍受他人对你的猜忌，忍受你的师兄、师叔、同门对你的怀疑！这样的日子我过够了！从今以后，我要成为一个强者，我要让所有猜疑我的人都消失在我的眼前！"

他说着，张开双手，四面的利箭一动，一触即发。

"我现在还不想杀你，你若识相，就赶快离开！"他已有了隐隐的不耐烦。

"爱琪，快走！"我听到茉雪虚弱的声音从后面传来。

"你不要管我们！"莫临在我身后低声说道。

可我知道自己不会离开，我不可能弃他们的生死于不顾。可是，我又有什么办法可以帮他们？难道，我终归还是救不了他们？我的胸腔内不断涌出的绝望之感，几乎要把我淹没。

我望着眼前的紫衣少年，心里一颤，原来经历了这么多，原以为会云开雾散的结局，还是回到了最初彼此对峙的局面。

"我知道了，你终究，还是做不成我心里那个真正的英雄。"我看着钟离宇煌，悠悠说道。

他神色微动，没有开口，只是注视着我。

"你早告诉过我，你是为黑暗而生，永远都不可能成为我心中所想的模样，但我偏偏不信。可现在，我信了。我们今天为了你，与君诺尘对峙，可是到头来，他没有杀我们，却是你要取我们的性命。”我深深吸了一口气，无所畏惧地看向他，“这难道就是命运的作弄吗？你若要杀，就把我们一并杀了吧。”

他听了我的话，身体微微一僵。良久，他双手间没了来源于法力的光芒，四周的利箭消失在了空中。

“你们走吧。”他垂下目光，淡声说，“今夜你们也算是为了我才会如此，所以，这次我暂且放过你们，算是偿还你们。”

他又抬起眼眸，凝视着莫临：“十日之后，我们再战，这一次，让我们把一切做个了结。”

而后，他纵身一跃，化为一道紫光消失在天际。

此时，天边已经泛起点点白光。夜色将散，可是，前方迎接我们的，只有更为浓重的无尽的黑暗。

回到仙灵门的时候，莫临与茉雪身上的伤吓坏了这里的弟子。莫临与茉雪一路勉强运行着法力，才能够回到这里。

“大师兄，怎么会这样？”鹤兰芷看到一夜未归的莫临浑身是伤地出现在仙灵门门口，不禁满是担忧与心疼，她急忙上前扶住了莫临。

“大师兄，师父见你一夜未回，心里很焦急。”曦云说，“先赶快去包扎一下吧，让兰芷师妹给你看看。”

“不必担忧，我自己的身体心里有数，现在我要先去见师叔，告诉他一些事情。”莫临说着，就要往大殿走。

大家见拦不住他，也只好一路扶着他去找清源。我扶着茉雪跟在后面，心里亦是为她担忧万分，她知晓我的心情，轻轻握了下我的手，回我一个笑容。

我们一路来到殿堂里，其余的弟子都已退了出去。只有我和茉雪、莫临站在里面。听莫临说，清觞死后，清源便病了。清源的脸色的确是带着些许苍白，嘴唇也没有光泽与血色。天人永别，是这世间最大的苦痛。但是，他的眼底还是一片清明，眼神里暗含威严。

莫临把昨晚的事情都告诉了清源，说到最后，眼底一片悲痛：“师叔，一切都是我的错，是我没有保护好那些弟子，是我轻信了钟离宇煌，才让他有机会勾结魔界的人，杀了师父，杀了这么多的弟子！”

清源走到莫临面前，轻轻拍了拍他的肩膀：“这一切哪能都怪在你的头上？若要怪，也要怪我，若是当年……”他好像想起了什么，却没有继续说下去，只是轻叹一声，感慨道，“也许这一切都是天意吧，自从钟离宇煌入到门下，我日夜担忧着他会重拾力量，掀起风云。可是，这一切，终于还是发生了。”

“钟离宇煌的力量异常强大，我们难以抵挡。十日以后，若他再来，我们需要想好对策，否则会有更多生命被葬送。”茉雪说道。

“上次坠落时间之境，那里面的灵兽不是有力量可以与之对抗吗？我们能不能请他们来帮忙？”我忽然想到这个方法。

“不行，时间之境不属于六界之中，他们早已跳脱世间的轮回之道，不问六道的事情。若要他们插手这里的事情，反而会引起天地间的剧变，迎来另一场浩劫。”莫临解释道。

“我们现在已经知道他的命门，却难以近他的身。关于对抗钟离宇煌的事情，我要好好地想一想，我会尽快想出办法，再叫你们过来商讨。”清源说道。

“一切都听师叔吩咐。无论如何，与钟离宇煌一战，我会全力以赴。”莫临沉声说道，言语之间是满满的坚定。个人的生死，他早已不在乎。他在乎的，只有天下的安危。

“好。”清源看着他，眼里有赞许之意，“莫临，你会是个好的掌门，我可以放心地把门派交给你。等这一关过后，你便正式接管门派吧。”

“师叔，这……弟子愧不敢当。”莫临怔了怔，颔首说道。

“有什么不敢当的？这些年，你的所作所为我和清觞都看在眼里，你是我们心中早已经认定的人选。”清源说着，轻轻一叹，“不瞒你说，你师父走后，我也觉得自己一瞬间苍老了许多，对于许多事情都心有余而力不足。我这一生原以为已经看淡一切，可真正面对生死之事，才发觉原来还是难以放下……”

“你从小便不为自己情感所困，凡事皆有分寸，有大局观念。相信门派在你手底下会更加兴盛。我交给你的，不是一份荣耀，而是更大的职责与使命，你明白吗？”清源郑重对莫临说道。

莫临抬起眼眸，目光里多了一分坚定。

我听到他回答：“弟子明白了，我定不辜负师叔与师父对我的期望！”

这一刻，我终于深深感到了莫临身上的沉着淡然，他好像比以前更加稳重成熟，我在他的眼里再看不出一丝情绪的波澜，平静得如同一汪静默的潭水。

十日之后会如何，未来究竟会如何，我难以预料。但是，莫临已然完成了自己的蜕变，他当真要成为一个不问红尘的人。从此以后，出尘而立，淡然面对俗世凡尘间的一切大悲大喜，爱恨纠葛。

和清源交谈完毕之后，刚一出门，就见到了鹤兰芷。只见她早已经备好了药材，见到我们出来，急忙查看了茉雪和莫临的伤势，交给了我几瓶药，叮嘱茉雪服药的剂量和次数。

“与钟离宇煌交手的时候，你暗中帮我挡下他不少力量，你的伤势只怕比我还要严重许多。”茉雪担忧地看向莫临，“你现在感觉如何？”

“没关系，不必担忧。”莫临神色里带着几分虚弱，但目光仍然炯炯有神。

“大师兄，你的内伤不轻，随我去药房，我给你再仔细看看吧。你既然还要与钟离宇煌对决，怎么能不照看好自己的身子？”鹤兰芷劝道。

莫临看着她，想了想道：“那就劳烦兰芷师妹了。”

随后，他便和鹤兰芷一起去了丹药房。而我则带着茉雪回到住处休息，她一夜未眠，又与钟离宇煌几番争斗，大概早已疲惫不堪。她吃了药，我就把她扶到床上，催促她休息。

她拗不过我，只好闭上了眼睛，不大一会儿，呼吸便渐趋平稳。

我怕吵醒她，小心翼翼地整理好药瓶，打算离开房间。然而，鹤兰芷给我的药瓶实在是太多了，一时没拿稳，有一瓶药全部洒在了地上。

唉，张爱琪，你还能干些什么呀？我在心里暗暗责怪自己，不过没办法，只好找兰芷姐再要一瓶了。

于是，我便去丹药房找她。

我去的时候，莫临还没有离开，他和鹤兰芷坐在凉亭里，鹤兰芷仔细给他包扎着胳膊上的伤口。我忽然想到，之前在我和茉雪发生争执，我要回到人间时，他和鹤兰芷也是这样坐在凉亭里，我目睹了这个女子对莫临流露的感情。

我想着那日的情景，脚步一顿，觉得自己不好此时上前打扰。

“大师兄，这瓶药膏，你一定要每日都抹，还有这个也要按时服用。”她把一瓶瓶药放到莫临面前，眼里是藏不住的担忧，“你刚刚说十日之后就要同宇煌师弟做一个了结，我实在是担心你。”

“不必担忧，我一定会保护好自己。”莫临对她一笑，说道。

鹤兰芷注视着莫临，眼里不知不觉蒙上了一层雾气：“大师兄，我……虽然我知道你修为深厚，是我们仙灵门的骄傲。可是，他毕竟是穷奇所化，我担心……”

“兰芷，你知道的，自从我幼时跟随师父，进入仙灵门，我心中便暗暗起誓，纵然倾尽一切，也要除魔卫道，无畏死生。”莫临沉声对面前的女子说道。

鹤兰芷吸了吸鼻子，拭去眼角的泪花，努力绽放一个笑容：“大师兄，我怎会不知道你心中所想所念。之前，师父也告诉我们要把仙灵门交与你，我知道，你会完成自己的心愿。可是，我只是为你担忧。我没有大师兄这样的胸怀，可以容纳天下的安危。我的心里，只装得下一个人的喜忧。”她认真看着莫临，缓缓说道。

虽然早已知晓她对莫临的心意，可是，真正听到她的心声之时，我仍旧为之动容。

“我十岁那年入了仙灵门，师父和师伯整日琐事缠身，没有办法时时刻刻顾及我们，我那时性格内向，不敢与人相交，身边没有什么朋友。而你看出我的孤独，带着我和其他师兄弟玩耍，关心我，照顾我……让我一点点融入这里。你是我在这里，第一个让我感受到温暖的人。我知道，你做的这些，只不过是同门之谊，我却忍不住想要更多。”她一点点对他倾诉着自己的心事。

莫临听后，不禁有些动容，他开口：“兰芷，我……”

“师兄，我明白你的意思。”鹤兰芷拦下他的话语，微微一笑，“今天我说这些，不是想你困扰。我只是想把自己一直以来，藏在心底的话告诉你，想要在以后的岁月里，不留下任何遗憾。”

她深深吸了一口气，然后继续说：“最近仙灵门发生了这么多事情，忽然让我明白了许多，也让我体会到了生死之事予人的痛苦有多么深重，我想，大师兄的心情，我也可以明白一二。师兄，我不会再让你困扰。”

莫临看着她，许久未开口，他注视着她，眼里有感动、有欣慰、有歉意……

良久，他才低声说：“兰芷，谢谢你。还有，对不起。”

千言万语，终究也只能汇成这短短的几个字。

她的一往情深，他注定辜负。

莫临从上衣里拿出一个瓷瓶，递到鹤兰芷手中，我认出这个东西是那日我们去古岭镇时，兰芷给他的丹药，为此她不惜消耗自己的精元。

“把它，交给真正值得你付出的人吧。”他轻声对她道。

我看到鹤兰芷用力握紧了那个小小的瓶子，泪水终究是顺着如玉的脸庞流下。她付出的爱恋，她执着爱着的人，这些无怨无悔的岁月，正在和她一一道别。

在她的身上，我忽然明白，原来爱不是得到，而是成全。成全自己所挂怀的人，让他可以无所牵绊地完成自己的心愿。

我忽然想，如果莫临只是一个红尘中人，如果他没有遇见木子，那么假若他碰到兰芷姐，又会如何呢？也许，会被她触动吧。

只是可惜，这世间没有如果。

第十一章　奈何

我从鹤兰芷那里重新取了一瓶药回来，感觉自己一夜未睡已然是筋疲力尽。于是回到自己的房间里，昏昏沉沉地进入了梦乡。

再次睁开眼睛的时候，窗外已经是繁星点点，竟然一觉睡到了晚上。

我担心茉雪的情况，看她的时候，她还未醒。她有伤在身，又耗费了那样多的精力，确实需要好好休整。我不忍打扰她，悄悄退出了房间。

夜晚的仙灵门仍旧是那样安宁，即便现在一切已经不同了，清觞掌门故去，钟离宇煌卷土重来，可是眼前的一切，看上去依然如故。

我四处走着，周围一片寂静。

不知不觉，我来到了一处布满灰尘的旧楼前，那是我之前初到仙灵门时，无意间闯入的禁地。我站在阁楼门口，向院内望去，周围的围墙已经破裂，院内的花草已经干枯。但在流光镜里，我看到过这里绿草如茵的景象，我还依稀可以从这残败的景象里看出往日的繁华。

在许多年以前，那个尚未被卷入风云中的少年，那时的钟离宇煌也曾和莫临在此交心练剑吧？他们也曾在此欢声笑语。只是，现在一切都不同了。

“原来姹紫嫣红开遍，似这般都付与断井颓垣。良辰美景奈何天，赏心乐事谁家院。”我不禁低吟出口。

“但这天下良辰、美景、赏心、乐事，四者本就难全。”夜色里，一个低沉的声音传来。

我回头一看，发现是莫临。他依旧是那样沉静稳重，目光淡然。

他向我走来，看着眼前陈旧的楼阁，轻声说道："这些年，我曾无数次经过这里。"

"我知道，事情到了今天这一步，最痛苦的人，应该是你。"他和钟离宇煌曾经做了那么多年的师兄弟，曾经误解，曾经冰释前嫌，可是兜兜转转，还是演变成了我们最不愿见到的局面。

莫临一声叹息，缓缓说："事到如今，我没有选择。现在在我心里，仙灵门的安危才是最重要的。至于个人感情，实在微如草芥。"

"那么之前在人间时，在我家中的露台上，我曾问你的那个问题，你现在也给了我答案，是不是？"我虽然是问句，心里对于一切却是早已知晓。

我曾问他，为什么一定要过那样无欲无求的生活，当时他似有触动，那份当初的动容，那份曾闪耀在自己眼中的情感，已然不复。

莫临一怔，随即看向我，满天的星辰，映照着他棱角分明的脸庞，他开口："爱琪，你曾说的，那种有苦有甜的人生，注定不属于我。我辜负了兰芷师妹，也注定会辜负木子。"

他将来会掌管仙灵门，他的一切只属于他所守护的天地，再不可有自己的半分私情。这是他的使命，是他本该走上的路。

"我明白。"我看着他，无奈一笑，"现在想来，我才发觉，便是你没有决心走上这条路，你和木子之间的身份也是天差地别。我和木子所拥有的年华，只是你们所拥有的漫长岁月里，稍纵即逝的一瞬间。"当时，我心中充满了对未来的期待，那份美好的念想，使我忽略了一切。可是在经历这么多事情后，我才明白，原来这世间还有这么多的枷锁横亘在有情人之间。

"爱琪，我……我很抱歉。"他对我说。但我明白，他真正想说与的人，是木子。

"我们每个人，都有自己所选择的路，你只是选择了自己的路而已。人生有得就有失，这便是无可奈何之处，你也不用有丝毫的愧疚。我相信无论是我，还是木子，都是理解你的。"我对他说道。

他看着我，没有回答，只是微微弯起唇角。可那笑容之中，亦是包含着深深的无奈。

夜色已深，我向他道了别，往自己住处走去。

然而，我走了一段，回身遥望之时，那个一身蓝衣的男子，依然负手站立在原地。幽蓝冷清的月光洒在他的衣襟上，他微微仰头，似是在遥望那抹圆月。

对月形单望相护，只羡鸳鸯不羡仙。

原来如此。

第二天一早，清源就把我们叫到了一起。

“我想了整整一夜，想出了一个办法，或许可以逆转局面。”清源严肃看向我们，解释道，“穷奇集世间邪恶力量幻化而成，故他的力量无比强大。但假若，我们也可把力量集中在一起，就可以与他相抗。”

“掌门的意思是要我们把功力集中到一人身上？”茉雪问道。

“对。”清源点点头，将目光转向莫临，“莫临，我想你是最佳人选。你自小便是一身正气，法力高强。我们门下弟子亦是心怀正义之人，待把这些弟子的力量汇集到你身上，你便有足够的力量同钟离宇煌一战。我虽然论修为在你之上，但年事已高，不复少时的精力。”

莫临沉思片刻，而后坚定点点头，说道：“只要可以打败穷奇，无论什么我都义无反顾。”

“好。”清源赞许地拍了拍他的双肩，“让师叔先送你一份礼物吧。”

他说着，指尖发出金黄色的光束，注入莫临体内：“这是我半生的修为，希望可以助你一臂之力。”

“弟子一定不辱使命，定会消灭穷奇。”莫临低下头，郑重承诺。

虽然前方的风雨无数，可是我们每一个人都不曾有退缩之意。

清源又看向我，道：“张爱琪，你这几日便回到人间吧，仙灵门即将迎来一场浩劫，你既是来自人界，不必卷入其中。还有神司也是，之前你已帮了仙界许多，我们全都记下了。”

“我要留下，和你们一起面对。”我急忙说道，“我虽然帮不上什么忙，但是朋友一场，我绝不会临阵脱逃。我知道这一战，大家早都已经把生死置之度外，我亦是如此。所以，不必顾及我。”

“清源长老，神界与仙界一向相处融洽，我与莫临又是好友，也没有道理置身事外。这最后的战役，我一定要参加。”茉雪坚定说道，“更何况，这一战不仅关乎仙界，还有天下生灵。穷奇不除，无论对于哪一方都是一个祸患，所以还请长老不要拒绝，就让我参加吧。”

清源听后，为之一震，他看向我们的目光里多了感动，而一旁的莫临亦是如此。

而我，也终于明白什么是生死之交。

清源看我们这样坚定，便也不再劝阻，而是转头去安排汇集力量对抗钟离宇煌之事，三天之后，便为莫临输送力量。

谈话结束后，我与茉雪。莫临刚一出门口，茉雪就急忙拉住了我，眼里有几分忧虑。

“爱琪，我……”她欲言又止。

“停，我知道你要说什么。我们经历了这么多，如果到这最后一刻，你还要把我推开，那我可真的会生气哟。”我对她笑着说道。我知道，她想要我回去，避免这场争斗。

“爱琪，我真的担心你。”茉雪用充满担忧的目光看着我。

莫临也走上前，说道：“爱琪，你已经和我们一起面对了许多，我们早已经是患难与共的朋友。但是，这一战，要比以往更加凶险，我们真的是担心你的安全。”

“那又怎么样？难道我们之前就不曾面对过生死吗？再说，我运气好得很，每一次都是会化险为夷。这一回，也一定会如此。所以我和你们一起，也就可以把这份福气传给你们。要是让我在人间为你们担忧，那样我才真是受不了呢。”我故作轻松地说道。

“反正无论你们如何说，我都不会改变我的决定，你们也都知道我的性格吧？”之前他们也不是没有阻挠过我，但每一回都是一样的结果。

莫临似乎还想再劝我什么，却被茉雪拦下。她无奈地叹了口气，然后看着我：“真是拿你没有办法。好吧，我知道任我们如何说，你也不会有动摇。”

“你终于了解我了，不像以前那样让我走了。”我对她笑着说，随后收敛了笑颜，“但是最后这几天，我想先回人间，再看一看亲人。”

虽然应该抱着必胜的决心，但还是不免忧虑另一种结果，如若真的那样，那我也想在人生的最后，陪伴家人。

“好，我和你一起去。”茉雪对我说，握紧了我的手。

“我也和你们同去。”莫临看着我们，眼里有微光浮动，“在人间，我还欠人一个道别。”

我愣了愣，随后点点头：“好，那我们一起走。”我知道，他说的那个人是木子。

于是我们一行人来到了人间，时间仍是停留在我与茉雪来时的夜晚。人间虽然浮华，灯火煌煌的街头，车水马龙，没有仙界那样的清幽，却没有被那些邪恶力量所侵扰。站在这里，我感觉几日后的生死之争离我还很遥远。

“木子这几日都没有休假，不如我带你去医院找她吧。”我对莫临说。

“好。”莫临点点头。

我带着茉雪与莫临去了木子所在的医院，门口的值班护士与我相熟，因为以前我也曾来找木子。她把我们带到一个诊室里，里面是干净的床铺和两把椅子，她说木子正在出诊，一会儿回来。

不大一会儿，木子就推门进来了。

“爱琪，你怎么来了？”木子见到我很是惊讶。此时的她，穿着白色的医袍，戴在手上的白色一次性手套还未来得及脱下，眉眼之间虽有淡淡的疲惫，眼眸中却依然明亮，她热爱这份职业，她曾说过虽然要付出许多辛劳，可是和救治一个又一个病人那种喜悦相比，她的汗水和辛劳又算什么呢？

“来看你呀。”我笑着对她说，“而且，不只是我带着茉雪来，还有一个人，你一定很想见到他。”我侧过身子，露出背后的蓝衣男子。

“莫临？”木子的眼角流露欣喜。

“我和茉雪出去买瓶水喝。”我知趣地和茉雪一并出了门，把空间留给了他们。

我和茉雪坐在外面的椅子上，虽然已是晚上，医院里仍然有来来往往的医生与患者。其实我不喜欢医院，在这里，好像世间的生老病死都会一一清晰地展现。这世间，到底还是苦痛多过于欢乐。人这一生，要遭受七情六欲的困扰，还会在不经意间被病魔缠身。能逍遥自在地走过这数十载岁月，该有多么难。

就像木子与莫临，他们终究不可能迎来自己所期望的结局。

“不知道木子和莫临谈得怎么样了，莫临会怎么告诉木子呢？”我焦急地盯着面前的诊室。

“这种事情，我们外人再忧心也是无济于事。”茉雪叹了口气，若有所思，“眼前的境况，想必莫临一开始就料到了吧？这世上偏偏有许多不该发生却发生了的事情。”

“是呀。”我不禁深有感触。不仅是木子与莫临的爱情，还有我和茉雪的友情，但凡遇上情感，根本就再难以理性控制。

我忽然又想，茉雪在一个人走过的这样多的岁月里，是否也曾碰到过一个让她心动的人？也许也有吧。可是，她也只能和莫临做出一样的选择。他们非同寻常人，有时光的眷顾，有属于自己的天地，注定不属于人间。而人间的一切，也不属于他们。

不知过了多久，我们眼前的房门开了。木子和莫临从里面走了出来，木子眼眶微红，可是眼神明亮动人。莫临看着她，他一向无悲无喜的眼眸里，也闪现几分波澜。

他们二人向我们走来，木子说：“我一会儿还有个手术，就不和你们多聊了。”

她说着，忽然给了我一个拥抱。

“木子，怎么了？”我微微一愣。

“没什么。”她笑了笑，眼里多了我看不懂的情绪，“等我十天之后就可以休假了，到时候我带你去你一直想去的那家 KTV 唱歌。”

“好。”我回答，心下一颤。十天之后，不知我是否还会安然无恙重返人间。

原来这世上让人无可奈何的事情有这样多。

我们和木子告别之后，就离开了医院，莫临在仙界还有许多事情要准备，就先回去了，只留下我与茉雪回家。

最后的几日里，我们在人间和父母、亲戚朋友聚在一起，我也和茉雪一起去四处游玩，去了许多我曾经想和好友一起去的地方。我们在晴空下追逐嬉戏，在夜空下回忆着我们共同的经历，就好像尘世间那些寻常的好友一样。

时光就这样静静流逝着，终究不会为了美好而停留。而那些风雨，到底还是会如期而至。

转眼之间，十日已过。我和茉雪，也如期赶往仙灵门，迎接那最后的战役。

那一天，仙灵门内所有的弟子站在外面，共同等待钟离宇煌的到来。莫临接受了清觞、众弟子以及茉雪的力量，整个人变得比以往更要意气风发。

半晌，原本湛蓝纯净的天空，忽然被紫红色的乌云遮盖。紧接着，云朵间有闪电划过，四周狂风大作，刹那，天地间的一切都仿佛被恶念沾染一般，变得阴云密布。

天空中，降下一个巨大的光束，光芒散去后，钟离宇煌出现在我们面前。他一身紫衣，周身被黑色的气体环绕，眼眸之中早已被杀意与怨恨填满。曾经那份纯净，再找不到半分。

“这么大的排场迎接我一个人吗？”他用目光扫过我们。

“钟离宇煌，你现在束手就擒还来得及。”清源威严的声音响起。

钟离宇煌一声冷笑，不屑地说道：“这话，恐怕应该是我说吧。无论你们有多少人，到头来，你们的结局只有一个，那便是死。”他的眼里一片冷漠。

“没想到，我们还是走到了这一步。”莫临从人群里走出，来到钟离宇煌面前，手中紧握着长剑。眼里虽有无奈，更多的却是坚定。

“是，师兄你是门派中的骄傲，也不可能与我这等妖邪为伍。今天的局面，你不应该从一开始就料到了吗？”钟离宇煌注视着莫临，一字一句地说道。

莫临提起长剑，对着面前的人：“曾经，我想过相信你。可是，你的所作所为，让我看清了一切。你说得对，正邪两立，你我之间注定要经历这些。”

“那就来吧！”钟离宇煌话音刚落，他的四周掀起一股紫色的风浪，所过之处，天崩地裂，皆化为了一片废墟。无数的楼阁几乎是在顷刻间倒下，再不复仙灵门的昔日兴盛之象。

那些弟子提着自己的武器，无畏地向钟离宇煌冲去。

钟离宇煌一挥衣袖，身边出现数百个面目可怖的妖兽。那些妖兽体型与常人一般，算不上大，却凶猛异常，那些弟子往往还未来得及出击，便被它们咬伤。

茉雪护在我身前，拨动古琴，琴音四散，扰乱了那些妖兽的进攻，它们的动作都缓慢下来。

清源掌门虽然年事已高，但身法依然灵活，他一掌便可消灭一只妖兽。

莫临冲在最前面，剑光所到之处，妖兽瞬间灰飞烟灭。

“莫临，看来你的法力已经今非昔比。那么，也让我见识一下，你到底进步了多少！”钟离宇煌说着，人影一闪，已然来到莫临面前。

他幻化出弩弓，向莫临接连发出数十支光箭，而莫临以剑敏捷相抵，每出一剑，就会打落几支光箭，那些光箭根本近不得他的身。

不过片刻，光箭均已消失。而后，莫临凝结法力，将法力传输到剑上，一剑向钟离宇煌刺去。弩弓与长剑撞击在一起，发出巨大的声响，他们二人周身被巨大的力量包围。

“钟离宇煌，早在时间之境，我就该杀了你。”莫临一边抵挡钟离宇煌的力量，一边冷声说道。

钟离宇煌冷哼一声，回答：“莫临，你以为事到如今，后悔的只有你一个人吗？若是当初我便狠下心，现在你以为自己还有机会同我对抗吗？”

他说着，周身忽然涌起大片红色的光芒，那些光芒向莫临的长剑涌去。莫临似乎感受到了这股力量的压迫，但他未曾慌乱，而是闭上双眼。随之，他的四周也闪现浅蓝色的光辉。红蓝之光交错相映，二人僵持不下。

我见此情形，急忙对茉雪说：“我这边的妖兽已经被你清理得差不多了，你快去帮助莫临，不要管我。”

“但是……”她明显放心不下我。

“我也不会贸然参战，只在这里等着你们。而且，我还有你给我的玉坠作为护身符，你快去帮助莫临。”我对她说。

她看着我坚定的目光，点点头：“好，你小心。”

她说着，纵身一跃，向莫临那里赶去。我站在原地，看看周围，已是尸体遍地。有妖兽的，也有仙灵门弟子的，地面已然被鲜血浸透。

我胸口的玉坠发出金光，在我面前形成一个淡黄色的屏障。纵然有妖兽向我袭来，但在接触到这道屏障之时，发出一声痛呼，而后就逃走了。

我看到茉雪来到莫临身边，双手抚动琴弦，琴弦之处形成无数的金光向钟离宇煌击去。钟离宇煌周身涌起的红光渐渐被蓝色与金色的光芒遮盖。而后，只听一声巨响，钟离宇煌连连向后退去，嘴里吐出一口鲜血。

这时，从妖兽群中脱身的清源也向这里赶来，与莫临、茉雪站在了一起。

钟离宇煌看着眼前的三人，嘴角的鲜血红艳无比，令他看起来更加邪魅。他仰头大笑一声，说道：“我只恨自己当初为什么没有一杀到底，屠尽这里的人。否则今天，哪容得你们几人在我眼前张狂。”

“昔年你没有这个机会，如今你更不会有！”清源冷冷看向他，“我和清觞这一生最大的错误，就是收了你这个弟子，所以才让这里白遭祸事！今天，我必然要除了你，平定这天下。”

钟离宇煌听后，不怒反笑，他缓缓道：“清源，若是论这番祸事，恐怕你也脱不了干系吧？”

“你说什么？”清源神色一动，看向眼前那个俊美妖魅的少年。

“钟离宇煌，你不要在这里对我师叔胡言乱语！”莫临握着剑的手又紧了几分。

钟离宇煌哈哈一笑，对莫临说："到底是不是我乱说，你不妨问问你的好师叔！曾经，我不愿让你为难，所以甘愿隐瞒所有的一切。如今看来，却是没有必要了！"

清源听后，目光微垂，没有开口。莫临和茉雪见此情形，皆是一怔。

"清源，事已至此，你还要隐瞒吗？你敢做难道就没有勇气说出口了？当年，你设计让我下山，又派武田杀我，才有机会让君诺尘假扮好人，激起我体内的封印，不受控制。难道我说得不对吗？"钟离宇煌问道。

这番话说出口后，在场每一个人皆是一震，尤其是莫临，更是不敢置信。

"师叔，你……钟离宇煌在胡言乱语，对不对？"莫临看着清源，问道。

"他说得没错，当年的确是我做的这一切。"清源沉声说道，用复杂的目光看向莫临，"你那年带他回来，我就知道，他迟早会是一个祸患。你和清觞对他百般照料，我却万万不能对他大意。我做的这一切，都是为了仙灵门，你明白吗？"

莫临听后，紧紧抿住双唇，他一向清明的眼眸里，忽然多了几分迷茫。

"清源，我只是想要你明白，当初你杀不了我，现在也是一样。"钟离宇煌看着清源的目光里，充满了冰冷的恨意。

"当初的确是我大意了，本想借着莫临远行找机会杀了你，没想到反让你解开了体内的封印。但今日，我再不会让你有脱身的机会！"清源说着，一掌向钟离宇煌击去。

钟离宇煌冷冷一笑，伸出右手，接下了那一掌。而后，他一发力，清源便被他的力道震了出去。清源倒在地上，嘴里涌出鲜血，再起不了身。

"就这点法力还在我眼前卖弄吗？"钟离宇煌说着，再度向清源攻去，"今天，就让我先解决了你，再收拾其他的人。"

然而，他还未近清源的身子，就被莫临挡下。

“莫临，你还是这么护着你的师叔，即便你知道当年的真相，仍是如此。”钟离宇煌看向面前的长剑，目光一片淡然，好像早已经料到了这一切。

莫临眼里似有苦痛，但他仍是沉声说道：“无论当年如何，可是如今，你已然成为所有腥风血雨的始作俑者，我是不可能再放过你了。师叔所做的一切，终归是为了正义。而你，早已坠入邪道。”

钟离宇煌放声大笑，眉眼之处的邪魅尽显，他看着莫临道：“是，我是邪魔外道，这世间的一切罪孽当然应该由我来背负。你们打着正义的旗号，无论做什么，都是有道理的，不是吗？”

他说着，被无数紫红色光芒遮盖，他的身体不断变大。

“今天，我就让你们看看，什么是真正的恶！”

话音刚落，一头巨大的凶兽出现在我们面前。他一声长啸，一股巨大的能量四散而开，无数弟子瞬间被这股巨大的能量震倒在地，我虽有茉雪的玉坠保护，仍是敌不住这能量，跌倒在地，胸口一阵闷痛，浑身都失了力气。

穷奇抬起巨大的前爪，重重落下，顿时无数弟子丧命在他的爪牙之下。他所过之处，尸横遍野。他早已经走火入魔，眼里只有杀戮，攻击比以往的每一次都要凌厉。

我终于深深体会到了穷奇的凶残，也猛然发觉，原来之前我们的几番争斗，他已经手下留情了，所以我们可以全身而退。那时，他心里还存着正邪之分，未曾以如此血腥的手段对付我们。这一回，他却是铁了心要杀尽我们这群人。

弟子们一批批倒下，鹤兰芷与曦云与其几番争斗，亦是不敌，被重伤在地。最后，只余莫临与茉雪还在与穷奇抗争，不过之前的妖兽也早被他们消灭干净。

茉雪周身金光大显，浮在半空，那些光芒化为道道金丝，缠绕在穷奇周身，穷奇似乎被茉雪激怒，他仰起脖颈，大叫一声，想要挣脱周身的金丝。

“莫临，趁现在，攻他的命门！”茉雪大叫着，用力控制着金丝，想要为莫临争取机会。

莫临举起剑，向穷奇脖颈处被白色翎羽遮盖的命门袭去。然而，还未等他的剑碰到穷奇，穷奇的周身，就已经爆发巨大的能量，震开了莫临的剑，也挣脱了茉雪禁锢着自己的法力。茉雪一时之间难以承受如此大的能量，整个人从空中跌落而下，重重摔在我身旁。

“茉雪！”我想要去查看她的状况，可是刚刚钟离宇煌所发出的能量却让我使不出力气。

“爱琪……”她叫着我，忽然露出一抹微笑，虚弱说道，“有你陪着我，即便我死去，亦是无憾。”

“茉雪，不要再说了，我们一定有办法的……”我说着，感觉脸庞一阵温热，无数泪水滑落。都说邪不胜正，那我们也一定会赢到最后的，是不是？

我看到莫临即便眼下只剩他一个人，他仍旧无畏地举起手中的剑，与穷奇奋力斗争着。

他将剑抛到空中，张开双臂，刹那，成百上千的剑对准对面的凶兽。他一个用力，那些剑便一齐向穷奇飞去。穷奇张开双翅，他的翅膀一动，便有黑色的旋涡产生，那些旋涡吸进了大部分的剑，但仍有的剑刺入他的体内。

顿时，黑褐色的血液从他的身体流下。穷奇发出痛苦的嘶鸣，动作也随之慢了下来。

莫临越战越勇，手里的剑蓝光大作，他对着穷奇道：“钟离宇煌，收手吧。”

“莫临，你以为这样便伤到我了吗？让我再送上你一份大礼！”穷奇低沉的声音传来，而后，他张开了嘴，嘴里喷吐出一个黑色珠子，那个珠子里面源源不断发出黑紫色的雾气。

“是‘散灵’。”莫临急忙在身前搭起结界抵御。

无数黑紫色的雾气瞬间遍布了四周各个地方，许多弟子在吸入这种气体后，痛苦难耐，半分力气也用不出。

“这是怎么回事？”我望着四周的景象，心里满是慌乱，那雾气也渐渐向我们逼来。

“我知道了，这是穷奇独有的法力，是他以自身力量炼成的‘散灵’，一旦我们吸入这种雾气，便再用不出丝毫法力。”茉雪焦急地看向努力抵御雾气的莫临，“不行，我要去帮他！”

茉雪说着，便要起身向莫临飞去。然而，刚刚钟离宇煌那一击令她受了重伤，她根本起不了身。

“茉雪！”我看着她苍白的面容，心里是从未有过的焦灼。然后，我又看到那些黑色的雾气向我们蔓延过来，渐渐包围住了我们，茉雪原本闪耀着金光的七弦琴黯淡下去。我知道，她的法力也已经失效了。

“莫临，看到了吗？这就是你一直想要守护的仙灵门，这就是你想要守护的苍生，今天我要让你亲眼看到你所重视的一切，是如何被我毁去的！”钟离宇煌用冷漠无情的声音，一字一句说道，“我也想要看看，在‘散灵’的进攻下，你究竟可以撑到几时。”

莫临用冰冷的目光看向面前巨大的凶兽，汗珠从他棱角分明的脸庞滚落下来。尽管那股黑气愈加兴盛，可他仍旧抵抗着，眼眸之中分明没有丝毫的畏惧。

然而，随着时间的流逝，莫临结界中的光芒渐渐黯淡下去，无数的黑色雾气包围在他的四周，只等他再无力抵抗之时，一齐涌入。

怎么办？难道我们这一战要输了吗？

我望向四周，无数的死尸堆砌在我周围。尚有生气的人，也因那股黑气再无力抵抗，瘫倒在地。茉雪早已是虚弱不堪，气息愈见微弱。清源掌门亦是重伤在地，嘴边不断涌出一缕缕鲜血。兰芷姐与曦云师兄担忧地望向莫临，却使不出任何力量帮助他。

周围死伤一片，而我又可以做什么？我为什么是一介凡人，为什么我没有力量保护这些让我珍视的如亲人般的朋友？

难道这便是我们这群人的结局吗？

恍然间，我忽然想起那个同莫临在阳台交心的夜晚。那个时候，月光如水，万籁俱寂，天地间一片安宁。我们聚在一处，心里分明是那样憧憬着本以为已然云开雾散的未来。那个时候，我曾对着夜空为我们祝愿。可到头来，为什么会这样？

“莫临，还不投降吗？”我听到穷奇那充满了邪恶与快意的声音响起。

莫临的结界不断在缩小，他几乎在用全身的力量抵御，始终未曾放弃。

不行，我不能亲眼看到我的朋友死去，我一定要为他们做些什么！

这样想着，我不知哪里生出一股力量，可以移动自己刚刚被力量击伤的身体。我忽然发觉，尽管周围无数的黑色雾气在我身边涌动，可我并未有虚弱无力之感。这是为何？

我猛然明白，这股力量可以吞噬法力。可我是个人类，本来就没有仙法，所以这股雾气，自然威胁不到我。

然而，来不及我多想，便看到莫临的结界光芒几乎已经完全黯淡了下去，已经有些许的雾气渗透了他的身体，他面露痛苦，可那黑色珠子里的雾气仍然源源不绝涌出。

不行，这样下去，莫临一定会法力尽失！可是，我又该如何帮助他？

那个珠子应该就是解除这个法力的关键，只要消灭那个黑珠，就可以解除这个法力！

我的眼角忽然瞥见胸口处的玉坠，它发着纯白的光芒。我想起钟离宇煌之前曾告诉过我，这里面有许多茉雪给我留下的法力，而且他在受伤时，因这里面的力量而痛苦，那便可以证明，这里面的法力正好可以克制他的力量！

这样想着，我飞快把玉坠解下，瞄准那个黑色的珠子，用尽全身的力气，把玉坠抛了出去。

爆裂的声音猛然响起，我看到那个玉坠狠狠与黑珠撞击在一起，黑色的珠子瞬间爆裂开来，化为几道黑色的光芒，向四周散去。与此同时，四周雾气尽散。

钟离宇煌万万没有想到会有这样突如其来的一击，他根本没有把我放在眼里，没有想到我竟然会破解了他的法力。他没有防备，被那黑色的光芒重重击中，顿时身躯上就出现了几道深深的血痕。

莫临借此机会，默念口诀，手中的剑化为一个巨大的蓝色光罩，把钟离宇煌困在其中。

化为穷奇的钟离宇煌发出一声痛苦的咆哮，周身紫红色光芒大现，仍想做最后的抗争。

“收手吧，我不会再给你机会危害六界生灵了！”莫临的一身蓝衣已经在刚刚的争斗中染上了污渍，身上也已挂彩，俊朗的脸庞上有几缕血痕，可他的目光还是那样沉静有神。

“我不会认输！”钟离宇煌用力在光罩中挣扎着，他发出低低的笑声，“没想到，我竟然在一个人类女孩手里吃了亏，实在可笑！”

“今天纵然我们同归于尽，我也绝对不会放你离开。”莫临沉声说着，与此同时汇聚全身的力量。

“你就真的这样恨我？为了杀我，不惜牺牲自己的生命？你知道的，你已然被散灵浸染，虽然只是少量，不足以让你法力尽失，却也已经进入了你的血脉。你若再强行运功，只怕会有性命之忧。你真的不在乎吗？”钟离宇煌问道。

莫临一笑，眼底的无畏尽显：“事到如今，我在乎的，唯有杀了你，还天地间一个太平！我犯过最大的错误，就是把你带到了仙灵门，几番信任你，才让我的师父、师叔和同门受到你的毒害！今天，就让我来弥补这个过错。”

钟离宇煌忽然放声大笑，他现在已然化为一头凶兽，发出的笑声如同雷鸣。本来可怖，可是不知何故，我听着他的笑声，只觉得像是哭泣。

“莫临，不仅是你错了，我更是错信了你。那一年，你在废墟中救出我，把我带回仙灵门，教我法术，让我叫你师兄，从此之后，你成为继我死去的养父之后，这世上我最为信任与亲近的人。你曾经对我说，终有一天，我们会并肩而立，除尽世间的邪魔。这些，你都忘了吗？”

莫临一愣，指尖汇聚的法力不禁一滞。在面前的巨兽赤红色的眼眸里，他的身影被清晰地映现。

“那年，你下山几日，音信全无，我听信了他人的谎话，匆匆下山寻你，却不料受到暗杀与算计，恢复了穷奇之力。我被体内力量控制，残害了无数生灵。那时，你却认为我早生杀意，不听任何解释，把我封印多年……后来，我逃出封印，对你满腔恨意，可每每交手之际，终归狠不下心。直到在时间之境，所有的一切都真相大白，你说要带我回仙灵门，尽释前嫌，我还是信了你……然而，你从未信过我，梓默对我动武时，你认为我会杀他；师父的死，你认为我是凶手；那日我去魔界寻你，你看到满地尸体，便认为这是我与君诺尘联手所为……”

穷奇赤红色的双眸被一层水雾遮盖：“我几次对你交付我的信任，可是你回馈我的又是什么？只因为我是穷奇而化，便注定是你们正道口中的妖孽吗？”

莫临听后猛地一颤，随后闭上双眼，复又睁开，缓缓道：“可是，你也接二连三地杀害了无数的生灵，你又让我如何信你？谁知你眼下的这番话又是不是在为自己找借口开脱？如今，你手上沾染的鲜血实在太多了，我再不可能放过你！”

钟离宇煌惨淡一笑，而后说道：“没错，你我走到今天这一步，已经再没有回头路了。”

他注视着莫临，虽然两人近在咫尺，却早已相隔万里。而那往日里的美好，也在同他们一点点告别。他仿佛下了什么决定，缓缓张开了嘴，一股淡紫色的光芒涌现，那光芒无比耀眼，似乎汇集了钟离宇煌全部的力量，他周身萦绕的光芒都黯淡了下去。

“不好，莫临，小心他的攻击！”清源看到那股紫光，随即高声叫着。

莫临见状，眼神里重新恢复了清明，不再有丝毫的迟疑。他双手飞快交叠在一起，用之前汇聚好的力量向钟离宇煌脖颈间的命门全力击去。

一声如同野兽受伤般的哀号传来，而后，我看到钟离宇煌身躯在蓝色的光罩里迅速缩小，恢复了人身，跌落在地。而他之前所发出的淡紫色光芒，向四处涌去，那光芒所到之处，万物恢复了生机，那些原本已经死去或是受伤的弟子，经过紫光的萦绕，已然重获生机，那些断壁残垣亦是被复原。我和茉雪也完全恢复了之前的力量。

“怎么会这样？”我不敢置信。

“原来，他刚刚所发出的紫光根本不是攻击，而是他在用穷奇之力复生万物。”茉雪低语道。

原来，到最后一刻，他终是不忍对我们下手，救了我们。只是，我们没有一个人愿意相信他。

同样明白了一切的莫临同样震惊不已，而在震惊过后，他的眼里是无尽的悔恨。

我看到他撤去了困住钟离宇煌的光罩，上前半扶起他，痛苦说道：“宇煌，你为什么要这么做？”

“师兄……”钟离宇煌看着那个蓝衣男子，缓缓开口，然而他每说一个字，嘴里便会有一大口鲜血涌出。那些妖艳的血之花，不断在他的嘴角绽放。

“原来到了这最后一刻，我还是狠不下心。师兄，你们赢了。从今以后，我再也不会出现在这个世上。”钟离宇煌说着，俊美的脸庞不断被鲜血浸染。

“宇煌，不要说了，不要说了……”莫临仿佛怕失去般地抱紧了那个紫衣少年。

“师兄，你听我说，师父是童以然杀的，是她暗中与君诺尘结盟，想要我加入他们。我之前早已回绝了他们，可是……那次我带着师弟们去寻你，君诺尘欺瞒我说你们受了伤，我这才不得已应了帮助他完成在魔界的大业的要求，而他则为我解下封印。可是我没想到，他转眼又杀害了许多同门，想把罪名栽到我头上，让你误解我，让我再无回头路可走……”钟离宇煌虚弱解释说道。

“我知道了，一切都是我的错，是我不肯相信你，对不起，对不起……”莫临用力抱住钟离宇煌被鲜血染红的身躯，眼里有着难以言诉的悲伤。

无数的蓝光覆盖住了钟离宇煌的身体，他的身体一点点化为透明。

“那一年，也是在这里，你封印了我。原来，无论我如何改变，到头来，所有的结局都是一样的。”钟离宇煌看着莫临，轻轻笑着，那抹笑容美丽，却又脆弱。

“师兄，直到这最后一刻，我才发觉，无论你对我如何，我终归是对你狠不下心。”他说着，仿佛忆起往昔，“我只是觉得可惜，你曾经允诺我的，看遍尘世繁华的那一天，我再也等不到了……”

他的话音还未消散，但整个人已然消失在空中，他的躯体化为蓝色的荧光，随风而散，只余一颗淡紫色的晶石浮在莫临面前。在他消失的那一刻，一缕阳光穿破了层层乌云，照耀在莫临面前。

莫临颤抖着用双手紧紧把晶石握在手中，在阳光的照耀下，那晶石发出璀璨的光芒。

“不——”莫临痛苦地喊道，泪如雨下。那是我第一次见到他如此激动，往日里的波澜不惊，那份稳重沉静，早已经不复存在。

“为什么会这样？为什么？”他望着头顶上乌云散去的天空，痛苦叫喊着，周身的能量四散，一股巨大的气流向我们袭来。

大家看到莫临如此模样，不禁满是担忧。我和茉雪来到他的身边，他的眼角一片湿润。

“莫临，你……”我想要安慰他，可是刚一开口，也不禁哽咽。

这时，清源走来，他的眼里没有了曾经的坚定，只有满满的愧疚与自责。

“莫临，如今的结局，确实怪我。若是我当年可以如同你与清觞那般信任他，而非自作打算想要除去他，他大概永远都是那个善良腼腆的少年，永远是你疼爱的师弟……我一生以为自己秉持着天道，可到头来，世间的正邪我却分不清。”清源叹息道，似乎一瞬间老去了许多，“这次事情，终归是你力挽狂澜，你也无须自责。你早已经是我们认定的，最优秀的掌门继承人了。”

莫临听着这番话，渐渐平静下来。

良久，他才抬头望着清源，望着那些为他担忧的弟子，忽然直挺挺地跪在了地上。

“莫临，你这是做什么？”清源大惊失色，想要扶起他，底下的弟子亦是震惊不已。

莫临却阻止了清源的动作，说道：“师叔，我想我要辜负您的期望了，也对不起师父对我的栽培。这个仙灵门掌门人的位置，请师叔另传他人，弟子实难接受。”

他的话音一落，四周无比寂静。我们都未曾想过，莫临会说出如此话语。我还记得他的抱负，他所坚守的使命，他背负了多年的责任，他肩上所承载着的无数人的期望……为此，他无畏生死，波澜不惊，舍去自己的私情……他曾这样守护多年、为之努力的信念，怎么会在一切都结束之后选择放弃呢？

“莫临，你知道自己在说什么吗？”良久，清源的声音缓缓响起。

莫临凝视着手中的晶石，忽地一笑：“什么天下，什么责任，什么使命……这些都不重要了。我为了这一切，放弃了自己的感情，放弃了本应千滋百味的人生。更重要的是，我害了宇煌。”

他说着，深深吸了一口气：“余生，我只愿自己可以寻得复活宇煌的办法，至于其他一切，再不重要。”

清源看着他，许久未曾答话。半晌，他才说道：“可是，你明白的，死而复生有违天道，你的一番追寻只怕是徒劳无功。”

“便是付出我今生所有的岁月，我也要寻遍天地间的每一个角落，无论结果如何。”莫临握紧了手中的晶石，坚声道。

清源看着他，眼里虽有对他的万般不舍，可是到最后，也只好默然而应。这世上有许许多多的事情，终归是强求不得。我看着莫临眼底的那份光彩，终究在这一刻，为了自己燃起。再不是曾经那样的无喜无悲，再不是为了曾誓死守护的苍生，默默隐去自己的情感。

他淡然经过了兰芷对他的情深似海，静静告别了木子与他的心灵相通，走过这番风月之后，在最后一刻，在距离他完成自己的志向仅有一步之时，却义无反顾地舍弃了得来的所有。而这一切，只是因为宇煌。

几天以后，在仙灵门的掌门交接仪式上，清源把继承人的位子交与了曦云。曦云平日里常伴莫临左右，在他的身上隐隐可以看见与莫临相同的沉稳淡然。我还记得他在我的说服下，帮助我攀爬山崖采取风铃草，结果我险出意外，那时的他，眉眼里还有几分少年人的灵动，而今，我看着他坐在那个高高的位子上，眼里已沉静得再看不出任何情绪。

在高位，就注定要承受随之而来的责任。

兰芷，也正式成为仙灵门里的医师，那曾经闪现着无数悲喜的脸庞，那个笑靥如花，一往情深的女子，已然不见。

而莫临，卸下了一直以来肩负的使命。

他终于，可以心无旁骛地为自己而活。

在我和茉雪要回人间，同他道别之时，他站在山崖之间，四面是清灵的雾气，远处是波澜壮阔的山河美景，他站在那里，仿佛要和辽阔的天地融为一体。

“莫临，你接下来要去哪里？”茉雪问道。

“走到哪里，算哪里。”他微微一笑，说，“我要带着宇煌的魂精，走遍这万里河山，为他寻得重生之术。我曾经没有履行允诺过他的约定，这一次，我再不会失信。”

我知道，从此之后，我们便是各安天涯，可是我明白，我们所经历的一切，那些过往，无论经过时光多少的冲刷，依然鲜活如初。

“莫临，即便今后，我们再难相见，可是你要记住，在人间你永远有一个朋友，为你默默祝愿。”我真诚对他说着。

“爱琪，谢谢你。你虽然本不属于我们的故事，可是正是你的加入，让我见到了，感悟到了，也许我这一生都不会体会到的东西。”他对我道，“那种有苦有甜的精彩人生，我想于我而言，已经开始了。”

我们没有真正地告别彼此，因为我们每个人都坚信，只要我们之间的友情如旧，那么即便相隔万里，又有什么关系呢？他们，其实依然在我的身边。

茉雪念起口诀，我和她渐渐浮到空中，仙灵门周围的雾气一点点沉了下去，莫临站在山巅，向我们挥手，衣袂飘飘。

犹记初遇他时，他身上的那股侠义之风。如今看去，他正气依旧，只是又多了几分潇洒。

想他从今往后，可以徜徉在天地之间，阅尽锦绣河山，这样的人生，岂不快意？可是，在他的眼底始终弥漫着散不去的悲痛。我不禁又想，如果那日在魔界，我们不被君诺尘所蛊惑，始终坚信宇煌会如何？如果宇煌始终坚守着正义，不起杀戮之心，一切又会是怎样的结局？

怀疑与相信，善与恶，到头来，不过是在一念之间，一念天堂，一念地狱。而奈何我们，终究都选错了路，才造成如今的结局。

这世间，有太多的传奇，太多的故事。我们这群人的经历，或许也算不得百转千回，却有太多的无可奈何。

回到人间的时候，时间还停留在之前我们去往仙界的那一刻，人世间一切如旧，所有的一切都不曾改变。可是，我们经历了沧海桑田。

我和茉雪刚刚来到家门口，就见到一群人围在房子的周围，一见到我们，立刻围了过来。

“看，她就是那个照片里的女孩！”周围的人指着离茉雪议论纷纷。

离茉雪冷着脸，护在我身边，想要带着我从人群里出去，可那些人越围越密。

“你们干什么？”我看着这些人不依不饶的样子，有些生气。而且，他们究竟为什么要找到我们家这里？我们又不是什么公众人物，怎么忽然会被这么多人围困？

“请问照片里的是你们两位吧？”一个脖间挂着记者证、手里拿着麦克风的中年女子拿着手中的照片，递到我们眼前。

我看到那张照片时，整个人猛然一震，满是惊讶。那张照片中的茉雪手中闪现着法力的光芒，而我昏倒在地，她一边用一只手半扶着我，一边用另一只手聚集能量，这是我们当日与童以然在人间最后一战时的景象。这怎么会被拍下来？

“这张照片是经过 P 图的，没什么好惊讶的吧？”我仍然故作镇定，想要把这些人打发走。

“我们经过专家的鉴定，发现这张照片没任何修图的痕迹。你身边的这位女子到底是什么人？”那女子把麦克风又往我身前凑了凑。

“对不起，我们无可奉告。”茉雪冰冷的声音响起，她的眼里是淡淡的不耐烦。

那女子见茉雪如此冷漠，反倒变本加厉地问我：“那日你昏倒在地，是不是这个人用妖法加害于你？经过我的调查，你只是一个普通的高中生，怎么会与这个来历不明的人在一起？是不是她胁迫你的？”

“你在说什么？我们是很好的朋友，还有，她从来都没有用过什么妖法！我已经说了，这张照片并不属实，我想我们没有必要接受你这样的采访。请让开！”我握住茉雪的手，想要冲出拥挤的人群。然而，越来越多的人拥到我们面前。

周围有不少人对着我们拍照，好像我们是动物园里任人观赏的动物一样。闪光灯不断在我的眼前闪起，我的眼前是一片白色，几乎睁不开眼。

“你好，我们是世界研究会的成员，麻烦你跟我们走一趟好吗？”一个西装革履的中年男人上前对茉雪说道。他虽然是用着询问的语气，下手却是一点也不客气，拉住茉雪的胳膊就要走。

“等等，你放开她！”我用力想要掰开那男人的手，他的力气却大得超乎我的想象。茉雪白皙的肌肤上因为他的用力泛起了一片红印。

我没有想到，我们在经历一场生死浩劫后，竟然还要面对人间的一番波折。

“你闪开！”男人粗鲁地用另一只手用力推了我一把，我没有站稳，跌倒在地，偏偏周围还围着一大群人，我没有办法立即起身，那些人只顾着向前拥，我的手被踩了好几脚，我疼得直抽冷气。

“爱琪！”茉雪见到我跌倒，看着那男人的目光里满是冷漠与不屑，她一甩手臂，那男人的手便被轻而易举地弹开，还摔了个跟头。

“还说用的不是妖法？寻常人，怎么可能会有这么大的力气？”周围的人议论纷纷，又有些畏惧刚刚茉雪的力气，一时间不敢再往上拥。

茉雪根本没有在乎这些人的言语，她上前一步把我扶起，问道：“你怎么样了？”

“我没事，这点小痛没什么。”只不过是被踩了几下而已，大风大浪都过来了，这点伤痛算什么？

然而，茉雪看见我瘀红的手腕，眼里满是愤怒与心疼。她伸出右手，微微用力，我知道她是要用法术，急忙拦下她，对她暗暗摇了摇头。如果在这里暴露她的身份，那么后果不堪设想。现在只是有照片而已，还有辩解的余地，如果让这些人看见她的法术，那一切真是再也解释不清了。

“茉雪，你千万不能在此显现你的法力，后果不堪设想！”我低声对她说。

“但这些人，他们竟然如此对你！”她的眼眸里满是怒火。

“我没关系的，他们的目标是你不是我，我不能让你陷入险境。”我对她小声说道。

她见我态度如此坚决，只好收了掌间的力道。然而，围着我们的那群人，仍旧是不依不饶想要问出个究竟。

人类有时的确是贪婪自私的动物，为了满足自己的好奇心与利益，可以不顾一切。他们永远也不会知道，如果不是茉雪几番与童以然争斗，人间不知还要掀起多少腥风血雨。如果不是她几番阻止钟离宇煌，恐怕那时已然被仇恨包裹的他，也早晚会拿人间开刀。她在别人不知不觉间，救了他们。现在，这些人却对她不怀好意。

正当我被这群人困住，不知如何是好之时，忽然间四面的人全部被定住了。正当我好奇之时，我听到凌光的声音传来：“快走！”

我还没有看清他的人影从何而来，便被他拉着冲出了人群。我们一起跑进了家门里。

“那些人……”我望向窗外那群静止的人。

“不必担心，我只是短时间暂停了这里的时间，一会儿他们就会恢复原状，而且会忘掉他们此行的目的，自然会散去。”凌光解释说。

“谢谢你救了我们。”我对他道谢，然而又想到了我的家人，只恐怕他们也知道了照片的事情，他们又与茉雪朝夕相处，如果忌惮她怎么办？

凌光早已看出我的担忧，说道：“我消除了你父母对于神司的记忆，我想现在这样才是最好的办法。”

他说着，转而又看向茉雪：“现在，你还要留下吗？你的身份已经在人间暴露，这是神界的禁忌。我们的身份在这里应是绝对的秘密。而且你也看到那些人类对你的态度如何了。”

茉雪望着窗外，脸上一片平静，不知她的心里在想些什么。

“凌光，你走吧，不要管我了。这件事情，希望你可以帮我隐瞒，不要告诉灵夜。”茉雪淡淡说道。

“你还要留下来吗？这天下的人这么多，就算你有法力消除他们的记忆，也不可能消除得过来！可是，只要你回到神界，回到真正属于你的地方，你在这里留下的痕迹就可以被抹去，我们便可以让神界的神祭欣文雅帮你改写人间历史，这里的人不会再记得你。”凌光焦急地劝解道。

“什么都别说了，你走吧。”茉雪依然不为所动。

“你……”他看着茉雪，重重叹了一口气。

随后，他又看了我一眼，说道：“张爱琪，她留在这里，固然可以满足你的心愿，可是眼下这样的景象，就是你愿意看到的结局吗？”

“我……”我刚刚开口，声音便哽在了喉间。我比任何人，都希望她可以无所顾虑地生活，所以之前，我甚至宁愿被她误解，也要她回到属于自己的地方。可是，早在那一次我跟着她进入去往神界的通道时，我就发现，原来，在我希望她可以更好的时候，我也比这世上任何一个人都舍不得她离去。

凌光没有再听我的答复，他转了个身便消失在原地，房间里只剩下我与茉雪两个人。

“茉雪，我……我想要你回到神界，不再受这些困扰。可是，我舍不得你。”我哭着抱住了她。我不明白，为什么这世间终究容不下一段我们这样的友情，为什么一人一神，便注定是殊途？

“我知道爱琪，我早就明白你的心。”她轻轻拍着我的背，声音也在颤抖，“我不怕被人误解。当年在离殇镇，我也曾被人视为异类，他们甚至要把我杀死，我早就不在乎这些了。”

“可是，我不能这么自私。”我哽咽说道。

“其实，我又何尝不是想自私地守住我们之间的这份情谊呢？”她拥着我轻声说道。

在静默流逝的时光里，我们就这样用力抱紧彼此，仿佛这样，我们就可以抓住对方，不再分离。陪君醉笑三万场之后，如何可以在最后一刻不诉离殇？

傍晚，我赶在父母回来之前，带着茉雪离开了家。他们既然已经忘记了她，我也不想再让他们碰面，引起不必要的麻烦。

天色已经暗了下来，唯有天边还残存着余晖。这样的落日，在人间，我不知道已经看过了多少次。可是这一回，对着那即将散去吞没在黑暗里的霞光，我忽地生出一种难以言诉的忧伤。

我和茉雪牵着手，行走在街道上。我担心茉雪再被人认出，特地挑了一条相对安静的小路，偶有汽车从我们身旁驶过，路人行色匆匆，擦肩而过之后，各自走向自己的归途。

我们没有多言，只是一路走着，一如度过每一个平淡简单的日子。不知不觉，我和她便走到了一片樱花林，这是我们的初遇之地。

正值盛夏，林子里的樱花早已谢去。繁花落尽，自然是再无人观赏，徒留光秃秃的树干。在夕阳下，生出一种苍凉之感。

我和茉雪走入林中，一路走去，来到林子深处。

“记得吗？当初我就是在这里见到你的。”我指了指一片空地说道，“当时你浑身是伤，把我吓了一跳。你还偏偏不让我叫救护车，没办法，我只好善心大发把你带回家了。谁知某人醒来后还不识好人心，认为我是童以然那边的人。”我假意气愤道。

茉雪抿嘴一笑，看向我：“是，那我在这里向爱琪小姐为我之前的无礼道歉。”她也想起了我们之前的种种，看着我的眼睛里一片笑意。

我望着她那双蕴含着欢乐的眼眸，再想起最初那冷若冰霜的眼，心中一颤，只觉得原来在不觉间，她也改变了许多。在我们的友情里，她终于还是愿意抛下那冰冷的伪装，把自己的真心交与我。

“茉雪。”我认真地叫着她的名字，握紧了她的双手，“我希望你在以后，也都可以露出这样的笑颜。希望你无论在何方，都可以把心底的温暖展现。那些不堪的过往，就让它如烟散去吧，不要让它阻碍你享受本该属于你的美好，阻碍你成为心底那个温柔善解人意的自己。”

我努力控制住自己有些颤抖的呼吸，从衣袋里拿出那支纯白的笛子，放到茉雪手中。

茉雪微微一震，接过那支笛子，紧紧握住它，深深凝视着我："爱琪，你这是……在向我做临别的交代吗？"

"我……"我还未说完，眼眶已经是一片湿润，声音也变得颤抖起来。可是，我知道自己必须做出这样的选择，这一回，我不会再变。

"茉雪，我不能如此自私。你的身份已经在人间暴露，你终究不属于人间，留在这里，你要小心伪装自己，要受他人的顾忌。可你本来，可以在神界过比现在好上许多的生活。"我的脸颊一片温热，无数泪珠滚落而下。

"爱琪，我……我不想走。你知道的，我不在乎世俗中的这些飞语，只想守住我们的友谊。"她说着，用力拥住了我，那样大的力气似乎要把我的骨头揉碎了一般，可即便如此，我们也舍不得放开彼此。

"茉雪，回去吧。我知道，你愿意为了我留在这里，忍受一切。可若是如此，你也不会真正快乐。我终究会老去，我们人类会病会死，而你却拥有数不清的岁月。这样的友情从一开始，就是不公平的。我不愿见到百年之后，你一人在人间行走，寻找我们的过往，再过那种漂泊无依的生活。这样的孤独，你已经经历了百年。所以……你走吧。"我拥住她，感受到她滚烫的泪顺着脸颊滴落在我的肩头。

"在遇见你之前，我以为自己什么都可以忍受，可是我错了。在这一刻，我才深深明白，我最害怕的，原来是离别。"她用颤抖的声音说道。

我轻轻放开了她，直视着她的眼睛，为她拭去眼角的泪，努力笑着说："我们不是离别。曾经我的同学双双告诉我，真正的朋友，就算走到天边也不会忘记。那时，我心有不解，现在却懂了。我们之间，就是如此，即便你在另一个我这一生也不可能触及的时空里，哪怕是天涯海角，我们的心也永远在一起。"

只要友情还在，天涯并不远，它就在我身边。朋友，也真的不远，她就在我心中。

"拥有穷奇之力的宇煌为了莫临，纵使被他误解，死在他的剑下，也不忍杀害他，最后还以自己的再生之力还原了一切。莫临因为钟离宇煌，舍下了师长对他的期望，舍下了仙灵门，舍下了他所坚定守护的天下。

从此之后，带着宇煌的魂精，踏遍万里，完成心愿。他们为了彼此，付出了这样多，现在却是阴阳相隔。我们只不过是从此之后，各安天涯，就可以平安度过余下的岁月，相比于他们，已经是好太多了，是不是？”我对她笑着轻声说道。

茉雪没有回答，只是凝望着我。我们就这样看着彼此，直到天边最后一丝光亮也被黑暗吞没，夜色里，我终于看到她缓缓开口：“好，我回去。”

这是我心里期待的结果。这样，她就可以过属于自己的生活，回到她寻觅了百年的属于她的家。可是，在真正听到她答应的一刹，那无尽的忧伤与不舍还是涌了上来。

我把泪水逼了回去，我在心里告诉自己，不应该再流泪。我们的分离，是为了更好的生活，是为了让她不再孤独。我要把最美的样子，留给她。

我抬头仰望着头顶上的天空，今夜的人间，空中布满了无数的星辰，如此多的星星，我已经许久没有在人间看到。连星星，也在为我们道别吗？

“好美。”我喃喃说道。

茉雪也不禁同我一起遥望夜空，低语道：“它们是在为我们祝福，为我们祈愿，我们终究会有重逢的那一天，是吗？”

“对。”我用力点点头，看着她，可是泪水却再一次落下，“我们会重逢。而我，也会永远记得今天这个夜晚，这满天的星辰。更重要的，是我不会忘记你。”我会脑子里一遍遍回忆我们的过往，直至我们再一次相逢，一定会有那么一天的，是不是？

“我知道，你不会忘了我，因为我懂得爱琪是多么重视朋友、重视感情的一个人。”她对我温柔笑着，那是我见过的她最美的样子，“可是，我宁愿你忘了我。人间与神界本就不可以随意跨越，如果我们终将咫尺天涯，记住我，也只会徒增你的痛苦。”

她说着，未等我反应过来，便掏出一个小瓶子，打开了盖子，顿时一股淡淡的香气涌入我的鼻腔里。一瞬间，我只觉得自己脑海里有许许多多的画面浮现，又猛然跌入无尽的深渊，再也寻不回。

“茉雪，你……”我看着眼前的少女，她的面容在我的记忆里也一点点抹去。初遇时重伤的她，相识时冷漠的她，接触时警戒的她，谈话时孤独的她，护我时坚定的她，伴我时温暖的她……这一幕幕的画面，我们一起走过的路，在这段故事里与之相关的人，哪怕是莫临、宇煌、兰芷……也都一并在消失着。

“我们相伴多日，你的身上早已染上了我的灵气，神界改写人间的法术对你无用，你并不会忘了我……所以，爱琪，我……对不起……对不起……”

带着颤抖与啜泣的声音在我耳畔响起，却离我越来越遥远。

茉雪，你怎么可以替我做决定，为什么要让我忘记你，难道你没有想过，也许我愿意承受记忆带来的苦痛吗？因为它们即便已成过往，却是真实鲜活的，代表着我们彼此共同拥有的东西。即便我们今后再难相遇，我也愿意守着这些旧日记忆，过完以后的人生。

“为什么？”我的脑海里一片混沌，眼前渐渐暗了下去。这一刻我已经不知道自己为什么如此发问，我想要问的人又是谁，我只是隐隐看到身前有一个纤细的身影，我感觉自己失去了对我来说很重要的东西。

恍惚之间，我好像听到有人在我耳边轻言：“这世间，有太多的人想要永不相忘，而我唯愿你忘记。”

我醒来的时候，发现自己躺在卧室的床上，窗外已经大亮。我感觉自己脑中空落落的，似乎忘记了什么。

“奇怪，怎么会有这样的感觉？”我用手揉揉太阳穴，自言自语。然而，正当我放下手臂的时候，注意到手腕上绑了一条银链，上面悬挂着一个小巧的哨子，那个哨子样式很别致。我用手把玩那个哨子，不禁好奇我是什么时候买的它。

昨天吗？不对，昨天我自己就去了一趟樱花林，也没去什么商店哪？

算了，别想这些没有意义的了，再磨蹭下去，上学都要迟到了。我想着，把哨子解下，放在书桌上，去洗漱。等我准备出门的时候，望见那个放在书桌上孤零零的哨子，心里不知为何一震，只觉得那个哨子有种莫名的亲切感。我犹豫了一下，还是走过去，把它拿起装进口袋里，便匆匆赶往学校。

由于快到期末了，我们也要迎来文理分科，老师在讲台上对我们说着注意事项，文理如何选择，底下有的同学听得乏味，在窃窃私语。我也已经打定主意要选文科，老师说的那些建议对我来说也起不到什么作用。我坐在位子上，望着窗外发呆。

盛夏的阳光倾洒在窗外大树茂盛的枝叶上，葱绿之中，又见来源于阳光的明亮，生机勃勃。我看着那茂盛的枝叶，不知为何，忽然觉得，好像有一个人曾隐在一片翠绿中，陪伴着我。可这种有些荒谬的想法，只是在我的脑海里一闪而过。

日子就这样一天天流逝，转眼之间，高一结束在这个夏日里，我如愿进入了文科班，进入一个崭新的集体里，开始全新的学习生活。

新班级的同学也都很友善，没过多久，我就和一对双胞胎姐妹成为好朋友，一起学习，一起玩闹。可是，饶是如此，有时候，我仍旧觉得孤单，觉得少了一个人，又想不起那个人是谁。

天气渐渐转凉，街边的树梢不断有枯黄的叶子坠落，地面上一片金黄。

十一国庆节，父母带着我去住在郊外的外婆家吃饭。相比于市里，郊区虽少繁华，环境却是清幽美丽。外婆家住在一个小镇里，门口是一片草地，我吃完饭坐在草地上，仰头看着头顶的星空。晗宁的夜空中，已经许久未见过如此多的星星。

秋夜里的星辰，发出的光芒清澈却又带着凛冽。

我几乎要陶醉在其中。

许久，我感觉到有一个人从旁边的院落里走出，坐在了我旁边。

“你也喜欢星空吗？”一个清脆的女声传来。

我看见来人是一个与我差不多大的女孩，她的脸上挂着明亮的笑容，星光映着她的笑，无比动人。

我下意识地点点头："嗯，群星璀璨，的确会让人迷失在这样的美景之中。"

她又一笑，接道："我喜欢星空不单单因为它的美丽，它还提醒着我永远不要忘记的一份约定，与永远在我心里的那个女孩。"

"嗯？"我有些不解地看着她。

"不好意思，你不要介意我刚刚说的，只是忍不住把心中所想说出来了。"她微微一笑，爽朗的笑容里，忽然夹杂着几丝忧伤，但她转眼又恢复了那份明亮欢乐，"对了，我叫原梦遥，你叫什么？"

"我叫张爱琪。"我对她说道，心里对这个热情开朗的女孩多了几分亲切。

"我记住了。我看我们今天在这里相识，也是缘分，不如就交个朋友吧。"她笑着向我伸出手，"你不要误会哟，我可不是想要跟你套近乎，我的性格就是这样，很喜欢交朋友，认识更多的人。"

"好哇，朋友本来就是越多越好嘛。"我握住她的手，笑着回答。

正在这时，天边忽然有一颗流星划过，然而只是一瞬间，它便孤独地消失在了远方。

"这么快就不见了，真想多看一会儿。"我有些遗憾地说道，毕竟遇到肉眼可观的流星实在太难得了。

"没关系的，即便它消失了，在我们的心里，也已然留下了痕迹。"原梦遥遥望着星空，眼里忽然多了许多感慨，像是在回忆什么。

"梦遥！"我见她神情有些恍惚，不禁叫道。

"没关系，我只是想到了一个朋友。"她对我一笑，虽然有些忧伤，但更多的是她嘴角的笑容和明媚的气息，"一个让我永远铭记于心，不会忘却的朋友。"

我听到她的这番话，只觉得心下一颤，好像有什么东西遗失在了心底。

"铭记于心，不会忘却？"我喃喃重复。

这时，一阵秋风袭来，入夜的风冰凉如水，我向右侧过身子，想要用手搓搓我有些发冷的大腿，却被右侧兜里的东西硌了一下，我不禁把它掏出，那是一个小巧的哨子。拿在手里，有些发凉。不知为何，我走到哪里，都会把它带在身边。

星光照在那个小小的哨子上，哨子在夜色里发出好看的幽光。

与此同时，我听到原梦遥的声音："是呀，一个铭记于心，永不相忘的朋友。这样的朋友，你也遇到过吗？"

几乎是瞬间，我的耳畔响起一个声音："这世间，有太多的人想要永不相忘，而我唯愿你忘记。"

这一刻，我的眼泪夺眶而出。

尾声 初见

我讲完整个故事的时候，天已经蒙蒙亮，女儿已酣然入睡。这么多年以来，我没有向任何人提及此事，我也以为，自己总有一天会真的忘了她。可是现在，我才懂得，那个人的名字，与之相关的记忆，早已刻在了我的骨髓中，无论我忘记她多少次，然而但凡遇到与之相关的东西，我便会重新拾起一切。就好像那年在星空之下，我还是想起了她。

其实，故事至此也未真的完结。茉雪走后，连带着莫临、宇煌的痕迹，也都一同在人间被抹去。他们从来都不是这里的人，自然不会留下什么。木子也忘了莫临，不记得那段感情的她，继续寻觅自己的爱。但有时候她也会对我说，觉得自己仿佛遗失了什么。

在木子二十九岁那年，她遇到了一个属于她的良人。那个男子成熟稳重，勤奋踏实，是一家公司的董事，对木子怜惜有加。木子也觉得那个人与她很适合。于是在第二年，她便与他结了婚。

在她结婚的前一天晚上，我和她饭后漫步在街边，那时候依然是盛夏，晚风徐徐，混合着泥土的芳香，街边的树木郁郁葱葱，孩子们的欢笑声不断从一边的小区里传来。

“真想不到，明天我就真正告别这三十年的单身生涯了。”她深深吸了一口气，眼里仍有几分不敢置信。

“多好哇，你知道吗？我最期盼的事情，就是去参加你的婚礼，看到你寻觅到属于自己的那个人。”木子这么多年以来，遇见了许多形形色色的人，她也曾心动，但每每还是棋差一着，遗憾告终。她说，这是缘分未到，所以才会如此。而今，属于她的缘分终于来临了。虽然，那个与她长相厮守的人，不是当年那个一身正气的蓝衣男子，可是我依然为她真诚祝愿。

生活终究不是传奇，平平淡淡才是真，细水长流才是安宁。莫临固然好，可是他给不了木子想要的生活。

我和木子漫步在长长的道路上，这样的夏天，与那一年我和茉雪所度过的夏日，并无不同。鼻腔里，依然是那股淡淡的芳草气息，街头依然是车水马龙。恍然之间，我只觉得自己好像还停留在十六岁的那一年，心里有对茉雪冷言冷语小小的不满，有对前方充满奇幻而又未知的旅程小小的紧张，有对未来无限的期盼……

然而，所有的一切，都终究不可能重来。

我和木子一路走着，直至走到异界魔园，这里还是那样冷清，没有人来。

我们隔着城墙，隐约可以见到里面的绿草如茵。

“还记得吗，我们曾经在这里野餐呢？”木子说着，微微一笑，眼里满是怀恋，“那个时候，有你、有我，有……”她一怔，随即声调低了下去。她转头注视着我，眼里带着几分茫然，“奇怪，只有我们两个人来过吗？我怎么总觉得还有其他人？”

我看着她，心里忽然一阵苦涩。可是，我什么也不能说。无论是莫临还是茉雪，他们与我们这些人类本就不同，与他们的一段过往，本就是镜花水月，终究作不得数。

“这可能是错觉吧？说不定你觉得应该还存在的人，是你在梦里见到的也说不定呢。”我故作轻松地调侃道。

微风拂过木子的发梢，她额间的碎发散落在鬓角。暮色里，她的皮肤依然光滑白皙，富有弹性。她还是那样年轻美丽，只是眼眸里却是有历尽艰辛后的沧桑。

“我确实时常梦到一个人。”她的声音在夏日的夜晚里悠悠响起，“然而，他与我始终隔着一层迷雾，我看不清他的面容，他一身的蓝衣却是那样耀眼。”

我听着她的话语，不禁愣了愣，随即玩笑般地说："你这话若是被姐夫听去，他可是会吃醋的哟。"

她听后，笑了笑，道："你在说什么呢？不过是一个梦而已。梦境怎么可以与现实相比？梦就是梦，即便再美，也终不过是雾里看花，水中望月，一切都是虚幻的。"

是的，就好像我所经历的那些故事，若是对旁人讲述，也不过被认为是一个虚假的梦境而已。事实上，有时候连我自己都要分不清，那些人是否真的来过我的生命里。

第二天的婚礼上，木子穿着一身洁白如雪的婚纱，在我们的欢呼声中走向了那个与她共度余生的人。

"请新郎新娘交换戒指。"主持人满面笑容地站在台侧说道。

木子嘴角含着幸福的笑容，把手中一个亮晶晶的小东西戴在对面的人手指上。

我坐在下面，和身边的亲人一起为木子祝愿，一起见证属于她的幸福时刻。虽然，台上她的那份幸福与我无关，可我看着那慢慢靠近的两个人，还是忍不住湿了眼眶。

曾经，我为木子与莫临遗憾。可是现在，我才明白，原来有的时候，遗憾也是给另一个圆满诞生的机会。我忽然想起了莫临，我也已经多年未曾见过他，不知现在的他又走到了何处，不知他是否寻到了复活宇煌的办法。

忽然之间，我的眼角出现一抹熟悉的蓝色，我急忙回头望去，原来一边的门口有一个穿着蓝色衬衫的服务员端着酒水走了进来。

不过，如果现在他在这里，目睹木子幸福的时刻，他一定也会真心为她祝福。

"新娘戴戒指的动作有点慢，新郎已经有点等不及了哟。"主持人调笑般说道。

我把目光重新放到面前的舞台上，只见新郎握着木子为他戴戒指的手，借着木子的手把戒指往自己手上戴，底下的观众忍俊不禁。

这世上的爱情，大概就是如此模样吧，平淡又温馨。

后来，当我也遇见了自己的缘分时，我更加坚信这一点。

直到现在，我有了自己的孩子，转眼之间，我从多年以前青涩稚嫩、无所畏惧的女孩变成了一个孩子的母亲，一个三十多岁的女人。

而我自己，又有多少的岁月，可以去这样追忆，铭记一段往事？

我为身边熟睡的女儿思雪盖好被子，小心出了房门，来到门口的花园里。此时的天才刚刚放亮，周围仍旧是一片寂静，前方的香樟树绿色的枝叶上还挂着晨间的露水。

透过身后透明的玻璃门，我看到自己的脸庞映在其中。眉眼之间，年少时的那份清灵，依然可以寻到一二，只是眼角之处已经出现了细细的皱纹，肌肤也不再像曾经那样水润光滑。岁月，终究还是给我留下了痕迹。

然而，想必那个人，依然是如我们初遇之时那样美丽年轻。

茉雪，如今，你可安好吗？

我从衣襟里，掏出那个伴我多年的哨子。那个哨子泛着金属的光泽，不曾被岁月斑驳，仍旧闪亮精致。

这么多年以来，我虽然每时每刻带着它，却从不敢仔细凝视它，生怕那些记忆会借此一一涌现。因为，她曾希望我忘了她，那么，我便忘了，让她不再为我担心。

然而这一刻，我再无惧任何，因为我终于明白，我忘不了她。

我看着那个哨子静静躺在我的手掌间，仿佛与当年茉雪刚刚把它交与我时一样，上面好像还残存着她的体温。那些往事，终于一幕幕在我的脑海里浮现。

我缓缓拿起那个哨子，放在嘴边，轻轻吹响了它，它的声音还是像多年以前那样清脆明亮。她曾说，只要吹起这个哨子，她就会来到我身边。这些年里，我从未吹响它，只是这一刻，我终于还是抑制不住自己的思念。

茉雪，不知现在的你，还可以感知到我的哨声吗？

恍惚之间，我看到身旁透明的玻璃上，映出一个少女纤细的身影。

我仓皇转头，向后面看去，嘴边的哨子掉落在了地上，转了几个圈，滚落到那个少女的脚边。我看着她伸出修长的手指捡起那个哨子，一步步向我走来，脸上的笑容温暖动人，再不见昔日的冷漠戒备。昔年的那份清冷之色，已经在她的脸上全然退去，她比以前更加美丽。

我站在原地，只觉得自己整个身体万分僵硬，一步也动不了。

直到她站到我的面前，我才颤抖地伸出双手，拂过她的脸庞，温热的感觉从指间传来。原来，这一切都不是我的错觉，她真的回来了！

我看着她，想对她绽放笑容，可是眼眶里一片温热。

“爱琪。”她轻柔的声音响起，眼眸亮如晨星。

我看着她，千百种情感涌上心间，所有的悲喜交织在一起。

良久，我才终于抑制住自己内心的激动，缓缓开口说：“你还是那样美丽年轻。我却老了。”

“不。”她轻轻拥住我，在我耳旁轻声说道，“你依旧是我记忆里最美的模样。”

天边旭日初升，映着整片天空发出橙黄色的光芒。紧接着，无数的金光顷刻间洒在我们的身上，我的眼前被一层暖黄色的光芒笼罩。

我从未想过，我和她还可以有重逢的那一天。我拥着她，不知自己该说些什么。我应该问她这些年过得如何，我应该问她为何当年不顾我的意愿，要我忘了她，可是在我见到她的那一刻，所有的疑问都已不再重要。

良久，我们才放开了彼此。

“现在是春天，外面还有些冷，和我进屋吧。”我努力让自己的声音平静下来，恢复以往的语气。

她微微一笑，默许了我的想法。

我带着她进屋的时候，思雪还在睡着，我怕吵醒她，便带着茉雪坐在客厅里。我给她沏好了茶水，碧绿色的茶叶一点点沉到杯底，空气中弥漫着淡淡的茶香。

我和她谁也没有开口，好像只要一开口就会打破我们之间好不容易得来的安宁与团聚。

只是半晌，我终于还是忍不住问道：“茉雪，这些年，你过得还好吗？”

“一切都好，你呢？”她看着我，轻声问道。

就这样，我给她讲起了这些年来我的经历，我是如何从一个三流的漫画创作者，变成真正拥有自己粉丝、出版了自己作品的漫画家。我告诉她我是如何遇见了属于我的缘分，如何拥有了一个属于我的家庭……我就那样一点点讲述着属于我的成长时光，我这些年来的所感所悟。而她就那样静静听着，随着我的讲述一颦一动。

尽管我们之间已经相隔了十多年的岁月，尽管我已不是当年那个青涩稚嫩的女孩，她也不再是那个冷漠警惕的少女，一切都已物是人非，然而，当我们再一次坐在一起的时候，彼此之间熟悉依旧，亲切依旧，就好像时光从未从我们的身上流走。

我细细地讲述着往事，一点点讲与她听，仿佛这样就可以弥补这些年以来她所缺失的遗憾，仿佛她也曾陪着我经历人生的酸甜苦辣，始终不曾离去。

不知过了多久，太阳从初升到偏西，我的故事才终于讲完。

“这就是我的故事。”我轻声说道，将目光对着她，“现在，该说说你了吧。”

她微微一怔，随即垂下目光，仿佛不知该从何说起。

这时，房门打开，一个小小的人影跑到我面前。

“妈妈，我刚才醒来找不到你，心里好害怕。”思雪说着，把头埋进我的双腿间，声音软软糯糯的，很是可爱。

“妈妈和朋友一直坐在客厅聊天呢。看来思雪昨夜睡得太晚了，现在才起。”我宠爱地摸了摸她柔软的发梢，把她抱在腿上。

“这就是你的女儿吗？好可爱。”茉雪笑着看着思雪，眼里满是柔和。

我对茉雪一笑，又看向思雪：“思雪，向姐姐问好。”

思雪有些怕生，看清茉雪后，有些紧张地抱住了我的胳膊，仍是乖巧地叫了声“姐姐好”。

“思雪，先去屋里玩好不好，我和这位姐姐还有话要说。”我对思雪温声说。

“好。”她听后听话地从我腿上跳下，走进了自己的房间。

直到思雪进屋后，茉雪才问我：“她叫思雪？”

我点点头。

“是哪两个字？”她看着我，神色微动。

“思念的思，茉雪的雪。”我轻轻答道。

那一年，思雪出生时，我看着这个小小的婴儿，不知何故，心里猛然浮现这个名字。后来，我才明白，这个名字代表了什么。

茉雪猛地一颤，她注视着我，而后缓缓开口：“爱琪，对不起。当年，我不该自作主张一心让你忘了我。我以为，忘记就可以让你不再困扰。可是，我错了，我不该不问你的想法，就自作主张。”

“茉雪，我曾经遗忘过你，那一段时间里，我确实没有忧愁悲伤，可是，我可以清晰地感觉到在我的生命里，仿佛遗失了什么。那一年，在星空下，因为那个口哨，我还是记起了你，那一刻，我知道自己是怨你的自作主张。然而，这么多年过去，我早已不再怨你。只是，我终究是介意，你把我想得如此弱小，你始终还是认为人类脆弱不堪，连一份友情的回忆都承受不住。”我淡淡说道，这番话迟到了这么多年才对她说出口，而我终于可以平静地面对多年以前的痛苦。

茉雪许久没有回答，只是我看到她身体在微微颤抖。

良久，她抬起头看向我，目光一片清明：“爱琪，这十多年来，我在神界心如止水地做着神司，人人都以为我清心寡欲，不被情感所困，但是只有我自己明白，我始终放不下一段在人间的友情。因为你，我才努力改变着自己，试着做一个可以予人温暖的人。我在神界目睹过生死的残酷、人心的险恶，却也看到了真情的强大，可以令人无惧衰老与死亡，可以为之付出一生的岁月。我这才明白，无论是神或是人，其实都是一样的，万物皆有情，我也终于明白，我忘不掉你。所以，当我感知到你的哨音时，我便再也抑制不住自己的情感，还是回到了这里。”

“这一次，让我们抛开那些顾忌，顺遂自己的心愿吧。就像十六岁的你那样，执着地相信友情可以跨越一切，包括横亘在我们之间的所有阻碍。”她坚定地对我说着，眼光里不再有丝毫的顾忌担忧。

我凝视着她，不禁沉默。这些年里，我尝到太多的冷暖。从成长到成熟，岁月的流逝，容颜的凋零，都让我渐渐远离了幼时自己所执着相信的东西。有的时候，我对着镜子，几乎认不出自己的样子，不知自己在何时，已然被岁月蹉跎成如此模样。尽管并不算衰老，却终是不复青春，眼角只有自己才看得懂的疲惫。而原来的自己究竟是何种模样，我也早已记不清了。

我并非不想应允茉雪，只是，现在我已经不像当年一样，可以随心所欲地活，我有了自己的家庭，我不能因自己的事情而波及他们，尤其是思雪年纪尚小，是最需要保护的时候。

现在，还可以如十六岁那年那般无惧一切，带着满腔的热血去追寻自己想要的人生吗？

我望着茉雪如此坚定的容颜，心里一阵恍惚。曾几何时，我也如她眼下这般，一路追着她的脚步，只企盼一个回应。而现在，犹豫踌躇的人，却变成了我。

正当我想要说出我的想法时，我听到了门口一阵窸窣之声，是我的先生白少安回来了。只见他提着一个纸袋，里面装着打包好的饭菜，微笑着向我走来。

“今天下午公司聚餐后，我见那家饭店菜色不错，特意又买了几份食物回来给你和思雪尝尝。”他笑着说道，随后看到一边的茉雪，微微一愣，“这是……”

“这是我的朋友，许久不见了，今天偶然见到就邀请她在家里坐坐。”我对少安解释。

少安点点头，与茉雪打了个招呼，而后对我说：“那你们好好聊，我今天中午应酬喝了不少酒，先去休息了。你们晚饭不用等我，自己吃吧。”

他说着，把手里的饭菜放到桌上，而后走进了房间。

“时候不早了，一起吃顿晚饭吧。”我看到窗外明显暗下去的天空对离茉雪说道。

少安带回来的菜色很不错，虽然不是自己家做的，但是拿来招待客人也说得过去。我把那些菜热好，装到盘子里，摆在桌子上，便要思雪和茉雪来吃饭。

其实我们家的客厅是一个很温馨的地方，四面墙壁上挂着一张张我们一家三口的合影以及与我父母、少安父母的合影，流露浓浓温暖。

茉雪一边吃着，一边用目光扫过墙壁上的相片，眼里似有触动。

窗外淅淅沥沥地下起了小雨，雨水滴滴答答掉落在屋檐上。室内是一片橙黄色的暖光。

我一边为思雪夹着菜，一边注意到茉雪只是吃着离她最近的几个菜，便把自己面前的几只大虾拨到她碗里。

“茉雪，这个油焖大虾味道很不错，你尝尝。”我对她说。

思雪胃口小，吃了小半碗米饭就已经饱了。她放下碗筷，像是想到了什么，问我:“妈妈，这个茉雪姐姐就是昨天你讲的故事里的茉雪吗?”

“不是的，昨天那个故事是妈妈编的，怎么会是真的呢?”我心里一慌，急忙否认。毕竟茉雪的身份始终是一个秘密，还是不要再让他人知晓才最为稳妥，何况思雪又是一个懵懂稚嫩的孩童。

思雪用探究的目光看着茉雪，好像还想再问些什么。

“思雪，我看到我们在窗台种的韭菜已经成熟了，你不是一直想要剪韭菜吗？帮我和茉雪姐姐剪点，好不好?”我摸摸她的头，问道。

“好。”思雪毕竟年幼，注意力很快就被转移了。她一蹦一跳地下了饭桌，向窗台跑去。

她一离开，饭桌上一片寂静，一边的电视里在放着一部很老的片子《还珠格格》，模糊的画面一闪一闪的。

我拿起桌子上的酒，分别倒在我与她的杯中。

“为了我们这一次的重逢，干一杯吧。”我拿起酒杯，向她举起。

她放下筷子，也拾起了杯盏，对着我一饮而尽。我也一口气饮完了杯中的酒。

“再来。”我拿起那瓶酒，一杯杯地倒着，仿佛杯中的酒永远也饮不尽。

我平素并不喜欢饮酒。今日，我却不知为何想要一醉方休。我知道茉雪也并非一个嗜酒的人，可她仍是静静地陪着我喝。

我不知自己究竟饮了多少杯，可是脑海里仍是一片清晰，没有醉意。

“爱琪，你已经喝了许多了。”茉雪终于拦下了我。

“没关系，我们难得相见，多喝几杯又怎么样？”我仍旧倒着酒。

“爱琪，你不必如此。我收回刚刚的话。我知道，是我让你为难了。如今，你也已经有了自己的家庭，有了稳定的生活，我不该再来打扰你，毕竟我身份特殊。当年只是一张照片，就让你家被围得水泄不通，如今只怕是会更甚吧。”茉雪看着我，拿过我倒满酒的酒杯，一饮而尽，轻声说道，“我会离开。”

我一怔，凝视着她，忽然不知该说什么，她还是那样心思细腻，逢人便能猜透他的心意。我忽然厌恶极了被生活改变了的自己，年少时的那份勇气与决心，究竟都到哪里去了？我明明念着这份友情这么多年，为什么却在它重回之际怯懦了呢？

茉雪还是容颜如初，我却已经不复旧颜。

我们彼此对视，空气中一片沉寂，只余外面的雨声与屋内电视的声音交织在一起。此时电视里正演到年迈的乾隆悄悄来到云南，与阔别多年的儿女欢聚一堂的场景，欢乐之中，又夹杂着几分对于人生离合、岁月流逝的感叹。里面，传出一个女孩稚嫩的声音，她用清脆的童音念着一首古老的诗篇：“人生不相见，动如参与商。今夕复何夕，共此灯烛光。……”

“少壮能几时，鬓发各已苍。访旧半为鬼，惊呼热中肠。焉知二十载，重上君子堂。昔别君未婚，儿女忽成行。怡然敬父执，问我来何方。问答乃未已，儿女罗酒浆。夜雨翦春韭，新炊间黄粱。主称会面难，一举累十觞。十觞亦不醉，感子故意长。”茉雪接道，低柔的声音混着窗外的夜雨声，余韵悠长。只是，她念着念着，声音一顿，仿佛不忍再念。

最后那一句，的确不忍道出。

然而，我还是轻轻念出了口：“明日隔山岳，世事两茫茫。”

想来我和她的故事，贯穿了我的半生岁月，多年后重逢，我们还是要迎来分离。

她注视着我，默然不语，可眼眸里有无数的情绪交织在一起。半晌，她缓缓起了身：“天色已晚，我不便再打扰你。我回去了。”

“等雨停了，明天一早再离开吧，我家有客房可以住。”我急忙站起身对她说。

她深深吸了一口气，望向窗户玻璃上不断滑落的雨水，轻声道：“既然离别早已注定，多留一刻少留一刻，又有什么分别呢？”

随后，她便向门口走去，我知道自己留不住她，也没有资格再留她。

我跟在她身后，给她打开了门，外面是连绵的雨雾，地上不断溅起雨花。我和她来到门外的屋檐下，雨水汇成细流顺着屋檐流下。微凉的雨珠打湿了我和她的衣襟。

“回去吧，当心感冒。”她对我说道，嘴角含着浅浅的笑容，“我们后会有期。”

我看着她，终究还是红了眼睛，轻声道：“对不起。”我不知道她是下了多大的决心，才可以不顾及神界的戒律来到人间，告诉我她再不在乎一切。我不知道这么多年以来，她在那个幽静的天地间，是怎样守着一份回忆度过的。我只知道，在她怀着满腔的期待归来之时，我予她的却是迟疑与胆怯。

“爱琪，不用道歉，你没有做错什么。你现在早已不再是当年那个无忧的女孩，你有了自己的家庭，有了自己的后代，自然要为他们考虑，不可以再像曾经那样无所顾忌。这些，我都理解。”她露出一个好看的笑容，然后，她把一个小小的冰冷的东西交给我，“这个，本来就已经属于你，收好它。就当是我最后的一点私心，我想要你永远记得我。”

我用力握住了手中的口哨，感受到它金属的轮廓摩擦着我的掌心。我看着她用力点头：“我永远不会忘记你。”记得她，如今变成了我唯一能够给她的东西。

“爱琪，保重。”她对我缓声说着，而后便转头走入了雨中。

雨雾之中，所有的一切都模糊不清。原本漆黑的夜色，在一层雾气的包围里，显得更加朦胧不清。

天边一道闪电划过，似乎要把夜空撕裂，紧接着传来轰隆隆的雷声，雨下得更加猛烈。

我的心因这道闪电一颤，我低下头看着手里的哨子，在夜色里被覆上一层黑色的光芒，可是依旧闪着银光。

我看到她越来越远的身影，忽然间想起在当年，她也总是留给我背影，头也不回地离去。那时候，我心里怨她气她，可还是那样义无反顾地追随着她。

从暗起波澜的人间，到风云变幻的仙界，再到奇幻难测的时间之境……那时候，我几番游走于生死之间，都只是因为她。

那一年，她不顾一切救了我，我才终于明白她孤傲下的一颗赤诚之心，那时我曾坚定郑重地告诉她："那么从今以后，你就是我的恩人了。我为你上刀山下火海，从此以后，唯你马首是瞻！"

后来，在月光下，她第一次对我提及她不堪回首的往事，我满是疼惜，心里暗暗发誓要让她体会到人性的温暖："如果你相信我，我愿意做那个可以给你温暖的朋友。我会向你证明，真正的友情可以同甘共苦，可以经历一切的考验，可以跨越身份与生死！"

穷奇现世，危机四伏，她想要借着冷言冷语要我离去，回到人间，可是我仍旧不妥协："万物究其本质，脱去那些表象，都不过是一颗带有感情的心，这些无论是神还是人都一样。我始终相信，真正的友情是可以跨越一切的，何必去在乎身份的距离。"

她来到人间找我，那时候，我们终于得来一刻并肩相守的时光，我对她说道："离茉雪，以后无论你面对什么事情，都不可以把我再推开，要让我自己做出选择。我告诉你，我胆子大得很，什么都不怕。"

还有后来的种种危机，我们也曾面对生死，也曾面对世人的薄情。可是，唯一不变的，就是我对这份友情的坚定。虽然在当年，迎接我们的依然是离别，可是那是不得已的举动，是因为想要保护茉雪做出的一个决定，那时的我，从未像今天这般为了自己的私心而考虑。

那时的我，分明是那样坚定，那样执着守护着一份情谊。可是现在，我都忘了吗？所谓的成长，到底给我带来的是成熟还是冷漠？当初为之付出一切的友情，如今就这样任它消逝在时光里吗？

"妈妈，我剪了好多韭菜，你快来看！"思雪兴奋地跑到门口，拽住我的衣袖，想要我进屋。

“思雪，先等等我好吗？你先进到屋里去，一会儿我就回家找你，你在家好好待着，知道吗？”我对思雪说，让她进了屋子。随即，我一头扎入雨中。

岁月可以带走青春，可以带走纯真……可是，它不应该暗淡了情谊。

我没有一刻比现在更加清晰地明白自己心中所想所念。

茉雪，是我错了。

我一路跑到了异界魔园，来到记忆里开启神界通道的地点，只是那里空无一人。

“茉雪——”我大声叫着她的名字。

雨声与我的声音交织在一切，回响在四周。

然而，四周依旧无人响应。

我像发疯了一样，一遍遍喊着她，我想要她出现，我想要像当年那样再一次留住她。她却始终没有出现。

雨水早已淋湿了我的身体，头发吸了水后紧紧贴在皮肤上，我的身体满是冰冷的雨珠，令我不由得打起寒战。

良久，我失魂落魄地低下头，任由雨水一遍遍淋着我的身躯。

这一回，我知道自己是真的失去了她。

我忽然像一个孩子一般，放声大哭起来。

然而，恍惚之中，一双白色的鞋子映入我的眼帘，我小心地抬起头，只怕是自己的错觉。我看到那个少女在雨雾里，看着我，她的眼眸闪着动人的光芒。

“茉雪……”我刚一开口，声音里满是沙哑。

“我没走，我还是想再在这里多留一会儿。”她的声音里也带着几分颤抖。

我用力抱紧了她，生怕她会再次消失：“不要走了，永远都不要离开了。我什么都不在乎了，只想我们再无离别。”纵然是她身份异于常人如何，纵然是我们所拥有的时光千差万别又如何？我只知道，我再不想与她分离。

我感到她也抱紧了我，她用更加坚定的声音在我耳边说：“好，从此以后，再无离别。”

无数的雨水倾落而下，可是我们仍旧相拥在无尽的雨雾中。

只是忽然之间，我冰冷的手掌间传来温暖的触感，我感知到是那个哨子所发出的。紧接着，我感觉到那个小小的哨子里似乎蕴含了什么能量，我不禁张开手，那枚哨子发出柔和的金光浮现在我们身前。

我和茉雪见此情形，不禁满是惊讶，放开了彼此，注视着那个哨子。

金光在雨夜里显得无比闪耀，它渐渐向茉雪涌去。

“茉雪……”

只见茉雪在金光的包围下显得美丽而又安静，她的身体也发出纯白色的光芒，与金光交相辉映。而后，萦绕在她身边的光芒向四周涌去，几乎要把天地覆盖。

半晌，光芒渐渐散去，露出了刚刚被遮盖的天空，那里早已不再是乌云遮盖，而是一片晴朗璀璨的星空，那抹深蓝，蓝得纯粹。

我与茉雪被雨水浸湿的衣服，也不知在何时干透了。

“这是……”我不知道发生了什么。

“爱琪，你看！”茉雪指着静静躺在草地上的一张古琴，我知道那是茉雪作战的武器，那张古琴色泽比我曾经看到的黯淡了许多，而且也没有光芒闪现。

“你们神界的武器也要定期更换吗？怎么感觉旧了许多？”我问道。

“不是它旧了，而是，失去了灵力维持的东西都会被岁月斑驳，这是它本该有的样子。”茉雪看着我，微微一笑，眼里一片明亮。

“什么？”我听了茉雪的话，不禁大吃一惊，随后又想到了什么，“没有了灵力是什么意思？难道你……”

“没错。”她唇角的笑意更浓，“爱琪，我终于也变成了人类。时光再不会在我的身上停留，我拥有了与你一样的身份，一样的人生。”

我站在原地，觉得自己的身体在微微发颤，我动了动嘴，却什么也说不出。我曾经无数次在心里希望，她与我拥有同样的身份，那样，我们便可以拥有最为平淡与宝贵的友谊。

“怎么会？”我仍有些不敢置信。

"真正的友情可以跨越一切，这不是你说过的话吗？"她对我笑着说，眼里闪着泪光，"爱琪，这一次，我们真的可以并肩而立，再无顾忌了。"

"嗯。"我对她笑着点点头，泪水随之滑落。

我们等了这样多的岁月，经历了生死、误解与遗忘，才终于等来了这一天。

可是，一切都不晚，未来的我们，仍旧有大把的光阴去追逐共同的故事。

透过璀璨明亮的星光，我看到她那美丽的容颜，我们在星空下相视而笑。一瞬间，我只觉得自己好像回到了十六岁的那一年，仿佛时光从不曾流逝，我仍是那个执着追寻着友情、可以为友谊燃烧自己的女孩。

一切，恍如初见。

（正文完）

更多情节请见《半世风月赴流年》《落樱之前尘如梦》《落樱Ⅰ》《落樱Ⅱ》

番外　无关风月

莫临始终记得，他初入仙灵门时，清源见到他第一眼时说的话："这个孩子根骨清奇，假以时日，必能成器。只是，他这一生里注定会为情义所累，若能度过则可得道。"

当时，他年纪尚小，并不完全懂得清源的意思。等他长大，才完全理解了这句话的意思。可是，他心里觉得是师叔多虑了，他无心俗世凡尘间的爱恨，一门心思只是修道，守护天下。

然而，他经历了兰芷对他的一往情深，木子与他的心意相通，本以为已然走过风花雪月，到头来，在最后一刻，还是毅然决然放弃了他坚守多年的心愿，放下了仙灵门，放下了守护的苍生，放下了自己的修仙炼道、静观尘世……只带着一把剑，行走天下，遍游四方，只为了复活宇煌。

一年年过去，他不知走过了多少山川，多少城镇。世间的悲欢离合，已然在岁月的流逝里不断轮回上演。

前些日子，他收到曦云的来信，说道清源长老羽化而去。他有些恍惚，不敢相信，那个伴自己成长的师长，就这样离去了。他对清源的记忆，还停留在当初告别之时，清源精神抖擞的样子。原来不知不觉，已经过了这么多的岁月吗？

是呀，那些曾经在故事里或正或邪的人，如今都已没有了踪影。即便是君诺尘，那个几番设下迷局，间接造成今天这样结局的人，也早已在多年以前被魔界的魔王越冥、魔圣安冷耀、神界之王灵夜，联手击败，最后葬身火海，魂无归处。

只是幸好，上天还是给了那些美好善良的人一个好的结局。

莫临想到了木子，其实，他曾经回过人间，目睹了那个女子人生中幸福的时刻。那时，他在门外，在看到木子与那个属于她的新郎交换戒指的那一刻，他心里一颤。可是，更多的，是对她真诚的祝愿。他对她无法做到的事情，终于还是有人可以代他完成。

在木子要把手里的戒指戴到新郎手上时，莫临微微垂下眼睑，想要悄然离去。只是，正当他准备离开的时候，他忽然感知到了一道熟悉的目光。他抬眼望去，只见木子的目光隔着无数的人，与自己交会。

她的眼神还是那样动人明亮，就好像在当年，他与她在医院告别的夜晚。他以为她会埋怨他的突然离去，可是她自始至终，用目光深深凝视着他。直到，他压制住自己内心的不舍，转身想要离去的时候，她才猛地从背后抱住了他，轻声道："莫临，我知道自己留不住你，我也不是纠缠不休的人。但是，我只想告诉你，和你在一起的时光，是我所拥有的最美好的回忆。"

莫临双手一颤，终于还是缓缓抬起手，回握住了木子。

他转过身子，对她道："木子，对不起，你是我见过的，最好的女孩。"

"我知道，你终究不会停留在我身边，你本就不属于这里。"木子轻声说。

莫临看着她，神色一动，没有回答。

木子微微一笑，道："那一次，我们去异界魔园，我看到了一切。那个人虽然想要让我昏迷，可大概是他用的法术并不深，所以我中途迷迷糊糊醒过来一次，看到了你们交战的情景。那个时候，我就知道了你的身份。"

莫临微微一惊，他从未想过木子早已洞悉了自己的身份。

"我也曾为此大惊失色，惊恐不已，可是到头来，还是平静了下来。我们人间也有《倩女幽魂》《白蛇传》的故事，我知道什么样的爱注定是镜花水月。但是，我仍旧控制不住自己去接近你。现在，我知道，纵然我再不舍留恋，我们还是会迎来告别的这一刻。"木子抽出了被莫临握住的手，“所以，你走吧，无牵无挂地回到属于你的地方。”

“木子……抱歉。”莫临轻声说。

木子望着他，笑着摇摇头，而后又缓缓收敛笑颜，问：“我只是想要知道，你突然离去，是不是……遇到了什么麻烦？”

莫临一怔，忽然不知如何回答。

木子神色一动，已然明白一切，她焦急问道：“怎么了？难道，你如此突然离去，真的是发生了什么棘手的事情？那……”

“木子，我想我不应该瞒你。”莫临深深吸了一口气，缓声道，“毕竟，爱琪也会参与到这次行动中，你既是她的姐姐，有权知道。”

他说着，把他与茉雪等人经历的事情，简短地告诉了她。

“所以，你是说……你们这最后一战，凶险异常，而且，爱琪无论如何也要和你们一起经历这一切？”木子听完所有的事情后，只觉得惊诧万分，她从来没有想过，原来这世间还有这么多奇幻的事情。同时，她又为莫临等人担忧。

“是。我和茉雪都劝过她，可是……”莫临有些无奈，但他仍是建议道，“不如，你再去劝劝她？”既然木子早已知晓一切，也就不必再瞒她，如果木子去劝，或许爱琪会听。

“爱琪是我的妹妹，我知道她的性子。”木子摇摇头，神色有些忧伤，“她性格倔强，最重视朋友。她既然已经决心和你们同甘共苦，就不会退缩分毫。”

她说着，垂下目光，身体微微颤抖。她始终是一个局外人，无法真正帮到他们什么。可是，她真的为这些人担心。她害怕爱琪会遭遇不测，怕莫临他们最终会命丧战火之中。

莫临自然是理解木子的心情，他知道她在害怕。他缓缓把她半拥在怀中，让她的头靠在自己的肩膀上。他低声道：“木子，对不起，我给不了你未来，如今还让你的妹妹陷入危难之中。从一开始，我就应该下定决心，不让爱琪卷入我们的事情里。”

他感到肩头一阵温热，随后，听到木子微微啜泣的声音。他不再开口，只是静静地陪着她，任由她的眼泪浸湿他的衣襟。

半晌，木子抬起头，用微红的眼睛注视着他："答应我，保护好爱琪，同时，也保护好你们自己。这是我唯一的心愿。"

"好，我答应你，我们一定会平安而归。"莫临认真看着木子的眼睛，又道，"但是木子，你也要答应我，请你一定要幸福。"

木子用力点点头："一定会的，我会忘了你。"她故作轻松地说着，泪水却涌出双眼。

而这，便是他们最后的道别。

后来，离茉雪离开了人间，人间的一切都重新回到了正轨。他们曾在人间停留的痕迹，这里的人对他们的记忆，都一并被抹了去。而木子，也真的不再记得他。

现在，他望着穿着一身婚纱的木子，他们两相对视之时，他忽然生出一种错觉，仿佛一切都不曾改变，他们不曾经历那些分离与遗忘，熟悉如初。他只觉得自己再移不开半分目光。

木子根本不知因为何种缘故，她便在满场的宾客之中，一眼望见了门外那个蓝衣的男子。她觉得他的目光熟悉异常，好像就是在那无数个梦境里她所经历过的似曾相识的画面。她正戴往新郎手上的戒指就那样停滞在了半空中。

直到她感觉到有一双温热的手握住了她，牵引着她拿着戒指的手，想要把戒指戴到自己的手上。木子如梦初醒，收回目光看向面前站着的要和她从此共度余生的男子。只见那个男子用温和的眼神凝视着她，眉眼之中的珍视之意不言而喻。

"新娘戴戒指的动作有点慢，新郎已经有点等不及了哟。"主持人调笑般说道。底下的客人们顿时跟着发出善意的笑声。

木子不再迟疑，把那枚戒指郑重戴在了对方的手上，底下的宾客发出一阵欢呼。

从此之后，她真的告别了一个人的岁月，未来的路，会有一个人陪着她走下去。

她再次向门口望去的时候，已然不见那个蓝色的身影，只见到有一个穿着与那个人一样颜色的服务生走了进来。她心下一颤，一种难以言喻的情愫涌上心头，只是转瞬之后，她心里一阵释然，好像自己放下了一直以来困扰她的东西。

在那之后，她的梦境里再未出现过那个模糊不清的身影。

而莫临，依旧行走在尘世间，带着过往的记忆，执着追寻着重生之术。起初，他还会收到故人的消息，可是后来，不知从什么时候起，那些人渐渐杳无音信。

他偶尔会想起他曾经走过的路，那些曾伴随他的人。不知道木子是否幸福地过着自己的生活；不知道在曦云与兰芷的带领下，仙灵门又是何种模样；不知道爱琪又过着怎样的生活，她与茉雪是否还有重逢的可能。他又想起自己的师父与师叔，想起自己当年初入仙灵门的景象。

还有……宇煌……

原来不知不觉他已经走过了这么长的路，经历了如此漫长的时光。

他在这世间的寻觅，几乎过了百年，他固然拥有深厚的法力，可以抵挡时光的侵蚀，可是为了宇煌，终究还是放弃了得道的机会，不可能永葆青春，所以虽然他的容颜还是那样俊朗不凡，但两鬓已有了几缕白发。纵然他比人类拥有不知多出多少的光阴，可是时光于他而言，终究不是不朽的。

因而，有时，他会隐隐担心，如果在这一世走到尽头之前，他还没有找到让宇煌重回世间的办法，又该如何？

百年过去，他走遍了六界的每一个角落，还是没有找到起死回生的办法。

最终，他选择去了时间之境，去见朱雀与玄武，他们是他最后的希望。

他一个人走过当年他与爱琪、茉雪、宇煌走过的长桥，四周繁星无数，这里美丽如初，仿佛一切都不曾改变。当年他们一起在这里寻觅，有过猜忌误解，可是终究还是那样记挂着彼此。如今，唯有他一个人。

那两个人还是如此年轻，容颜没有半分改变，纵然是百年的岁月于他们而言，也只是弹指一挥间。他们衣袂飘飘，淡然出尘。

“我知道你们早已不插手六界中的事情，可是我还是来到这里，想要一试。”莫临看着他们道。

“我们知道你的目的是什么。只是，这天地间的规矩你还不明白吗？生死之事，怎么可以妄自更改？”玄武严肃说道，没有半分动容。

“我知道，可是为了宇煌，我不在乎。”莫临坚定地抬起头，直视着面前的二人。

“莫临，你怎么会说出这样的话语？你本应该是最理智、有分寸的人，却为了钟离宇煌放弃门派之位，在世间寻觅这样多的岁月。起死回生，本就有违天地间的规律，其中利害，还要我们解释给你吗？”朱雀有些不解莫临的选择。

莫临自然明白这是逆天之举，会令自己付出极大的代价。就像当年，自己与仙灵门上下都想要找君诺尘报仇，可是没过多久就得知他为了救回自己的姐姐，更改了生死的规律，最终灰飞烟灭的结局。

然而，纵然他自己最终也会如此，他也不会后悔，他欠宇煌的实在太多了。

“曾经，因为理智，因为分寸，因为仙灵门，因为正邪之分……我选择站在宇煌的对立面，一次次误会了他。即便如此，他最后仍是不惜付出自己的生命保全了我们。我为了自己所肩负的责任，一个人走了那么多年。现在，就让我放纵一回吧。我已经在心里暗下决心，为了宇煌，我不惜付出任何代价。所有的苦难惩处都让我来承受，只愿换来一次他重生的机会。”莫临沉声说道。

“你……”朱雀想要继续劝阻莫临。她之前与莫临交手后，心里其实很欣赏这个英勇的男子，不忍这个人为了那凶兽穷奇而踏入深渊。

“雀歌，不要说了。”玄武终于还是叫住朱雀，“这世间的许多事情，实在是千变万化，其中各有缘由。我们不问尘世这么多年，难道还看不透这一点吗？我们没有道理以自己的见解去要求他人。”

“曜喧！”朱雀有些不快，“你知道我们的使命，天道怎可变更？”

玄武轻叹一声，道：“还记得我们当年来到时间之境的原因吗？不就是因为看透了尘世间人与人之间的薄情寡义，厌恶了世俗所定的善恶之分吗？而今，却有人可以有如此大的决心，肯为了一个人走遍尘世，肯不计后果。这难道，还不足以让我动摇吗？”

他此话一出，朱雀没有再开口，她心中一动，一时感慨万千，想起那千年以前的旧事。

“六界之事，虽然我们不便插手，但偶尔破一次例，应该无碍吧。”玄武最终微微一笑，说道。

“玄武，你是说……”朱雀一愣，知道玄武想要帮助莫临。毕竟，他们一旦插手六界之事，就可能让六界陷入波澜之中。

玄武点点头，对朱雀道：“如果只是复活一个人，也无须大动我们的灵力，不会波及六界，不必担心。”

“可是……”朱雀仍有些犹豫。

“如果在昔年我们的故事里，也有如莫临一般是非分明，不为世俗界定所困的人，那么最后的结局不知会好多少。帮助他，就当弥补当年我们曾留下的遗憾，好吗？”玄武对朱雀说道。

他微微一顿，又轻声道：“况且，你是这世上最懂我的人。你知我心中亦有难以割舍之执念。更何况，天道，本也有情。”

她看着他，眼里似有微光闪烁。良久，她点点头。

他们二人联手借助莫临留下的钟离宇煌的魂晶，为钟离宇煌重塑了一具肉身，然后把魂晶引入那具肉身内。

莫临看着眼前躺在冰晶里尚在沉睡中的少年的容颜，心里涌起从未有过的激动。

“谢谢你们。”莫临真诚道谢。

玄武淡淡摇摇头，说道：“不必道谢，这亦是了却了我的一件心事吧。但我要告诉你，重生的人，如同新生，会忘尽前尘往事。”

莫临一怔，随即问道：“那么，他一辈子都不会重新记起一切了吗？”

“这一切都还未知，也许会想起，也许一辈子都不会再忆起了。”玄武回答。

莫临心下一震，他不知道自己究竟是怎样的心情。宇煌会忘记他，会把他看作一个陌生人。但是，宇煌生前所遭受的一切，也终是由自己造成，他曾那样伤害误解过他。那么，如果宇煌忘了，也就不会再为此忧伤，不会怨恨自己了吧？

莫临轻轻走了过去，抚摸着将宇煌笼罩在其中的冰晶，那冰晶传来阵阵清凉。

“无论他是否记得我，只要他从此之后，可以好好生活，一切都不重要了。”莫临缓声说着。

他再一次向那两个人道了谢，在他默念仙法口诀准备离开的时候，玄武忽然叫住了他：“莫临，我知道除了你的师弟宇煌，你心里最为记挂的就是离茉雪与张爱琪。我要告诉你，她们二人的友情终究还是打破了一切界限，感动了天地。离茉雪后来退去了神司的身份，成了普通人类，和张爱琪一起走完了属于她们的一生。”

莫临听到这个消息，心里不由得为那两个人真诚祝愿。上苍，终究还是不会辜负有情有义的人，万物皆有情。

“玄武，谢谢你告诉我这个消息，我的心全然放下了。我们后会有期。”莫临一笑，对玄武和朱雀道别。即便他们是高高在上的灵兽，可是，他们也是性情中人，有情有义。

他想着，将目光落到了身边的冰晶上，不由得一笑。

那些让他牵挂的人，都已经有了完美的结局。那么未来，他的故事里，只有宇煌。

那个百年前的承诺，这一次，终于可以兑现。

他把冰晶带到了自己暂时安家的一个山谷的木屋里，静待着宇煌的苏醒。山谷里是连绵不断的花海，远处是被雾气缭绕的群山，一切都显得静谧安宁，无人打扰。

阳光透过窗户映照在冰晶里沉睡着的少年的脸上，柔和了他俊秀的容颜。

莫临坐在钟离宇煌的身边，静静看着那个人。

良久，那少年纤长的睫毛轻轻颤了颤，如同蝴蝶的翅膀，慢慢张开。他的目光里，是从未有过的清澈纯真，纯粹得如同初生的孩童。

少年缓缓起身，有些迷惑地望向四周，不知自己身处何地，对周围的一切都感觉到陌生，直到看到自己身旁俊朗的蓝衣男子。

“你……是谁？我为什么会在这里？”少年歪歪头，好奇问道。

莫临没有马上回答，而是注视着他，心里有难以言诉的情绪。这一刻，他已经等了百年，实在太久太久了。他甚至有些不敢相信，眼前的所有场景是真实的，而不是他的梦境。

他颤抖地伸出双手，拥住少年的肩膀。

这个拥抱，这属于他们的安宁平静，已经迟到太多的岁月。

少年疑惑于这个于他而言陌生的男子，为什么会露出这样的情绪，但是对于眼前的人，他有种莫名的亲近感。

半晌，莫临放开了他，沉寂片刻，缓缓道：“你在之前的战斗中受了伤，我虽然把你救回，却到底还是让你失去了之前的一切记忆。”

少年想了想，说：“是你救了我？看来我们之前的关系一定很是要好，怪不得我对你有种熟悉的感觉。”

莫临一愣，只见少年看向自己的目光里满是信任。失去记忆的钟离宇煌，纯净透彻得如同一个孩童，没有了往日身上的沉重。然而，他又该如何告诉宇煌，他曾两次封印他，几番误解他。他们本应是世间最为亲近的人，可到头来却被仇恨误解围困。

他心里忽然有些庆幸，宇煌已然失去了记忆，否则这个少年又怎会如此信任地看着他？

莫临看着眼前干净的少年，轻声道：“你叫钟离宇煌，百年以前，我们是……”他一顿，微垂目光，而后再度看向对方，“我们是师徒，你是我的徒弟，我们云游四海，以天地为家。”

既然宇煌忘记了，就让他们以一个新的身份重新开始吧。之前，他没有做好师兄，如今，就让他以一个师长的身份照顾他。

钟离宇煌听后，点点头，而后抿抿嘴，道：“师父，我想你救回我一定耗费了许多精力。从今以后，就让我来好好照顾你吧。”虽然他忘尽前尘，可是早已深刻在骨子里的那份情感是不会变更的。

莫临望着眼前那张坚定纯净的脸庞，心里深深一震，他仿佛又见到了当年还未恢复力量、只是仙灵门一个普通弟子的宇煌。那时的少年，虽然没有灵力，却也有着这样明亮的眼眸，只是后来，这份纯粹被自己毁掉了。

如今，所有的一切，恍如隔世再见。

莫临终于还是弯起了唇角，注视着眼前的少年，微笑着点了点头。

窗外，花海摇曳，春和景明。

转眼之间，又是许多年过去。

钟离宇煌跟着莫临一起走过了许许多多的地方，看过锦绣山河，踏遍大江南北。只是，他们无论走过多少地方，看过多少美丽的风光，最后还是会选择回到山谷里。

“师父，我们为什么要选择定居在这么一个寥无人烟的地方？”钟离宇煌曾经不解问道，其实，相比于这里的清幽，他更喜欢繁华热闹的地方。

“宇煌，我不是告诉过你，只要有人的地方，就有争斗，我们师徒二人定居此处，远离尘世纷争，不是很好吗？”莫临拍了拍钟离宇煌的肩膀道。他知道，钟离宇煌是穷奇所化，一旦被他人察觉，昔年种种定还会重演。天地间所规定的善恶之分，早已固化。为了掩饰宇煌的身份，在宇煌重生之后，他甚至没有再教过法术。一个人越强大，就越会引起他人的忌惮，更何况钟离宇煌身份特殊，一旦动用法力，就会被人察觉身份。他再不愿让宇煌受到任何伤害。

钟离宇煌虽然喜欢尘世间的繁华热闹，但在他的心里，到底还是师父排在第一位，所以纵然他心里另有所愿，也甘愿安居在此。他在这个世上没有亲人，当年，他清醒之后第一眼看到的就是莫临，他早已把莫临当作自己最为珍视的亲人。

但是，很多时候，少年心性的钟离宇煌还是会有自己的小算盘，偶尔借由跑出山谷，在尘世里游玩一番。

“师父，我看咱们的粮食不够了，我去外面买点。”钟离宇煌对莫临说道。

莫临看着钟离宇煌努力压制的喜悦，心里自然清楚这人的小心思。不过，他也不想让宇煌失去太多自由，所以对于他的许多举动，他也是睁一只眼闭一只眼，由着对方去了。谷外是魔界的地盘，这百年以来，在魔王越冥的带领下，魔界早已不再如当年进攻仙界那般残忍血腥，反而渐渐退去了魔身上的戾气，变得和善了许多，与其余几界再无纷争，和曾经对立最为严重的神界更是成了盟友。所以即便宇煌去魔界买些东西，他也可以放心。

只是这一回，钟离宇煌去了许久都未曾归来。莫临不禁有些担忧，前往谷外查探。

他刚刚一入魔界，里面的镇子中一阵大乱。莫临定睛一看，发现一头巨大的野兽正在四处行凶。那头野兽形似恶狼，身形无比巨大，灰褐色的身子上满是煞气，灰白相间的尾巴上布满密密的倒刺，所过之处，伤亡无数。

魔界的人虽然身上有着与生俱来的魔力，但并非像仙界一般，每个人都有着使用灵力的本能。他们若非经过法力的修炼，完全难以发出自己身上的力量，这些镇子里的人居住在一片祥和里，很少有人会法术。只有几个中年男子勉强凭借自己的修为与恶狼僵持对抗，为其他人争取逃跑的时间。莫临见此情形，早已顾不得许多，立即腾空而起向恶狼那里飞去。

此时，恶狼用泛着黑紫色光芒的眼睛看着那几个男子，高吼一声，随即抬起前爪向他们击去。那几个人的法力再困不住它，他们纷纷被恶狼的前爪击飞了出去。

恶狼一声咆哮，又瞄准旁边一对母子，只见母亲的怀里紧紧抱着一个四五岁的男孩，那男孩惊恐地望着恶狼，都忘了哭泣。恶狼巨大的身影笼罩在母子二人身上。

正当恶狼距离那对母子仅有一步之遥时，一道水蓝色的光芒击中了恶狼的咽喉。恶狼痛呼一声，转头看到半浮在前方的莫临。此时的莫临，周身发着纯净的蓝光，尽管他两鬓已然斑白，但风采依旧，仍是那个无畏死生的英勇男子。

恶狼狠狠注视着莫临，向后退了一步，然后飞快向莫临冲去，它的每一步都令大地一阵颤动。

莫临掌间逐渐汇聚能量，面对恶狼的来袭，他双手用力打在恶狼的胸膛。恶狼身躯猛地一颤，却没有被击退，而是再度一用力，整个扑倒在了莫临身上。恶狼的力量比莫临想象中还要大上许多，他没有想过，它竟然可以抵下自己的一击。他被恶狼扑倒在地，他感受得到恶狼鼻腔里喷出的热辣气息打在他的脸颊上。

恶狼张开了嘴，里面发出恶臭的气息，它凶狠地咬向莫临的头部。莫临伸出右手狠狠击在恶狼的下巴上，恶狼一痛，动作也随之一僵。就在这时，莫临默念口诀，召唤出长剑。顿时，一把巨大的剑从天而降，重重插在了恶狼的背部。

恶狼一声痛呼，斜斜倒在了地上，背部流出紫黑色的血液。

莫临站起身子，伸出右手，插在恶狼背部的剑便变回正常大小，飞到莫临手上。

恶狼用力想要起身，却几次跌回原地。如此循环几次之后，恶狼便也再无动静。

莫临刚刚松了一口气，就听到一个熟悉的声音传来：“师父！”

“宇煌！”莫临惊喜看去，看到钟离宇煌搀扶着一个受伤的老人走来。

“你有没有受伤？”莫临仔细查看着钟离宇煌。

“师父放心，我好着呢。不过，我就知道，你一定会来救我们的。”钟离宇煌笑着说，眼里看不到一丝恐惧，他转过头，对一边的老人说：“爷爷，我刚刚不是就对你说过，我的师父是这天底下最厉害的人了吗？”

莫临这才注意到钟离宇煌扶着的老人，微微颔首，礼貌问道：“请问您是……”

“我是居住在这里的人，刚刚在逃难中摔伤了腿，多亏这位小兄弟相救。”老人看着钟离宇煌的眼里满是感激与赞许。危难当头，仍愿意伸出援助之手的人实在可贵。

莫临笑着看了钟离宇煌一眼，正想再说些什么的时候，忽然间身后传来一阵微响，他脸色一变，随即推开钟离宇煌与老人，回头望去，只见那头恶狼竟然再度苏醒，站立起来，它被莫临刺伤的背部，伤口已经愈合。

莫临这一生里，遇到过许多恶灵，却从未碰到过这样一种能够拥有复生之力的怪物。他握紧剑正想与它再战之时，只见恶狼嘴里吐出一大股黑色的雾气，莫临立即以自身灵力净化这股烟雾，担心其中含毒，然而雾气散尽之后，那恶狼也消失得无影无踪。

可恶，被它给逃脱了，莫临心里暗想。

“爸！”正在这时，一个中年男子向老人跑来，脸色通红，眼里满是激动，“刚刚与你跑散了，我四处找你，担心你……幸好，一切都没事。”

老人颤抖地伸出手，拍拍男人的双肩：“我没事，你放心。是我福大命大，刚刚有这位小兄弟和他的师父相救。”他指着莫临与钟离宇煌说道。

那男子听后对莫临与钟离宇煌万分感激，连连道谢，坚决要回报他们二人一二，经过莫临的几番推辞，男子才扶着自己的父亲离去。

男子才刚刚离去，不远处又响起一阵脚步声，莫临看去，发现是一群魔兵，而为首的男子却不是一身士兵的装扮，年纪也不大，是一个青年男子，一身黑色的衣襟，身形挺拔，不怒而威。

“你们去各家各户查看伤员，看看他们缺什么，准备一批物资分发给受害者。”青年男子低声吩咐道。

那些士兵应声而答，随后纷纷分散开来，去各家居民住处查看情况。

那青年男子慢慢走着，望着周围的一切，眉头不觉间皱在一起。直到他注意到离他不远处的莫临与钟离宇煌，他看到了莫临手中的剑与他周围黑紫色的血液和掉落的毛发，心里顿时明白，想必是这个人击退了狼妖。

“此次多谢仙界出手相救。”青年男子走上前，微微一笑，说道。

“无妨，魔界既有危难，出手相助自然是义不容辞。”莫临淡淡答道，随后想到了什么，“不过可否告知于我，那恶狼究竟是何种妖兽？为什么有如此强大的力量？”

青年男子有些自责，缓声道：“魔塔里困着许多凶兽，它们的力量是至恶之力，那匹狼是受到魔塔周围的气息影响才会如此。”

他顿了一下，又道：“不过，那匹狼受到恶念之气的影响，变得凶暴残忍异常，但凡它认准了要杀的人，便不会放过。你既然伤过它，它就还会回来找你。主要是它身上拥有复原之力，无论受怎样的伤都会愈合，很难对付。”

“没有办法可以打败它吗？”莫临问。

青年想了想，道：“魔界的魔塔困着世间最为凶恶的生灵，它所发出的力量异常强大。如果想要打败吸收了魔塔气息的妖狼，就要找到同样强大的能量对付它。”他说着，淡淡瞥过钟离宇煌。

莫临早已明白青年的意思，他从青年男子身上所发出的强大气息也大概猜测到了对方的身份。只是，若是放到以前，他一定会不假思索采取能够打败恶狼的方法，可现在，他有些犹豫了。

青年男子亦是懂得察言观色的人，他知道莫临难以下决定，于是一笑，说道：“若是不介意，到我那里去喝杯茶如何？”

莫临看着对方，微微弯唇，道：“既然是魔王越冥的邀请，我自然不会推辞。”

越冥眼眸中笑意更盛，回道：“真是不公平，阁下已经摸透了我的身份，我却对你一无所知。”

“莫临。”莫临道出自己的名字，“这位是我的徒弟钟离宇煌。”

“原来是昔年仙灵门的首席弟子，怪不得如此侠义，可以凭一己之力击退狼妖，救助他人。”越冥的眼里满是欣赏。

“往事如烟，仙灵门种种已是旧事，无须再提。”莫临淡淡回道。

一边的钟离宇煌心里却有些惊讶，他从未听师父提起过往事，也不知晓原来莫临竟然曾是仙灵门的大弟子，他只是一直以为师父本就是无门无派，心无挂碍，云游四海。那么，莫临又为什么会离开仙灵门，云游在外呢？

这样想着，他和莫临一路跟着越冥来到越冥的住处，王者的住所自然是金碧辉煌，华丽高贵。越冥为他们安排了一间宽敞精致的屋子，里面的摆设样样俱全。

“你们先在此休息一下，如果有需要尽管告诉我。”越冥说道，告知了自己平日所在的位置，而后便离开了。

“你刚刚经历了那样的危难，一定累了，先休息一下吧。”莫临对钟离宇煌道。

钟离宇煌坐在床上，想起越冥刚刚提到的仙灵门，看着莫临欲言又止。他其实很想问问莫临过去发生的事情，这么多年，莫临一直不愿提及那些被自己遗忘的事情，自己每每提起，也是被莫临几句淡淡的话语略了过去。可是，他也想更加了解自己的师父，了解自己的过往。

莫临见钟离宇煌如此，以为对方是担心狼妖的事情，于是温言安抚说：“不必担心，我一定会找到制服狼妖的办法，你尽管安心。”

“我不怕狼妖。”钟离宇煌说道，而后抿了抿嘴，道，“只是，师父，我不明白，你为什么要离开仙灵门，过这种闲云野鹤的日子？如果你留在那里，凭借师父的本事，一定可以当上门派领袖的，不是吗？”他总觉得莫临可以拥有更好的生活，而非像现在这般漂泊在外。

莫临怔了怔，而后，他看向钟离宇煌，道：“现在这种生活不好吗？门派之中，少不了戒律清规，少不了肩上的责任。只要有了那些束缚，又怎能随心所欲过自己的生活，保护身边的人？”

钟离宇煌对莫临的话语有许多不解，他不明白为什么莫临会舍弃门派中的一切，决绝离去。然而，莫临还是没有正面回答自己的问题。于是，他忍不住再次开口：“可我想知道师父为什么会离开自己的门派，我们是如何成为的师徒，以前的我究竟是怎样的……还有，为什么师父一直不肯教我法术？是因为我以前修为根基就很浅，不适合修炼吗？”他终于把多年以来隐藏在心里的疑问问了出来。

“够了，宇煌。”莫临打断少年的疑问，沉声道，“之前，我不是告诉过你，记忆本就是身外之物，往事更无须提及吗？”

钟离宇煌因莫临如此语气而感到有些委屈不解，他不知道莫临为什么一直以来都不愿意告诉自己过往的事情。可是，他也不敢违背莫临的意愿。只好低下头小声回答：“我知道了，以后我再也不会问了。”

他说完便躺到床上，背对着莫临，用被子蒙住自己的身子。

莫临看到钟离宇煌的样子，心里早已经后悔自己刚刚说出的强硬话语。钟离宇煌想要知道自己的过往再正常不过，他又有什么资格一再阻拦对方？

莫临，承认吧，你是自私的，你不对他提及那些往事，只是因为怕他知道以后，会怨恨你，不是吗？莫临在心里暗暗质问着自己。他不知道自己究竟是何时竟然变得如此自私，昔年那个正直凛然的自己去哪里了呢？

他微微上前，想伸出手安抚钟离宇煌，可是，他到底还是停住了动作。至少现在，他没有办法做到将所有的过往毫无保留地告诉他。

一时间竟让他有些无所适从，他转身离开房间，来到外面。

此时，已近黄昏，魔界的天空暗淡了许多，云朵之中闪着五颜六色的光芒，明暗交错，显得奇幻神秘。四周的树木异常繁茂，深深吸一口气，鼻腔里便满是泥土的芳香。

莫临一人走在小路中，无数的草木从他身边略过。在自然的静谧里，一切的烦躁不安都可以得以平复。

他走着走着，眼前的草木朝两边分开，一块空地出现在他的眼前，空地上有一个圆形的石壁筑成的水池，水池中央是一座精致的假山，假山上不断有泉水流下，汇聚到水池里。水池旁边有一座古香古色的亭子，里面坐着一个面目俊秀的少年，正是越冥。越冥看到莫临，报以一笑，莫临朝他走了过去。正好，有些事情，他要同越冥说清楚。

“魔界的景象比起仙界又如何？”越冥含笑问道。

莫临想了想，道：“应是各有特色。不过，这里的清幽之景，的确让我忆起了往日的仙灵门。”他说着，眼里透出淡淡的怀恋。

“当年，你脱离门派，外界只说你是在制服穷奇后元气大伤，再担不了掌门之位，因而从此再不过问门中之事。可是，仅凭我今日所见，便知传闻有假。”越冥说道，眼里流转着仿佛可以看透一切的光芒。他在今日第一眼见到钟离宇煌，就洞察了那个人的身份，即便那个人没有动用灵力，气息本不易察觉，可仍是瞒不过自己。

“魔王，我知道你修为深厚，有的事情瞒不过你。所以，我也没有想要欺瞒你。我明白你的意思，制服狼妖，需要找到同样强大的力量，而没有什么可以比穷奇的力量更为合适。但是，宇煌的身份我不想让更多人知晓，以免再起波澜。”莫临说道。如果一旦激发钟离宇煌体内的力量，他的身份就会马上暴露在更多人眼前。

“莫临，我知道你在担心什么，若非别无他法，我也不想强求。”越冥回答，他不想强人所难，更何况莫临与钟离宇煌并非这里的人，但只要可以护得魔界周全，他不惜用尽一切手段。

莫临自然理解越冥，而且他本身也不是一个只为自己私欲考虑的人。他沉思片刻，对越冥说：“我愿意押上自己全部修为与狼妖一战。”他曾经是仙灵门中最为出色的弟子，他有信心取得胜利。

越冥一愣，他想不到莫临对钟离宇煌竟有如此深厚的情义。他们修炼之人，最为重视的，就是自己的修为，没有什么人愿意冒着修为散尽、失去性命的危险倾力一战。

“钟离宇煌是他人口中得而诛之的凶兽，而你本出身于以惩恶扬善著称的仙灵门，与他本是天敌。而今，你却不顾这世间的正邪之分，愿意护他如此？”越冥有些不敢置信，他外表虽然年少，却亦是走过了无数的时光，经历生死，经历了恩怨纠葛，可到头来，仍旧为莫临此举而惊诧。如果以穷奇之力与狼妖对抗，轻松便可取胜，毕竟穷奇拥有远古的力量，不必搭上他人的全部修为甚至生命。

莫临轻轻一笑，眼里有着来源于记忆深处的悔恨、疼痛，曾经，他也是被世间所定的正邪之分蒙蔽双眼的人，也曾执着地固守陈规。当年在仙灵门里坚守着重任的自己，怎么会想到，有一天，他会为了维护世人眼中的“邪恶”而做到如此地步？

“而今我为他所做的一切，不足以回报昔年他予我的一二。”莫临低声说道，“魔王，希望你应允我，让我代替他与狼妖一战。”

“莫临，我……”越冥还想再说些什么，他知道，仙界的力量至清至纯，也是那些邪恶之力的克星。如果莫临肯帮忙，胜算也会增加许多，可他也不忍看到莫临为此陷入危险。

“不必担忧。今天，即便我们未曾相遇，见到此情此景，我也不会袖手旁观。”即便已经卸下曾经肩负的重担，可是骨子里，莫临仍是那个正义凛然的男子。

越冥沉默半晌，到底还是点了点头。

他看着眼前的男子，男子面容俊朗，棱角分明，两鬓却已然斑白，眼角也已经有了浅浅的皱纹。越冥可以感知到莫临的修为绝不在自己之下，完全可以拥有抵御岁月侵蚀的能力。只是，想必这个人还是放弃了那清修的机会，卷入红尘，经受时光的洗礼。曾经，世人认为魔界来源于黑暗，不可轻信，为此，他们魔界一族不知遭受了多少人的误解与栽赃。甚至现如今与他交好的神界之王灵夜，也曾误会他。那么，一个为了四大凶兽之一穷奇放弃掌门之位、游走四方的人，又要承受多少他人的偏见呢？

越冥想至此处，不禁一声轻叹："但愿钟离宇煌有一天可以真正明白你所为他做的一切。"莫临与钟离宇煌之间究竟经历过什么，他并不清楚，只是现在他看到的莫临为宇煌的付出，已然令他深深动容。

莫临摇摇头，自嘲般地一笑："他本不用如此小心地活着。"

天边的光芒已经完全暗淡下去，头顶上的天空化为深深的蓝，点缀着密密的星辰。

"我曾亲手伤过他两次，一次将他封印，一次夺去了他的性命。我对他几番误解，最后，他还是对我留情。"莫临深吸一口气，"他曾经那样信任我，可每一次在门派、苍生与他之中，我都毫不留情地选择伤害、误解他。"

"重生之后的他，忘却了一切，却依旧如多年以前那样信任我，那些我原以为难以抹去的怨恨，就这样被掩去。我一面自私庆幸着他的遗忘，一面却又担忧，他终有一天会记起一切。他屡次问我过往的一切，我却不敢提及。我该如何告诉他，他所敬重的师长，是曾害得他失去自由与性命、失去记忆的人。到头来，我终究是有私心的，我害怕他的怨恨。"那些掩藏在莫临心底的痛苦，终于在这一刻倾诉而出。

越冥虽然没有目睹过那些过往，但依然可以从莫临的话语中体会一二。他正想开口安慰莫临之时，却猛地一怔，看到从一边的丛林里走出的少年。

与此同时，莫临也感知到了什么，他转头望去，看到向他走来的少年的脸上充满了震惊。

“宇煌……”莫临缓缓站起身子。想必，那些话语已然被钟离宇煌听到。

钟离宇煌一觉醒来，念及自己之前的赌气本想与莫临道歉，他找了一圈才在树林里看到了莫临，正当他想要上前时，却听到了莫临说的那些过往之事。他只觉得自己脑海里一片空白，仿佛他一直信仰的世界在这一刻轰然倒塌。他不敢相信，这个他苏醒之后第一个看到的人，带着自己云游四方的人，对自己关怀有加的人，竟然是曾害自己失去性命与记忆的人。

“宇煌，我……”莫临想要朝钟离宇煌走去，解释一切。

然而，他才走了几步，便被钟离宇煌制止：“你不要过来！”钟离宇煌大声道，面色苍白地看着莫临，痛苦质问，“我那么相信你，可你为什么对我隐瞒过往的一切？你知道对于过往一无所知的迷茫与苦痛吗？你知道发现自己一直信赖的人是害你最深的人那种绝望吗？”

钟离宇煌带着怨恨的目光如同尖刀一般，深深刺入莫临的心。莫临想要解释，却发觉这就是事实，无论他如何开口，过往种种，早已是定局，他的错误本就是不可弥补。他原以为，只要钟离宇煌没有恢复记忆，他就可以回避那些往事，逃避他所犯下的错误，过着这样平静的日子，可是这种美好，偏偏结束得这样快。

越冥站起身子，走到莫临身旁，看着钟离宇煌道：“我不知道我们的谈话你究竟听到了多少，你们过往的一切，我虽然并不了解，但是我想你在怨恨莫临之时，也应该知道他为你究竟付出了多少，难道你不知道他……”

越冥正想告诉钟离宇煌莫临的种种付出，却被莫临拉住了胳膊。

“不用再为我辩护什么，这所有的一切，都是我欠他的。”莫临低声道。

他说着，注视着钟离宇煌缓缓道：“当年，玄武告诉我，重生之人会忘尽前尘。那时，我就如同一个被免罪的犯人一般，那样自私地庆幸着。可是，我又担心你最终会知晓曾经的种种。就这样，这些年里，我在痛苦和庆幸里煎熬，小心隐瞒着一切……然而，这世间本就没有永恒的秘密……”

他哑然失笑，眼眶里泛起水光：“这样也好，你知道了这些过往，我也无须整日里再为这偷来的安宁而小心维护，担惊受怕。”

钟离宇煌看到那个蓝衣男子眉宇之间所流露的痛苦与悲伤，心里一颤，竟然一时间再无法说出那些怨恨的话语。为什么？为什么莫临欺瞒了他这么多年，害得自己失去了那么多，可到头来，他对这个人仍旧心有不忍？

可是，无论如何，他都不可能再原谅莫临。

“莫临，你我之间再无师徒情分。”钟离宇煌终于冷声说道，偏头躲过莫临的视线。

莫临身体一颤，向后退了一步，眼眶里一片温热。

其实，从一开始，他已经料到当这一切都被揭晓时，他所面临的结局。但是，当他亲身经历之时，他还是难以承受。

然而，莫临看着对面少年冷漠的神情，他忽地想起，曾经，自己也是无数次这样注视着这个人，甚至拔剑相向，错怪误解对方。那么那时的宇煌，心里又是何种感受？只怕是比此刻的自己更加悲痛万分。他不过才体会到了对方所承受过的十分之一的痛苦而已。况且，这样的结局本就是自己一手造成的。

然而，就在此时，远方传来野兽的哀嚎。

就在同一时刻，那个声音由远及近，一道黑影似乎在以光速那般朝着他们所在的地方而来。未被唤醒灵力的钟离宇煌站在原地，还未反应过来是怎么回事，便觉有什么东西正在朝他袭来。莫临没有来得及细想，已经本能般地朝钟离宇煌冲去，一把推开了他，同时飞快在掌间汇聚能量抵挡黑影的进攻。那个黑影被莫临所发出的能量一击，动作虽然迟缓了许多，但仍是用它的前爪抓伤了莫临的右臂。

莫临一心只记挂着钟离宇煌的安危，确保钟离宇煌没有被这头再度出现的妖狼所伤，他才松了一口气，而那妖狼就趁着他分神顾及钟离宇煌的机会，再度扑向他。

莫临到底是身经百战，见到妖狼向他扑来，他仍旧沉稳，刹那幻化出长剑，抵住妖狼向他攻来的前爪。然而，这妖狼本就是受了魔塔的阴邪之气而生，力量强大，再加之这次进攻被它夺得了先机，莫临这被动的抵御有些力不从心。

就当他险些支撑不住之际，另一把散发着繁盛灵力的剑挡在了他身前。

莫临转头一看，发现是越冥。越冥对他以眼神示意，莫临明白了他的意思，他们二人一齐凝聚力量向妖狼击去。

仙与魔的能量交相辉映，所发出的光芒几乎点亮了夜空。两个人虽然刚刚相识，却是配合得天衣无缝，攻守兼备，反倒是狼妖一时之间落了下风。

钟离宇煌站在一边，见到越冥与莫临陷入苦战，心里再顾不得刚刚那些个人恩怨。眼下大敌当前，他也想要助战，只是自从他当年苏醒之后，莫临便从未教过他使用法力。此时此刻，他纵使想要帮忙，也是心有余而力不足。

然而，狼妖毕竟是集合了数种邪恶之力，力量自然不可小觑。再加之它拥有再生之力，无论受到越冥与莫临二人怎样的攻击，在它身上留下的伤口也是转眼间愈合。而越冥与莫临所消耗的法力与受到的损害却是无法弥补，耐力在战斗中本就是必不可少的因素。长此以往，他们二人根本无法持续对抗狼妖。

狼妖虽然一开始有些措手不及，但它极为机敏，几个回合之后，就已经渐渐摸清了他们二人的路数，逐渐扭转了刚刚对自己不利的局面。

莫临与越冥都已挂了彩，尤其是莫临在最开始为救钟离宇煌被狼妖抓伤手臂，那道伤口并不浅，伤口周围隐隐有黑气涌现。莫临一开始，还没有什么疼痛感，现在却是刺痛愈加明显，他出手的速度也因此慢了下来。

“莫临，那狼妖的爪牙都有毒素，你的伤口很深，若再强行运功，等到毒素渗入七经八脉，会有性命之忧。”越冥勉力抵御着狼妖的攻击，看着莫临手臂上的伤口说道。

“我怎么能让你一个人对付它？纵然是你的人洞察了这里争战，前来帮忙，也难以与它强大的力量抗争。我不可能袖手旁观！”莫临没有丝毫动摇地说着，用被血液浸染的右手紧握着手里的剑，水蓝色的剑气更加旺盛。

虽然，狼妖力量强大，这点把握他还是有的。

“越冥，你吸引它的注意力，我有办法制服它！”莫临对身边的战友说道。

越冥点点头，腾空而起，飞到狼妖面前与它一番搏斗。莫临借着狼妖注意力被越冥吸引的机会，用手中的长剑重重划开了自己的手掌，鲜血在掌间滴落之际，融合着蓝色的剑气，变成无数蓝红相间的光丝向狼妖飞去。

就在越冥险些敌不住狼妖的进攻之时，狼妖周身所发出的能量尽失，被密密的光丝紧紧缠绕，轰然倒地。

然而，它还在用力挣脱着束缚。莫临不敢大意，几乎汇聚了自己毕生的法力与之对抗。他因为灵力大量消耗，导致气血运转变快，手臂之处的黑气更加快速地渗入了他的筋脉之间。他的伤口周围涌现黑色的条纹，渐渐布满他整个小臂。

他的眼前一片昏暗，他的耳边传来越冥担忧的呼喊，可是这声音也越发模糊。他周身源源不绝涌现出蓝色的光芒，混着掌间不断滴落的鲜血生出更多的光丝向狼妖涌去。狼妖的挣脱幅度终于渐渐变小，直至再也没了生气。

钟离宇煌看着这一切，心里自然担忧着莫临。然而，他目睹光丝交错之景，只觉得自己的眼睛根本离不开半分。那些红蓝相间的光芒映照着他俊秀的脸庞忽明忽暗。在许久以前，他仿佛也见到过这样的景象。

“师兄，你听我解释……这一切不是我的本意，我没有想害他们的性命，我……”钟离宇煌努力想要解释这一切，他害怕师兄误解他。

“够了！”莫临漠然打断，“你杀了这么多人，还说什么身不由己？”

“师兄……”钟离宇煌被困在无数的光丝之中，没有挣扎，只是注视着面前的男子，“你，不信我了吗？”

“我只相信自己看到的一切！”

…………

“我不会再信你分毫，你说的这些都不过是在为自己的过错找借口！如果你真的没有害人之心，怎么会让如此多的生灵死在你的手里？从今以后，你我之间也再无同门之情，我没有你这样的师弟！”

那些令他感到陌生却隐隐有些熟悉的画面展现在他的眼前。在那个画面里，他看到了就如同狼妖一般被围困的少年。而那个少年，竟然与自己有着一样的容貌，管那个与莫临有着一样容颜的人叫的却不是师父，而是师兄。

他的体内忽然传来一股灼痛之感，那种疼痛，就仿佛他曾经所经受过的被光丝围困而感到的痛苦一般。

与此同时，钟离宇煌的脑海里忽然有许许多多的画面浮现，如同崩塌的雪山，破冰而出的河水，一发不可收拾。

那些沉睡在他记忆深处的往事，一幕幕在他的脑海里重演。

他终于，重拾了过往的一切。

曾经被忘却了多年的痛苦，终于在这一刻清晰地展现在了他的心间。这种感觉，远比尚且失去记忆的自己了解到真相后所体会到的感觉，还要痛上百倍。

他注视着莫临，尽管他们之间隔着交错的光丝，但仍旧可以看清对方的一切。莫临也在看着他，只见莫临周身的蓝光已然暗淡，他脸色惨白，右臂与掌间已是血肉模糊。然而，他看着钟离宇煌的目光却是前所未有的清明。

“宇煌，我所亏欠你的，今生今世怕是再还不清了。”他说着，整个人跌倒在地，手中的长剑掉落在地上，发出抱有遗憾的苦闷声响。

钟离宇煌凝望着面前的人，周遭战火纷飞，那些爱恨嗔痴交织在一起，他的脑海里一片混沌，可唯独莫临身上的鲜血清楚地印在了他的脑海里。

“师兄！”钟离宇煌飞快地来到莫临身边，半扶起对方。

莫临嘴中不断有鲜血涌出，染红了钟离宇煌的衣襟。

“你终于还是想起了曾经的一切。”莫临用最后的力气凝神注视着那个少年，“我知道你不会原谅我，不过这样也好，如此，你便不会为我的离去而忧伤。”

“如果我真的恨极了你，如果我真的可以下定决心怨恨你，又怎会在当年最后一刻，还是毅然决然放弃了所有的计划？”钟离宇煌望着莫临，晶莹的泪水涌出。早在当年，莫临救下他的时候，在这个男子不惜违抗师命也要把他带回门派的那一刻，他就知道自己已经把对方当作这世上最亲近的亲人。他们一起走过了那样多的岁月，这份亲情，他终究舍不得放下。

他早在许久之前就输给了莫临，无论莫临待他如何，他到头来都不忍伤他半分。

莫临淡淡一笑，那笑容里满是安宁与怀恋，苍白的脸上看不出半分来源于死亡的苦痛。他缓缓抬起手，抚摸着少年光滑的脸庞：“那一年，你初入仙灵门，也是用如此清澈、带着信赖的目光看着我，认我为师兄。转眼之间，百年过去，我曾经以为你早已在来时的路上越走越远，再不复往日模样。可是，到头来，是我一次次弃你我的同门之情于不顾，而你却是初心未改。原来，那个改变的人，一直都是我。”

他说着，眼角之一片滚烫，钟离宇煌感到自己扶着莫临的双手被湿润浸染。

莫临轻叹一声，抬眼望向头顶无尽的夜空，低声道：“这一生，我曾为天下而活，曾为门派而活，为此舍弃了太多的情感。但最后，我也总算为自己活了一回。”既然宇煌已然回忆起了一切，也依旧记挂着他们之间的情谊，那么，他还有什么好后悔的呢？上天，已是待自己不薄了。

他眼中的光芒渐渐暗淡下去，缓缓闭上了双眼，触摸着钟离宇煌脸庞的手也重重坠落到了地面上。

“师兄！”钟离宇煌失声叫喊着莫临，声音都变了调。

越冥看到钟离宇煌的身体在不可抑制地颤抖，他知道这个少年是害怕莫临离去。他听着钟离宇煌一遍遍呼喊莫临，仿佛只要这样喊下去，莫临就会回应他一般。越冥曾想起他的父亲曾告诉过他，穷奇是最为凶狠的猛兽之一，穷奇的存在就是为了摧毁一切，毁灭世间的一切美好，心里没有丝毫的情感所在。今时今日，他却看到那个众人眼中的万恶之源，为一个人的离去如此悲恸。

越冥虽与莫临不过初识，却被那个男子身上的英勇深深触动，已把莫临当作了朋友，亦是为他的离去而难过。可是，莫临身受重伤，无力回天，他也难以救治。

“师兄，你不能死，我要救你！我一定要救你！”钟离宇煌喃喃自语，慌忙凝聚起周身沉睡已久的法力。然而，他试了几次，那些灵力都无法进到莫临体内。

钟离宇煌不肯放弃，一次次汇聚起淡紫色的灵力，想要输入莫临体内。可是每每那些灵力在触及莫临身体的那一刻，就瞬间消失在了空气中。

夜空之下，紫色的光晕忽暗忽明，却始终未曾消失。

这时，魔兵姗姗来迟，他们顺着刚刚打斗的声音与迸发的能量赶到此处。他们并不知晓事情的经过，只是感知到了钟离宇煌身负着穷奇的气息，便认定了他是掀起祸事的始作俑者，立刻将他层层围困，想要除去他。

“住手，他是我的朋友。”越冥说道，指了指一边被光丝困住的已经失去生气的狼妖，“一切都是它所为。把它的尸身用阵法消去，防止它体内带有的邪恶之力再被其他生灵吸了去，掀起祸端。”

魔兵急忙应下。

越冥转头看着那个一次次输送灵力的少年，汗水早已在不知不觉间浸湿了钟离宇煌的衣襟，但他仍旧固执地不肯放弃希望。越冥不忍见对方如此模样，在钟离宇煌再次汇集起法力的时候，越冥拦下了他：“穷奇只能解除自身设下的法力，而不能救治被其他法术所伤的人。这一点，你早该明白。穷奇自古以来就是凶兽，注定只能杀戮，而不能挽回生命。”

“不，我不相信，一定有办法的，一定有办法的！”钟离宇煌不顾越冥的阻拦，再度尝试。

“再试下去，你会失去体内所有的力量，徒劳无功，这也不是莫临所愿意见到的，你明白吗？想想莫临，你觉得他会愿意看到你现在的样子吗？”越冥抬高了声调，质问道。

钟离宇煌一愣，随即注视着已经安然离去的男子，有些失神说道：“他不会愿意见到我如此。可是，他不知，我更加难以接受他的离去。他怎么会死？那年，我重出封印，与他几番对峙厮杀，我们之间有那么多的误解，我对他恨之入骨，却终究对他下不了杀手。现在，他怎么会离去？”

“我拥有强大的法力，有毁天灭地之能。六界之中，无人不惧我怕我。可是如今，我连救治一个人的能力都没有。究竟是为什么？”钟离宇煌颤声说道。

他这一生，从来留不住任何美好，他留不住亲人，他留不住师长，留不住自己的门派，留不住自己的师兄……他本就源自黑暗，生活在暗夜里的人，怎么会有阳光照耀的那一刻？

越冥听着钟离宇煌悲痛绝望的话语，心里也不禁满是忧伤，但更多的是一种无可奈何。他帮不了他，改变不了对方穷奇的身份。

钟离宇煌凝视着莫临，右手在莫临身体上方轻轻一挥，莫临身上被鲜血浸染的衣服，脸上的污渍立刻消失殆尽，依然是往日里俊朗的模样。

这样近距离看着自己的师兄，还是他在许多年以前，初入仙灵门，由于一时间不习惯新的环境，师兄守着他入睡的时候，那时，他和莫临的距离就是这样近。只是后来，他们之间发生了太多太多的事情，即便面对面，也是咫尺天涯。

再后来的这些年里，失了记忆的他，虽然也是整日里与莫临一起度过，却没有如此仔细地看过莫临。原来，往日里曾经在仙灵门里叱咤风云，受人尊敬的大师兄，早已在不觉间老去了许多，鬓间，不知在何时有了白发，眉角处也被细纹布满。

他想起了这些年里，莫临带着他走过的每一处锦绣河山，想起他们并肩看着夕阳缓缓沉入地平线，想起他曾问莫临为何只愿隐居谷中，不去追寻更为广阔的天地，莫临沉默看着他的眼神……他想起了许多许多。

他一直都不曾想过，师兄那日渐衰老的容颜就是一切的答案。

莫临为他舍弃了仙灵门，舍弃了自己的志向，舍弃了师命，再不可能得道，注定被岁月侵蚀，不复旧颜。莫临害怕自己想起一切，悔恨曾经的过错，于是便让自己唤他为师父，以此覆盖过往的记忆。曾经那样顶天立地的男子，何时会小心翼翼至此？

钟离宇煌凝视着莫临，视线渐渐模糊，眼前被一片薄雾所遮盖。

"师兄，我恨过你，可是这一刻，我却在想，也许这一切都是我的错。如果我不是穷奇，当年就不会中君诺尘的计谋，被体内隐藏的力量所控制，那么也就没有之后的一切了。原来，身份就是我的原罪。为此，我失去了一切。"

他忽然一笑，再度引出体内的灵力："所有的祸端，都由我体内的力量而起。如今，我的灵力于你而言，无济于事，那么，我也不在乎散了全身的功力。以后，六界也无须再担心我会威胁到他们了，不是吗？"

无数紫色的光芒从钟离宇煌的周身涌出，夜色里，这些光芒显得异常美丽柔和，掩去了天地间的所有黑暗。

"钟离宇煌！"越冥想不到钟离宇煌会这样轻易地散去了自己的功力。难道这个少年不曾想过，他的身份本为世人所忌惮，只是大家因为他的穷奇之力而不敢接近他，可如今，若是他再无丝毫法力，世人还会容许他再存活下去吗？

然而，他看到被无数紫光萦绕的少年，脸上是从未有过的安详与平静，那样的义无反顾，似乎对方所舍弃的，不是在他人眼中引以为傲的法力，只是一直以来困扰自己的重担。

紫色的光芒还在幽暗里蔓延，那样美丽莫测，仿如这世间最为奇幻的景象。那些光芒似有感应般地围在莫临与钟离宇煌身边，久久不散。在光芒的映照下，那二人仿佛置身于一片虚幻里。

就在下一秒，越冥惊讶地叫道："宇煌，你看！"

只见紫光抚过莫临的脸颊，光芒掠过之处，那些刻在肌肤上的皱纹缓缓消失，重新变得光滑细腻。鬓角染上风霜的白发，也消失在了光芒里，黑亮如初。

不只是早已历尽风雨的越冥见到此景惊讶不已，还有周围的魔兵，无一不是惊诧万分。他们只听过穷奇的凶狠，他所拥有的术法的邪恶，哪里想过，原来他的力量竟可以逆转生死，救治本已死去的人？

钟离宇煌亦是没有想到，他比任何人都了解自己的力量，他深知他的能力只可以杀戮，而不能治愈。然而这一刻，他真的用这种带着邪恶血腥的力量救了自己的师兄。

他看到莫临的胸腔处重新有了呼吸的起伏。

“师兄！”钟离宇煌激动得连声音都变得颤抖万分，他看着莫临，目光一刻不肯离去，生怕只要他一移开目光，眼前的一切就会消失。

莫临睁开了双眼，他还没有来得及看清一切，只感到有人把头埋在他的腋窝，片刻之后，那里是被泪水浸湿的滚烫。

他们之间经历过彼此扶持的岁月，经历过误解怨恨，几番纠葛，蹉跎了百年的时光。

只是在这一刻，他觉得，所有的一切都渐渐消失，他们仿佛回到了最初，在仙灵门里的那段彼此交心的平淡安宁的光阴中，那时年幼的师弟，也是如此依偎着自己。

夜色里，他终于泪流满面。

在魔界的边缘，是一片广阔的草原。碧蓝色的天空下，花草在微风里摇曳，形成连绵的碧海。

明媚的阳光下，莫临仍旧是一身清爽的蓝衣。眉宇之间，风采依旧，然而，这一回，在他的身上又多了一份轻松释然。在他的身旁，是一个与他并肩而立的少年，微风抚过他的发梢，俊秀的容颜之上，是一双干净透彻的眼，在那之中，所有的曾笼罩在那里的怨恨、迷茫，早已消失殆尽，退去了一身法力的钟离宇煌，虽见沧桑，却含笑意。

“我替魔界的所有人谢谢你们的帮助。”越冥真心说道，如果不是莫临相助，只怕狼妖不会如此轻易地被消灭。

莫临一笑，回道:“邪不压正，本就是注定的结局，我们不过顺应了天意而已。”

“只是，也并非所有的正与邪，都是世人眼里界定的模样。在你们的身上，我深深明白了这一点。”越冥含笑看着面前的二人说道。

钟离宇煌听后，也微笑着看了莫临一眼，莫临回以他一个了然的目光，他们如同血脉相连的亲人般那样默契，心照不宣。

“只是，宇煌已然失去了穷奇之力，如同凡人。可只怕六界其他人对于穷奇的忌惮不会因此消除，毕竟被这世间正邪定律所蒙蔽的人，实在是数不胜数。未来的路，你们还要小心。”越冥的眼眸里浮现几丝忧虑。

莫临眼里却是一片清明，他轻叹一声，说道:“其实，这世间的善与恶，从来都是清晰可辨，只是在很多时候，似是而非。”而他，用了百年的时光，走过了那样多的路，才终于明白。在以后的岁月里，他也再不会因此迷惑，因此误解错伤自己信赖的人。

越冥望着二人，轻声说道:“宇煌、莫临，你们保重。”

他已经好久没有再为什么事情，触动心底的情感。而今，他看到莫临与宇煌经历了那么多的误解怨恨后，仍旧可以兄友弟恭、并肩而立，他无法说服自己不为此动容。他猛地想起了自己曾经历过的岁月，那些旧日里消失的故人……如果，曾经的他们也可以如同莫临和宇煌一般，释怀往昔，不为怨恨误解所困，那么结局又该是何种光景呢?

“越冥，谢谢你。”莫临真诚说道，谢谢这个人对他们的祝愿，谢谢这个人自始至终都理解着他们，不曾忌惮宇煌的身份。

而后，他带着钟离宇煌道别了越冥，向前方更为广阔的天地走去。

他们相视一笑，却并未多言，在经历了这么多之后，他们之间种种早已是无须言表。

如画的风景，从他们身边掠过。

“宇煌，我曾对你说，终有一天，我们会并肩而立，除尽世间的邪魔，看遍尘世繁华，云卷云舒。这些年里，你失去了记忆，我带着你走遍山川万里，你却是不知所为何意。当初的诺言，迟到了百年的岁月，而现在，我终于可以真正带着你走遍这尘世的每个角落。”莫临淡然一笑，看着面前的少年说道。

钟离宇煌浅浅一笑，对着莫临轻轻点头，眼眸里闪着最为纯粹的轻松与愉悦。

过往的一切，于他而言已烟消云散。

他们一同向远方遥望，草原的尽头，是绵延万里的群山，周围雾气缭绕。

从今以后，锦绣山河，天地之间，再无正邪纷争，只有他们并肩而立，踏遍盛世繁华的足迹。

后记

世界上有一种鸟没有脚，生来就不停地飞翔，飞累了就睡在风里，一生只能着陆一次，那就是死亡的时候。

——《阿飞正传》

自从在处女作《友谊 vs 恶魔》之后，我已经有许多年没有写过如此团圆美好的结局。在最初策划这本书的时候，故事的结局里没有爱琪与茉雪的重逢，没有莫临和宇煌误会的消除。可是，在这本书过半以后，我忽然希望予它一个温暖而明媚的结尾。因为我发觉，在我成长的道路上，儿时那些纯粹的幸福已然淹没在了回忆里，我逐渐经历人世间的冷暖，明白这世间真挚的情感，永恒不变的承诺实在少之又少。甚至在很多时候，所谓的朋友，也不过是展现自己"人脉"的一个代名词。年少时，我所想象的，那些可以与挚友肆无忌惮大笑的画面，那些真诚不变的友谊……在成长的道路上，渐渐化为了旁人眼中可笑幼稚的妄想。但也因此，这一次，我决心写一个温暖的有关友情的故事，描绘那些在现实的社会里、在人性的复杂中难以寻到的赤诚情感。

在这本书里，我融入了许多属于自己的情感，写进了一些自己所真正经历过的人与事。尤其是张爱琪，在很多时候，我几乎可以算是她的原型，她有自己的胆怯，有自己的任性，但也有自己的执着与情感，只是，我不确信自己是否有她那样的勇气与信念，可以在经历生死，经历过生活的艰辛后，仍旧义无反顾地守护友情。

年幼时写作，写的是心中的梦幻，而今，写的却是自己的所见所感，写的是自己成长的迷茫，而这种种，都来源于生活。儿时的我，一心想要编织那些只存在于奇幻时空里的故事，觉得现实的生活平淡无味。可现在，我才明白，其实这世间最难书写的故事，就是生活本身。

我曾有过一次坐末班车的经历，地铁进站的时候，周围的每一个人都在奋力奔跑，只怕赶不上最后归途的列车。在汹涌的人群里，我也和周遭的每一个人一样，匆匆奔向那辆列车。人群的巨浪中，我看到他们焦灼的神色，带着疲惫的面容。终究有的人在一步之遥间，还是来不及搭上列车，只得无奈叹息着从站台离去。那时，在列车上的我，透过车窗，望着人烟逐渐散去的站台，不禁想，每一天每一刻，在这来来往往的地铁站里，不同身份背景的人都是在为生活而奔波着，而终究有的人来不及走到最后，搭上那班去往目的地的列车。就在刹那，我忽然感到了来源于生活的艰辛。现实，终究不是奇幻的故事，总有着机遇巧合造就成功，总有一群诚心待你的知己伙伴。看那车水马龙的街头，熙熙攘攘的人群里，又有谁不是在为生活打拼？

所谓的成长，就是要在这旅途里一点点沾染风霜，尝过冷暖。有的人退缩踌躇；有的人被风雨淋得面目全非，早已忘记自己原本的模样；有的人在跌跌撞撞间，仍旧坚持前行……成功的，无疑不是第三种人。可是，历尽的风霜终究会覆盖原本的赤诚之心，而那颗本心，是否还是最初纯粹的样子？有太多的人，拥有了成功，却已然面目全非，变得复杂世故。若是换作曾经的我，对此一定是嗤之以鼻，可现在，我逐渐明白，若是在这个适者生存的时代里，不学会强大，就注定会被淘汰。有的改变或许绝非本意，只是因为人世间有太多的无可奈何、身不由己。而我，一直所迷茫的，是不知如果有一天，我也要面临这些无奈，身不由己的事情时，究竟要做出怎样抉择。

我曾经在《阿飞正传》里，听到过一句描绘主人公一生自我放逐、过着漂泊生活的话：世界上有一种鸟没有脚，生来就不停地飞翔，飞累了就睡在风里，一生只能着陆一次，那就是死亡的时候。我听到这句台词，便被它吸引。它令我感到惊艳，不过在片刻之间，而真正对它有自己的理解，却花了我许多的岁月。其实，成长的路程，又如何不像是无脚鸟的一生。之前的逆风而行，从不停歇，是因为心里还是有着年少时对于未来寻觅追逐的勇气，等落了地的那一刻，便是对眼前现实的臣服，当初执着不退的灵魂已然消逝。成长的最终一站，不就是认清现实，活在当下吗？这样的结局，究竟是好是坏，我不得而知。

我终究还是在私心里愿意相信，即便是在现实的生活里，在经历成长的风霜后，所迎来的前方，会是明亮美好的。因此，才要写温暖的故事。我希望自己笔下的一字一句，都如同欢快的溪水，滋润万物，涓涓流淌，纵使偶有晦暗，也都如同短暂的雷雨，终会迎来云开月明的那一日。

而我，也将继续在前行的路上执着寻觅，渴望拨开朦胧的烟雾，迎来属于自己的晴天。同时，我也期待着，或许有那么一种成长的历程，永远不需要放弃飞翔，从广阔的天空里着陆，因为每一次的寻觅、每一次的成熟蜕变，都会是点亮未来的一盏明灯，都会是化为守护初心的密码。

或许真的有这么一种成长，纵然逆风而行，但初心依旧。

可儿

2018 年 4 月 21 日　凌晨

《半世风月赴流年》

（即将出版）

昱珏和曜暄，一个是受万民敬仰的天界储君，一个身为皇子却无人在意。曜暄本应怨极了那个独占了父母之爱，身份之尊的兄长，可那份不甘却最终消解于昱珏眼底的关切中。在天界悠悠的岁月，幸而有兄长无微不至地照料教导，让他从受人轻视的皇子，化为在战火之中骁勇善战的常胜将军。自古以来皇室之中的兄弟阋墙，权位相争，于曜暄与昱珏而言不过皆是虚无。只是，源于远古的战火从未停歇，天界与九幽之争一触即发，积压于暗夜之中的滔天往事即将破冰而出……一路之上，曜暄从意气风发的天界将军，到一夕之间权位尽失、遭受四方追杀的落魄皇子，再到心狠手辣的魔界至尊……

这世间名利纷争，无非源于贪恨痴怨。但若血脉至亲终成为害他坠入魔道的始作俑者，杯酒相酌的知己终究与他背道而驰……到头来，这半世的风月之景，不过皆付流年，无人共赏。他们的故事，又如何可以只谈风月，不论死生？

《落樱之前尘如梦》

（2019 年，春风文艺出版社）

安冷耀自幼孤苦无依，四岁那年，他无意在战火中结识了魔王越轩之子——越冥，越冥给他生日，给他栖身之地，给他友情……这些，都深深温暖了安冷耀那颗孤独冰冷的心。然而，在魔后音千落对他的百般顾忌之下，一段不为人知的前尘往事缓缓浮出。直到那一刻，他才恍然发觉，原来这么多年以来，那个给予了自己无数温暖的少年，竟是他苦苦追寻的仇人之子……

恩怨纠葛之中，神界王者灵夜，因缘巧合，救下幻冰幻影这对兄妹。不曾料想，在多年以后的神魔交战中，灵夜不得已杀了幻冰，引得幻影悲痛欲绝，所有的恩恩怨怨再难以分清。更有白衣翩翩的书生君诺尘，温润如玉，文雅近乎完美，武功一骑绝尘，为了心中的执念，甘愿背负一世血债，即便终是灰飞烟灭，魂魄散于天地间，仍旧无怨无悔……或许这尘世间，本就没有绝对的对错恩怨的界限。

樱花落尽，故人离去。前尘，原来是最美的梦境。

《落樱Ⅰ》《落樱Ⅱ》

（2015 年，新华出版社）

一段贯穿了两世的漫长缘分，却最终奏响了一曲友情的悲歌。六界之争，究竟谁能主宰一切？在一个关于友情的阴谋中，最傻的人付出的是最真的心。静静飘落的樱花，代表着缘分的尽头。为什么缘分安排我们相遇，却又注定了我们的分离？

极富才华而又野心勃勃的安冷耀成功用计，令灵夜与越冥彻底翻脸，两个人好不容易建立起的友情瞬间瓦解了。与此同时，梦心邂逅了一个美丽神秘的少女——冰荧。然而，随着时间的推移，梦心发现冰荧的一举一动，渐渐与自己记忆中，那个消失不见的女孩的身影重合在一起。

当封印已久的真相被残忍地揭开时，梦心发现，伤她最深的人，正是她最信任的人。在阴谋与困境中，幸而有文雅用纯真无私的友情支撑着她一步步向前走去。但当文雅悲壮地离去后，她不知道自己的心是否能够依旧如最初一样，水晶般清澈透明。

书中的梦心、文雅、爱佳、灵夜、越冥和安冷耀等翩翩少年用他们交织在六界中的爱恨情仇，演绎出一个关于友情、选择和命运的凄婉故事……

推荐阅读顺序：《半世风月赴流年》→《落樱之前尘如梦》→《落樱外传 此去经年》→《落樱Ⅰ》《落樱Ⅱ》